CATRIONA STEWART
People Pleaser

GOLDMANN

Buch

Als Maggie Lathrop die beliebteste Datingshow Amerikas gewinnt, ändert sich ihr Leben schlagartig, und auf einmal liegt ihr die Welt zu Füßen. Sie hat einen unglaublich attraktiven Ehemann, eine glamouröse Villa in Los Angeles und einen einflussreichen Freundeskreis. Doch als Maggie eines Tages brutal ermordet in einem Lagerhaus gefunden wird, bekommt der schöne Schein Risse. Trotzdem stellt die Polizei schon nach Kurzem die Ermittlungen ein. Maggies Schwester Emma beginnt daraufhin, auf eigene Faust zu ermitteln. Und je mehr sie über Maggies wahres Leben herausfindet, desto mehr dunkle Geheimnisse kommen ans Licht. Doch Emma wird nicht aufgeben, bis der Mörder seine gerechte Strafe bekommt. Auch wenn sie sich dafür selbst in tödliche Gefahr begibt …

Autorin

Catriona Stewart ist ein leidenschaftlicher Reality-TV-Fan und schaut jede Folge von *Love Island*, wenn sie nicht gerade als Kommunikationsdirektorin für einen kalifornischen Senator arbeitet. Sie schreibt für den *San Francisco Chronicle* und die *HuffPost* und als Ghostwriterin für *The New York Times*, *The Atlantic* und *NBC News*. *People Pleaser* ist ihr Thrillerdebüt.

Catriona Stewart

People Pleaser

Thriller

Aus dem Englischen von Sabine Thiele

GOLDMANN

Die englische Originalausgabe erschien 2025 unter dem Titel
»People Pleaser« bei PRH UK, London.

Penguin Random House Verlagsgruppe FSC® N001967

1. Auflage
Deutsche Erstveröffentlichung Juni 2025
Copyright © Copyright © 2025 by Catriona Stewart
Copyright © dieser Ausgabe 2025
by Wilhelm Goldmann Verlag, München,
in der Penguin Random House Verlagsgruppe GmbH,
Neumarkter Str. 28, 81673 München
produktsicherheit@penguinrandomhouse.de
(Vorstehende Angaben sind zugleich
Pflichtinformationen nach GPSR)
Umschlaggestaltung: UNO Werbeagentur, München
Umschlagmotiv: FinePic®, München
Taylor Kampa / stocksy images
Redaktion: Julie Hübner
ES · Herstellung: ik
Satz: KCFG – Medienagentur, Neuss
Druck und Bindung: GGP Media GmbH, Pößneck
Printed in Germany
ISBN: 978-3-442-49647-1

www.goldmann-verlag.de

Für meine Großmütter

Maggie

Maggie würde sterben, das wusste sie. Sie lag in einer Blut-
lache und fühlte sich warm und leicht. Sie spürte keine
Schmerzen mehr, hörte nur noch ein leises Summen in den
Ohren, das gar nicht mal so unangenehm war. Ihre Sicht
verdunkelte sich immer wieder, als würde jemand das Licht
ein- und ausschalten. Sie fragte sich vage, was sie wohl erwartete, hatte aber keine Kraft, genauer darüber nachzudenken. Ihr Bewusstsein trübte sich.

Jemand bewegte sich neben ihr, hielt ihren Kopf und
sprach leise mit ihr. *Schon gut, Mags. Du hast es fast geschafft.*
Sie entspannte sich, ließ sich halten, trösten und wartete
darauf, dass ihr Leben noch einmal an ihr vorbeizog, wie es
doch immer hieß. Doch ihr Geist präsentierte ihr keine
Aneinanderreihung ihrer schönsten und schlimmsten Momente, all der Dinge, die ihr Leben ausgemacht hatten.

Sie schloss die Augen. Es war vorbei, viel zu schnell.

Dreieinhalb Monate später

Jill

Das Restaurant, das Dave für ihr erstes Treffen ausgesucht hatte, hieß Taco. Es war zwanglos, aber immer noch gehoben genug, um zu zeigen, dass er sich Mühe gab. Nachdem er es ohne Zögern vorgeschlagen hatte, war er sicher schon öfter mit seinen Dates hier gewesen.

Sie kam fünf Minuten zu spät, doch er war noch nicht da. Es tue ihm schrecklich leid, Stress in der Arbeit, er sei im Büro aufgehalten worden, schrieb er. Eine Bedienung brachte sie zu einem Tisch im Freien. Um sie herum saßen mindestens noch drei andere Paare bei ihren offenbar ersten Dates, wovon sich Jill aber nicht irritieren lassen wollte. Statt weiter auf Gesprächsfetzen zu lauschen, las sie die Speisekarte und entschied sich für eine Margarita und zwei Tacos: einen mit Wachteleiern und einen mit Pilzen und Feta. Wenn schon, denn schon.

Sie starrte auf ihr Handy, als würde sie wichtige E-Mails lesen. Doch ihre Inbox war leer, und Amanda war am Set und konnte ihr nicht ständig schreiben. Stattdessen sah sie sich die Instagram-Storys ihrer Kontakte an, bis keine mehr übrig waren. Dann überprüfte sie mit der Selfiekamera ihr Make-up und ihre Zähne. Als sie sich gerade ein paar graue Haare auszupfte, die in letzter Zeit in ihrem lockigen Pony aufgetaucht waren, berührte jemand sie an der Schulter.

»Jill?«, sagte ein Mann. Sie legte das Handy beiseite und hoffte, dass er nicht gesehen hatte, wie sie schnell ein graues Haar fallen ließ. Doch als sie aufblickte, stand nicht Dave vor ihr. Erst nach einem Moment erkannte sie ihn.

Theo Cooke.

Seit Maggies Beerdigung hatte sie ihn nicht mehr gesehen, und während der Beisetzung hatte sie sich um Emma gekümmert und ihm deswegen nur das obligatorische Beileid ausgesprochen. Er trug ein dunkelblaues Sweatshirt und eine Jogginghose (Kaschmir?), und seine kinnlangen braunen Haare waren im Nacken zu einem unordentlichen Knoten zusammengebunden. Er roch streng, als hätte er sich oder seine Kleidung seit längerer Zeit nicht mehr gewaschen. Sein Gesicht war blass, die Augen waren gerötet und sahen müde aus. Aber selbst in diesem Zustand war er erschreckend attraktiv. Sie blickte auf seine Hände. Er trug keinen Ehering mehr. War das nicht etwas ungewöhnlich? Er war erst seit dreieinhalb Monaten Witwer. Später würde sie Emma alles erzählen. Die würde wissen wollen, was für einen Eindruck ihr Schwager gemacht hatte.

Jill stand auf und umarmte Theo, was er mit überraschender Wärme erwiderte. Es wunderte sie, ihn in diesem Restaurant zu treffen, es war viel zu normal für ihn. Und er schien sich zu freuen, sie zu sehen. Merkwürdig, denn sie hatten einander nie nahegestanden.

»Wie geht es dir? Kommst du zurecht?« Sie löste sich aus der Umarmung, doch er ließ seine Hand zwischen ihren Schulterblättern liegen. Als sie sah, wie nahe er plötzlich den Tränen war, bereute sie ihre Worte. Sie sah sich um, ob jemand es bemerkt hatte. Ja, das Paar links von ihr wandte den Blick ab, sobald sie hinübersah.

»Tut mir leid.« Er wischte eine Träne mit der Handfläche weg, bevor sie seine Wange hinunterlaufen konnte. »Es ist schrecklich. Es geht mir überhaupt nicht gut. Also, ich wohne jetzt hier in der Gegend. Zumindest, bis die Ermittlungen im Haus abgeschlossen sind.« Wieder war er den Tränen nahe. »Tut mir leid. Es ist nur irgendwie komisch, dich zu sehen.«

»Bitte, du musst dich nicht entschuldigen. Das alles ist einfach entsetzlich. Gut, dass du etwas essen möchtest.« Sie deutete um sich herum. »Also, du wohnst jetzt in Silver Lake?«

»Ja, beim Glendale Freeway, in einem Loch.« Von Theos Instagram-Account wusste Jill, dass das »Loch« in Wahrheit eine hinreißende Wohnung mit drei Schlafzimmern und einem riesigen Balkon war, doch sie sagte nichts dazu. »Es ist gut, dass ich mich im Moment nicht im Haus aufhalten kann. Ich musste da raus. Zu viele Erinnerungen an Maggie. Und gleichzeitig wäre ich so gern dort, weil das unser gemeinsames Leben war. Und ich vermisse sie so sehr.« Seine Stimme brach.

Theo hatte mit Jill bisher nie mehr als Höflichkeiten ausgetauscht, aber vermutlich war so ein Verhalten normal, nachdem die eigene Ehefrau ermordet worden war. Dennoch war es irgendwie seltsam, ihn so emotional zu erleben, wie einem auf den Hinterbeinen laufenden Hund zuzusehen. Sie musste das Thema wechseln.

»Arbeitest du wieder?«, fragte sie.

»Der Influencer-Job ist nicht ganz einfach, nachdem mein Leben ein einziger Scherbenhaufen ist, und so was will natürlich niemand sehen. Auch wenn alle sagen, dass Verletzlichkeit gerade total ›in‹ sei. Ich fühle mich einfach nicht wohl dabei, Selfies zu posten, auf denen ich weine. Der Pitch ›Meine Frau ist tot, kauft diesen Rasierschaum hier‹ funktioniert irgendwie nicht.«

»Das klingt wirklich hart«, sagte sie.

»Die Suppe habe ich mir eingebrockt, und jetzt muss ich sie auslöffeln.« In seiner Stimme schwang resignierte Wut mit. Sie verstand nicht ganz, was er mit seiner Antwort meinte, wollte aber nicht unhöflich sein und nachfragen. »Ich muss Geld verdienen, deshalb mache ich ein-, zweimal die Woche Sponsored Posts. Das geht schon.«

Aus dem Augenwinkel entdeckte Jill einen Mann, der zu Daves Fotos in der Dating-App passte. Seine Augen wurden groß, als er sie so dicht bei Theo stehen sah. Plötzlich fühlte sie sich verlegen.

»Meine Verabredung ist da«, sagte sie zu Theo, während der den Mann musterte.

»Viel Spaß.« Er nickte Dave zu. »Ich hole mir nur was zum Mitnehmen. Jill, bis bald hoffentlich. Und grüß Em ganz lieb von mir.« Theo drückte ihre Schulter, bevor er ins Restaurant ging.

»Das mache ich«, rief sie ihm nach und drehte sich dann zu Dave um.

Er umarmte sie leicht zur Begrüßung.

»Schön, dich zu sehen«, sagte er, während sie sich setzten. »War das gerade Theo Cooke?«

Sie nickte zögernd und erklärte, dass er der Schwager ihrer besten Freundin und Mitbewohnerin war. Aber war er denn noch Emmas Schwager, nachdem Maggie tot war? Jill war sich unsicher, würde Dave aber nicht nach seiner Meinung dazu fragen.

Wenig überraschend verlief das Date nach Theos Auftauchen anders als gedacht. Sie ergab sich in ihr Schicksal und erlaubte Dave, sie mit Unmengen unangemessener Fragen zu löchern, während sie ihren Wachtelei-Taco aß (Wachteleier schmeckten tatsächlich auch nicht anders als gewöhnliche Hühnereier). Sie trank einen großen Schluck von ihrem Drink, der so süß war, dass sie ihn kaum hinunterbrachte. Dave referierte unbeirrt seine Theorien zum Mord an Maggie, bis Jill es nicht mehr aushielt.

»Tut mir leid, aber ich muss jetzt los«, sagte sie, nachdem sie sich mit einer halben Margarita genug Mut angetrunken hatte, das Date vorzeitig zu beenden. So etwas hatte sie noch nie gemacht.

»Jetzt schon?« Er klang enttäuscht. »Ich hatte doch noch so viele Fragen.«

»Tut mir leid.« Sie betete stumm zu allen verfügbaren Göttern, dass er sie ohne große Widerrede gehen lassen würde.

»Aber ich wollte doch noch Zimt-Churros für uns bestellen!«

»Das klingt superlecker.« Sie hoffte, glaubhaft enttäuscht zu wirken. »Aber ich muss mich um einen Notfall in der Arbeit kümmern.« Sie versuchte so zu tun, als antworte sie auf eine dringende Nachricht auf ihrem Handy.

Schließlich gab er nach, und sie stand auf. Als sie bei ihrem Wagen angekommen war, sah sie, dass er über den mobilen Bezahlservice Venmo einen Betrag von dreiundvierzig Dollar anforderte – ihren Anteil am Essen. Sie löschte die Anfrage und fuhr nach Hause.

Emma

Während Emma stumpf durch TikTok scrollte, meldete das Handy mit einem Pling eine neue E-Mail. In der Voranzeige sah sie, dass sie von dem in Maggies Fall zuständigen Detective stammte, und öffnete die Nachricht. Seltsam, dass er sich jetzt meldete, es war nach Feierabend.

Emmas Tage bestanden darin, stundenlang im Bett zu liegen und durch Apps zu scrollen, deren Algorithmen ihr endlos Content präsentierten, der beängstigend gut zu ihrer persönlichen Situation und ihren Interessen passte. TikTok-Filme mit den besten Barbecue-Spots in Koreatown. Tweets, die sich über den Kapitalismus lustig machten. Instagram-Storys mit Skateboard fahrenden, sehr männlich auftretenden lesbischen Frauen. Das geistlose Scrollen mischte sie mit YouTube-Videos zu dem Mord an Maggie und den Ermittlungen, die meistens von Verschwörungsanhängern und Accounts mit Promi-Klatsch stammten.

Der LAPD-Detective, der im Fall ihrer Schwester ermittelte, war ein kleiner, unfreundlicher Mann Mitte fünfzig namens Daniel LaClair. Durch das Beobachten der anderen Cops hatte Emma sich zusammengereimt, dass auch seine Kollegen ihn nur beim Nachnamen nannten. In den letzten drei Monaten hatte sie nur viermal von ihm und vom LAPD gehört, meistens war es um logistische Fragen gegangen oder die Information, dass sie keine neuen Erkenntnisse hatten. In dieser E-Mail stand jetzt:

Emma, bitte kommen Sie so schnell wie möglich zum Revier in Santa Monica. DL

Nicht zum ersten Mal wünschte sie sich, ein Detective mit besseren Umgangsformen wäre für den Fall zuständig.

Trotzdem machte sich eine nervöse Energie in ihr breit, die sie seit Wochen nicht verspürt hatte. Sie sah auf ihr unordentliches Bett und das fleckige, zerknitterte Laken. Rasch zog sie es komplett ab, um den Rest würde sie sich später kümmern. Sie öffnete die Vorhänge und ließ das frühabendliche Licht herein, das sie blendete, ihr aber auch willkommen war. Es fühlte sich an, als bräuchte das Zimmer selbst auch Vitamin D.

Sie ging ins Bad, um sich das Gesicht zu waschen, und betrachtete sich zum ersten Mal seit Monaten eingehend im Spiegel. Sie sah schrecklich aus. Der Schnitt ihrer aschblonden Haare war herausgewachsen, und sie hatte keine richtige Frisur mehr, was sie hasste. Beinahe konnte sie Maggie hören: *Zeit für einen richtigen Haarschnitt, Em. Soll ich meine Stylistin anrufen und einen Termin für dich vereinbaren?* Doch Maggie war tot, und die Hürde, sich einen neuen Friseursalon zu suchen, den sie sich auch noch leisten könnte, fühlte sich unüberwindlich an.

Sie war schon immer schlaksig gewesen, doch seit Maggies Tod war sie nur noch Haut und Knochen, jegliche Anzeichen von Kurven waren verschwunden. Speichel klebte verkrustet um ihren Mund, und sie konnte sich nicht erinnern, wann sie sich das letzte Mal die Zähne geputzt hatte (ihre Zahnpasta war Maggies SmileWhite-Marke). Ihre Haut war stumpf und blass, und die Falten zwischen ihren Augenbrauen und auf ihrer Stirn waren tiefer geworden. Sie gurgelte mit Mundspülung (wo war ihre Zahnbürste?) und spritzte sich Wasser ins Gesicht. Die Speichelkrusten am Mund kratzte sie mit den Nägeln ab. Nach dem Besuch auf dem Revier würde sie duschen, jetzt hatte sie keine Ruhe dafür. Stattdessen besprühte sie ihre Haare mit Jills teurem Trockenshampoo, das eigentlich gut riechen sollte, sie allerdings an den Geruch auf der Frauentoilette bei der Hochzeit einer Bekannten erinnerte. Die Haut an ihrem Handgelenk war an den Stellen, an denen sie sich immer wieder gekratzt hatte, rot und rau – eine nervöse Angewohnheit aus ihrer Kindheit, die sie nach Maggies Tod wieder aufgenommen hatte. Sie trug eine Salbe auf, die brannte.

Auf dem Revier blickte sie auf ihre zitternden Hände. War sie nervös? Möglich. Vielleicht hatte sie aber auch zu lange kein Tageslicht mehr gesehen, auch wenn es bereits dämmerte. Sie schob die Hände in die Hosentaschen, während sie auf einem Plastikstuhl wartete, bis sie in Detective LaClairs Büro gerufen wurde.

»Emma?« LaClair kam in einem schlecht sitzenden Anzug auf sie zu. Das Jackett war viel zu groß für seine gut einen Meter siebzig. Emma, die auf Frauen stand, hatte durchaus etwas für übergroße Anzüge übrig. Doch der hier war kein modisches Statement, er passte einfach nicht.

LaClair hatte eine Glatze und einen von grauen Strähnen durchzogenen Ziegenbart, in dem ein paar Krümel hingen. Er musterte sie skeptisch. Sie musste wirklich wie eine Obdachlose aussehen, wenn selbst ein Typ in einem zwanzig Jahre alten Anzug so offen über sie urteilte. Sie folgte ihm in sein Büro, wo er ihr bedeutete, Platz zu nehmen. Der Raum war unordentlich und roch nach abgestandenem Kaffee. Weder auf seinem Schreibtisch noch im Regal hinter ihm standen Fotos oder andere persönliche Gegenstände mit Ausnahme einer Trophäe mit der Aufschrift »Gewinner der Hot Wings Challenge 2009«.

»Ich fürchte, ich habe keine guten Neuigkeiten«, sagte er.

Emma verlagerte das Gewicht auf ihrem Stuhl.

»Wie meinen Sie das?« Ihr Mund war trocken vor Nervosität.

»Also, ich kann es leider nicht schonender ausdrücken, aber wir werden morgen früh in einer Pressemitteilung bekannt geben, dass wir die Ermittlungen im Mord an Ihrer Schwester einstellen.«

Adrenalin pulsierte durch Emmas Körper, während sie versuchte, einen neutralen Gesichtsausdruck zu bewahren. »Wie bitte?«

»Es ist jetzt ein Cold Case. Wir haben keine Spuren, denen wir nachgehen könnten, und der Fall beansprucht Arbeitszeit und Personal, die wir nicht haben«, erklärte LaClair ausdruckslos.

»Aber Sie ermitteln doch erst seit ein paar Monaten«, protestierte Emma.

»Fast vier. Und wir können keine Zugeständnisse machen, nur weil Ihre Schwester berühmt war.«

»Das will ich doch auch gar nicht. Ich …«

»Die Sache ist entschieden. Ich habe Sie nur aus Höflichkeit hergebeten. Ich weiß, dass das nicht leicht ist, aber wir haben einfach nichts in der Hand. Der Tatort war …« LaClair verstummte einen Moment. »Tut mir leid, ich kann es nicht anders sagen, aber der Tatort war makellos. Wir haben keine Spuren, nichts. Wir haben alles getan, was wir konnten.«

»Wie kann das sein?« Emma versuchte, die Tränen zurückzudrängen.

»Ich weiß, dass das hart ist.« LaClair bemühte sich um einen mitfühlenden Tonfall. »Wir sind allem nachgegangen, was wir hatten, aber alle Verdächtigen haben Alibis, und ohne stichhaltige Beweise können wir nicht weiter gegen sie ermitteln.«

»Lucía und Javier sind nicht mehr verdächtig?« Maggies Haushälterin und ihr Mann standen im Mittelpunkt vieler Internet-Verschwörungsmythen um den Mord, nachdem Überwachungsvideos aufgetaucht waren, auf denen Javier Cruz und seine Frau etwa eine Stunde nach dem geschätzten Todeszeitpunkt und nur ein paar Blocks vom Fundort der Leiche entfernt in ihrem Wagen davonfuhren.

»Sie wissen, dass ich das nicht mit Ihnen besprechen darf. Aber falls sich neue Hinweise ergeben, können wir die Ermittlungen jederzeit wieder aufnehmen. Oder wenn sich jemand meldet.« Er reichte Emma eine Taschentuchschachtel, die sie zögernd entgegennahm.

»Ich habe das Gefühl, als würden Sie aufgeben.« Sie schnäuzte sich.

»So dürfen Sie es nicht sehen.« LaClair lehnte sich zurück und holte tief Luft, als wäre er genervt. Er warf einen Blick auf ihr Handgelenk, und Emma merkte, dass sie sich dort wieder gekratzt hatte. »Haben Sie sich mal die Selbsthilfegruppen angesehen, deren Flyer ich Ihnen geschickt habe? Die könnten Ihnen beim Trauerprozess wirklich helfen.«

Emma überlegte ernsthaft, sich seine Hot-Wings-Trophäe zu schnappen und sie gegen die Wand zu werfen.

»Ich gehe jetzt besser«, sagte sie stattdessen.

»Tut mir leid, dass das so emotional für Sie ist«, antwortete LaClair.

Emma hielt es keine Sekunde länger aus. Sie warf die Taschentücher samt Packung in den Müll und ging zur Tür. Dort drehte sie sich noch einmal um.

»Haben Sie Familie? Eine Frau? Kinder?«

Er sah sie an, die Augenbrauen verärgert zusammengezogen. »Mein Privatleben ist tabu.«

»Nun, sagen wir mal, Sie haben ein Kind. Oder eine Frau. Und die sind Ihr Ein und Alles. Ihre einzige Familie. Und ihnen stößt etwas Schreckliches zu, aber das LAPD weigert sich, auch nur ein kleines bisschen …«

Er schnitt ihr das Wort ab.

»Das spielt keine Rolle. Wir haben getan, was wir konnten, und Sie müssen jetzt gehen.«

Wieder zu Hause fühlte Emma sich erschöpft und leer. Sie kroch zurück ins Bett, das sie noch nicht frisch bezogen hatte. Die Wäsche würde warten müssen. Während sie abwesend eine Folge *Seinfeld* schaute, wurde ihre Tür geöffnet, und Licht fiel vom Flur in den Raum. Es war Jill, die offensichtlich gerade von einem Date zurückkam, da sie ihre Ripped-Jeans und ihren »figurformenden« Body trug. Sie war gute fünfzehn Zentimeter kleiner als Emma mit ihren knapp einen Meter achtzig und hatte braune Locken, die sie meistens mit einer Klammer auf dem Kopf zusammenfasste oder zu einem Pferdeschwanz band. Sie sprach von sich als einer »Sechs in L. A., aber einer Neun in New Jersey«, was Emma ärgerte, weil sie selbst dieser Logik nach höchstens eine Fünf in L. A. war.

Sie setzte sich auf und schaltete den Fernseher aus.

»Du siehst nicht gut aus. Hast du heute was gegessen?« Jill schob sich eine Locke hinters Ohr und setzte sich neben Emma aufs Bett. »Und wo ist deine Bettwäsche?«

»Ich habe zu Abend gegessen. Um die Wäsche kümmere ich mich morgen«, erwiderte Emma ungeduldig. »Ich hatte einen beschissenen Tag.«

»Warum?«

Emma erklärte, dass das LAPD die Ermittlungen im Mord an Maggie einstellen würde. Jill hörte ihr mit großen Augen zu und nickte an den richtigen Stellen.

»Das ist so zum Kotzen.« Emma brach in Tränen aus. »Tut mir leid. Ich weine schon wieder. Es ist alles einfach so frustrierend.«

»Du brauchst dich nicht zu entschuldigen«, sagte Jill. »Mir tut das alles so leid. Ich wünschte, ich könnte etwas Hilfreiches sagen.«

»Es ist ja nicht deine Schuld.«

»Das stimmt. Aber es ist trotzdem beschissen«, meinte Jill. »Ich weiß, wie sehr du nach Antworten suchst.«

»Da habe ich wohl kein Glück mehr.« Emma legte sich verzweifelt zurück.

Jill stand auf und wollte den Raum verlassen, blieb in der Tür aber noch einmal stehen.

»Ich wollte dir noch erzählen, dass ich heute Abend zufällig Theo getroffen habe und das echt seltsam war.«

Emma setzte sich wieder auf.

»Wow! Wie ging es ihm?«

»Er war aufgewühlt und hat irgendwelches Zeug geredet. Ganz anders als sonst. Ich weiß, du fandest ihn immer etwas wirr«, sagte Jill. Das war eine Untertreibung. »Er ist vor dem Restaurant aufgetaucht, wo ich auf mein Date gewartet habe. Das übrigens richtig schlecht war. Der Typ hat mich mit Theo gesehen und mich dann nur noch über ihn und Maggie ausgefragt.«

»O Gott.« Emma fühlte sich schuldig. Der Mord an ihrer Schwester hatte sich auch auf Jills Leben ausgewirkt. Ihre beste Freundin hatte sich bisher nie beschwert, doch Emma wusste, dass es sie belastete.

Jill fuhr fort: »Offenbar lebt Theo jetzt in einem ›Loch‹ in Silver Lake. Er wirkte einsam.« Bei der Erwähnung des angeblichen »Lochs« verdrehte Emma die Augen. »Genau«, stimmte Jill ihr zu. »Alles an der Begegnung war seltsam, allein schon, dass er in einen Taco-Laden geht. Ich habe ihn noch nie etwas anderes als grünen Smoothie oder so was zu sich nehmen sehen. Aber egal, der Mann trauert. Allerdings trug er seinen Ehering nicht mehr. Aber vielleicht ist das ja normal?«

Emma schnaubte.

»Das ging ja schnell. Wahrscheinlich trifft er sich schon wieder mit einer Frau.« Mit ihrem Schwager war Emma nie warm geworden; dieses Reality-TV-Zeug, die überstürzte Hochzeit, die Besessenheit von seinem Äußeren, all das hatte sie immer gestört. Doch Maggie hatte sie beschworen, nett zu ihm zu sein und ihm eine Chance zu geben. Und jetzt, nur ein paar Monate nach ihrer Beerdigung, lief er ohne Ehering durch die Stadt, wahrscheinlich auf der Suche nach einer Neuen. Was für ein Arschloch!

»Ich lasse dich mal schlafen«, sagte Jill. Doch Emma wusste, dass sie kein Auge zumachen würde, obwohl sie völlig erschöpft war. Solche bizarren Tage wie heute hatte sie vor Maggies Tod nie gehabt. Tage, an denen sie sich in ein Loch verkriechen und laut schreien oder vor ein fahrendes Auto laufen wollte.

»Ich kann es einfach nicht fassen, dass sie die Ermittlungen einstellen.« Emmas Stimme klang belegt.

»Lass uns morgen weiter darüber reden. Schlaf gut, Em«, flüsterte Jill.

Aber Emma konnte nicht schlafen. Ständig musste sie an das Gespräch mit LaClair denken und an Jills Begegnung mit Theo. Vielleicht hatte er sich seit der Beerdigung nicht mehr bei ihr gemeldet, weil er wütend wegen des Geldes war. Maggie hatte ein detailliertes Testament hinterlassen, laut dem Emma die Hälfte des Erlöses des gemeinsamen Hauses, das Theo und Maggie für etwa fünfzehn Millionen Dollar gekauft hatten, bekommen sollte, sobald er es verkauft hatte.

Sie hatte unbezahlten Urlaub von ihrer Arbeit als Autorin von *Mrs. Ladybug* genommen, einer Sendung, in der ein Marienkäfer – Mrs. Ladybug – durch halbstündige Episoden führte, in denen Kindern auf spielerische Art Wissen vermittelt wurde (sie hatte gerade an einer Folge über Lastwagen geschrieben). *Mrs. Ladybug* war ihr erster Job als Fernsehautorin, und auch wenn es nicht gerade prestigeträchtige Dramedys waren, die sie mit dreißig eigentlich hatte schreiben wollen, war es der beste Job, den sie bisher je gehabt hatte.

Nach dem College waren sie und Jill nach Los Angeles gezogen, um dort ihr Glück als Drehbuchautorinnen zu machen. Emma war klar gewesen, dass das nur Luftschlösser waren, machte jedoch bereitwillig mit, nachdem Jills Eltern das erste Jahr nach dem Abschluss die Miete zahlten. Sie schickten Bewerbungen an alle möglichen Formate, wurden aber nicht einmal zu einem Gespräch eingeladen. Aus Verzweiflung nahm Jill schließlich einen Teilzeitjob als Nanny bei einem wichtigen Produzenten an. Der verschaffte ihr eine Stelle als Assistentin in einer großen Talentagentur, von der sie nach sechs Jahren zu Amanda Lehman wechselte, einer Schauspielerin, Autorin und Showrunnerin. Emma hielt ein wenig länger durch, während sie von dem Geld lebte, das sie als Barista auf dem College angespart hatte. Doch schließlich fing sie als Texterin bei einer Werbeagentur an, wo sie sich im einförmigen Büroalltag bis zur Account-Managerin hocharbeitete.

Bis Maggie berühmt wurde. Da hatte es plötzlich gereicht, dem Freund einer Freundin vorgestellt zu werden, der der Executive Producer von *Mrs. Ladybug* war, und Emma war eingestellt. Mit Vitamin B ging alles.

Sie war gerade bei der Arbeit gewesen. Ihr Handy hatte zwanzig Minuten lang immer wieder geklingelt, und als sie schließlich aus dem Writers' Room, in dem sie mit den anderen Autoren saß, in den Flur gegangen war, hatte sie den hartnäckigen Anrufer eigentlich energisch abwimmeln wollen. *Mrs. Ladybug* war im selben Gebäude wie eine beliebte Nachmittagstalkshow, und geschäftig wirkende Produktionsassistentinnen, Männer in Anzügen und Kameratechniker eilten an ihr vorbei, als sie den Anruf annahm.

»Emma Lathrop? Hier spricht Detective Daniel LaClair vom LAPD.«

Ihr Herz schlug schneller.

»Ja? Ist alles in Ordnung?«

»Ich muss Ihnen leider mitteilen«, sagte er ruhig, »dass Ihre Schwester ermordet wurde. Man hat ihre Leiche in einer Lagerhalle aufgefunden. Sie wurde mit insgesamt neun Messerstichen in Brust und Bauch getötet.«

Emma schwieg. Beinahe hätte sie gelacht, als handelte es sich um einen schlechten Scherz. Denn der Detective konnte doch nicht ihre Maggie meinen. Maggie, die gerade erst einen ganzen Nachmittag bei ihr gewesen war und ihr geholfen hatte, ihren Schrank aufzuräumen. Wann war das gewesen? Vor drei Tagen? Maggie war am Leben. Und wie!

»Nein. Tut mir leid. Ich verstehe nicht …«

»Wir werden alles in unserer Macht Stehende tun, um den Verantwortlichen zu finden und seiner gerechten Strafe zuzuführen. Mein Beileid. Können Sie jemanden anrufen, der Sie nach Hause bringt?«

»Wie bitte?« Wovon sprach er? Wo war sie? Was passierte hier gerade?

»Ms. Lathrop, verstehen Sie, was ich gerade gesagt habe?«, fragte er leise und nachdrücklich. »Ihre Schwester wurde ermordet.«

Erst da stieß sie einen hohen, erstickten Schrei aus und sank auf die Knie. Das Handy rutschte zu Boden, ihr Blick verschwamm. An die nächste halbe Stunde hatte sie keine Erinnerung und wusste auch nicht, wie sie aus dem Gebäude gekommen war. Wie sie oder ihr Auto es nach Hause geschafft hatten. Sie erinnerte sich nur noch an LaClairs unverständlich ruhige Stimme, das Gefühl, mit den Knien auf dem Boden aufzuprallen, ihren eigenen Schrei.

Und auch wenn sie ihren Job inzwischen für immer mit dem furchtbarsten Tag ihres Lebens verbinden würde, vermisste sie ihn irgendwie. Es fehlte ihr, zu arbeiten und zu schreiben – selbst wenn es nur darum ging, wie viele Räder ein Sattelschlepper hatte.

Nachdem sie irgendwann in der Zukunft einige Millionen Dollar bekommen würde, machte sie sich bisher noch keine Gedanken wegen ihrer schwindenden Ersparnisse. Doch sie sollte sich besser bald entscheiden, ob sie für die nächste Staffel zurückkehren oder sich noch länger freinehmen würde. Man hatte großes Verständnis wegen ihrer trauerbedingten Auszeit und ihr signalisiert, dass man sich auf ihre Rückkehr freute. Doch sie konnte sich kaum vorstellen, den Menschen gegenüberzutreten, die ihre verzweifelten Schreie gehört hatten, während sie gerade darüber nachdachten, wie man Lastwagen auf einem gesättigten Markt mitreißend präsentieren konnte.

Vielleicht hatte Theo wegen des Erbes nicht auf Emmas Nachrichten reagiert, er hatte sich nicht gemeldet, seit sie zusammen die Beerdigung organisiert hatten. Oder vielleicht mochten sie einander einfach auch nicht und mussten jetzt nach Maggies Tod nicht mehr so tun, als ob. Und weil Emma keine Eltern oder anderen Angehörigen mehr hatte, verband sie jetzt auch nichts mehr.

Obwohl er Maggies Ehemann und berühmt war und sich mit großen Menschenmengen wohler fühlte als Emma, hatte Theo sie während der Planung der Beerdigung inständig gebeten, die Rede bei der Trauerfeier zu halten. (»Ich schaffe das nicht, ohne zusammenzubrechen«, hatte er gesagt.) Emma, die nicht einmal einen Toast ohne Tränen aussprechen konnte, hatte eingewilligt, aus Angst, dass sonst gar niemand eine Rede halten würde.

Doch vor der Beerdigung wurde ihr klar, dass es ein Fehler gewesen war. Sie hätte Theo dazu überreden sollen. Sobald sie an jenem kalten grauen Tag vor der Kirche stand und die Trauergäste begrüßte, wusste sie es. Sie erkannte fast niemanden, und außer ihr und Jill waren alle professionell gestylt. Was Emma völlig fremd war, die trotz Maggies intensiver Bemühungen nur Mascara unfallfrei auftragen konnte. Der erste Trauergast war eine Frau, die Emma noch nie gesehen hatte. Sie stellte sich als Lisa Clement vor, und ihr Handschlag war so fest, dass er fast schon schmerzte.

»Deine Schwester hat mir viel bedeutet«, sagte Lisa und tupfte mit einem überlangen Acrylfingernagel eine Träne weg. Zerstreut fragte Emma sich, wie die Frau wohl ihre Hose zuknöpfte. Lisa roch gut, nach Zedernholz, und trug einen locker fallenden Seidenjumpsuit.

»Woher kanntet ihr euch?« Emma beäugte unbehaglich ihr eigenes schwarzes Etuikleid und die schwarze bauschige Jacke. Das Kleid hatte sie vor fünf Jahren bei Target in der Business-Casual-Abteilung für den jährlichen Empfang der Werbeagentur gekauft.

»Wir haben zusammengearbeitet«, antwortete Lisa. »Sie war Markenbotschafterin für uns bei VagFit. Sie war einfach großartig. Ihre Posts waren unglaublich. Viele unserer Markenbotschafter kämpfen mit den Posts, weil, nun ja … Wie wirbt man für Kegelgewichte fürs Beckenbodentraining und dann auch noch cool? Aber sie konnte es!« Lisa schüttelte den Kopf, als würde sie gerade daran denken, wie überzeugend Maggies Argumente für Kegelgewichte gewesen waren.

»Das freut mich sehr.« Emma versuchte, Blickkontakt mit der Person herzustellen, die hinter Lisa in der Schlange stand, die sich allmählich bildete. Ein paar Freunde und Freundinnen von Maggie hatte sie bisher gesehen, doch der Großteil der Gäste war ihr völlig fremd. Bei diesen überperfekten Menschen fühlte sie sich so schäbig und ungepflegt, dass sie sich fragte, ob sie vielleicht unterschiedlichen Arten angehörten.

Hinter Lisa stand eine Blondine mit den größten Silikonbrüsten, die Emma je mit eigenen Augen gesehen hatte.

»Du bist bestimmt Maggies Schwester, oder?« Die Frau reichte Emma ihre manikürte Hand, die aussah, als gehörte sie einer bleichen alten Hexe. »Mein aufrichtiges Beileid.«

»Vielen Dank.« Emma versuchte, die Frau nicht offen anzustarren, die wie die Nachbildung eines realen Menschen aussah. Ihre Haut wirkte seltsam. Oder ihre Proportionen? Vielleicht aber auch einfach beides. »Woher kanntest du Maggie?«

»Wir waren zusammen bei *LoveShack*?«, antwortete die Frau und ließ es wie eine Frage klingen. Ganz offenbar erwartete sie, dass Emma sie erkannte, doch die hatte das Reality-TV-Format nie gesehen. Beim Start der Show vor drei Jahren hatte sie eine Party für Maggie organisieren wollen, um gemeinsam die Premiere anzuschauen, doch ihre Schwester hatte abgelehnt. Sie hatte nicht gewollt, dass Emma sich die Show ansah, sie war ihr peinlich. Emma war ihrem Wunsch nachgekommen und hatte sich *LoveShack* nie angesehen. Nachdem Maggie sich selten mit dem restlichen Cast getroffen hatte, war das nie ein Thema gewesen. »Ich heiße Sunny. Ist es in Ordnung, wenn Zeke aus meinem Team livestreamt?« Sie deutete zu dem Mann hinter sich, der einen schwarzen Anzug mit ebenfalls schwarzem Hemd und aus irgendeinem Grund eine Westernkrawatte trug.

»Was livestreamt?«, fragte Emma.

»Die Beerdigung, außerdem ein paar Kommentare über meine Beziehung zu Maggie in der Show. Ich habe achthunderttausend Follower auf Instagram, das verschafft dir dann auch richtig guten Traffic. Vielleicht können wir auch ein kurzes Interview mit dir machen?«, sagte Sunny, als wäre das etwas Verlockendes.

»Oh …« Emma zögerte. »Lieber nicht …«

»Sunny, ist das wirklich nötig?«, fragte ein anderer Mann hinter ihnen in der Schlange. Sunny verdrehte die Augen.

»Hältst du dich da bitte raus, Finn?« Sunny bemühte sich nach Kräften, verärgert auszusehen, doch ihr Gesicht war viel zu unbeweglich dafür. »Ich möchte einfach nur Maggie würdigen.«

»Ich sollte mal die anderen Trauergäste begrüßen«, sagte Emma. »Danke«, flüsterte sie dem Mann zu, als Sunny davonging.

»Keine Ursache«, antwortete Finn. Er war groß, sicher über einen Meter achtzig. Unter seinem Jackett zeichneten sich Muskeln ab. Er hatte dunkle Haare, und ein gepflegter Fünf-Uhr-Bartschatten bedeckte seinen unglaublich kantigen Kiefer. Auch wenn sie kein bisschen hetero war, sah sie, dass der Mann dieses gewisse *je ne sais quoi* besaß, dieses Strahlen, das Menschen wie Maggie und Theo umgab. »Ich weiß, wir wirken manchmal richtig übel, aber wir sind nicht alle so. Und mein herzliches Beileid.«

»Danke.« Sie nickte. »Wer ist ›wir‹?«

»Ach, du weißt schon, ›Content-Creators‹.« Er malte Gänsefüßchen in die Luft. Als sie ihn verständnislos ansah, sprach er weiter. »Influencer. Sunny und ich waren mit Maggie bei *LoveShack*. Und jetzt verticken wir alle irgendwelches Zeug über Social Media.« Zumindest war er selbstironisch. Ihr fiel auf, dass sie außer Theo bisher kaum jemanden von den anderen Teilnehmern kennengelernt hatte.

Emmas Ex-Freundin Liz war die Nächste, nachdem Finn weitergegangen war. Jill musste sie angerufen und ihr von Maggie und der Beerdigung erzählt haben. Ihre Anwesenheit war tröstlich, auch wenn die Trennung vor zwei Jahren hässlich gewesen war. Liz sah cool aus. Ihre roten Haare waren länger, als Emma sie je gesehen hatte, und sie trug ein schwarzes Ledersakko sowie Doc Martens. Das Outfit, das Emma eigentlich hätte tragen sollen. Sie umarmten sich, und Liz küsste Emma auf die Wange.

»Kommst du klar?«, fragte sie, als sie sich aus der Umarmung löste.

»Nein, überhaupt nicht.« Auch wenn Emma die Beziehung mit Liz nicht vermisste – in den sechs Monaten vor der Trennung hatten sie keinen Sex mehr gehabt und sich ständig gestritten (unter anderem über Liz' Behauptung, Emmas und Jills Freundschaft sei »co-abhängig«) –, wollte sie sich in diesem Moment einfach nur von ihr halten lassen. »Meine Schwester wurde ermordet. Und ich bin bei ihrer Beerdigung mit den schlimmsten Menschen, die ich je getroffen habe.«

»Ich habe die Frau mit den riesigen Silikontitten gesehen. Irgendwie sieht sie echt merkwürdig aus«, antwortete Liz.

»Ja, fast wie ein Roboter«, meinte Emma. Sie lachten beide, ein schönes Gefühl.

»Ich gehe mal weiter. Wenn du etwas brauchst, ich bin da.« Liz umarmte Emma noch einmal fest.

»Kannst du nicht einfach stehen bleiben und weiter mit mir reden?«, flüsterte Emma Liz ins Ohr und meinte es ernster, als es klang. Am liebsten hätte sie sich weiter an Liz festgeklammert und gesagt: *Können wir bitte hier abhauen, damit ich in Ruhe weinen kann, weil ich jetzt nicht nur eine Vollwaise bin, sondern auch gar keine nächsten Angehörigen mehr habe? Weil ich heute nach meiner Mutter auch meine Schwester begraben muss und bis auf Jill völlig allein auf der Welt bin?* Doch sie schwieg. Liz lächelte traurig und drückte ihren Arm, bevor sie davonging.

Als Nächstes stand eine normal aussehende Frau in schwarzen, locker fallenden Hosen und einem schwarzen Blazer vor ihr, die sich als Priya vorstellte.

»Ich bin Produzentin bei *LoveShack*«, sagte sie.

Emma schüttelte ihr die Hand.

»Danke, dass du gekommen bist.«

»Nur um sicherzugehen, du wirst *LoveShack* doch in deiner Rede nicht erwähnen, oder?«

»Nein, aber warum ist das wichtig?«

Eine Falte erschien zwischen Priyas Augenbrauen.

»Der Tod deiner Schwester war wirklich hart für uns, und wir vermissen sie sehr. Sie würde nicht wollen, dass die Show, die ihre Karriere ins Rollen gebracht hat, durch den Dreck gezogen wird, nicht wahr?«

»Ich weiß nicht, ob ich …«

»Danke für dein Verständnis. Und mein herzliches Beileid.«

Die Beerdigung war surreal, und die vielen ihr fremden

Trauergäste verstärkten das Gefühl noch. Und natürlich Jill und Liz. Während sie in ihrer Trauerrede von ihrer Schwester erzählte, starrte sie auf die Schauspieler, Models, Realitystars und Influencer vor sich.

»Maggie hat sich immer um alle gekümmert«, sagte Emma. »Ihre Warmherzigkeit hat alle angezogen. Sie war nicht nur meine große Schwester, sie war Amerikas große Schwester.« Aus dem Augenwinkel bemerkte sie Sunny, die ihr Handy hochhielt und filmte. Und hinter ihr filmten noch ein paar weitere Leute. Jemand hatte sogar ein Stativ aufgestellt. Emma klammerte sich am Rednerpult fest.

Reiß dich zusammen. Sie holte tief Luft, doch es half nichts, sie konnte sich nicht zurückhalten.

»Ich kann nicht glauben, dass ich das wirklich sagen muss, aber wenn ihr meint, unbedingt filmen zu müssen, dann verschwindet. Das hier ist eine Beerdigung, verdammt noch mal.«

O Gott. Hatte sie gerade wirklich in einer Kirche geflucht? Unter Raunen in der Menge steckten die Leute ihre Handys ein. Emma sah zu Jill, die schwach lächelte und nickte, worauf sie ihre Rede fortsetzte.

Das anschließende Essen, das Theo geplant hatte, fand in Maggies angeblichem Lieblingsrestaurant ganz in der Nähe statt. Es hieß Lover's Quarrel und bot überteuerte vegane Dim Sum an. Maggies Geburtstag hatten sie nie dort gefeiert, sondern immer in einem schicken Burgerladen in Santa Monica. Nachdem sie in Kansas mit Aufläufen und Maisgerichten aufgewachsen waren, hatte Maggie nie einen besonders gehobenen Geschmack entwickelt. Emma versuchte sich ihre Schwester mit Jackfrucht-Xiaolongbao vorzustellen und scheiterte.

Sobald sie mit Jill in einer Nische im hinteren Bereich des Raumes saß und einen viel zu süßen Litschi-Cocktail trank, bereute sie, Theo die Wahl des Restaurants überlassen zu haben.

»Das hier wirkt wie eine Dinnerparty und nicht wie eine Trauerfeier«, bemerkte Jill.

»Ja. Ich hätte etwas anderes ausgesucht.« Emma trank ihr Glas aus. »Ich hole mir noch so einen.«

An der Bar versuchte sie, den tätowierten Barkeeper auf sich aufmerksam zu machen, der allerdings in seinen Flirt mit einer hübschen Blondine vertieft war, die Emma vage von Instagram wiedererkannte. Wer war sie gleich noch mal? Eine Promi-Köchin? Eine der heißen Mormonen-Mommy-Bloggerinnen?

»Hallo«, rief Emma, doch der Barkeeper reagierte nicht. »Ich würde gern etwas bestellen«, sagte sie so laut wie möglich, ohne dass es ihr selbst peinlich war. Doch der Mann hörte sie nicht. Oder ignorierte sie. Sie rief noch einmal, wieder vergeblich. An solche Orte wie diesen hier, an denen sie unsichtbar war, war sie nicht gewöhnt. Wahrscheinlich sollte sie aufgeben und das Büfett suchen. Sie hielt sich so verkrampft an der Bar fest, dass ihre Knöchel weiß hervortraten.

»Alles okay?«, fragte jemand, und sie drehte sich um. Theo stand mit einigen Leuten hinter ihr, darunter sein bester Freund Bryan, die Möchtegern-Livestreamerin Sunny und Finn. Die anderen aus der Gruppe gehörten wahrscheinlich auch zu *LoveShack.*

»Der Barkeeper ignoriert mich. Und ich will einfach nur noch einen Drink. Bei der Beerdigung meiner Schwester. Ist das zu viel verlangt?« Sie versuchte, heiter zu klingen, doch ihr Ton war ungehalten.

»Nein, wirklich nicht«, sagte Bryan. »Moment, lass mich das machen.« Er trat an die Bar, und sofort richtete der Barkeeper seine Aufmerksamkeit auf die Gruppe. Emma verdrehte genervt die Augen und bestellte rasch zwei Litschi-Martinis.

»Wir haben gerade über unsere schönsten Erinnerungen an deine Schwester bei der Show gesprochen«, sagte eine Frau aus der Gruppe zu ihr. Emma lächelte höflich.

»Maggie war der Hammer. Hat immer Witze gerissen und uns alle zum Lachen gebracht«, sagte Bryan. Emma nickte und tat so, als würde das liebevolle Erinnerungen wecken. Doch das klang überhaupt nicht nach Maggie. Ja, ihre Schwester war lustig gewesen, aber nicht extrovertiert. In Gruppen war sie schüchtern gewesen und hatte bestimmt keine Witze gerissen. Der Spaßvogel war immer Emma gewesen.

»Wie schön«, meinte Emma, während der Barkeeper ihre Martinis mischte.

»Sie war so echt. Überhaupt nicht oberflächlich«, sagte Sunny. Auch das klang definitiv nicht nach Maggie, die das Haus nur sorgfältig geschminkt und frisiert verlassen hatte. Sobald sie es sich leisten konnte, hatte sie Tausende Dollar im Jahr für Botox-Filler und andere kosmetische Eingriffe ausgegeben. Maggie hatte viele liebenswerte Eigenschaften gehabt, aber »echt« gehörte nicht dazu.

»Das sind wirklich schöne Erinnerungen, danke«, sagte Emma. Sie musste unbedingt von hier weg.

»Sie hat die ganze Zeit von dir geredet«, bemerkte Finn, und Emma wandte sich zu ihm.

»Ach ja?«

»Über dich wusste ich von Anfang an viel mehr als über sie. Sie hat immer gesagt, wie sehr sie sich freut, nach dem Ende der Show ganz nach L. A. zu ziehen, um dann näher bei dir zu wohnen. Einmal hat sie eine tolle Geschichte aus eurer Kindheit erzählt«, fuhr Finn fort. »Sie war in ein Bienennest getreten und oft gestochen worden, und du musstest ihr den EpiPen setzen. Obwohl du da erst … acht warst?«

»Ach herrje.« Emma lachte überrascht. »Maggies Fuß war so angeschwollen, dass wir dachten, er platzt gleich.« Das war das erste Mal an diesem Tag, dass eine Anekdote zu der Maggie passte, die sie kannte: der älteren Schwester, die ab ihrem zehnten Lebensjahr nach der Schule auf Emma hatte aufpassen müssen, während ihre Mutter bei der Arbeit war. Die mit Emma zu dem Fluss in der Nähe ihres Hauses gegangen war und sie an der Hand gehalten hatte, während sie von Stein zu Stein auf die andere Seite gesprungen waren und gekichert hatten, wenn ihre Füße nass wurden.

Theo lachte, aber es klang angespannt.

»Die Geschichte kannte ich noch gar nicht«, sagte er, als der Barkeeper mit den zwei Martinis zurückkam. »Lass sie dir schmecken.«

»Ich weiß nur, dass du ihr absoluter Lieblingsmensch warst«, sagte Finn.

»Danke, das ist nett.« Sie lächelte und ging mit ihren Martinis davon.

Danach sah und hörte sie dreieinhalb Monate nichts von Theo, bis Jill ihm vor dem Restaurant begegnete. Bis auf das obsessive Stalken seiner Social-Media-Kanäle natürlich sowie aller anderen Menschen und Dinge mit Bezug zu Maggie. Automatisch griff sie nach ihrem Handy, doch als das Display hell wurde, hielt sie inne. Sie hatte sich schon zu viele Nächte lang im Internet verloren. Außerdem wollte sie schlafen, sie war erschöpft. Sie wollte nicht mehr an Theo denken, an Geld, an Maggie, an die ganzen seltsamen Influencer bei der Beerdigung. Deshalb holte sie aus ihrer Nachttischschublade zwei extrastarke Schlaftabletten, die sie ohne Wasser schluckte. Nach etwa fünfzehn Minuten sank sie in traumlosen Schlaf.

Amanda

Amanda stieg aus dem Uber und drückte eine Klingel an einem schicken Bürogebäude in Beverly Hills. Sie war spät dran für ihren Termin bei Beth, einer gut aussehenden fünfundfünfzigjährigen Frau, die ihre Haare in einem schwarzen Bob mit grauen Strähnen trug. Amanda nannte sie »Promi-Therapeutin« – und hoffte, damit möglichst selbstironisch zu klingen.

Das dreistöckige Gebäude hatte einen Portier, und in der Lobby standen unbequeme Designerstühle; an den Wänden hingen ein paar originale Cindy-Sherman-Drucke. Die großformatigen Fotos älterer Frauen mit schlecht sitzenden rosafarbenen Perücken und ungleichmäßig aufgetragenem Lipliner waren eine seltsame Wahl für ein Gebäude, das fünf exklusive psychotherapeutische Praxen beherbergte.

»Kommen Sie rauf«, erklang Beths Stimme aus der Gegensprechanlage. Während Amanda die Treppe nach oben ging, an den gruseligen Sherman-Prints vorbei, spürte sie die übliche Aufregung im Bauch bei der Aussicht, die nächsten fünfzig Minuten über sich reden zu dürfen.

Die Praxistür stand offen, und Amanda trat ein. Beth saß mit übereinandergeschlagenen Beinen in ihrem Sessel. Sie trug rote Mules, ihre Zehennägel waren tiefrot lackiert.

»Wie geht es Ihnen?«, fragte sie nach der Begrüßung.

»Gut.« Amanda stellte ihre aus bunten Perlen gefertigte Susan-Alexandra-Tasche ab, die sie sich zu ihrem ersten Emmy-Gewinn gegönnt hatte. »Na ja, nicht so ganz.« Sie ließ sich auf ihren üblichen Platz auf der Couch sinken. »Die Arbeit ist Mist.«

»Warum?«

»Ich habe immer noch den Verdacht, dass mich alle hassen. Ich weiß, das ist paranoid. Aber vielleicht auch nicht? Am Dienstag hat mich unser Assistant Producer beim Production Meeting ständig unterbrochen. Wenn er das bei anderen macht, weisen ihn alle zurecht und sagen, er soll den Leuten nicht ständig ins Wort fallen. Aber bei mir hat niemand etwas gesagt. Und ich bin immerhin Executive Producer.«

»Hm.« Beth stellte die Beine nebeneinander und verschränkte stattdessen die Arme. »Das klingt schwierig. Und war das früher anders?«

»Ich weiß es nicht. Zumindest behandelt man mich jetzt anders als zu der Zeit, als ich an *Anxiety* gearbeitet habe. Ein Mann müsste sich das nicht gefallen lassen.«

»Wie wird denn ein Mann Ihrer Ansicht nach behandelt?«

»Die Leute beurteilen mich immer noch nach den Dingen, die ich getan habe, als ich noch abhängig war. Männer hingegen sind immer tragische Gestalten und voller seelischer Verletzungen, wenn sie auf Drogen irgendwelchen Mist anstellen.« Amanda hatte das unangenehme Gefühl, sich selbst mit Beths Augen zu betrachten.

»Fürchten Sie, wegen etwas Bestimmtem verurteilt zu werden?«, fragte Beth.

»Ich weiß nicht.« Amanda dachte nach. »Klar, das mit Trevor. Denken alle immer gleich daran, wenn sie mich ansehen? Denken sie dann daran, oder ist das alles nur in meinem Kopf?«

»Bleiben wir mal einen Moment dabei. Warum stört es Sie, wenn man Sie immer noch mit Trevor in Verbindung bringen würde?«

»Das ist doch wohl offensichtlich.« Amanda seufzte. »Tut mir leid, ich wollte nicht unhöflich sein. Aber die Leute halten mich deswegen für einen schlechten Menschen.«

»Halten Sie sich denn für einen schlechten Menschen?« Beth lehnte sich zurück.

»Meistens nicht. Aber wie gesagt, ich will nicht, dass *andere* Leute mich für einen schlechten Menschen halten. Wir haben unzählige Male darüber gesprochen, und ich habe mir das meiste verziehen, was ich unter Drogeneinfluss getan habe. Ich habe das hinter mir gelassen. Andere jedoch nicht, habe ich das Gefühl.«

»Hm.« Beth musterte sie skeptisch.

»Außerdem mache ich mir Sorgen wegen *LoveShack.* Maggie Lathrop, ein Cast-Mitglied, wurde umgebracht. Sie wissen, dass Maggie die Schwester von Jills Mitbewohnerin war? Ist das nicht verrückt? Was, wenn alle erfahren, dass ich an der Show beteiligt bin? Wahrscheinlich werde ich wieder gecancelt.«

»Aber warum sollten Sie gecancelt werden, wenn bekannt wird, dass Sie an *LoveShack* beteiligt sind?« Beth verstummte. »Wäre es möglich, dass das nur eine Traumareaktion auf Ihre früheren Erfahrungen mit der Öffentlichkeit ist?«

»Natürlich ist es das. Aber das ist nicht der Punkt. Ich würde wegen der verkommenen Moral des *LoveShack*-Franchises gecancelt werden. Weil es den Leuten gefällt, dass Maggie tot ist.«

»Aber was hat denn die Show – und Ihre Beteiligung daran – mit dem Mord an Maggie Lathrop zu tun? Selbst wenn Jills Mitbewohnerin ihre Schwester ist, wie Sie sagen.«

Eine wöchentliche Sitzung von fünfzig Minuten kostete dreihundertachtzig Dollar, ein Betrag, bei dem Amanda sich dumm, aber auch besonders vorkam. Diese Sitzung allein kostete mehr als der nur in limitierter Auflage produzierte Anna-Sui-Krokodilledergürtel, den sie gerade trug.

»Natürlich nichts«, erwiderte Amanda. »Es geht darum, wie es aussieht. Man mag mich sowieso schon nicht. Am liebsten würde ich mich verkriechen und nie wieder an einer Show arbeiten. Vielleicht sollte ich nur noch eigene Projekte verwirklichen, allein. Noch ein Buch schreiben. Irgendetwas, bei dem ich die volle kreative Kontrolle habe.«

»Das ist eine großartige Idee«, sagte Beth. »Diese zwanghaften Gedanken und die Ängste kommen vielleicht auch daher, dass Sie sich langweilen. Ein neues Projekt klingt sehr gut.«

In den restlichen zwanzig Minuten der Sitzung zählte Amanda die Projekte auf, denen sie sich widmen könnte: Nachwuchs-Drehbuchautoren fördern, eine Essaysammlung zusammenstellen, eine Produktionsfirma gründen. Das alles durchzusprechen, war ihr zwar keine konkrete Hilfe, füllte die verbleibende Zeit aber einigermaßen sinnvoll.

Das Beste an einer »Promi-Therapeutin« war, im Wartebereich anderen Promis zu begegnen. Man sollte meinen, dass die Praxis diskreter organisiert wäre, doch es war gerade cool, eine Therapie zu machen, und vielleicht wollten die Leute ja gesehen werden. Amanda selbst sprach in Interviews ständig von ihrer Therapie und hatte Beth in ihrem letzten Buch ein ganzes Kapitel gewidmet. (»Stört es Sie, dass ich über Sie geschrieben habe?«, hatte sie Beth gefragt. »Sollte es mich Ihrer Ansicht nach denn stören, dass Sie über mich geschrieben haben?«, hatte Beth geantwortet.)

Im letzten Jahr hatte sie Hailey Bieber ein paarmal im Wartebereich gesehen, was die hohen Kosten allein schon rechtfertigte. Zum Spiel gehörte natürlich auch, so zu tun, als würde man die anderen Promis nicht erkennen, wenn man sich im Flur begegnete oder neben ihnen auf den schrecklichen Stühlen saß. Man musste scheinbar in sein Handy vertieft sein, geschäftsmäßig und abgelenkt wirken, während man einer Freundin schrieb: *OmG, Seth Rogen geht auch zu meiner Therapeutin????*

Emma

Wie von LaClair angekündigt, erschien die Pressemitteilung des LAPD gleich früh am nächsten Morgen. Sie löste in Emma eine neue Welle der Trauer aus, die aber irgendwie anders war als die Trauer der letzten Monate. Emma war nicht nur traurig, sie hatte es vor allem satt, traurig zu sein.

Sie merkte, dass Jill sich Sorgen machte, denn bevor sie zur Arbeit fuhr, stellte sie eine große Tasse Kaffee und Emmas Lieblingssandwich aus der Bäckerei bei ihnen um die Ecke auf den Tisch. Emma nahm es mit in ihr Zimmer, kroch wieder ins Bett (das immer noch nicht frisch bezogen war) und nahm einen Bissen. Den sie allerdings kaum hinunterbrachte. Jills Sorge um ihr Wohlergehen freute sie und war ihr gleichzeitig unangenehm, weil sie sich schämte, ihre Freundin so sehr zu brauchen. Jill kümmerte sich gern um ihre Liebsten, Emma wollte diese Großzügigkeit allerdings nicht ausnutzen. An Tagen wie diesen wünschte sie sich noch mehr als sonst, eine Familie zu haben, Angehörige, mit denen sie die Trauer teilen konnte.

Als Maggies und Emmas Mutter vor fast neun Jahren an Bauchspeicheldrüsenkrebs erkrankt war, hielten die Schwestern zusammen. Nachdem sich der Gesundheitszustand ihrer Mutter verschlechterte und sie ihre Arbeit aufgeben musste, ging alles so schnell. Als sie dadurch keine Krankenversicherung mehr hatte, übernahmen Emma und Maggie ihre Pflege.

Eines Abends schlief ihre Mutter gerade – mit den angestrengten, flachen Atemzügen einer Sterbenden –, und Maggie schlug vor, einen Film anzuschauen, um mal etwas anderes zu tun, als ihrer Mutter die Windeln zu wechseln, sie mit Kartoffelbrei zu füttern oder ihre Morphiumpumpe einzustellen. Nebeneinander lagen sie auf Maggies Bett, das noch aus dem gemeinsamen Kinderzimmer stammte, und streamten *Ein Zwilling kommt selten allein* auf Maggies Laptop.

»Wir werden wieder zu Kindern«, sagte Emma.

»Kann schon sein«, gab Maggie zu. »Aber unter den Umständen finde ich das okay.«

Während sie Lindsay Lohan bei ihrem geheimen Handschlag mit dem Butler zusahen, spielte Maggie mit Emmas Haaren. »Kannst du sie mir flechten?«, fragte Emma. Damals trug sie die Haare noch lang und hatte sie seit gut einer Woche nicht mehr gewaschen.

»Klar«, sagte Maggie. Sie gab den Laptop an Emma weiter, die ihn neben das Bett auf den Boden stellte. Schweigend saßen sie da, während Maggie ihrer Schwester die verfilzten Haare bürstete, sie in der Mitte teilte und zu zwei strammen Zöpfen flocht. Diese Zöpfe behielt Emma, bis ihre Mutter ein paar Tage später starb und Maggie sie zwang, sich endlich die Haare zu waschen.

Damals war sie zum ersten Mal in schwärzeste Depressionen abgestürzt, und es hatte ihr einen Schock versetzt.

Sie hatte keine Kraft gehabt, sich anzuziehen, zu essen, zu duschen. Maggie als ältere Schwester kümmerte sich um alles, organisierte die Beerdigung und legte Emma die Kleidung dafür heraus. Sie war liebevoll und beschützend, aber nicht bevormundend. Sie mailte Emmas Dozenten und bat um verlängerte Abgabefristen. Sie entschied, wo sie ihre Mutter beerdigen würden und was auf dem Grabstein stehen sollte. Sie fuhr die Sachen ihrer Mutter zur Heilsarmee. Emma fühlte sich an die achte Klasse erinnert, als sie eine Pink Lady in *Grease* gespielt und zwei Abende vor dem Aufführungswochenende schreckliches Lampenfieber entwickelt hatte. Maggie, die da in der zehnten Klasse gewesen war, hatte jeden Abend in der ersten Reihe gesessen, Emmas Texte lautlos mitgesprochen und ihr damit Kraft gegeben.

Maggie war in allen wichtigen Belangen die Starke, sodass Emma zusammenbrechen konnte. Und wenn Emma ehrlich zu sich war, dann fühlte sich das auch irgendwie gut an. Vielleicht nicht direkt *gut,* aber zumindest richtig. Sie hatte sich ihrer Trauer völlig ergeben und war danach innerlich leer und leicht gewesen. Jetzt nach Maggies Tod war sie ganz allein auf der Welt. Keine Eltern, keine Großeltern, keine Geschwister. Niemand. Nur noch sie. Sie und Jill. Und jetzt musste sie die Starke in ihrem jämmerlichen Leben sein.

Maggie und Emma waren in Kansas aufgewachsen, etwa eine Stunde von Topeka entfernt, in einer kleinen Siedlung am Rand der »Stadt«. Es war eine kleine Gemeinde, die hauptsächlich aus Farmen bestand, einem Postamt, einem

Dollarstore und einem kleinen Lebensmittelladen. Ihre Mutter Melinda arbeitete als Anwaltsgehilfin und war alleinerziehend. Melinda war als Erste in ihrer Familie aufs College gegangen und hatte mit einem Vollstipendium an der Kansas State University studiert. Nach dem Abschluss und bis zu ihrer Krebsdiagnose pendelte sie jeden Tag eine Stunde zu einer Anwaltskanzlei in Topeka. Ihren Vater hatten die Mädchen nie gekannt, und Melinda erzählte auch nicht viel. Sie wussten nur, dass er drogenabhängig und lange genug mit ihrer Mutter zusammen gewesen war, um sie zweimal zu schwängern. Emma hatte keine Erinnerungen an ihn, und auch Maggie wusste nicht mehr viel. Das Thema war für ihre Mutter tabu. Irgendwann hatten sie das Interesse an ihm verloren. Als Emma dreizehn und Maggie fünfzehn war, rief die Polizei von Tallahassee an und informierte ihre Mutter, dass er an einer Überdosis gestorben sei. Die Beerdigung fand im Norden von Florida statt, und sie nahmen nicht daran teil. Sie hätten sowieso kein Geld für die Flüge gehabt.

Öffentlich sprach Maggie nie über ihre Vergangenheit, das wenige Geld und die toten Eltern. Sie sagte zu Emma, bei *LoveShack* hätte sie das Image des netten Mädchens von nebenan, und auch wenn sie es mit der tragischen Geschichte ihrer Eltern gut und gern auf das Cover von *People* hätte schaffen können, machte sie die schweren Zeiten und Tragödien ihres Lebens nie zum Thema. Sogar in der Berichterstattung über ihren Tod wurde die Vergangenheit nur am Rande erwähnt. In ihrem Wikipedia-Eintrag war es im Absatz »Kindheit« in zwei Zeilen vermerkt; von den Jahren voller Entbehrungen und all den Anstrengungen, etwas anderes als das langweilige hübsche Blondchen aus Kansas zu sein, war dort nichts zu lesen.

Tatsächlich hatten Maggie und Emma ihre Kindheit geliebt. Sie hatten es geliebt, allein mit ihrer Mutter zu sein und ihre volle Aufmerksamkeit zu erhalten. Ja, sie waren aus der Arbeiterklasse, aber es hatte ihnen an nichts gefehlt. Und es war immer klar, dass sie aufs College gehen würden, um danach gute Jobs zu bekommen. Emma war eine sehr gute Schülerin und erhielt ein Stipendium. Auch wenn sie nach dem College nicht viel Geld verdiente, konnte sie ihrer Mutter immer etwas für die laufenden Kosten schicken. Nachdem Maggie zum Star geworden war, hatten die Lathrop-Schwestern gedacht, sie hätten es zu etwas gebracht. Jetzt erschien es Emma nur noch lächerlich, dass ihr das alles irgendwann einmal wichtig gewesen war.

Emma zwang sich, ein Viertel des Sandwiches zu essen, wovon ihr aber nur übel wurde. Es war Zeit für ihre »Maggie-Recherchen« – eine Stunde, die sie sich jeden Morgen zugestand, in der sie das Internet nach Verschwörungsmythen und vielleicht nützlichen Informationen zum Mord an Maggie durchforstete. Es verschaffte ihr ein krankes Gefühl der Befriedigung, Maggies Namen in Google einzutippen. Die erste Suchanfrage war natürlich die beste. Bei der ersten Suche erschien noch alles möglich. Vielleicht würde sie den Mord an Maggie ja durch Googeln aufklären. Doch während sie von einer Social-Media-Plattform zur nächsten wechselte und immer wieder die Seiten aktualisierte, fühlte sie sich zunehmend leer und lethargisch.

So konnte sie gut und gern den ganzen Tag weitermachen, weshalb Jill vorgeschlagen hatte, das Detektivspielen im Internet auf ein gesünderes zeitliches Maß zu begrenzen. Doch das war gar nicht so leicht umzusetzen.

An diesem Morgen ging es überall um die Ankündigung des LAPD, Maggies Fall zu den Akten zu legen. Der Mord an Maggie hatte, wenig überraschend, großes Medieninteresse hervorgerufen – schließlich war sie berühmt und hübsch gewesen und hatte Millionen Fans gehabt. Reddit und TikTok waren voller Verschwörungsmythen, hauptsächlich zu Lucía und Javier, und nach jeder größeren Neuigkeit zu dem Fall wurde im Netz fieberhaft darüber diskutiert. Gelegentlich parkten danach Paparazzi vor Theos neuer Wohnung und hofften auf einen Kommentar.

Vor ihrem Tod hatte Maggie hauptsächlich im Homeoffice gearbeitet und das Haus voll gestylt nur für Influencer-Veranstaltungen und geplante Besuche im japanischen Nobelrestaurant Nobu oder einem der schicken Erewhon-Supermärkte verlassen. Sie hasste es, von Paparazzi umringt zu sein, was aber oft passierte, nachdem ihre Videos mit Theo bekannt geworden waren. Durch diese geplanten Auftritte konnte sie der Presse zu ihren Bedingungen entgegentreten. Ihr Team informierte die Fotografen im Vorfeld über Ort und Uhrzeit, und im Gegenzug ließen diese sie bei Zahnarztbesuchen oder Essen mit der Familie in Ruhe. Doch normalerweise ließ Maggie ihre Schwester von einem Fahrer abholen und nach Calabasas bringen, einem

Villenvorort im Norden von Malibu, wo sie und Theo sich anderthalb Jahre nach dem Start von *LoveShack* ein Haus gekauft hatten. Dort saßen sie dann im Garten, unterhielten sich und aßen alles, was Maggies Koch ihnen zubereitet hatte. Allerdings waren sie dort nie allein. Immer waren diverse Angestellte um sie herum, und Theo war ebenfalls oft zu Hause. Seit *LoveShack* war Maggies Kalender prall mit Terminen gefüllt, die von den Menschen um sie herum und ihrem Leben als Influencerin vorgegeben wurden: Stunden, in denen Videos gedreht wurden, Fitness mit dem Personal Trainer, Styling für Events, Telefonkonferenzen mit Werbepartnern. Auch wenn sie zum ersten Mal seit Kansas in derselben Stadt lebten, sahen sie sich seit *Love-Shack* gefühlt seltener als zu der Zeit, als Maggie noch in New York und Emma in L. A. gewohnt hatte. Doch ab und zu konnte Emma sie überzeugen, zu ihr und Jill in die gemeinsame Wohnung zu kommen. Das waren die schönsten Momente als Erwachsene, viel schöner, als wenn Emma bei Maggie in Calabasas war. Emma kochte dann etwas Einfaches wie Chicken Parmesan (von dem Maggie nur ein paar Bissen aß, weil sie nie richtiges Essen zu sich nahm), und sie schauten sich irgendeinen Mist im Fernsehen an.

Jetzt konnte sie sich nicht mehr erinnern, wann sie das letzte Mal einkaufen gewesen oder spazieren gegangen war oder wann sie jemand anderen außer Jill gesehen hatte. Sie beschloss, dass sie morgen endgültig aufstehen und ihr Leben wieder in die Hand nehmen würde. Hoffentlich. Sie legte das Sandwich, das mittlerweile kalt geworden war, zurück auf den Nachttisch.

Irgendwie war sie unruhig, als müsste sie etwas tun. Sie hatte das Bedürfnis, Maggie zu sehen, mit ihr zu sprechen. Sie lag auf dem Bett und schloss die Augen, versuchte ruhig zu atmen, an nichts zu denken. Doch das war unmöglich. Stattdessen scrollte sie auf dem Handy durch alte Fotos von sich und Maggie, die sie schon unzählige Male angesehen hatte. Es war schön, ihre Schwester so glücklich zu sehen. Am Leben.

Dann fiel ihr ein, dass sie sich ja einfach *LoveShack* anschauen könnte. Aufnahmen ihrer Schwester, die sie noch nicht kannte und in denen sie wahrscheinlich glücklich und definitiv am Leben war.

Eine brillante Idee. Warum hatte sie nicht schon früher daran gedacht? Vielleicht bekam sie so einen besseren Eindruck von den Bereichen in Maggies Leben, über die sie kaum etwas wusste und die sie mit ergebnislosem Scrollen durch Social Media zu füllen versuchte. Ja, Maggie hatte ihr geradezu verboten, sich die Show anzusehen. Was Emma zwar immer albern vorgekommen war, sie hatte sich aber daran gehalten. Doch jetzt war Maggie tot, und sie konnte selbst entscheiden.

Sie setzte sich auf und schaltete den Fernseher ein.

Maggie

Maggie stand mit fünf anderen Frauen vor dem Infinity-Pool, alle in Bikini und High Heels und professionell gestylt. Sie hatte Chloe, Layla, Tia, Sunny und Felicia schon bei Promo-Terminen getroffen, wo man sie an einem falschen Strand bei Tucson, Arizona, fotografiert hatte, auch da in Bikini und vollem Glamour. Auch die eigentlichen Dreharbeiten für die Reality-TV-Show fanden im Spätfrühling in der Wüste von Arizona statt, und das Set war so üppig dekoriert, als befänden sie sich auf Hawaii. Maggies Agentin Anita erklärte ihr den Grund für Arizona: geringere Kosten. Außerdem war es so warm und sonnig, dass die Kleidungsvorschriften – Bikini – gut umsetzbar waren. Trotzdem war sie aufgeregt bei der Aussicht, den ganzen Tag mit wunderschönen Menschen in einer Villa mit Infinity-Pool herumzuhängen, selbst in Arizona.

Auf den Rat ihrer Agentin hin hatte Maggie sich aufwendig beigebracht, sich selbst um ihre Haare und das Make-up zu kümmern, was sie in ihrer glücklosen Karriere als Model/Schauspielerin/Kellnerin bisher nie geschafft hatte. Heute hatte sie sich aber ein letztes Mal professionell stylen lassen, bevor sie in die Villa einzog und vom Rest der Welt abgeschnitten war. Ihre (dank Clip-in-Extensions) langen blonden Haare waren zu einem Pferdeschwanz gebunden, ihre Haut wegen des Selbstbräuners etwa vier Nuancen dunkler als sonst, und in ihrem Koffer lagerte genug Selbstbräuner für die nächsten anderthalb Monate. Zwei Wochen zuvor hatte sie sich zum ersten Mal Lippen und Wangenknochen mit Fillern unterspritzen lassen, damit bis zur Show alles gut aussah.

Mit ihren knapp einen Meter achtzig war sie die größte der sechs jungen Frauen. Sie fragte sich, ob sie niedrigere High Heels tragen sollte, um die anderen nicht so zu überragen. Aber vielleicht war auch genau das nötig – überragend zu sein.

Die Kameras waren auf sie gerichtet, und Maggie musste sich bemühen, nicht direkt in die aufdringlichen Objektive zu blicken. Obwohl es im Freien hell und sonnig war, hatten sie das Set voll ausgeleuchtet. Insgeheim war sie begeistert, denn die Kameras waren wegen ihnen hier. Wegen *ihr.*

Und dann trat der erste Mann aus der Tür des lang gezogenen, ebenerdigen Gebäudes. Die anderen Frauen schnappten alle nach Luft und applaudierten, und Maggie tat es ihnen nach.

»Hallo, ich bin Patrick«, sagte der Mann. Der Moderator der fünf bisherigen *LoveShack*-Staffeln, Schuyler, winkte ihn zu der Gruppe herüber. Auch wenn Schuyler ein bisschen schmierig war und eine Vorliebe für Hawaiihemden hatte, wäre Maggie bei ihrer ersten Begegnung vor Ehrfurcht beinahe ohnmächtig geworden. Jetzt stand er Patrick gegenüber, der grinste und dabei seine unnatürlich weißen Zähne zeigte. Er sah gut aus. Maggie stellte sich vor, was den Zuschauern zu ihm eingeblendet werden würde: *Patrick O'Connell, 24, Fitnessmodel.*

»Hallo, Patrick!«, begrüßte ihn Schuyler. »Willkommen in unserer bescheidenen *LoveShack*-Hütte.«

»Na, unter einer Hütte stelle ich mir aber etwas anderes vor«, erwiderte Patrick. Die Frauen lachten. Das Haus war in Wahrheit riesig, eine Villa mit sechs Schlafzimmern, einem Fitnessstudio, Pool, Hot Tub und drei Bars. Es war der glamouröseste Ort, an dem Maggie je gewesen war.

»Nicht schlecht, was?« Schuyler klopfte Patrick auf den Rücken. »Und jetzt ist es Zeit für *Hot or Not*. Ihr wisst, wie es läuft: Ihr glücklichen Jungs dürft entscheiden, ob ihr Maggie, Chloe, Layla, Sunny, Tia und Felicia heiß findet und sie näher kennenlernen wollt. Eure Gründe hören wir nicht, nur ein Wort: *Hot* oder *Not*.«

»Alles klar.« Patrick grinste.

»Okay, dann fangen wir an.« Maggies Herz schlug schneller, ihr Körper fühlte sich taub an. Sie wusste, dass sie *hot* war! Natürlich war sie das! Ihr ganzes Leben lang hatte man ihr gesagt, dass sie heiß war! Seit man sie mit elf Jahren im Einkaufszentrum von Topeka als Kindermodel entdeckt hatte, hatte man ihr nichts anderes gesagt. Auf diesen Moment hier hatte sie sich bis zum letzten Strich mit einem Augenbrauenstift vorbereitet.

»Sunny?« Schuyler lächelte so breit, dass das dicke Make-up um seinen Mund herum Risse bekam.

»*Hot*«, verkündete Patrick. Alle jubelten.

»Tia?«

»*Hot!*«

»Layla?«

»*Not.*« Maggie warf Layla einen raschen Blick zu, einer hinreißenden Filipina mit dem perfektesten Hintern, den sie je gesehen hatte.

»Schon okay, du bist auch nicht mein Typ«, erwiderte Layla.

»Maggie?«

»*Hot!*«, verkündete er. Maggie entspannte sich und lächelte ihn an.

»Felicia?«

»*Not.*«

»Chloe?«

»Tut mir leid, auch ein *Not.*« Patrick grinste wieder. Da wusste Maggie, dass sie ihn hasste. Chloe war die einzige Schwarze in der Show. Für ihn waren die weißen Frauen heiß, die Women of Colour nicht.

»Du bist aber streng!«, sagte Schuyler. »Diese Frauen hier sind alle umwerfend. Aber leider kannst du nicht mit allen ein Lovepair bilden. Also, Patrick, du könntest den Weg nach Paradise Island mit Sunny, Tia oder Maggie gehen. Ihr Zuschauer zu Hause entscheidet! Wer soll einen romantischen Abend zu zweit verbringen? Vergesst nicht, von eurer Wahl hängt ab, wer ein Lovepair wird und als Paar um den Sieg der sechsten Staffel von *LoveShack* kämpft. Und vielleicht sogar die wahre Liebe findet.«

Mehr junge Männer kamen hinzu. Aaron, der wie ein Linebacker aussah und Maggie heiß fand. Danach traten die Zwillinge Bryan und Luke aus dem Haus. Beide fanden Maggie *hot* (und die arme Layla wieder nicht).

Dann war da noch Theo, der gut, aber irgendwie langweilig aussah – sein Gesicht war so perfekt, als hätte man ihn im Labor designt. Er war der Einzige, der Maggie nicht heiß fand. Sie hätte erwartet, dass die Zurückweisung wehtat, doch nach der Bestätigung durch die anderen Männer war es nicht so schlimm.

Ihre Füße schmerzten von den hohen Absätzen, und sie unterdrückte den Impuls, sich den Schweiß von der Stirn zu wischen. Zum Glück kam dann endlich der letzte Teilnehmer aus dem Haus.

Er war der Inbegriff von *groß, dunkel, gut aussehend*, und Maggie hoffte sofort, dass sie ihm gefiel.

»Und jetzt unser letzter Kandidat!«, verkündete Schuyler.

»Hallo, ich bin Finn.«

»Hallo, Finn, willkommen. Zeit für *Hot or Not*.« Schuyler grinste zu den Frauen hinüber. »Chloe?«

»*Hot!*«

»Layla?«

»*Hot!*« Maggie freute sich für sie.

»Maggie?«

»*Hot!*«

»Tia?«

»*Hot!*«

»Sunny?«

»*Hot!*«

»Felicia?«

»*Hot!*«

»Wow, das muss das erste Mal bei *LoveShack* sein, dass ein Kandidat alle Frauen heiß findet. Das heißt also, dass du mit jeder dieser hinreißenden Ladys nach Paradise Island fahren möchtest?«, fragte Schuyler, als hätte Finn sich nicht klar genug geäußert.

»Definitiv. Sie sind alle wunderschön. Und ganz ehrlich, dieses *Hot or Not* ist beleidigend und oberflächlich«, antwortete Finn.

Hatte sie richtig gehört? Sie fragte sich, ob man die Stelle später herausschneiden würde. Wurde Kritik an der eigenen Show überhaupt gesendet?

»Na los, bloß nicht schüchtern, sag uns, was du wirklich denkst.« Schuyler klopfte Finn auf den Rücken.

»Ich finde, Frauen werden damit zu Objekten degradiert«, sagte er, und Patrick verdrehte die Augen. Maggie lächelte Finn zu. Sie war selbst davon überrascht, dass sie ihm zustimmte. Natürlich waren sie Objekte. Manchmal war ihr das gar nicht klar, denn sie hatte ihr ganzes Leben und ihre ganze Karriere lang darauf hingearbeitet, dass Menschen sie ansahen. Er erwiderte das Lächeln. Seine Augen waren hellgrün, seine Wimpern dicht und dunkel.

Finn sah sie an, bis Schuyler abrupt sagte: »Also, das war *Hot or Not*. Jetzt seid ihr Zuschauer zu Hause an der Reihe. Stimmt für die Paare, die ihr auf Paradise Island sehen wollt. Ihr Schicksal liegt in euren Händen, überlegt euch eure Entscheidung also gut.«

Der erste Tag der Aufzeichnung war offenbar, neben dem Finale, der längste. Seit vier Uhr morgens war Maggie wach gewesen, um vor den Dreharbeiten gestylt zu werden, und es war fast ein Uhr morgens, als die Premierenparty fertig gefilmt war. Der restliche Tag war zum Glück weniger aufregend verlaufen als die *Hot or Not*-Abstimmung. Sie spazierte durch das Haus und machte bei einem Drink Small Talk mit allen, denen sie begegnete.

Trotz der drei Skinny Margaritas zitterte sie, während sie darauf warteten, dass ihre Mikros eingesammelt wurden. Sie stand hinter Bryan und vor Finn, mit beiden musste sie noch Einzelgespräche führen. Doch da die Kameras nicht liefen, durften sie sich jetzt nicht unterhalten.

Maggie war ein bisschen betrunken und sehr erschöpft. Ihre Augenlider waren schwer, und von dem billigen Alkohol war ihr ein wenig übel. Bevor sie wusste, wie ihr geschah, rülpste sie laut in die stille Wüstennacht. Entsetzt schlug sie die Hand vor den Mund, doch es war zu spät. Vor diesen Männern zu rülpsen, war wie eine Szene aus einem Albtraum. Warum hatte sie vor dem Essen nicht zwei Magentabletten genommen? Sie war den Tränen nahe, atmete dann jedoch tief durch. So schlimm war es nicht. Es war das einundzwanzigste Jahrhundert, und Frauen durften rülpsen! Aber durften sie das wirklich vor einem Haufen Männer, die sie eigentlich beeindrucken sollten?

Wenigstens hatten die Kameras nicht mitgefilmt.

»Alles okay?«, flüsterte Finn, und Maggies Gesicht glühte vor Verlegenheit.

»Ja.« Außer dass sie sich wünschte, die Erde würde sich unter ihr auftun und sie verschlingen. »Mir ist das nur furchtbar peinlich.«

Er lachte. »Das muss es nicht sein. Wir haben heute alle viel getrunken.«

Die Schlange rückte voran, und weil sie sich vor all diesen Menschen natürlich gleich noch einmal blamieren musste, blieb sie mit dem Absatz im Schotter stecken. Sie stolperte, doch Finn hielt sie rechtzeitig am linken Arm fest. Er war warm und roch ein wenig nach Bier, aber auf vertraute, angenehme Weise.

»Hey, Vorsicht. Es war ein langer Tag.« Er hielt immer noch ihren Arm fest und deutete auf ihre High Heels. »Die kannst du jetzt ausziehen. Die Aufnahmen sind beendet.«

»Keine schlechte Idee.« Ihre Füße schmerzten, und sie hatte schon davon geträumt, die Schuhe – mit Zehn-Zentimeter-Absätzen von Zara – in den Müll zu werfen. Sie drehte sich zu Finn. Seine Hand lag immer noch auf ihrem Arm. Er flirtete doch mit ihr, oder? Sogar nach dem Monsterrülpser flirtete er noch mit ihr. Bei der Vorstellung wurde ihr warm.

Sie bückte sich, um die Riemen ihrer Schuhe zu lösen, doch Finn hielt sie auf.

»Warte, lass mich das machen«, sagte er.

Sie wollte schon protestieren, doch etwas in seinem Blick ließ sie schweigen. Er sah ihr weiter in die Augen, während er ihren Arm freigab und sich hinkniete. Behutsam umfasste er ihren Knöchel. Die sanfte, aber sichere Berührung versetzte ihr einen Schock. Dieser Typ war ganz schön mutig. Als seine Fingerspitzen rau über ihre Haut strichen, während er die Riemen löste, bekam sie eine Gänsehaut.

Sie musste kichern.

»Hast du einen Schuhfetisch oder so?«, platzte sie heraus. Der Bann war gebrochen, und sie bereute ihre Worte sofort.

Zum Glück grinste er kameradschaftlich.

»Igitt, nein. Ich will einfach nur ein Gentleman sein.« Er stand auf, und sie streifte die Schuhe ab.

Doch bevor sie noch etwas antworten konnte, mischte Priya, die Produzentin, sich ein.

»Was ist hier los? Flirten ist nicht erlaubt, wenn die Kameras nicht filmen. Das wisst ihr, lasst diesen Mist.« Doch dann lächelte sie verschmitzt. »Ihr seid mir ja zwei. Hebt euch das für später auf.«

Dann gab Maggie ihr Mikro ab. Der erste Tag war geschafft, und sie war verknallt.

Amanda

Sie wachte beim Läuten des Weckers auf und spürte die vertraute Mischung aus widerstreitenden Gefühlen. Heute war ein weiteres Jubiläum. Seit einem Jahr und zehn Monaten hatte Amanda nichts mehr genommen. Körperlich fühlte sie sich gut, gleichzeitig sehnte sie sich immer noch nach Amphetaminen und wusste, dass sie einen weiteren Tag ohne sie durchstehen musste.

Sie zog ein Rodarte-Kittelkleid mit floralem Muster über, in dem sie sich wie in *Unsere kleine Farm* vorkam und das wie ein Umstandskleid aussah, jedoch gut zu ihrer milchweißen (und wie sie zugeben musste, zunehmend von Besenreisern durchzogenen) Haut passte. Ihre blonden, fast schon silbrigen Haare trug sie zu zwei Zöpfen geflochten. Für diese Haarfarbe waren monatliche Friseurbesuche notwendig, bei denen die Ansätze dreifach mit Biobleiche aufgehellt und dann mit einer Aufbaukur gegen die Schäden behandelt werden mussten.

Ihren Führerschein hatte man eingezogen, nachdem man sie zweimal high am Steuer erwischt hatte, daher nahm sie meist ein Taxi zum Set, oder Jill holte sie auf dem Weg nach Burbank ab. Heute nahm sie ein Uber, das im dichten Verkehr ewig brauchte. Als sie endlich in ihrem Büro am Set ankam, saß Jill auf der Couch gegenüber von

Amandas Schreibtisch und tippte auf ihrem Laptop. Zweifellos war sie die beste Assistentin, die Amanda je gehabt hatte. Sie führte alle Aufträge klaglos aus, holte Medikamente gegen eine Pilzinfektion und stellte sich genauso bereitwillig stundenlang wegen eines Sample-Sale an. Eine Assistentin wie Jill war Gold wert.

Die Show, an der Amanda gerade arbeitete – *The Youth* –, war nicht ihre eigene, auch wenn sie Autorin und Executive Producerin war und bei einigen Folgen Regie führen sollte. An Tagen, an denen sie gebraucht wurde, bemühte sie sich, pünktlich am Set zu sein. Es war ihr erstes Projekt ohne Drogen, und sie wollte beweisen, dass sie sich im Griff und es immer noch draufhatte. Es war auch ihr erstes Projekt nach der Sache mit Trevor.

Die Show sollte eine GenZ-Antwort auf *Skins* sein, aber lustiger. Viel Sex und Drogen, aber mit Humor.

Amanda hatte sich auch für einen Handlungsstrang eingesetzt, in dem eine Figur eine Amphetaminsucht entwickelte, weil sie das gern schreiben wollte und weil sie wusste, dass die anderen Autoren sich nicht darum reißen würden. Außerdem hoffte sie, dass die Presse darauf anspringen und ihr dazu Fragen stellen würde.

»Wie war es gestern, nachdem ich gegangen bin?« Jill sah von ihrem Laptop auf. »Hat das Shooting geklappt?«

»Ja, alles okay.« Amanda wickelte ihren Bagel aus und nahm einen Bissen. Er war köstlich. Noch ein riesiger Vorteil, wenn man keine Drogen mehr nahm: Das Essen schmeckte wieder gut. Nachdem sie clean geworden war, hatte sie sofort zehn Kilo zugenommen. Doch das war ein geringer Preis, denn dadurch verschwanden die Pocken-narben, ihre Wangen hatten wieder Farbe, und ihr fielen nicht länger die Haare aus.

»In dreißig Minuten musst du am Set sein«, sagte Jill. Auch wenn sie ein paar Jahre jünger war, wirkte sie manch-mal eher wie Amandas Mutter als wie ihre Assistentin.

»Zuerst muss ich diesen Bagel aufessen. Aber wie geht es dir? Wie geht es Emma?« Wie alle anderen hatte Amanda die Berichte über den Mord an Maggie verfolgt. Sie inte-ressierte sich nicht nur wegen ihrer persönlichen Verbin-dung zu Jill dafür, sondern auch wegen ihrer eigenen frühe-ren Arbeit an *LoveShack* – die sie so gut wie möglich unter Verschluss hielt, sogar vor Jill. Seither gab sie sich anspruchs-voller, und das Interesse an der Außenwelt gehörte dazu. Doch vor allem wollte sie nicht mit den ganzen schreck-lichen Dingen in Verbindung gebracht werden, die einigen *LoveShack*-Teilnehmenden zugestoßen waren.

Insgesamt hatte es zehn Staffeln mit jeweils zwölf Teil-nehmenden gegeben, also hatten hundertzwanzig Menschen an der Show teilgenommen. Davon waren vier – vier! – mittlerweile tot, Maggie eingeschlossen. Die Presse sprach mitunter vom »*LoveShack*-Fluch«.

Amanda konnte das Gefühl nicht abschütteln, dass das alles – sogar irgendwie auch Maggies Tod – ohne sie nicht passiert wäre.

Sie war Maggie nur ein paarmal auf Veranstaltungen begegnet, zu denen sie beide eingeladen gewesen waren. Maggie und Theo waren unter den ersten Realitystars ge-wesen, die auf TikTok groß herausgekommen waren, und hatten ihre dortigen Follower zu Instagram umgeleitet. Sie nahmen viele kurze Videos auf, die langweilig und trotzdem cool waren: Theo, wie er Maggie Streiche spielte; Maggie, wie sie Weihnachtsgeschenke für Theo einpackte und ihm Salate zubereitete; Maggie und Theo, wie sie halbherzig zusammen den neuesten Tanz aufführten, der überall im Netz präsent war. Es war so brillant wie nichtssagend.

Amanda setzte sich auf die Couch und aß ihren Bagel, während Jill ihr die letzten Neuigkeiten erzählte.

»Ich kann nicht glauben, dass sie den Fall zu den Akten legen«, sagte Amanda nach dem letzten Bissen. »Emma muss ja völlig am Boden zerstört sein.«

Sie wischte sich die Hände mit der braunen Serviette ab, die dem Bagel beigelegt gewesen war und die sie auf dem Schoß ausgebreitet hatte.

»Es ist schrecklich. Es geht ihr überhaupt nicht gut. Sie sitzt den ganzen Tag in ihrem Zimmer und ist furchtbar dünn geworden. Ich versuche, sie zum Essen zu bewegen, doch es gelingt mir nicht.«

»Es gab doch Verdächtige, nicht wahr? Die Putzfrau? Was ist daraus geworden?«

Jill zuckte mit den Schultern.

»Keine Ahnung. Die Polizei hat sie ausgeschlossen, sagt aber den Grund nicht. Emma sieht sich viele Verschwörungsvideos auf TikTok an, in denen behauptet wird, die Putzfrau und ihr Mann seien ganz bestimmt die Mörder, aber im Grunde weiß man einfach gar nichts.«

Amanda seufzte.

»Kann ich irgendwie helfen? Ich hoffe, du bekommst die

Unterstützung, die du im Moment brauchst. Wenn du mal einen Tag oder eine Woche freinehmen musst, tu das. Ich bin für dich da.« Sie hoffte allerdings, dass Jill das Angebot nicht annehmen würde. Sie brauchte sie.

»Danke, Amanda, das weiß ich zu schätzen«, sagte Jill. »Ich möchte nur, dass Emma endlich Antworten auf alles bekommt. Okay, du musst zum Set. Los, los.«

Der Immobilienmakler hatte Amanda das Haus in Santa Monica als »charmante Villa am Meer aus der Mitte des zwanzigsten Jahrhunderts« beschrieben. In Wahrheit war es ein nüchternes, modernes Gebäude, zehn Minuten Fußmarsch vom Strand entfernt. Doch sobald sie davorstand, wollte sie es haben. Es erinnerte sie an ein Haus aus einem Horrorfilm aus den Zweitausenderjahren – weiße Mauern, Zement und deckenhohe Fenster. Los Angeles war ihr zu sonnig, und dieses Haus wirkte ernst und kalt, sogar ein wenig gruselig. Sie fand es großartig. *Architectural Digest* hatte einmal einen Beitrag für YouTube im Haus gefilmt, bei dem sie high gewesen war. *The Cut* hatte das Video als »den bizarrsten Rundgang durch ein Promi-Haus aller Zeiten« bezeichnet, nachdem sie eine Wassermelone mit einem Buttermesser hatte zerteilen wollen, um ihre Häuslichkeit zu demonstrieren. Zu ihrer Verteidigung konnte sie aber sagen, dass das Messer wirklich sehr scharf gewesen war.

Als sie abends nach Hause kam, roch es nach Waschmittel. Amanda öffnete den Kühlschrank, in den ihre Haushälterin Alejandra eine große Tupperdose mit Quinoa gefüllten

Paprikaschoten gestellt hatte. Sie ging zum Ofen – den sie nur benutzte, um Alejandras Gerichte aufzuwärmen – und stellte ihn auf 200 °C.

Amanda war eine von sieben berühmten Schauspielerinnen, die nicht dünn waren. Dick war sie aber auch nicht, und sie erinnerte die Leute gern daran, dass sie wie eine durchschnittliche amerikanische Frau aussah. Sie war vierunddreißig, wog knapp achtzig Kilogramm, und ihr Motto war: »Man kann durchaus so normal wie ich aussehen und in Hollywood arbeiten!« Als sie *Anxiety* geschrieben und produziert hatte, war ihr Körper zu einem wichtigen Bestandteil der Show geworden, auch wenn das ursprünglich gar nicht ihre Absicht gewesen war. Außerdem war sie damals noch süchtig gewesen, so dünn wie nie und hatte jede Stunde eine Handvoll Adderall geschluckt. Doch wenn man als normalgewichtiger Mensch Erfolg in Hollywood haben wollte, musste es ein zentraler Teil der eigenen Identität sein. Etwas, das andere Leute für »mutig« hielten. In Wahrheit hatte ihr Körper ihr an einem bestimmten Punkt ihrer Karriere sogar geholfen. Sie fiel auf. Es verlieh jeder ihrer Rollen etwas Interessantes (und sie lehnte alle Rollen ab, bei denen das Gewicht der Hauptaspekt der Figur war). Wenn Amanda als normal aussehende Frau in einer TV-Show oder einem Film auftauchte, sorgte das für Aufsehen. Alles, was sie tat und wobei sie nicht »dünn« war, galt als »Offenbarung«.

Sie aß die gefüllten Paprikaschoten an ihrer großen Center mit Marmorplatte und blätterte dabei durch die Sonntagsausgabe der *Los Angeles Times*, die laut Titelseite eine Kolumne zu Maggie enthielt. Sie überflog den Bericht über einen Innenarchitekten, der ein berühmtes Haus neu eingerichtet hatte, sowie die Kritik zu einem neuen Restaurant, das sie nie ausprobieren würde, bevor sie sich erlaubte, den Text über Maggie zu lesen. Das Artikelbild war eine Zeichnung von Maggies Gesicht, das sich dutzendfach in Glasscherben spiegelte, mit vor Schreck weit aufgerissenen Augen wie eine Figur aus einem Hitchcock-Film.

Tod einer Influencerin
Von Farouq Hijazi

In ihrem letzten Social-Media-Post steht Maggie Lathrop vor einem Spiegel und posiert mit einer goldenen Flasche Selbstbräuner. Darunter steht:
Ich liebe meine Produktlinie @lushglow. Die Kooperation ist ein wahr gewordener Traum, bin völlig BESESSEN von den Produkten & benutze sie täglich. Ich sehe so gern aus, als käme ich direkt vom Strand, obwohl ich den ganzen Tag in Meetings gesessen habe. Link in bio. ♡ ❀.
Bei Veröffentlichung dieses Textes hatte der Post 2,9 Millionen Likes.

Sofern Sie in den letzten Monaten nicht aus irgendwelchen Gründen allen Medien aus dem Weg gehen konnten, wissen Sie, dass Maggie Lathrop dreizehn Stunden später ermordet wurde.

Lathrops Tod ist Stoff für eine richtige True-Crime-Legende. *HBO* plant bereits eine Dokumentation, auch wenn fast nichts über die genauen Umstände bekannt ist. Die Geschichte wird in TV-Shows und Filmen verarbeitet werden. Die Welt – und unzählige Produktionsstudios – verfolgte mit angehaltenem Atem die Ermittlungen des Los Angeles Police Department. Das jetzt allerdings – bereits nach dreieinhalb Monaten – bekannt gab, den Fall mangels aussichtsreicher Spuren zu den Akten zu legen. Eine, gelinde gesagt, bizarre Entscheidung, die Fans im ganzen Land enttäuscht und aufgebracht zurücklässt. Auf die Gefahr hin, die Aufregung noch weiter anzuheizen, werde ich hier kurz zusammenfassen, was wir nach Angaben des LAPD wissen:

Am 29. Januar um 10:34 Uhr wurde Maggie Jean Lathrop, 32, tot in einer Lagerhalle namens Gray-Lounge in Culver City aufgefunden. Dort sollte am selben Vormittag ein Fotoshooting mit einem Parfümhersteller stattfinden. Todesursache waren diverse Stichwunden.

Nach Aussage ihres Mannes Theo Cooke verließ Lathrop das gemeinsame Haus am Morgen etwa um 6:45 Uhr. Den Ermittlern gegenüber erklärte Cooke, er dachte, sie wäre mit einem Mitfahrservice zum Lagerhaus gefahren, auch wenn nirgends eine solche Fahrt verzeichnet ist. Die Crew wurde erst um 11:00

Uhr dort erwartet. Nur Fotograf John Lorraine und seine Assistentin Sarah Martinez sollten früher da sein. Um 10:34 Uhr fanden Lorraine und Martinez Lathrops Leiche und setzten einen Notruf ab. (Martinez und Lorraine verweigerten einen Kommentar und zählen laut LAPD nicht zum Kreis der Verdächtigen.)

Am Tatort gab es keine verwertbaren Spuren, was den Fall noch mysteriöser macht, der Mord war daher nahezu sicher geplant. Außer Lathrops DNA fanden sich keine anderen Spuren, weder Fingerabdrücke noch Blut oder Haare, auch keine Hautpartikel unter Lathrops Fingernägeln. Die Polizei konnte keine Fußspuren oder anderen Hinweise darauf sicherstellen, dass sich außer ihr jemand im Lagerhaus befunden hat. Die Aufnahmen der Überwachungskameras am Haupteingang zeigten nur Lathrop, die das Gebäude um 7:39 Uhr betrat, gefolgt von Martinez und Lorraine um 10:34 Uhr. Eine Kamera auf der Rückseite des Gebäudes war leider außer Betrieb. Das LAPD geht davon aus, dass der Mord zwischen 7:45 Uhr und 10:10 Uhr verübt wurde.

Zu Beginn der Ermittlungen gab das LAPD bekannt, bei Auswertungen von Überwachungsvideos aus der näheren Umgebung habe sich gezeigt, dass Lucía Cruz, die bei Lathrop als Haushälterin angestellt war, mit ihrem Mann Javier etwa dreißig Minuten nach der geschätzten Tatzeit eine halbe Meile vom Tatort entfernt mit dem Auto unterwegs gewesen war. Diverse Fans sind seither überzeugt, dass Javier Cruz Lathrop ermordet hat, auch wenn das LAPD ihn nach weiteren sichergestellten Videoaufnahmen verschiedener Sicherheitskameras von den Ermittlungen ausgeschlossen hat, nachdem diese seine Angaben, er habe sich zusammen mit seiner Frau von 7:14 Uhr bis 10:00 Uhr an einem Ort in der Nähe aufgehalten, bestätigt hatten. Zu dem momentanen Aufenthaltsort der beiden hat die Polizei keine näheren Auskünfte erteilt.

Javier und seine Frau Lucía Cruz kamen 2004 aus El Salvador und leben in Crenshaw, östlich des Lagerhauses in Culver City, in dem man Lathrops Leiche gefunden hat.

Auf Instagram lassen sich mittlerweile über zweihundert Accounts finden, die entweder Lathrops Andenken bewahren oder auf der Suche nach Antworten zu ihrem Tod sind. Der größte nennt sich @Justice4Maggie und hat über 57 000 Follower.

Die Justice4Maggie-Community beschäftigt sich vor allem damit, dass so wenig über die Tat bekannt ist. »Das alles ist schwer zu begreifen«, sagt Amy Miller, die Inhaberin des Accounts. »Maggies Fans sind verpflichtet, die Polizei unter Druck zu setzen. Wir brauchen Antworten.«

Die vielen offenen Fragen – auf die es vielleicht auch keine Antworten gibt – beschäftigen Miller und die Justice4Maggie-Follower:

»Warum war Maggie so früh in dem Lagerhaus? Und warum wurden am Tatort keine DNA-Spuren gefunden?«, will Miller wissen.

Normalerweise stellt sich bei True Crime immer der Ehemann als Mörder heraus. Doch die Fans standen felsenfest hinter Theo Cooke, führten seine romantische Beziehung zu Maggie vor den Kameras als Begründung für seine Unschuld an. Das LAPD gab auch bekannt, dass Cooke nicht zum Kreis der Verdächtigen gehört, machte dazu jedoch keine weiteren Angaben.

Dass so viele von dem Fall besessen sind, ist keine Überraschung. Maggie Lathrop war schön, berühmt und führte ein sehr öffentliches Leben, sei es bei ihren Reality-TV-Auftritten oder ihrer lukrativen Karriere als Influencerin. Sie wurde brutal aus dem Leben gerissen. Warum hat das LAPD also so schnell aufgegeben? Laut einer internen Quelle, die anonym bleiben möchte, handelt es sich hier um eine verunglückte PR-Aktion ...

Amanda klappte die Zeitung zu, ohne den Artikel zu Ende zu lesen. Abwesend kratzte sie mit dem Messer etwas erkalteten Käse vom Teller, der von einer Paprika getropft war.

Irgendetwas störte sie an dem Artikel, doch sie konnte

es nicht konkreter fassen. Vielleicht war das auch nur die Scham wie bei allem, was mit *LoveShack* zusammenhing.

Oder hatte es damit zu tun, dass ihr der Name Lucía Cruz bekannt vorkam? Aber woher nur? Sie versuchte, diese Gedanken zu verdrängen, schließlich war das ein weitverbreiteter Name unter Latinos. Wahrscheinlich kam er ihr nur bekannt vor, weil ihre Uber-Fahrerin vor ein paar Tagen ähnlich geheißen hatte oder so. Doch dann tadelte sie sich, weil das vermutlich rassistisch war.

Die Neugier – oder das Bedürfnis, sich von rassistischen Gedanken reinzuwaschen? – war schließlich stärker, und sie googelte Lucía. Die Frau kam ihr auf den Fotos tatsächlich bekannt vor. Sie rief ihre Kontakte auf und tippte L-u-c-i ein. Da war sie: *Lucía Cruz Putzfrau.* Wer war das nur? Sie hatte schon seit Ewigkeiten dieselbe Haushälterin. Dann fiel es ihr ein: Lucía war vermutlich die Vertretung gewesen, die ihr Haus vor ein paar Jahren für zwei Monate gereinigt hatte, während Alejandra in Guatemala ihre Familie be- sucht hatte. Verdammt! War das wirklich dieselbe Frau? Es musste so sein. Trevor hatte sie ihr empfohlen, und es lag nahe, dass er sie über jemanden bei *LoveShack* kannte. Er hatte immer zu allen einen guten Draht. Wahrscheinlich war Maggie über denselben Kontakt an Lucía gekommen.

Sie versuchte, sich an Lucía zu erinnern. Doch während der betreffenden zwei Monate war sie kaum zu Hause ge- wesen. Bevor sie sich davon abbringen konnte, tippte sie eine Nachricht: Hallo, Lucía. Hier ist Amanda Lehman. Sie haben vor ein paar Jahren für mich gearbeitet. Hätten Sie viel- leicht an den nächsten Samstagen Zeit, hier zu putzen? Ich brauche gerade jemanden. Samstag war Alejandras freier Tag. Das Haus wäre zwar blitzsauber, aber das war jetzt nicht zu ändern.

War die Frau gefährlich? Wahrscheinlich nicht. Das LAPD hatte sie und ihren Mann von jeglichem Verdacht freigesprochen. Trotzdem war Amanda nervös, als sie die Nachricht abschickte.

Die Antwort traf nach wenigen Sekunden ein. *Ich kann am Samstag kommen. Um wie viel Uhr?*

Ihre Hände zitterten, als sie auf Jills Namen tippte – der erste ihrer Favoriten in der Kontaktliste – und dann auf »Anrufen«.

Jill antwortete umgehend.

»Tut mir leid, dass ich mich so spät noch melde«, sagte Amanda, als ob sie Jill nicht dreimal die Woche um die Uhrzeit noch anrufen würde.

»Worum geht es?«

»Hör mal.« Amanda verstummte. »Ich habe gerade etwas herausgefunden. Etwas Seltsames.«

Jill schwieg einen Moment und sagte dann: »Und das wäre?«

»Du kennst doch Lucía Cruz, oder? Die Frau, die bei Maggie und Theo geputzt hat? Und die zum Kreis der Verdächtigen gehört hat, weil das Auto ihres Mannes in der Nähe des Lagerhauses gesehen wurde, in dem man Maggie gefunden hat?« Sie wartete auf Jills Reaktion.

»Natürlich.«

»Also, sie putzt auch für mich. Irgendwie.«

Jill holte scharf Luft.

»Was ist mit Alejandra? Hast du ihr gekündigt?«

»Himmel, nein!« Amanda ging in der Küche auf und ab. »Ich … brauche nur noch jemanden. Alejandra hat samstags frei.«

»Hm. Okay.« Jill schwieg.

»Ich dachte, vielleicht könnte ich sie nach Maggie fragen. Vielleicht weiß sie etwas. Jetzt, nachdem die Polizei die Ermittlungen eingestellt hat.«

»Oh, Manda. Ich weiß nicht, ob das eine so gute Idee ist. Was, wenn sie irgendwie darin verwickelt ist?« Jill klang fast schon verärgert, worüber wiederum Amanda sich ärgerte.

»Noch mehr Grund, mit ihr zu sprechen. Es könnte uns helfen – Emma vor allem –, die Wahrheit herauszufinden.«

»Sag nichts zu ihr, bis ich Emma nach ihrer Meinung gefragt habe«, antwortete Jill. »Okay?«

»Wie du willst, Boss.« Amanda gähnte gespielt. »Gehen wir ins Bett. Wir sehen uns morgen.« Sie legten auf, doch Amanda war zu aufgedreht, um schlafen zu können. Die Entdeckung war fast so aufregend wie Kokain. Aber nur fast.

Emma

Sie war wieder in LaClairs stickigem Büro, doch dieses Mal zusammen mit Theo. Seit der Beerdigung hatte sie ihn nicht mehr gesehen, und er sah schrecklich aus, genau wie Jill gesagt hatte. Sie bemerkte, dass er seinen Ehering wieder trug, wahrscheinlich wegen ihr. Bis auf eine halbherzige Umarmung, als sie gemeinsam das Büro betreten hatten, hatte er sie bisher nicht beachtet.

Emma war am Morgen aufgewacht und hatte eine Nachricht von LaClair an sie und Theo vorgefunden.

Die Ermittlungen im Haus sind abgeschlossen. Es gehört ganz Ihnen. Bitte kommen Sie vorbei, um die Schlüssel und beschlagnahmten Dokumente abzuholen.

Während LaClair ihnen die Schlüssel und Maggies Kontoauszüge, Krankenakten und Unterlagen zum Haus aushändigte, erzählte er, was die Untersuchungen ergeben hatten. Theo wirkte gelangweilt.

»Wir haben nicht viel gefunden.« LaClairs Stimme war rau und müde. »Außer dass sie bis vor drei Jahren dreihunderttausend Dollar Schulden hatte, aber das wissen Sie sicher. Es waren vor allem Kosten aus der Zeit, als Ihre Mutter krank war, aber sie hatte auch etwa fünfzigtausend Dollar Kreditkartenschulden.«

»Machen Sie Witze?« Emma warf Theo einen fragenden

Blick zu, doch der sah starr geradeaus. Emma wusste, dass sie während der Krankheit ihrer Mutter Schulden gemacht hatten, aber nicht, in welcher Höhe. Maggie hatte sich darum gekümmert, weil Emma noch auf dem College gewesen war, und sie hatte sie nie um einen Cent gebeten. Die Vorstellung, dass sie das all die Jahre ohne Hilfe gestemmt hatte, brach Emma das Herz.

»Schulden führen uns oft zu einem Motiv«, erklärte LaClair. »Aber mit den Einkünften nach *LoveShack* konnte Maggie alles abzahlen. Daher sehe ich hier keinen Rauch. Und auch kein Feuer.«

»Ich wusste nicht, wie hoch der Betrag war«, sagte Emma. »Ich hätte ihr dabei helfen sollen.«

»Also, für ihren Tod spielt davon nichts eine Rolle«, erwiderte LaClair. »Im Haus haben wir an verdächtigen Dingen nur diesen Zettel gefunden, der in einem ihrer Terminkalender steckte.« Er gab ihnen die Kopie einer von Hand in Großbuchstaben geschriebenen Notiz:

BEENDE ES, ODER ICH ERZÄHLE ALLEN DEIN GEHEIMNIS.

Emma wurde eiskalt. Was sollte das heißen?

»Aber wir haben schon darüber gesprochen.« LaClair nickte Theo zu.

»Das war so ein Insiderwitz zwischen Maggie und mir«, wandte sich Theo erklärend an Emma. Bildete sie es sich nur ein, oder hatte sein Lächeln etwas Verzweifeltes an sich?

»Ich verstehe nicht. Was beenden? Und was soll daran witzig sein?«

»Die Calls mit Journalisten oder Werbepartnern haben

immer ewig gedauert. Wenn irgendetwas gar nicht aufhören wollte, schoben wir uns ab und zu diese Nachrichten zu. Das war einfach so ein Witz zwischen uns.« Theo spielte an seinem Ehering. Die Erklärung überzeugte Emma nicht, doch sie würde LaClair später danach fragen müssen, denn Theo wechselte das Thema. »Und nichts zu Lucía und Javier?«

LaClair räusperte sich.

»Nein. Wie gesagt, uns liegen Aufnahmen der Überwachungskameras der beiden zur Tatzeit an einem anderen Ort vor.«

Emma sah LaClair an.

»Warum können Sie mir nicht sagen, wo die beiden sich aufgehalten haben? Ich verstehe das nicht.«

»Vertrauen Sie mir einfach«, erwiderte LaClair. »Sie hätten nicht im Lagerhaus sein können.«

»Aber vor ein paar Wochen haben Sie gesagt …«

LaClair fiel ihr ins Wort.

»Bitte, Emma. Es reicht.«

Einen Moment herrschte unbehagliches Schweigen, dann sagte Theo mit gespielter Fröhlichkeit: »Na dann, danke für Ihren Einsatz, Detective.«

Sie standen alle auf und schüttelten sich die Hände. LaClair verabschiedete sich zuerst von Emma und nickte ihr entschlossen zu. Seine Handfläche war feucht, der Handschlag allerdings überraschend fest. Dann schüttelte er Theo die Hand, wobei die beiden einander kaum ansahen.

Vor LaClairs Bürotür wollte Emma ihren Schwager nach der Nachricht auf dem Zettel fragen und danach, was er davon hielt, dass das LAPD die Ermittlungen einstellte.

Doch er sah stumm auf seine Füße, während sie den Flur zum Ausgang entlanggingen.

»Wie geht es dir?«, fragte sie stattdessen.

»Ganz okay.« Er hatte den Blick weiter gesenkt, hielt ihr die Tür auf und steuerte auf den Parkplatz zu. »Und dir?«

»Schlecht«, antwortete sie ehrlich. »Verdammt schlecht. Es wird mir erst besser gehen, wenn wir wissen, was Maggie zugestoßen ist. Zumindest fühlt es sich so an.«

»Tut mir leid«, sagte er und tätschelte ihre Schulter. »Ich weiß, was du meinst.«

Sie musterte ihn. Das letzte Mal vor Maggies Tod hatte sie ihn gesehen, als sie in Calabasas ein Video mit ihrer Schwester gefilmt hatte. Wegen eines TikTok-Trends hatte Maggie ein gemeinsames Kindheitsfoto nachstellen wollen, auf dem sie beide umgedrehte Baseballkappen trugen und Eis am Stiel in den Händen hielten. Sie tauchte ungern in Maggies Videos auf, weil immer jemand so etwas wie *OMG! Und ihr seid wirklich verwandt???* kommentierte, doch manchmal gab sie nach und machte mit, wenn ihre Schwester sie mit einem leckeren Abendessen bestach.

Während Maggies Assistentin Aufnahmen von ihnen am Pool machte, war Theo dabei und gab immer wieder Kommentare dazu ab. Der Tag war heiß, doch er trug eine schwarze Hose und ein Poloshirt.

Er begutachtete eine Bildsequenz.

»Eure Gesichter müssen eisverschmierter sein, dann wirkt es lustiger.« Seine Stirn war vor Konzentration gerunzelt. »Emma, könntest du etwas weniger gequält schauen? Es soll ja wie auf dem Kinderfoto aussehen.«

»Ist ja gut.« Sie ärgerte sich immer ein wenig, wie hart seine Kritik ausfallen konnte.

Er warf ihr einen Blick zu.

»Ich will euch nur helfen. Du möchtest doch sicher nicht den weiten Weg hierher gemacht haben, nur damit das Video dann ein Flop wird, oder?«

»Theo, bitte, lass sie in Ruhe.« Maggie wandte sich an ihre Assistentin. »Können wir das noch mal filmen? Mit mehr Eis im Gesicht.«

»Es ist auch meine Marke«, sagte Theo zu Maggie, als glaubte er, Emma könnte ihn nicht hören. »Sag mir nicht, ich soll sie ›in Ruhe lassen‹.«

»Schon gut«, meinte Emma beschwichtigend. »Ich werde fröhlicher aussehen, versprochen.«

»Danke.« Theo warf Maggie einen Blick zu. »War das jetzt so schwer?«

»Sollten wir Lucía und Javier auf eigene Faust befragen?«, fragte sie Theo vor dem Polizeirevier. »Wir könnten sie zusammen aufsuchen. Ich weiß, dass du die beiden näher kennst. Vielleicht würden sie mit uns sprechen?«

»Und was würden sie sagen? ›Ja, ich habe Ihre Frau getötet‹?«

Ihre Wangen wurden heiß vor Verlegenheit.

»Nein, natürlich nicht. Aber wir könnten uns ihre Version anhören? Herausfinden, ob das Alibi wirklich so stark ist und ob die Polizei alles weiß?«

»Ich weiß, dass sie dir fehlt«, erwiderte Theo. »Mir fehlt sie auch. Aber wir sollten der Polizei vertrauen.«

Sie seufzte.

»Das heißt aber, aufzugeben und nie herauszufinden, wer sie umgebracht hat. Denn genau das tut die Polizei.«

Er ignorierte ihren Einwand.

»Ich habe bald ein Meeting, ich muss jetzt los.«

»Na ja, ist ja auch egal.« Was zur Hölle war eigentlich mit ihm los? »Tschüss, Theo.«

Er winkte ihr schwach zu und stieg in seinen Alfa Romeo. Das Auto hatte sie schon immer gehasst.

Zu Hause ließ sie die Tasche zu Boden fallen und streifte die Schuhe ab. Sie warf sich auf die Couch und rief den anonymen Instagram-Account auf, den sie vor einem Monat für ihre Internetrecherchen angelegt hatte. Sie folgte ein paar Accounts mit dem Hashtag #JusticeForMaggie, die, soweit sie es beurteilen konnte, durchgeknallten Fans gehörten, die keinen Grund hatten, Spekulationen wegen Maggies Tod anzustellen. Trotzdem bekamen einige dieser Posts Hunderttausende Likes. Vielleicht konnte man mit diesen Menschen Bewegung in die Sache bringen.

Sie tippte auf den ersten Account, der @MaggieLathrop-Updates hieß, und rief den letzten Post auf, der 34 352 Likes hatte. Himmel. Die Account-Inhaberin Martha sprach direkt in die Kamera.

»Wir sollten mehr darüber reden, dass das LAPD Javier Cruz nicht als Verdächtigen sieht«, sagte Martha, die Augen vor Frust verengt. »Diese Community sollte fragen: Warum? Warum reichen die angeblichen Aufnahmen der Überwachungskameras, um ihn zu entlasten? Um das Lagerhaus herum ist schließlich nichts. Ich glaube das einfach nicht. Tut mir leid, das will mir wirklich nicht in den Kopf.«

Emma stieß den Atem aus, den sie unbewusst angehalten hatte. Sollte sie die Frau anschreiben und um Hilfe bitten?

Ihr Handgelenk brannte, und sie sah nach unten. Sie hatte es schon wieder blutig gekratzt.

»Verdammt!«, sagte sie laut.

»Was ist los?« Jill steckte den Kopf ins Zimmer und sah, wie Emma ihr Handgelenk hielt. »Moment, ich hole dir ein Pflaster.« Nicht zum ersten Mal.

»Danke.« Emma fragte sich, ob sie je wieder nicht alle fünf Minuten etwas von Jill brauchen würde.

»Was ist passiert?« Jill kam mit einem großen Pflaster und einer Salbe zurück.

»Ich fühle mich einfach so …« Emma unterdrückte ein Schluchzen. »… hoffnungslos. Wir werden nie erfahren, was passiert ist. Der einzige richtige Verdächtige scheint Javier Cruz zu sein, und dem LAPD ist das scheißegal. Oder ich falle gerade auf diese ganzen verdammten Verschwörungstheorien herein. Keine Ahnung.«

Jill seufzte.

»Em, ich muss dir was erzählen.«

»Ach ja?«

»Ja, aber es wird erst einmal seltsam klingen. Warte einen Moment, während ich Amanda anrufe.«

»Deine Chefin?«

»Ja.« Jill wählte Amandas Nummer.

Amanda

Emma und Jill saßen auf der Couch in Amandas Büro und betrachteten das Kunstwerk über dem Schreibtisch. Es war ein Siebdruck von Amandas Vagina, den sie von einem gefeierten Avantgarde-Künstler bekommen hatte und der immer wieder ein Eyecatcher war.

Amanda sah, wie Emmas Hände leicht zitterten, und ihr fiel das große Pflaster an ihrem Handgelenk auf. Hatte sie sich geschnitten? Das arme Ding.

»Danke, dass du das tust«, brachte Emma mit erstickter Stimme heraus. »Ganz ehrlich, ich weiß nicht, was ich sagen soll.«

Amanda lächelte Emma so herzlich an, wie sie nur konnte. »Ich helfe doch gern.«

»Ich hoffe, das ist nicht irgendwie komisch für dich«, sagte Emma.

»Natürlich nicht. Lucía wird es nichts ausmachen.« Sie hatte keine Ahnung, ob es Lucía etwas ausmachen würde.

»Ich hoffe, das verschafft mir ein paar Antworten«, sagte Emma. Amanda war zufrieden mit sich. Sie tat jemandem einen Gefallen, der ihn wirklich brauchte.

Amanda wusste, dass sie alle Privilegien der Welt hatte. Sie hatte oft das Gefühl, dass ihr Leiden ihre eigene Schuld war, im Gegensatz zu anderen, die unter ihren Lebensumständen, ihrem Schicksal litten. Beth erhob dagegen natürlich Einspruch (»Sucht ist eine Krankheit, keine Charakterschwäche«). Doch sie schaffte es nur, clean zu bleiben, indem sie Verantwortung übernahm – indem sie anerkannte, dass es zwar nicht ihre Schuld war, sie es aber in Ordnung bringen musste. Und selbst ihre Erfahrung mit Abhängigkeit war unheimlich privilegiert. Ihre zwei Entzugskliniken lagen in Malibu, direkt am Strand. Der Entzug selbst war natürlich nicht schön gewesen. Aber es war die am wenigsten schlechte Art, es durchzuziehen. Jeden Abend legte sie sich in ein Kingsize-Bett, in ihrem eigenen Zimmer (mit Meerblick). Die Klinik war wie ein Luxushotel, in dem sie zum Detoxing war, nur ohne scharfe Gegenstände oder Minibar. Weshalb sie den Großteil der ersten Wochen auf den kühlen Fliesen ihres Luxusbadezimmers lag und sich nur aufsetzte, um sich in die Luxustoilette zu übergeben. Trotzdem. Es hätte viel schlimmer sein können.

Sie hatte Privilegien und Unterstützung im Überfluss: liebevolle Eltern, die sie mit ihrem Scheiß nicht alleine gelassen hatten. Viel Geld. Eine Karriere, die nach einigen üblen und sehr öffentlichen Fehltritten langsam wieder Fahrt aufnahm. Sie fühlte sich gleichermaßen schuldig und erleichtert, wenn sie ihre Kämpfe mit denen von Emma verglich. Wenn sie über den *LoveShack*-Fluch nachdachte und alles, was er angerichtet hatte.

»Ich bin für dich da.« Amanda drückte Emmas Schulter. »Wie wäre es, wenn du am Samstag vorbeikommst? Wir können uns einen schönen Tag machen. Natürlich nachdem du mit Lucía gesprochen hast. Meine Kosmetikerin kommt am Nachmittag, und ich kann sie fragen, ob sie auch deine Nägel machen würde. Du verdienst es, ein wenig verwöhnt zu werden.«

War das ein seltsames Angebot? Jill wirkte etwas verblüfft.

»Wow, das ist ja so nett.« Emma brach wieder in Tränen aus. »Tut mir leid.« Amanda bot ihr ein Taschentuch an, und Emma putzte sich die Nase.

»Du musst dich nicht entschuldigen.« Amanda stand auf, um Emma zu umarmen. »Es bedeutet mir viel, dir helfen zu können.«

Eine Stunde nach dem Treffen bekam sie eine SMS von Emma mit einem Herz-Emoji. Sie lächelte und schickte eines zurück.

Jill

Heute wollte Emma zum ersten Mal seit Maggies Tod abends ausgehen, und Jill war nervös. Sie überlegte, dass ein Treffen mit alten Freundinnen vom College Emma guttun würde – ihnen beiden. Seit Maggies Tod war auch Jill nicht mehr viel unter die Leute gekommen. Manchmal hatte sie das Gefühl, als bestünde ihr Leben nur noch aus Emmas und Amandas Bedürfnissen.

Ihre gemeinsame Freundin Sammi hatte den Treffpunkt ausgesucht: eine Naturweinbar in Eagle Rock. Sie und ihre andere Freundin Alice wohnten da ganz in der Nähe. Als eine Bedienung sie zu einer Sitznische brachte, bemerkte Jill, dass Emma ebenfalls nervös war, auch wenn sie beide seit zehn Jahren mit Sammi und Alice befreundet waren. Emma hatte das Haus in Leggins und einem Pullover verlassen wollen, doch Jill hatte ihr freundlich nahegelegt, sich etwas Hübscheres anzuziehen, und ihr den neuen Sweater geliehen, den sie sich bei Anthropologie gekauft hatte. Jill selbst hatte roten Lippenstift aufgelegt und trug ein grünes Kleid, das zu ihren Augen passte. Ihre Haare waren geglättet, und sie fand sich genau richtig gestylt. Neben Emma wollte sie nicht overdressed wirken.

Während sie auf ihre Freundinnen warteten, studierten sie die Speisekarte, und Jill bestellte eine teure Flasche

Pétillan Naturel für alle. Sie wollte den Perlwein gern probieren, doch Emma wirkte, als würde ihr dieses ganze Treffen körperliche Schmerzen bereiten.

»Kopf hoch, I-Aah«, sagte Jill. So nannte sie Emma immer, wenn sie düsterer Stimmung war. Es sollte ein Spaß sein, doch Emma sah sie nur ausdruckslos an. Schweigend warteten sie, bis der Wein kam.

Emma trank einen Schluck und verzog das Gesicht. »Schmeckt wie teurer Essig. Den machen sie bestimmt extra für dumme Millennials in L. A., die so tun, als würde ihnen der Mist schmecken, weil sie dadurch interessant wirken.«

»*So* schlecht ist der Wein auch nicht«, entgegnete Jill. Sie wollte einfach nur einen entspannten Abend verbringen, an dem Emma einmal keine anstrengende sarkastische Distanz zu ihrer Umgebung demonstrierte. »Sollen wir uns auch einen Snack bestellen?« Doch bevor Emma antworten konnte, kamen Sammi und Alice. Sie umarmten sich alle zur Begrüßung, setzten sich an den Tisch, und Emmas Laune besserte sich. Jill war erleichtert. Vielleicht war dieser Abend doch genau das, was ihre Freundin brauchte.

»Emma, es ist so schön, dich zu sehen«, sagte Alice. »Es ist viel zu lange her.«

»O ja«, stimmte Sammi zu. »Wir haben dich wirklich vermisst.«

Emma lächelte traurig.

»Ich habe euch auch vermisst. Die letzten Monate waren hart. Ich bin nicht oft aus dem Haus gegangen.«

»Das verstehe ich.« Sammi drückte Emmas Hand. »Und

es tut mir so leid, dass wir nicht zur Beerdigung kommen konnten.«

Jills Magen verkrampfte sich. Warum musste Sammi jetzt davon anfangen? Sie war sich ziemlich sicher, dass Emma ihre Abwesenheit gar nicht bemerkt hatte.

»Wir hatten die Reise nach Oaxaca schon so lange geplant, und sie war nicht ohne Verlust stornierbar«, fügte Alice hinzu. Emmas Gesichtsausdruck verhärtete sich.

»Wir hätten so viel Geld verloren, wenn wir das Airbnb hätten absagen müssen«, fuhr Sammi fort.

Jill spürte, wie ihr vor Ärger die Röte ins Gesicht stieg. Ehrlich gesagt hatte es sie von Anfang an geärgert, dass Emma und sie nicht eingeladen worden waren, die beiden zu begleiten. Sammi und Alice waren beide in festen Beziehungen und machten immer gemeinsame Paarurlaube. Weil Emma und Jill beide Single waren, wurden sie nie gefragt.

»Okay.« Emma wirkte müde. »Können wir über etwas anderes reden?«

»Oh, na klar«, sagte Alice verlegen und warf Sammi einen raschen Blick zu. »Tut mir leid, ich wollte dich nicht aufregen.«

»Schon gut«, erwiderte Emma. »Ich habe mich auf der Beerdigung einfach wirklich allein gefühlt.«

»Es tut mir leid, wenn das auch wegen uns war«, sagte Alice.

Emma nickte.

»Jill, wie geht es dir?«, wechselte Sammi das Thema. »Arbeitest du immer noch an diesem Format über Highschoolschüler, die Drogen nehmen?«

»Ja«, antwortete Jill dankbar, »*The Youth*. Ich bin zum ersten Mal an einem richtigen Set, und es macht Spaß, ist aber auch stressig. Außer der Arbeit schaffe ich im Moment fast nichts anderes.« *Und Emma babysitten,* dachte sie.

»Das muss ich mir dann auf jeden Fall anschauen«, sagte Sammi. »Und, wie ist es, mit Amanda Lehman zu arbeiten?«

Jill trank einen Schluck Wein und überlegte, was sie antworten sollte. Außerdem versuchte sie zu ignorieren, dass Emma sich unter dem Tisch wieder am Handgelenk kratzte.

»Gut. Sie ist definitiv mehr als nur eine Chefin, eher wie eine Freundin.« Sie verschwieg, dass Amanda die bedürftigste Chefin war, die sie je gehabt hatte. Und sie konnte auch seltsam sein. Warum war es Jill nie aufgefallen, dass Lucía samstags bei ihr putzte? Das Haus war blitzsauber, Amanda brauchte nicht sieben Tage die Woche eine Putzfrau. Außerdem besprach sich Jill ständig mit Alejandra und informierte sie, wann Amanda zum Mittagessen zurück sein würde. Hoffentlich brachte das Gespräch mit Lucía ihre Freundin weiter, eine Art Abschluss, denn es war ihr gar nicht recht, bei einer von Amandas verrückten Ideen mitmachen zu müssen.

Doch zumindest hatte Jill jetzt mit Drehbüchern zu tun. In ihrem letzten Job als Assistentin in der Talentagentur durfte sie nie Drehbücher begutachten oder bei Kreativmeetings dabei sein. Sie war nur dafür da gewesen, ihrem Boss Kaffee zu holen und E-Mails mit der Auskunft zu beantworten, dass ihr Boss gerade nicht verfügbar war. Zumindest war die Arbeit für Amanda interessant, na ja, mehr oder weniger. Auch wenn Jill gestern den ganzen Tag durchs

Valley gefahren war, auf der Suche nach einer bestimmten Marke Räucherlachs, der siebenundzwanzig Dollar das Pfund kostete und den Amanda »einfach haben musste«. Doch darüber wollte sie mit ihren Freundinnen nicht reden, es wäre ihr illoyal vorgekommen. Amanda war nett und verletzlich. Und sie half Jills trauernder bester Freundin.

»Ist das nicht komisch?«, fragte Alice.

»Was?«

»Dass sie deine Freundin *und* deine Chefin ist?«

»Eigentlich nicht.« Doch Jill war sich nicht sicher, ob das wirklich stimmte.

»Es ist irre, dass sie immer noch einen Job hat. Wenn man bedenkt, was mit diesem Typen war«, sagte Sammi. Jill wurde wieder rot. Sie hasste es, über Amandas große Blamage zu sprechen.

»Ja, es ist alles okay, wie man sieht.« Jill blickte um Unterstützung heischend zu Emma, doch die scrollte durch ihr Handy. Sie stieß ihre Freundin unter dem Tisch an.

»Emma, was macht die Arbeit?«, fragte Alice.

»Ich bin beurlaubt«, antwortete Emma. »Und vielleicht kündige ich auch.«

»Ich dachte, du liebst deinen Job«, meinte Sammi.

Emma seufzte.

»Ich habe das Schreiben geliebt. Und wohl auch *Mrs. Ladybug,* auch wenn es eine alberne Sendung ist. Aber jetzt will ich nur herausfinden, was mit Maggie passiert ist.«

Sammi und Alice schwiegen unbehaglich.

Jill lockerte die angespannte Stimmung auf.

»*Mrs. Ladybug* wird sich eben auf einen anderen zynischen Thirtysomething verlassen müssen, der oder die unterhaltsame Episoden über Meerestiere und Züge und Wolken schreibt.«

Emma lachte.

»Das stimmt.«

Das restliche Gespräch drehte sich zum Glück nicht um Maggie, sondern um Alice' Hochzeitspläne und um gemeinsame Collegefreunde. Emma wirkte etwas abwesend, aber nicht unglücklich. Und irgendwann entspannte sich Jill endlich auch ein wenig. Ihr wurde bewusst, dass es schön war, Zeit mit Freunden zu verbringen. Doch sie dachte auch darüber nach, wie der Abend wohl ohne Emma verlaufen wäre, weshalb sie sich gleich schuldig fühlte. Natürlich musste sie ihre Freundin nur ein paar Monate nach dem Mord an ihrer Schwester unterstützen. Als Buße zahlte sie alle Getränke mit ihrer Kreditkarte, auch wenn sie es sich nicht leisten konnte. Doch als die Mappe mit der Rechnung zurückkam, sah sie, dass Emma ihre Karte heimlich ebenfalls dazugelegt hatte und sie sich die Kosten somit teilten. Jill drückte unter dem Tisch die Hand ihrer Freundin, während neue Schuldgefühle sie durchströmten.

Emma

Emmas Ex-Freundin Liz arbeitete als Reporterin für eine Lokalzeitung und hatte vor zwei Jahren einen Preis für ihre investigativen Recherchen zu einer Ölraffinerie in der Nähe von Santa Barbara und ihren Auswirkungen auf die Umwelt gewonnen. Emma war nervös wegen des bevorstehenden Gesprächs mit Lucía, die sie nur ein paarmal flüchtig bei Maggie und Theo getroffen hatte. Panisch schrieb sie Liz eine SMS und bat sie um Tipps, welche Fragen sie Lucía stellen solle.

Liz antwortete, als Emma gerade den Wagen parkte. Nervös las sie die Nachricht.

> Hii! Bitte versteh mich nicht falsch, aber ist es nicht irgendwie komisch, dass Amanda dich einlädt, damit du ihre Haushaltshilfe befragen kannst? Ich hoffe, du verrennst dich nicht in irgendeine Verschwörungstheorie. Wenn ich du wäre, würde ich wahrscheinlich ganz ehrlich sagen, wonach du suchst, und sie vielleicht fragen, wie ihr Kontakt zur Polizei war. Schau, dass sie sich wohlfühlt.

Emmas Hände am Lenkrad zitterten leicht, während sie

über Liz' Rat nachdachte. Das Treffen war in der Tat mehr als komisch. Und sie hoffte, es war kein Fehler.

Amandas Haus war zurückhaltend und modern und wirkte ganz anders als ihr chaotisches Büro. Emma drückte die Klingel an dem großen Eisentor, das mit einem Klicken aufschwang, und sie ging auf das Haus zu, wo Amanda in der Tür stand und ihr zuwinkte. Sie trug ein rotes Korsagentop mit Puffärmeln und eine tief sitzende weite Jeans. Auch wenn Amanda sich mit dem Outfit treu blieb, was Emma ihr durchaus zugutehielt, war es für ein ernstes Gespräch mit der Haushaltshilfe vielleicht etwas zu extravagant? Aber Emma durfte sich eigentlich kein Urteil erlauben. Sie trug ein T-Shirt ihres alten Gay-Kickball-Teams unter einem Overall.

»Willkommen!«, sagte Amanda, bevor sie flüsternd und etwas zu breit lächelnd weitersprach. Emma wurde nervös. »Okay, wir hätten da ein winzig kleines Problem.« Amanda packte ihren Oberarm ein bisschen zu fest, sodass sich ihre Ringe in Emmas Haut drückten.

»Was ist los?«

»Sprichst du Spanisch?«, fragte Amanda.

»Nein, so gut wie gar nicht.« Emma hatte zwar in Kansas Spanisch in der Schule gehabt, doch ihr Lehrer war ein Mann namens Señor Dawkins gewesen, der selbst kaum Spanisch sprach. Sie hatte nur die Wörter für verschiedene Nahrungsmittel gelernt und konnte *Mein Name ist Emma, und ich mag Erdbeeren* auf Spanisch sagen.

»Ich bin so dumm.« Amanda schloss die Augen. »Ich habe

ganz vergessen, dass Lucía nur sehr gebrochen Englisch spricht. Wenn sie bei mir ist, reden wir Spanisch.«

Emma fiel ein, dass Theo, der halber Chilene war, sich mit Lucía immer auf Spanisch unterhalten hatte.

»Mist. Kannst du übersetzen?«

»Ich kann es versuchen. Mein Spanisch ist nicht gerade berauschend.«

Das Ganze würde also noch verkrampfter werden, als Emma sowieso schon befürchtete. Kurz erwog sie, umzudrehen und wieder zu fahren. Doch dafür war sie zu neugierig. Außerdem war das Haus überwältigend, und sie wollte noch mehr davon sehen. Die Diele war vom Boden bis zur Decke verglast und badete im Vormittagslicht. Emma sah eine große offene Treppe, einen Kaktus sowie einen Kronleuchter aus Chrom und Kristall, der von der hohen Decke hing. Der Boden war aus hellem Parkett, das sicher von jedem Kontakt mit Schuhen ruiniert wurde.

»Wow, das Haus ist unglaublich.«

»Danke, du bist lieb.« Amanda brachte Emma in die Küche, die steril und unbenutzt aussah. Weiße Marmorarbeitsflächen und dunkelbraune Holzschränke bildeten einen harten Kontrast. In der Mitte befand sich eine große Center Center Center Center Center, auf der nur eine riesige verchromte Espressomaschine stand.

Amanda bot ihr einen Stuhl an dem Massivholztisch an. Emma strich mit der Hand darüber.

»Rotholz«, erklärte Amanda. *»Lucía? ¿Venga acá?«,* rief sie in den Nebenraum.

Emmas Herzschlag beschleunigte sich. Einerseits graute

ihr vor dem Gespräch, andererseits hegte sie die Hoffnung, dass Lucía ihnen tatsächlich weiterhelfen könnte. Sie holte tief Luft und versuchte, sich zu wappnen.

Lucía kam kurz darauf in die Küche. Emma erkannte sie kaum wieder. Sie hatte abgenommen und sah älter aus, als Emma sie in Erinnerung hatte. Unter ihren Augen waren dunkle Ringe, die Haare hatte sie zu einem schlaffen Pferdeschwanz gebunden. Sie war klein, nur etwa einen Meter fünfzig, und trug Sweatshirt, Leggins und Fake-Converse.

Lucía sah zu Emma.

»Es bueno verla.« Sie sprach leise, ihr Gesicht war ernst. *»Siento su pérdida.«*

Emma warf Amanda einen Blick zu und wartete auf die Übersetzung. »Sie sagt: ›Mein Beileid‹«, erklärte Amanda und sah lächelnd zu ihr.

»Lucía, bitte setzen Sie sich.« Sie deutete auf den leeren Stuhl. Lucía gehorchte. Amanda fuhr fort: »Dürfen wir Ihnen ein paar Fragen stellen? Keine Angst, nichts Ernstes, nur damit uns ein paar Sachen klarer werden. *¿Comprendes?«* Amandas gerollte R klangen eher nach L. *Complendes.* Emma krümmte sich innerlich ein wenig.

Lucía wirkte besorgt.

»Lo siento. Mein Englisch sehr schlecht.«

Amanda lächelte, doch Emma sah, wie frustriert sie war. *»Es no problema. ¿Es … posible estamos preguntamos … preguntos?«*

Lucía nickte. Ja, sie durften ihr ein paar Fragen stellen.

Plötzlich wusste Emma nicht mehr, was sie fragen wollte. Das alles hier war so bizarr und unangemessen, und das hätte ihr von Anfang an klar sein sollen. Doch jetzt war sie hier, und am besten machte sie einfach weiter.

»Tut mir leid! *Yo no hablo español.*« Warum redete sie denn so laut, als wäre Lucía eine schwerhörige alte Verwandte? Sie zwang sich, in normaler Lautstärke weiterzusprechen. »Amanda, kannst du sie fragen, wie ihr Verhältnis zu Maggie war?«

Amanda nickte, die Stirn vor Konzentration gerunzelt. »*¿Todo bien con Maggie? ¿Te gusta ella?*«

Lucía wirkte verwirrt.

»*¿Sí, claro!*«

»Kannst du sie fragen, ob ihr in den Monaten vor Maggies Tod etwas Verdächtiges aufgefallen ist? Ist ihr irgendetwas im Haus seltsam vorgekommen?«

Amanda verzog das Gesicht, vermutlich wegen der Aussicht, einen ganzen Satz übersetzen zu müssen.

»*¿Todos con Maggie ... bueno? ¿Es nada mala? ¿Y todos con la casa? ¿Es nada ... suspiciosa?* War mit Maggie alles in Ordnung? Ist Ihnen irgendetwas Verdächtiges aufgefallen?«

Okay, Amanda schien zwar etwas Spanisch zu verstehen, konnte aber kaum sprechen. Warum hatte sie das falsch dargestellt? Wieso wusste sie nicht, dass ihre eigene Haushaltshilfe so gut wie kein Englisch konnte?

»*No entiendo.*« Lucía sprach langsam und wirkte gequält. »*Lo siento. Quiero ayudar, pero no entiendo inglés.* Kein Englisch.«

Amanda wandte sich an Emma, Röte wanderte von ihren Wangen hinunter zu ihrem Hals.

»Tut mir leid. Ich habe mein Spanisch überschätzt. Sie

will uns helfen, weiß aber nicht, wie.« Sie schloss die Augen. »Es tut mir so leid, dass du deshalb den ganzen Weg hergekommen bist. Wir könnten es mit dem Google-Übersetzer versuchen?«

Emma unterdrückte einen Seufzer. Das hier war einfach nur peinlich. Sie zückte ihr Handy und tippte:

Hallo, Lucía, bitte entschuldigen Sie, ich spreche kein Spanisch. Wir wollten Sie fragen, ob Sie etwas zu Maggies Tod wissen und ob davor irgendetwas Ungewöhnliches passiert ist. Sie dachte nach. Sollte sie weiterschreiben? Ja. *Ich weiß, dass man Sie und Ihren Mann in Ihrem Wagen in der Nähe des Lagerhauses gesehen hat und dass man Ihren Mann deshalb befragt hat. Können Sie uns in Ihren Worten erzählen, was genau passiert ist?* Sie ließ Google den Text übersetzen und gab Lucía das Handy, die rasch las und ihr dann das Telefon zurückgab.

Sie schüttelte verächtlich den Kopf.

»*Mi esposo no hizo nada malo. Es una buena persona; fue solo una mala coincidencia. Ya le dije a la policía. Amanda me dijo que tenía preguntas sobre la señora Maggie, no sobre Javier. Me tengo que ir.*«

Emma sah zu Amanda, in der Hoffnung, dass sie es verstanden hatte. Doch diese schüttelte nur den Kopf. »Irgendetwas, dass ihr Mann kein schlechter Mensch ist? Oder dass er ein schlechter Mensch ist? Keine Ahnung.«

»Sie verstehen nicht«, sagte Lucía.

»Es tut mir leid. *Lo siento.* Nein, wir verstehen nicht«, erwiderte Emma. »Können Sie uns helfen?«

Lucía sprach langsam.

»*Lo que estuvimos haciendo ese día fue privado. ¿Entiende?*«

»Ich glaube, *privado* heißt privat«, flüsterte Amanda.

»Was war *privado*? Sie können uns vertrauen.« Emma versuchte, Blickkontakt mit Lucía aufzunehmen, die jedoch auf ihre Füße starrte.

»*La policía ya lo sabe. Les dijimos todo.*«

»Sie sagt, dass sie schon alles der Polizei erzählt hat«, übersetzte Amanda.

Emma tippte wieder in den Google-Übersetzer:

Können Sie uns sagen, warum Sie am Tag von Maggies Ermordung in der Nähe des Lagerhauses waren? Bitte. Ich muss wissen, was passiert ist. Wir sagen es auch niemandem.

Wieder gab sie das Handy Lucía, die seufzte und ein paar Minuten tippte, bevor sie Emma das Telefon zurückgab. *Javier hat Drogenprobleme. Er ist süchtig, aber es geht ihm besser. Er war in einer Methadonklinik in der Nähe des Lagerhauses. Dort ist er einmal die Woche. Ich war mit ihm dort. Die Polizei sagte, sie würden die Einwanderungsbehörde nicht informieren. Wenn das mit den Drogen bekannt wird, könnte die Behörde nach uns suchen. Mein Beileid, dass Sie Maggie verloren haben. Bitte lassen Sie uns in Ruhe.* Schweigend zückte Lucía ihr eigenes Handy und zeigte Emma das Foto einer Überwachungskamera, auf dem Javier in einem nüchternen Raum saß, der wohl zu einer Klinik gehörte. Es war leicht körnig, doch man konnte erkennen, dass Javier aus einem Plastikbecher trank, der zu einem Drittel mit einer klaren Flüssigkeit gefüllt war.

»*Esta foto es de la policía*«, sagte Lucía. Sie deutete auf den Becher. »*Metadona.*« Emma nickte, das hieß sicher

Methadon. Lucía verstaute ihr Handy wieder und begann, ihre Putzutensilien zusammenzusammeln.

Emma wurde panisch.

»Bitte, bleiben Sie noch. Das mit Javier tut mir leid. Ich glaube Ihnen.« Doch Lucía schüttelte nur den Kopf und ging mit ihrem Putzkorb aus der Küche.

»Verdammt«, fluchte Emma, sobald die Haustür ins Schloss gefallen war. Sie gab Amanda das Handy mit der Übersetzung.

Amandas Augen wurden groß beim Lesen.

»Scheiße. Sind wir Arschlöcher?«

»Nun, ich habe sie gerade gezwungen, mir von der Drogensucht ihres Mannes zu erzählen«, sagte Emma. »Also ja, das sind wir.« Plötzlich hatte sie Schuldgefühle. Weil sie dem Treffen überhaupt zugestimmt hatte. Weil sie angenommen hatte, dass die Polizei Lucía nicht genau genug befragt hatte, dabei schützte sie nur ihre Privatsphäre.

»Ich entschuldige mich bei ihr«, sagte Amanda. »Es tut mir leid, ich wollte nur helfen. Von den Drogen wusste ich nichts. Oder dass sie fürchten, abgeschoben zu werden. Ich wusste nicht einmal, dass sie illegal hier ist!«

Emma wandte den Blick ab. Amanda war auch nur eine Wichtigtuerin, die von einem schlagzeilenträchtigen Mordfall angezogen wurde. Auch wenn sie berühmt und Jills Chefin war, war es immer noch seltsam.

»Ich glaube, ich sollte besser gehen.«

Amanda sah sie an.

»Bitte nicht. Das war dumm, ich hätte das nicht tun sollen. Aber ich wollte dir helfen.«

»Warum? Nimm es mir nicht übel, aber wir kennen uns doch gar nicht. Ich hätte das besser durchdenken sollen. Du bist Lucías Boss, und sie hat Angst, und wahrscheinlich hatte sie das Gefühl, keine Wahl zu haben und mit uns reden zu müssen.«

Amanda schien den Tränen nahe.

»Ich habe es vermasselt. Außerdem arbeitet sie gar nicht für mich. Ich habe sie erst kürzlich gebeten, am Samstag zu mir zu kommen, damit wir mit ihr reden können.«

Emma schüttelte den Kopf.

»Im Ernst?«

»Ich weiß. Ich bin so dumm, und es tut mir leid. Aber ich muss dir etwas sagen, ›radikal ehrlich‹. Das ist so ein AA-Ding.«

Emma unterdrückte ein Schnauben.

»Und was?«

Amanda senkte den Blick.

»Flipp jetzt bitte nicht aus. Aber *LoveShack* ist meine Erfindung.«

Amanda

»Verdammt! Meine Kosmetikerin kommt in ein paar Minuten«, sagte Amanda mit einem Blick auf ihre Uhr. »Sollen wir uns die Nägel machen lassen, und dann erkläre ich dir alles?«

»Warum erzählst du es mir nicht gleich, und dann gehe ich?« Emma warf ihr einen aufgebrachten Blick zu.

Okay, sie war *wirklich* wütend.

»Es tut mir leid, dass ich das bis jetzt nicht erwähnt habe. Die ganze Geschichte ist sehr heikel für mich.«

»Himmel, Amanda, das war doch nur eine dumme Realityshow. Warum ist das auf einmal wichtig? Erzähl's mir einfach.«

Sie war fünfundzwanzig und arbeitete als Barista. Sie und Trevor waren zu dem Zeitpunkt Freunde und Kreativpartner. Sie hatten das Drehbuch für die Pilotfolge von *Anxiety* geschrieben und einen Agenten gefunden – einen Freund ihres Vaters, dessen einziger namhafter Klient Howie Mandel war, aber immerhin. Trotzdem hatte bisher kein TV-Sender oder eines der großen Streamingportale Interesse daran gezeigt.

Amanda war deprimiert und entwickelte eine immer stärkere Sucht nach Aufputschmitteln. Ihre Abende verbrachte sie damit, Unmengen Reality-TV zu schauen und dabei irgendeine Handarbeit zu machen. Trevor war nie zu Hause, er arbeitete abends als Barkeeper. Zu dem Zeitpunkt war Gobelinsticken ihre große Leidenschaft, und sie tat gern so, als wäre sie die Heldin in einem Schauerroman, deren Gehirn beim Sticken verwelkte.

Eines Abends, nachdem sie zwei Adderall geschluckt hatte, saß sie zu Hause und schaute diverse Episoden des *Bachelor.*

Die Show war ja so bieder! Sie rollte sich auf ihrem Shabby-Chic-Sofa von Urban Outfitters zusammen, während der Bachelor der aktuellen Staffel (wie immer ein Weißer, der früher auf dem College Football gespielt hatte) ein Date mit einer nichtssagenden blonden Absolventin der University of Alabama (und Mitglied von mehreren namhaften Studentenverbindungen) hatte. Sie tauschten tiefe Blicke, während sie über die Ländereien einer Ranch irgendwo außerhalb von Dallas ritten. Sie schienen sich ausreichend sympathisch zu sein. Oder vielleicht auch nicht. Diesen Menschen fehlte jegliche innere Tiefe, daher war das schwer zu sagen.

Da kam ihr eine Idee: Was wäre, wenn sie das Konzept für ein anderes Datingshow-Format entwickeln würde? In dem alle Teilnehmer eine Persönlichkeit hatten, bei dem das Publikum involviert war und über Paarungen entschied, statt einfach nur passiv zuzusehen, während oberflächliche, gut aussehende Menschen monotone Dates absolvierten. Sie nahm Papier und Stift zur Hand und notierte ihre Gedanken:

- Paare werden von den Zuschauern zusammengebracht, egal, ob sie sich mögen oder nicht
- Alle wohnen in einem Haus
- Sie sollen mit wirklich lustigen/schwierigen Situationen konfrontiert werden
- Teilnehmer sind klüger? Mit mehr Substanz?
- Mehr Sex
- Das beliebteste Paar gewinnt nach Zuschauerstimmen

Sie würde alles noch mit Trevor durchsprechen. Klar, es war kein tiefgründiges Programm für Millennials wie *Anxiety,* das Diskussionsanregungen bot. Aber sie war Entertainerin, und die Vorstellung gefiel ihr, etwas zu erschaffen, das Menschen glücklich machte. Das ihnen Gesellschaft leistete, wenn sie abends mit einer Decke auf der Couch saßen, high von Amphetaminen und sehr einsam.

»Du hast das Konzept also einfach vorgeschlagen, und der Sender hat die Show produziert? Und warum weiß dann niemand, dass es deine Idee war?« Gegen ihren Willen war Emma von der Entstehungsgeschichte von *LoveShack* fasziniert. Sie saß an Amandas Tisch und aß einen von Alejandras berühmten Cookies mit Salzschokolade.

»Trevor und ich haben unter Pseudonym geschrieben.« Sie wollte nicht darauf eingehen, was danach passiert war. Wie man sie hinausgedrängt und Trevor das Geld eingesteckt hatte. Das musste noch warten.

»Okay, es war also deine Idee. Und?« Emma leckte sich etwas geschmolzene Schokolade vom Daumen. Der Cookie hatte ihre Laune mehr gebessert, als Amanda vermutlich verdiente.

»*LoveShack* ist richtig abgefuckt. Und schlecht für die Welt«, sagte Amanda. »Damals war es mir nicht klar, jetzt aber schon. Du weißt von dem *LoveShack*-Fluch, nicht wahr?«

»Daran glaubst du doch nicht etwa, oder?«

»Ich weiß es nicht.« Amanda brach ein Stück von einem Cookie ab und steckte es sich in den Mund. »Wir konfrontieren Menschen mit ganz schön seltsamen Situationen.«

»Zum Beispiel?«, fragte Emma.

»Du weißt schon, die Challenges. Die mit Absicht schlecht zueinander passenden Paare.«

»Tatsächlich weiß ich es nicht, weil ich bisher nur eine Folge gesehen habe.«

»Wie kann das denn sein?«

»Maggie hat mir verboten, die Show anzuschauen, weil sie so peinlich sei. Die Pilotfolge habe ich erst vor ein paar Tagen gesehen. Es war schön, Maggie zu sehen, am Leben. Trotzdem ist das alles echt komisch.«

Amanda dachte darüber nach. Wovor hatte Maggie so viel Angst gehabt, dass sie Emma die Show verboten hatte?

»Ich finde, du solltest die anderen Folgen auch sehen. Wir können sie zusammen anschauen, wenn du magst. Ich kann dir dann erzählen, was hinter den Kulissen los war.«

Emma zögerte.

»Vielleicht erfährst du etwas über deine Schwester«, fuhr Amanda fort.

»Ich glaube, ich sollte mich besser auf den Mord konzentrieren. Lucía war ja leider eine Sackgasse«, antwortete Emma.

Der Seitenhieb war gegen sie gerichtet, doch das war Amanda egal. Sie mochte diese mutige junge Frau, die ihre Berühmtheit kaltließ.

»Du kannst doch beides machen?«, erwiderte sie. »Wir können gleich anfangen. Ich habe eine Heimkinoanlage.«

Emma seufzte, und Amanda merkte, dass sie ernsthaft darüber nachdachte.

»Na gut. Ich habe ja sowieso nichts Besseres zu tun. Aber wir müssen uns bei Lucía entschuldigen. Und ich brauche noch mehr Cookies.« Sie nahm sich zwei vom Teller.

Und auch wenn Amanda normalerweise kein Essen auf der Luxuscouch erlaubte, machte sie dieses Mal eine Ausnahme.

Maggie

»Glaubst du, sie lassen wirklich die Zuschauer entscheiden, mit wem wir nach Paradise Island fahren?«, flüsterte Layla Maggie in ihrem gemeinsamen Zimmer zu. Vier Drehtage lagen hinter ihnen, genug Content für die erste Folge. Das war die einzige Zeit am Tag, in der sie die Mikros abgeben durften, und sie genossen es. Priya, eine der Produzentinnen, hatte sie allerdings mit gedämpfter Stimme gewarnt, dass in den Zimmern versteckte Kameras und Mikrofone installiert waren (die die Produzenten »Überwachung« nannten), damit sie mitfilmen konnten, falls sich hinter den Kulissen etwas Heißes abspielen sollte. Sie hatte aber hinzugefügt, dass sie Bild- oder Tonmaterial aus den Zimmern nur verwenden würden, falls etwas Interessantes passierte.

»Ich weiß es nicht«, antwortete Maggie. »Aber egal, wie, du hast Glück. Finn scheint ein toller Typ zu sein.« Layla war Finn als Partner für ihr Paradise-Island-Date zugeteilt worden, und es war außergewöhnlich gut verlaufen. Maggie versuchte, begeistert zu klingen, als wäre das eine positive Entwicklung, auf die sie natürlich überhaupt nicht eifersüchtig war.

»Ja, aber alle anderen Jungs halten mich für total hässlich.« Layla drehte sich auf den Rücken und seufzte. Sie hatte das *Hot or Not* noch nicht verwunden.

»Das ist doch albern.« Maggie trat ihre Decke weg, in der Hoffnung, dass es dann nicht mehr zu warm zum Schlafen war. »Du bist ein Model. Du wirst dafür bezahlt, Model zu sein.« Die Einrichtung des Bungalows war außerhalb der Kameras sehr viel schlichter als das glamouröse Äußere. Sie schliefen in Doppelbetten, und die Decken waren aus Polyester wie in billigen Motels. Das Zimmer hatte keine Klimaanlage, nur Ventilatoren, und unter dem Polyester war es furchtbar heiß.

»Das sagst du nur, weil dich alle *hot* fanden.«

»Das stimmt nicht. Außerdem fand mich Theo nicht *hot*.«

»Oh, wie schlimm. Er sieht aus wie der vierte Hanson-Bruder.«

»Wo du recht hast«, sagte Maggie, und Layla lachte. »Doch das ist alles nicht wichtig, denn du hattest ein tolles Date.« Mit dem einzigen Mann, an dem ich wirklich Interesse habe, dachte sie im Stillen. Sie kannte Finn ja kaum, und seit dem Schuh-Zwischenfall hatten sie nicht viel miteinander gesprochen. Außerdem hatte ja nicht Layla sich für ihn entschieden, sondern er sich für sie.

Sie schwiegen, lange genug, damit Maggie die Augen zufielen. Sie gähnte.

»Glaubst du, alle fanden mich wegen meiner Hautfarbe hässlich?«, fragte Layla.

Maggie war natürlich aufgefallen, dass die zwei Women of Colour schlechter bei *Hot or Not* abgeschnitten hatten. Trotzdem, war das schon rassistisch?

»Ich hoffe es wirklich nicht. Du bist hinreißend, und alle

Typen hätten mit dir nach Paradise Island fahren wollen sollen. Verdammt noch mal, das ist doch lächerlich. Wie Finn gesagt hat, die Show ist oberflächlich und dumm.«

»Du bist lieb.« Laylas Bett knarzte, als sie sich umdrehte.

Maggie wischte sich einen Schweißtropfen von der Stirn. Das war nicht das glamouröse Traumhaus, das sie sich vorgestellt hatte. Aber egal – die Duschen hatten heißes Wasser. Ein Luxus, über den ihr Apartment in Brooklyn nicht immer verfügte.

»Ich glaube, du stehst ein bisschen auf Finn«, sagte Layla und brach das angenehme Schweigen. In ihrer Stimme schwang ein schelmischer Unterton mit. Maggie warf ein Kissen nach ihr.

»O mein Gott, jetzt hör schon auf! Das ist nicht wahr. Er wirkt nur, als wäre er noch am wenigsten realitätsfern.«

»Nun, du bekommst ihn nur über meine Leiche«, sagte ihre Zimmergenossin. Beide lachten, auch wenn nicht ganz klar war, ob Layla es tatsächlich scherzhaft gemeint hatte.

Als Maggies Agentin Anita ihr gesagt hatte, sie solle sich für Reality-Datingshows bewerben, hatte sie abgelehnt. Diese Shows wirkten so glamourös und waren definitiv nichts für arme Niemande aus dem Nirgendwo wie sie.

Sie war eine aufstrebende Schauspielerin und hatte mit achtundzwanzig für jeden Werbespot, jedes Theaterstück und jede TV-Show in New York City vorgesprochen. Sie arbeitete Vollzeit als Bedienung und sehr sporadisch in Teilzeit als Schauspielerin, mit einem blutleeren Instagram-Account ohne die Followeranzahl, die sie gebraucht hätte, um Geld damit zu verdienen. Ihr einziger Werbevertrag auf Instagram war mit einer Firma für natürliches Deo, von dessen Produkt ihre Achselhöhlen juckten und die sie nur in Kommission bezahlte. Sie hatte riesige Schulden, die sie allein mit dem Verdienst von ihrem Job als Servicekraft und den Deoproben nicht abzahlen konnte.

Ihr größter Erfolg war bisher die Dr.-Scholl's-Werbung im Jahr 2013 gewesen, die danach jahrelang während der ganzen Nachmittagstalkshows lief. Seither drehten ihr Frauen in den Sechzigern und Siebzigern gelegentlich in vagem Erkennen den Kopf zu, wenn sie auf der Straße an ihnen vorbeiging.

»Maggie, du bist achtundzwanzig und wunderschön, aber das wird nicht ewig so bleiben. Und du hast nicht das Geld für alle nötigen OPs, damit du in deinen Dreißigern auch noch relevant bist. Botox ist teuer«, hatte Anita ihr eines Tages gesagt, etwa sechs Monate bevor sie für *Love-Shack* gecastet wurde.

»Botox habe ich ja schon«, erinnerte Maggie sie.

»Nun, du wirst mehr brauchen«, sagte Anita. »Du musst *jetzt* durchstarten, und wir können, glaube ich, so ehrlich sein und einsehen, dass die Schauspielerei nicht funktioniert. Also entweder Reality-TV oder Fußbilder online verkaufen.«

Also sprach sie für *The Bachelor* vor (sie wurde nach einem letzten Gespräch mit den Produzenten abgelehnt, als sie ihnen verwehrte, »Waise« als ihren Beruf am unteren Bildrand einzublenden). Sie versuchte es bei *Big Brother* (ein Casting-Agent fand sie »zu normal«) sowie bei *Love*

Island (sie war zu alt und wurde nicht einmal zu einem Vorstellungsgespräch eingeladen. Anita tadelte sie, weil sie nicht gewusst hatte, dass sie dreiundzwanzig als Alter hätte angeben sollen) und sogar bei *Selling Sunset* (sie hatte keine Immobilienmaklerlizenz). *LoveShack* war ihr letzter Versuch. Die Show hatte mehr Zuschauer als alle anderen, und ihre Stars hatten sich erfolgreiche Karrieren als Influencer auf Instagram aufgebaut.

Die Vorstellung, sich eine Auszeit von ihrem stressigen Leben zu nehmen und einen Monat lang in einer schicken Villa Verkleiden zu spielen, klang aufregend. Außerdem könnte sie so vielleicht richtiges Geld verdienen.

In dieser Woche fand jeden Abend eine Paradise-Island-Matching-Zeremonie statt, bei der Schuyler bekannt gab, welche zwei Teilnehmer die Zuschauer für einen romantischen Ausflug zusammengebracht hatten. Bisher war Maggie noch allein, und es waren nur noch zwei Frauen übrig. Die Zuschauer konnten sie mit jedem der Jungs zusammenbringen, für die sie *hot* gewesen war, selbst wenn diese schon ein anderes Paradise-Island-Date gehabt hatten.

Chloe und sie, die beiden noch übrigen Frauen, standen gestylt nebeneinander vor der Feuerstelle. Maggie wusste, dass es unwahrscheinlich war, dass sie mit Finn zusammenkommen würde, und versuchte, jede irregeleitete Hoffnung zu unterdrücken.

»Heute Abend«, sagte Schuyler, »kündigen wir ein ganz besonderes Date auf Paradise Island an.« Er sah Maggie an, und sie wusste, dass sie an der Reihe war. Sie holte tief Luft und versuchte, sich zu beruhigen. Alles wäre okay. Egal mit wem, sie würde sich bemühen.

»Maggie, die Zuschauer haben für dich ausgesucht … Patrick!«

Außer mit ihm. Verdammt. Der nervigste Typ von allen. Sie zauberte schnell ein Lächeln auf die Lippen, als Patrick zu ihr eilte und ihr einen Kuss auf die Wange gab. Sein Atem roch schal und säuerlich.

Schuyler strahlte. »Verehrte Zuschauer, bleiben Sie dran. Werden Maggie und Patrick ein echtes Lovepair? Wir werden es herausfinden!«

Später am Abend saß Maggie mit Layla auf einer Couch im Bungalow. Es war schwer, sich die Zeit zu vertreiben, während die Kameras liefen. Sie wollten sich nicht über die anderen unterhalten, außer es sollten Millionen Menschen daran teilhaben, und aus dem gleichen Grund wollten sie nicht über ihre wahren Gefühle sprechen. Sie redeten hauptsächlich über allgemeine Dinge, die nichts mit der Show zu tun hatten: ihre Familien, ihre alten Jobs, was sie von verschiedenen prestigeträchtigen Fernsehsendungen hielten. Dinge, von denen sie wussten, dass sie zu langweilig waren, um es in die Show zu schaffen. Finn kam zu ihnen und setzte sich neben Layla. Sie rutschte näher zu ihm, und Maggie bemühte sich, die Fassung zu wahren.

»Maggie, könnten wir kurz allein miteinander sprechen?«, fragte er.

Maggie sah Layla an, die ihr zunickte. »Klar«, meinte Maggie. Ihr Herzschlag beschleunigte sich.

Sie gingen auf die andere Seite des Wohnzimmers, in die Nähe der Teilnehmerfotos. Sobald jemand aus der Show gewählt wurde, entfernten sie das entsprechende Porträt. Aber im Moment waren noch alle dabei. Die Kameras waren Finn gefolgt und zoomten die beiden heran. Maggie lehnte an der Wand, und er stand neben ihr. Ihre Arme streiften sich leicht, was ihr einen wohligen Schauder über den Rücken jagte.

»Ich wollte nur mal nachfragen, ob es dir gut geht.« Seine Stimme war leise. Gott, sah er gut aus. Ihm in die Augen zu sehen, tat fast schon weh.

»Was meinst du?«

»Mit, na ja … du weißt schon, deiner Paradise-Island-Situation? Dass Patrick dein Partner wird.«

»Ich fühle mich gut dabei«, sagte sie. Sie wollte Patrick nicht vor der Kamera schlechtmachen, solange er nichts Falsches getan hatte. »Ich werde ihm eine Chance geben.«

»Okay, aber sei vorsichtig. Ich habe kein gutes Gefühl bei dem Typen«, sagte er. »Überhaupt nicht.«

»Was willst du damit sagen?«, fragte sie.

»Ich habe noch nicht viel darüber gesprochen, aber ich war Sanitäter bei der Army. Im Laufe der Jahre habe ich viele verschiedene Männer aus allen möglichen Einheiten erlebt«, erzählte er. Natürlich war Finn Sanitäter. Bei der Vorstellung, wie er verwundete Soldaten verarztete, schmolz ihr Herz ein bisschen. »Die meisten Jungs waren anständig, aber manchmal … nun ja. Ich weiß nicht, wie ich es sagen soll.« Er strich sich mit den Fingern über den Bartschatten, dann beugte er sich zu ihr und flüsterte ihr ins Ohr.

»Manchmal merkt man, wenn mit jemandem etwas nicht stimmt. Hinter verschlossenen Türen sind sie anders, wenn nur andere Männer um sie herum sind.«

Maggie nickte, während ihre Gedanken rasten. War Finn etwa eifersüchtig auf Patrick? Wahrscheinlicher war jedoch, dass er nur auf sie aufpasste wie ein großer Bruder. Auf keinen Fall durfte sie sich in diesen Mann verknallen.

»Danke, dass du es mir gesagt hast.«

»Sei einfach vorsichtig.«

»Natürlich.« Sie versuchte fröhlich zu klingen, als er sich zum Gehen wandte. »Das werde ich.«

Jill

Emma saß mit wildem Blick und frisch aufgekratztem Handgelenk in ihrem Zimmer auf dem Boden und durchwühlte die unterste Schublade ihrer Kommode, wobei sie alle Kleider auf den Boden warf.

»Hier irgendwo muss es sein.«

Jill setzte sich neben Emma auf den Boden.

»Wir finden es bestimmt.« Sie faltete die Kleider zusammen, während Emma die Schublade weiter ausräumte. »Über wie viel sprechen wir bei diesem Notgeld genau?«

»Über dreißigtausend Dollar.«

Jill verschluckte sich beinahe.

»Seit dem Tod unserer Mutter«, fuhr Emma fort, »hatte Maggie ständig Angst, es könnte wieder etwas Schlimmes passieren, und dann müsste sie sich um alles kümmern. Weshalb sie mir vor einem halben Jahr einfach so dreißigtausend Dollar in bar gegeben hat.«

»Und die lagen die ganze Zeit hier drin?« Jill war fassungslos. Die Summe war etwas mehr als die Hälfte ihres Verdienstes. »Du weißt schon, dass ich nicht immer absperre, wenn ich die Wohnung verlasse, ja?«

»Ah! Hier ist es.« Emma zog einen braunen Briefumschlag unter einer Jeans hervor.

»Was willst du damit machen?«, fragte Jill.

»Ich kündige.« Emma nahm ein Bündel Geldscheine aus dem Umschlag. »Und werde nur noch in Maggies Fall ermitteln, zumindest, solange das Geld reicht.«

»Wow.« Das war eine so katastrophal schlechte Idee, dass Jill einen Moment sprachlos war.

»Amanda wird mir helfen, was ein Vorteil sein könnte. Sie schleppt so viele Schuldgefühle mit sich herum und dann noch dieses komische AA-Prinzip, dass man radikal ehrlich sein soll. *LoveShack* war ihre Idee.«

»Wovon redest du?«

»Frag sie«, sagte Emma. »Aber ich schätze, sie hat das Konzept für die Show mit Trevor zusammen verkauft. Egal, sie kann uns vielleicht mit Leuten in Kontakt bringen. Oder sonst irgendwie helfen. Und Liz wird mich auch unterstützen.«

Eifersucht regte sich in Jill, was ihr sofort peinlich war. Aber ihre Chefin und Emmas Ex hatten bereits Hilfe versprochen, und sie selbst war noch nicht mal gefragt worden.

»Ich helfe auch«, sagte sie daher rasch.

»Super«, antwortete Emma zerstreut, während sie das Geld zählte. Die Hundert-Dollar-Scheine waren glatt und sauber, und Jill musste den Blick abwenden.

»Wie lief es mit Lucía?«, fragte sie.

»Nicht gut. Amanda kennt sie überhaupt nicht. Sie spricht fast kein Englisch und hat panische Angst, abgeschoben zu werden. Es war sehr unangenehm.«

Jill wurde rot. Amanda konnte so peinlich sein. »Verdammt, das hätte ich wissen sollen. Aber glaubst du, dass sie oder Javier etwas mit dem Mord an Maggie zu tun haben?«

Emma schüttelte den Kopf.

»Sie hat mir erzählt, dass sie in einer Methadonklinik waren wegen Javier, er hat Drogenprobleme. Deshalb hat die Polizei ihren genauen Aufenthaltsort verschwiegen. Ich kam mir wie das letzte Arschloch vor.«

»Das bist du nicht, aber ich verstehe, was du meinst«, sagte Jill.

Emma nickte.

»Sie sind illegal hier, und ich wette, sie fahren nicht einmal irgendwo schneller als erlaubt. Und willst du etwas richtig Widerliches hören? Auf YouTube erzählt einer, dass ein entfernter Verwandter von Javier in San Salvador wegen Drogenhandels im Gefängnis sitzt. Und er beschuldigt Javier und Lucía, Drogenschmuggler zu sein, die Maggie umgebracht haben, nachdem sie sich geweigert hat, ihnen zu helfen, die Drogen nach L. A. zu bringen oder so. Das ist so rassistisch und absurd, und ich hätte mich nie ködern lassen dürfen, nicht einmal von Amanda.«

»Verdammt. Es tut mir leid, dass ich vorgeschlagen habe, mit ihr zu reden.«

»Schon gut. Es hat tatsächlich sogar geholfen, mit ihr über *LoveShack* zu sprechen. Ich habe es satt, einfach nur herumzusitzen.« Emma schichtete die letzten Geldscheine zu einem Bündel. »Nachdem wir jetzt die Schlüssel zu Maggies und Theos Haus wiederhaben, gehe ich dort mal auf die Suche.«

»Ich begleite dich«, sagte Jill.

Emma blickte auf.

»Klingt nach einem Plan.«

Zwei Tage später waren sie mit Theo in dem Haus in Calabasas. Er hatte sie zu Emmas Bestürzung unbedingt begleiten wollen.

Als Erstes wollte sich Emma in Maggies riesigem begehbarem Kleiderschrank umsehen, der noch nicht ausgeräumt war. Theo führte sie ins Schlafzimmer, und Emma verschwand sofort in dem angrenzenden Raum.

»Brauchst du Hilfe?«, fragte Theo.

»Nein«, rief Emma aus dem Schrank. »Ich komme klar.«

Jill blieb noch ein paar Minuten mit Theo im Schlafzimmer, bis dieser ihr zuflüsterte: »Sollen wir nach unten gehen und ein Glas Wein trinken oder so?«

»Okay.« Jill war erleichtert, dass er Emmas Suche nicht genau im Auge behalten wollte. Und es schmeichelte ihr auch ein wenig, dass er Zeit mit ihr verbringen wollte. Vergiss es, tadelte sie sich, während Theo rief, dass sie nach unten gehen würden. Emma streckte den Kopf durch die Tür und zeigte ihnen den nach oben gestreckten Daumen.

Sie gingen die Wendeltreppe nach unten, Jill hinter Theo. Seine Haare unter einer Dodgers-Kappe waren länger, als sie sie je gesehen hatte, und strähnig. Sein weißes T-Shirt war am Kragen und unter den Achseln gelblich verfärbt. Doch selbst auf dem Gipfel seiner wie auch immer gearteten Verzweiflung war er immer noch der schönste Mann, den sie kannte. Er sah besser aus als die Schauspieler in Amandas Show (zugegeben, die waren ehemalige Kinderstars von knapp zwanzig oder fünfzig Jahren, die Eltern und Lehrer spielen sollten).

Theo brachte sie in die Küche, an die ein gekühlter

begehbarer Weinschrank angeschlossen war. Er öffnete die Tür zu der immer noch prall gefüllten Kammer und bat sie hinein.

»Maggie hat Wein wirklich geliebt«, erklärte er. »Ich wohne immer noch in der Mietwohnung und habe seit ihrem Tod hier nichts angerührt. Aber wir sollten etwas davon trinken.«

»Klar«, brachte sie mühsam heraus. Die Tatsache, dass sie mit ihm in dem Haus war, das er mit seiner verstorbenen Frau geteilt hatte, während ihre beste Freundin deren Schrank durchsuchte, bereitete ihr Unbehagen. War es komisch, mit ihm ein Glas Wein zu trinken? Emma würde sicher wollen, dass sie ihn beschäftigte, egal womit.

Er musterte die Flaschen.

»Ganz ehrlich, ich habe keine Ahnung von Wein, ich nehme einfach einen mit einem coolen Etikett. Ist Pinot noir okay?« Jill stimmte zu, und sie gingen zurück in die Küche, wo er zwei großzügig bemessene Gläser einschenkte.

»Also, Jill, erzähl mal von dir.« Theo setzte sich lässig auf die Couch, legte den Arm auf die Rückenlehne und die Füße hoch.

»Ach, ich bin nicht besonders interessant. Was willst du wissen?« Sie lächelte und hoffte, selbstironisch und nicht unsicher zu wirken. Sie band ihre Haare auf dem Kopf zu einem lockeren Knoten, damit sie nicht ständig daran herumspielte und ihre Locken ruinierte.

»Du bist nicht aus L. A., richtig?«

»Stimmt. Ich bin in New Jersey aufgewachsen.« Sie trank einen Schluck Wein.

»Ach ja? Nicht im Mittleren Westen?«, fragte Theo. Sie schüttelte den Kopf. Die Leute dachten immer, sie käme aus dem Mittleren Westen, weil sie so passiv und freundlich war. Es ärgerte sie, und plötzlich wollte sie ihm das Gegenteil beweisen.

»Warum hast du deinen Ehering nicht getragen, als wir uns letztens vor dem Taco getroffen haben?«, fragte sie geradeheraus. Heute trug er ihn wieder.

Theo lachte überrascht auf.

»Wow. Äh. Mir war gar nicht aufgefallen, dass ich ihn an dem Tag nicht getragen habe. Manchmal nehme ich ihn vor dem Duschen oder so ab und vergesse ihn dann.«

Das war ganz offensichtlich eine Lüge, doch er sah ihr treuherzig in die Augen, und sie wurde milder.

»Es ist schwer«, fuhr er fort. »Ich will nicht als diese tragische Figur gelten, verstehst du? Und seinen Ehering zu vergessen ... kann wie eine bewusste Entscheidung wirken, auch wenn es das gar nicht ist.«

»Das verstehe ich«, antwortete Jill.

»Wie auch immer. Glaub nur nicht, mir wäre entgangen, dass du das Thema gewechselt hast.« Er rutschte ein wenig näher an sie heran. Gegen ihren Willen freute sie sich über seine Nähe. »Ich würde immer noch gern mehr über dich erfahren.«

»Ich habe dir doch gesagt, ich bin langweilig.« Sie rückte von ihm ab. »Ehrlich. Ich bin dreißig, arbeite für Amanda Lehman und teile mir immer noch mit meiner besten Freundin aus dem College ein schäbiges Apartment in Mid City.«

»Ich kaufe dir nicht ab, dass du angeblich ach so lang-weilig bist«, sagte er. »Aber ich werde trotzdem nicht ganz schlau aus dir. Weil Emma so viel Aufmerksamkeit braucht? Und es dann leichter ist, sich im Hintergrund zu halten?«

Jill verspürte das Bedürfnis, Emma in Schutz zu neh-men. »Ich würde nicht sagen, dass sie viel Aufmerksamkeit braucht.«

»Bei mir kannst du ganz ehrlich sein. Ich war mit einer Lathrop-Schwester verheiratet, ich verstehe das. Lass dich von ihr nur nicht auffressen, ja?«

Sie schluckte. Wie aufs Stichwort kam Emma die Treppe hinunter.

»Ich glaube, für heute bin ich fertig«, sagte sie zu Theo und Jill. »Das restliche Haus sehe ich mir wann anders an.« Die beiden murmelten zustimmend.

»Hast du etwas Interessantes gefunden?«, fragte Jill etwas zu fröhlich, wie sie befürchtete. Doch Emma lächelte nur knapp.

Maggie

Heute Abend fand Maggies und Patricks Paradise-Island-Date statt, zu dem sie in zwei schwarzen SUVs gefahren wurden. Bei ihrer Ankunft wurden sie für Make-up und Styling in getrennte Trailer gebracht. Normalerweise kümmerten sich die *LoveShack*-Teilnehmer selbst darum, doch für die Paradise-Island-Abende wurden sie professionell geschminkt und frisiert. Nach anderthalb Wochen Dreharbeiten war Maggie froh, das ausnahmsweise nicht selbst erledigen zu müssen.

Beim Verlassen des Trailers sah sie zu ihrem Erstaunen, dass die »Insel« nur ein paar herangekarrte Sandhügel und zwei Kunstpalmen am Ufer eines künstlich angelegten braunen Sees irgendwo in der Wüste war. Ein Kamerateam fing ihre Reaktion auf die glamouröse Privatinsel ein, weshalb sie sich möglichst beeindruckt gab. Natürlich hatte sie alle bisherigen *LoveShack*-Staffeln gesehen und wusste, wie der lieblose »Strand« im Fernsehen später aussehen würde. Sie spazierte herum, die Hand vor gespielter Überraschung vor den Mund geschlagen, und bewunderte Tiki-Fackeln und Hängematten, stets gefolgt von den Kameras. Wie sollte hier auch nur ein Hauch von Romantik aufkommen?

Den ersten Teil des Abends sollten sie in dem Hot Tub verbringen, mit Champagner und in Schokolade getauchten

Erdbeeren. Den Alkohol würde sie brauchen, um den Abend zu überstehen. Und die Erdbeeren waren vermutlich das Abendessen. Die Produzenten vergaßen oft ganz, ihnen etwas zu essen zu geben. Als Maggie für die Show zugesagt hatte, war ihr nicht klar gewesen, dass sie die ganze Zeit hungern und nur von den paar Bissen leben würde, die man den Teilnehmern bei einer Challenge oder in einem Make-up-Trailer zugestand. Sie fragte sich, ob man sie vielleicht sogar absichtlich hungern ließ, damit sie schneller betrunken waren. An einem Abend hatte Maggie Priya verzweifelt um etwas zu essen angefleht, doch die Produzentin hatte ihr nichts geben können. Zwei mörderische Stunden später, in denen Maggie gefürchtet hatte, sie würde in ihrem Umhang und auf High Heels zusammenbrechen, während sie bei einem Einzelgespräch mit einem der Männer gefilmt wurde, fand sie einen Energieriegel auf ihrem Kopfkissen, zusammen mit einem handgeschriebenen Zettel: *Das bleibt unter uns.*

Maggie trug einen goldenen Lamé-Bikini unter einem schwarzen Seidenmorgenmantel. Patrick saß bereits in dem Pool, nippte an seinem Champagner und warf sich Erdbeeren in den Mund. Ihr Magen knurrte, und sie hoffte inständig, dass ihr Date ihr ein paar Früchte übrig lassen würde. Einer der Produzenten hatte sie zuvor gebrieft, weshalb sie sich den schwarzen Mantel so sexy wie möglich abstreifte, während Patrick sie mit Blicken verschlang (sicherlich ebenfalls auf Anweisung).

»Wow, du siehst umwerfend aus.« Er musterte sie von oben bis unten.

»Oh, vielen Dank«, sagte sie gespielt fröhlich. Warum fühlte sie sich sexy, wenn Männer wie Finn sie ansahen, und angeekelt, wenn es sich um jemanden wie Patrick handelte?

»Darf's ein Glas Champagner sein?«

Sie kletterte neben ihn in den Hot Tub mit dem lauwarmen Wasser, und er gab ihr ein Glas.

»Könntest du mir bitte die Erdbeeren reichen?«, fragte sie. »Ich bin am Verhungern.«

»Na klar. Ich mag Frauen, die gern essen. Du würdest super zu meiner Familie passen. Das Essen meiner Mom an Spieltagen ist fantastisch. Wir essen alle gern zu Hause.«

Darauf hatte Maggie keine richtige Antwort, daher sagte sie nur: »Cool!«

Während er ihr einen Vortrag darüber hielt, wie sehr seine Familie die Green Bay Packers liebte, versuchte sie, so viele Erdbeeren wie möglich zu essen.

»Du lässt es dir ja schmecken.« Er nahm sich eine Erdbeere.

»Ja, ich liebe Schokolade«, log sie. Süßigkeiten waren ihr egal, aber Nahrung war Nahrung. Sie fragte sich, ob man die Männer genauso hungern ließ wie die Frauen. Bevor sie dem nachgehen konnte, rief Larry, einer der Produzenten, »Cut!«.

»Leute, mir kommen gleich die Tränen, so langweilig ist das. Könnt ihr nicht über irgendetwas Interessanteres als Football reden? Patrick, frag Maggie nach ihrem Sexleben und was sie im Bett mag.«

Patrick grinste, während Maggie auf ihre Hände blickte, die im Wasser schon ganz schrumpelig wurden.

»Maggie, so heiß, wie du aussiehst, hast du doch bestimmt eine Menge Typen, oder?« Patrick trank einen Schluck Champagner.

»Na, ich weiß ja nicht«, wandte sie ein.

Er schob sich näher an sie heran.

»Sei nicht so bescheiden. Im Ernst, welche Typen findest du heiß?«

»Die netten«, antwortete sie. Finn.

Patrick lachte, als hätte sie einen Witz gemacht.

»Ich meine, vom Aussehen her.«

»Äh, hm, ich habe eigentlich keinen Typ.« Sie geriet in Panik. Was war die richtige Antwort? Larry, der neben den Kameraleuten stand, machte eine auffordernde Geste in ihre Richtung. *Los, gib mir mehr.* »Ich … Also, normalerweise die Sportlertypen.«

»Sportler.« Patrick nickte. »Da habe ich ja Glück. Wusstest du, dass ich auf dem College Football gespielt habe?«

»Nein, wow!« Sie zwang sich zu einem Lächeln. »Das ist, äh … richtig heiß!« Maggie wäre am liebsten gestorben. Wer war sie denn, Paris fucking Hilton? Das hier war eine Katastrophe. Sie hatte keine Ahnung, worüber sie mit ihm reden sollte, und wahrscheinlich wirkte sie prüde und verklemmt.

Hastig trank sie ihr Glas aus und bat Patrick, ihr noch etwas Champagner einzuschenken.

»Wir verstehen uns richtig gut, was?«, bemerkte er, während sie ihr zweites Glas halb hinunterkippte. »Findest du das auch?«

»O ja, auf jeden Fall.« Sie nickte so enthusiastisch wie möglich.

»Also, wenn das so ist, dann küsse ich dich jetzt.« Er beugte sich zu ihr, und sie erstarrte. Als seine Lippen ihren Mund berührten, wollte sie reagieren, doch es gelang ihr nicht. Er wich zurück und sah sie an, doch bevor sie die Erleichterung, den Kuss überstanden zu haben, genießen konnte, schob er ihr seine Zunge in den Mund, und sie hätte sich am liebsten übergeben. Ihr Brustkorb verengte sich, als er sie auf seinen Schoß zog, doch ihr Körper gehorchte, konnte sich nicht wehren. Sie setzte sich rittlings über seine Beine, während er ihren Hals mit feuchten, schlabbrigen Küssen bedeckte und ihre Hüften in Richtung seiner Erektion drückte.

Zwischen den Küssen flüsterte er ihr ins Ohr: »Du machst mich so hart.« Jetzt war ihr wirklich schlecht. Er zog ihre Hand zu seinen Schwimmshorts, als wolle er ihr seine Erregung beweisen. Sie machte sich los und legte ihm die Hand auf die Brust, was hoffentlich möglichst sexy wirkte. Darauf packte er ihre Hüften, und Panik stieg in ihr auf.

»Das hier ist richtig heiß, aber lass uns das für später aufheben, hm?«, flüsterte sie ihm leise ins Ohr. Er hob die Augenbrauen, ließ sie jedoch los. Sie setzte sich wieder neben ihn, atmete zweimal tief durch und versuchte die Angst zu verdrängen, wie viel die Mikros aufgefangen hatten und wie viel sie wohl in der Fernsehfassung zeigen würden.

Aus dem Augenwinkel sah sie, wie sich jemand im Licht der Tiki-Fackeln näherte, und sie drehte den Kopf. Schuyler, Gott sei Dank. Noch nie war sie glücklicher gewesen, einen anderen Menschen zu sehen.

»Na, ihr beiden Turteltäubchen?« Schuyler lächelte ihnen

zu. Seine Haare waren zurückgegelt, und wie immer trug er ein Hawaiihemd. Wieder wurde ihr übel, dieses Mal fürchtete sie aber, der Champagner, das warme Wasser und ein leerer Magen könnten die Ursache sein.

»Hallo.« Patrick legte den Arm um Maggie und zog sie an seine Brust.

»Auch wenn es schön ist, dass ihr beiden euch so gut versteht« – Schuyler drehte sich zur Kamera und zwinkerte –, »steht euch jetzt leider eine Wahl bevor.«

Patrick stöhnte, doch Maggies Herzschlag beschleunigte sich vor Aufregung. Solange sie nur Abstand zwischen sich und Patrick bringen konnte.

»Maggie und Patrick, ihr beide müsst jetzt eine sehr wichtige Entscheidung treffen.« Schuyler legte eine theatralische Pause ein. »Zwei andere Teilnehmer warten da drüben. Ihr habt die Wahl: Entweder verbringt ihr gemeinsam die Nacht auf Paradise Island, oder ihr tauscht gegen einen der unsichtbaren *Shack*er.«

Bevor Maggie genauer darüber nachdenken konnte, drängte Schuyler sie schon zu einer Antwort.

»Patrick?«

»Ich bleibe bei dieser wunderschönen Frau hier.« Er zog sie näher an sich. Fuck, fuck, fuck! Jetzt würde es noch schwerer werden.

»Sehr gut, ein Mann, der weiß, was er will. Maggie, jetzt ist es an dir. Bleibst du bei Patrick? Oder darf's jemand anders sein?«

Ihr war schwindelig.

»Ich würde gern noch jemand anders ausprobieren.«

Patrick zuckte aufgebracht zurück.

»Willst du mich verarschen?«

»Tut mir leid«, sagte sie, »aber ich stehe nicht auf dich.« Erleichterung durchflutete ihren Körper.

»Wow.« Patrick stand auf. »Ich bin raus. Herzlichen Dank, dass du mir etwas vorgemacht hast.« Maggie verzog das Gesicht, schwieg jedoch. Er stürmte in seinen Badeshorts davon, ein Produzent gab ihm ein Handtuch und führte ihn weg. Sie hatte ihm nichts vorgemacht, das wusste sie. Hoffentlich würden die Leute vor den Bildschirmen das auch so sehen. Hoffentlich wirkte sie dann nicht wie ein Miststück vor Millionen von Zuschauern.

Schuyler rieb die Hände aneinander.

»Ach, ich liebe ja ein bisschen Drama. Maggie, willst du sehen, mit wem du die Nacht auf Paradise Island verbringst?«

Sie nickte.

»Ja, bitte.« In Wahrheit wollte sie jedoch nur nach Hause. Sie war angetrunken, und ihr war schlecht. Sie wollte sich das Bett nicht mit einem Typen teilen, den sie kaum kannte. Hoffentlich bekam sie wenigstens Finn, auch wenn das unwahrscheinlich war.

»Und da kommt er schon!« Schuyler deutete auf eine sich nähernde Gestalt. Nach ein paar Sekunden erkannte sie Theo im Licht der Fackeln. Verdammt. Sie wollten es ihr wirklich nicht leicht machen. Der einzige Mann, der sie am Anfang der Show nicht *hot* gefunden hatte. War das überhaupt zulässig?

Er warf ihr ein strahlendes Lächeln zu, das selbstbewusst,

aber auch eingeübt wirkte. Trotzdem erwiderte sie es, während sie aus dem Hot Tub stieg und sich in einen flauschigen Bademantel wickelte, den man ihr hingelegt hatte.

Sie umarmte Theo.

»Tut mir leid, ich bin ganz nass.«

»Kein Problem.« Er erwiderte die Umarmung, und ihr fiel auf, wie gut er roch.

»Dann entlasse ich euch mal in euren romantischen Abend in der Luxusjurte«, sagte Schuyler und ging hinter die Kameras. Luxusjurte, das klang gut. Jemand rief »Cut!«, und man brachte die beiden zu ihrer Glamping-Unterkunft: ein weißes, rundes Segeltuchzelt auf einer Holzplattform. Lichterketten und Lampen verbreiteten gedämpftes Licht, ein Feuer brannte in einer kleinen Feuerstelle, und zwei Adirondack-Stühle standen davor. Das war der schönste Teil der »Insel«, den sie bisher gesehen hatte. Doch als man sie nach drinnen brachte, verflog die Freude. Vor ihr lag eine Luftmatratze mit zwei Kissen und einer Decke.

Produzent Larry informierte sie, dass das Kamerateam nachts nicht hier sein würde, denn im Zelt waren diverse Nachtsichtkameras und Mikrofone installiert, sie konnten also »allein« sein. Dahinter standen zwei Trailer, in denen sich die Badezimmer befanden. Larry versicherte ihnen, dass die natürlich ohne Kameras waren. Maggie hätte fast laut gelacht.

»Da könnt ihr euch umziehen, man hat euch alles hingelegt«, erklärte Larry, während er ihre Mikrofone einsammelte. In ihrem Bad entdeckte Maggie, dass man für sie nur ein schwarzes Spitzenneglige vorgesehen hatte, das sie im

Bett tragen sollte. Das auch noch durchsichtig war. Da brach sie in Tränen aus. Himmel, es tat gut zu weinen. Es tat gut, endlich allein zu sein. Sie hatte es satt, sich wie eine Puppe zu fühlen, dass ständig an ihr herumgezupft wurde und man ihr sagte, wohin sie gehen sollte, und dass man erwartete, dass sie das alles bereitwillig mitmachte. Sie weinte heftiger und blickte in den Spiegel. Ihre Wimperntusche verlief, ihre Augen waren gerötet und geschwollen. Da klopfte es an der Tür.

»Ja?«, sagte sie mit möglichst fester Stimme.

»Hier ist Theo. Ist alles in Ordnung? Ich war in meinem Bad und habe dich weinen gehört.«

»Ich …« Doch dann brach sie wieder in Tränen aus. »Tut mir leid. Mir wird nur gerade alles zu viel.«

»Darf ich reinkommen?«, fragte er, und sie erlaubte es ihm. Sobald er sie sah, verzog er mitfühlend das Gesicht. »Oje, findest du die Situation so schlimm? Ich schwöre, das war nicht meine Entscheidung. Aber Moment mal, warum hast du den Partner gewechselt, wenn es dich so sehr stört?«

Sie holte tief Luft und wischte sich die Tränen mit der Handfläche ab.

»Nein, es ist nicht wegen dir. Ich hatte nur …« Wieder wurden ihre Augen nass. »Das Date mit Patrick war nur wirklich anstrengend. Er hat es in eine Richtung gelenkt, die mir nicht gefallen hat.« Warum erzählte sie ihm das? »Und dann habe ich das hier gefunden« – sie hielt das Negligé in die Höhe –, »meine einzige Kleidung für heute Nacht. Ich kenne dich nicht mal, und wir sollen zusammen in einem Bett schlafen. Nimm's mir nicht übel.«

»Tue ich nicht.«

»Im Ernst, es ist nicht wegen dir«, sagte sie. »Du findest es wahrscheinlich viel schrecklicher, dass du die Nacht mit mir verbringen musst.«

»Warum denkst du das?« Theo wirkte verwirrt.

»Weil ich für dich nicht *hot* war.« Sie errötete.

»Ach, Maggie, jetzt komm schon. Wir sollten das machen, und es war so albern. Ich habe es nicht ernst gemeint. Irgendwen musste ich nehmen, und ich stehe nicht so auf Blondinen. Du bist natürlich umwerfend«, sagte er, und sie errötete bis zum Schlüsselbein.

»Das musst du nicht sagen.«

»Es stimmt aber. Ich wusste nicht, dass ich auch alle Frauen hätte *hot* finden können wie Finn. Ich wünschte, ich hätte es einfach gemacht«, antwortete er. Sie wusste nicht, ob sie ihm glauben sollte, aber sie fühlte sich etwas besser.

»Tut mir leid, ich bin albern«, sagte sie. »Gerade ist es nur wirklich viel auf einmal.«

»Mir tut es leid, wie es mit Patrick gelaufen ist. Der Typ ist ein Wichser. Die anderen Jungs hassen ihn auch alle.«

»Finn hat gesagt, er hätte schlechte Vibes oder so.«

»O ja, auf jeden Fall. Er ist ein Arschloch.«

»Da stimme ich zu«, sagte sie. »Aber jetzt werde ich als das Arschloch dastehen, weil ich ihn wegen dir abserviert habe.«

»Nein, das glaube ich nicht. Aber hey, ich will es für dich nicht noch unangenehmer machen. Ich blase alle Kerzen im Zelt aus, bevor du hereinkommst, und ich werde nichts

sehen. Und ich bleibe auf meiner Bettseite, versprochen.«
Wieder durchströmte sie Erleichterung.

»Das wird das langweiligste Paradise-Island-Date in der
Geschichte von *LoveShack*.« Sie lächelte.

»Das ist mir egal.« Er war vermutlich auch erleichtert,
und prompt sagte er: »Ganz ehrlich, mich interessiert niemand hier besonders. Sei nicht böse. Es liegt nicht an dir. Ich
will das hier einfach nur heil überstehen. Ich fühle mich wie
ein Zootier, das man in Gefangenschaft zur Paarung zwingt.«

»Aber wirklich.« Maggie lachte.

Theo schwieg lange, bevor er weitersprach.

»Das hier ist alles so anders, als ich es mir vorgestellt
hatte.«

»Ich weiß, was du meinst.« Der Glamour der Show war
schnell verflogen. Natürlich war ihr klar gewesen, dass Rea-
lityfernsehen hochgradig künstlich war. Aber sie war überrascht, wie viel letztendlich inszeniert war.

»Warum machst du dann überhaupt mit?«, fragte sie.

»Ehrlich?«

»Ganz ehrlich.«

Er seufzte.

»Ich war allein und deprimiert. Ich hatte in meinem
Leben noch keine ernsthafte Beziehung, und ich dachte,
ich könnte hier vielleicht jemanden kennenlernen.«

Sie schwieg einen Moment.

»Das überrascht mich.« Gab es wirklich Leute, die bei
LoveShack mitmachten, um potenzielle Partner zu treffen?
Das war doch eher ein willkommener Bonus als das Ziel.
Zumindest für sie.

Er zuckte mit den Schultern.

»Ach, schon okay. Leider glaube ich nicht, dass für mich jemand dabei ist.«

Sie nickte.

»Dann lass uns Freunde sein. Wir können füreinander da sein.«

»Sehr gern.«

Amanda

Das Problem an öffentlichen Entschuldigungen war, dass man die Leute dadurch nicht dazu bringen konnte, einem zu glauben. So viel wusste Amanda mittlerweile.

Man konnte den Leuten die Wahrheit sagen, seine Version der Ereignisse, und alle dachten trotzdem, man würde sich verteidigen oder die eigene Rolle herunterspielen (Entschuldigungsversuch zu Trevor Nummer eins). Man konnte sich zu allem bekennen, sich selbst wie ein schrecklicher Mensch dastehen lassen, und die Leute würden denken, dass man sich nur in Szene setzen wollte. Sie würden einen Weg finden, einen noch mehr zu hassen, weil man »seine Arbeit nicht wie erwartet gemacht hat« (Entschuldigungsversuch zu Trevor Nummer zwei). Oder man konnte schweigen und seinen Presseagenten einen nichtssagenden Kommentar abgeben lassen, à la »Amanda Lehman wird sich zum gegenwärtigen Zeitpunkt nicht zu den zusätzlichen Anschuldigungen gegenüber Trevor Koch äußern« (Entschuldigungsversuch zu Trevor Nummer drei).

Zwei Jahre war das alles mit Trevor her, ihrem ehemaligen Schreibpartner und ehemaligen besten Freund. Heute war der Jahrestag des Artikels, und sie lag im Bett und tat sich selbst leid. Sie zwang sich, zum Mittagsmeeting der Narcotics Anonymous aufzustehen, bei dem sie unweigerlich die ganze jämmerliche Geschichte noch einmal erzählen würde. Jill würde sie in zwanzig Minuten abholen.

Sie und Trevor hatten die Pilotfolge von *Anxiety* im letzten Collegejahr geschrieben und das gesamte Showkonzept dann nach dem Abschluss entwickelt, als sie noch in kakerlakenverseuchten Häusern in Los Feliz und Silver Lake wohnten. Und natürlich hatten sie in einem Moment der Verzweiflung, bevor sich jemand für *Anxiety* interessierte, gemeinsam die Idee für *LoveShack* verkauft.

Wenn sie ihn doch nur da schon mit seinem ersten Verrat konfrontiert hätte – *LoveShack* und allem, was danach passiert war. Vielleicht hätte er es dann beim zweiten Mal nicht so verbockt.

Sie ging zu ihrem Kleiderschrank, aus dem sie ein Jeanskleid von Alexander McQueen herausholte, das Trevor geliebt hatte. Es zu tragen, war, als würde man auf einen blauen Fleck drücken.

Etwas sollte man über sie und Trevor wissen: Sie hatten zweimal miteinander geschlafen. Das erste Mal war in ihrem zweiten Studienjahr gewesen, als Trevor im Campuscafé aufgetaucht war, in dem sie arbeitete, aufgedunsen, traurig und bedürftig, nachdem er gerade mit irgendeiner Kurzzeitfreundin Schluss gemacht hatte. Später am Abend waren er und Amanda in einer Bar in der Nähe des Campus gelandet – einer, die gefälschte Ausweise akzeptierte – und hatten sich betrunken. Sie waren beide einsam, und dann war es eben passiert. Doch schon als Trevor noch in Amandas Einzelbett lag und ihre Gliedmaßen nach dem Sex ineinander verschlungen waren, wurde ihnen klar, dass es ein Fehler gewesen war.

Das zweite Mal hatten sie vor zwei Jahren und drei Tagen Sex gehabt. Genau drei Tage bevor Trevor in der *Los Angeles Times* von vier Frauen beschuldigt wurde, sie sexuell genötigt zu haben.

Zu diesem Zeitpunkt war Trevor trotz seiner Rolle hinter den Kulissen von *Anxiety* überraschend berühmt gewesen. Die Frauen erzählten in einem Exklusivinterview mit der *Times* vier ähnliche bizarre Geschichten. Trevor hatte jede von ihnen über eine Dating-App für Promis kennengelernt. Nach einem ersten Date hatte er sie dann zu sich nach Hause eingeladen. Ab da unterschieden sich die Berichte, doch der Kern der Anschuldigungen blieb immer der gleiche: Trevor hatte alle Frauen gegen ihren Willen mit einem Rosenquarzdildo penetriert.

Die Geschichte war in jeder Hinsicht merkwürdig. Warum zum Teufel hatte Trevor einen Rosenquarzdildo? Warum gab es Rosenquarzdildos überhaupt, und was für ein Wellness-Mist war das? Und natürlich die drängendste Frage: Warum sollte er diese Frauen – aber nicht Amanda – zu einer so bizarren sexuellen Handlung zwingen?

Eine der Frauen, eine C-Promi-Schauspielerin, schilderte den Übergriff am genauesten. Ihren Angaben nach hätten sie und Trevor beide Sex gewollt, und nachdem er sich ein Kondom übergestreift hatte, sollte sie die Augen schließen. Dann fühlte sie, wie etwas Kaltes, Festes, wie ein Stein, in sie eindrang. Sie schrie vor Überraschung und riss die Augen auf, erkannte eine Art Dildo und verlangte, dass Trevor ihn sofort entfernte. Dieser Aufforderung kam er erst nach zwanzig oder dreißig Sekunden nach.

Amanda las die Geschichte an jenem schicksalhaften Morgen vor zwei Jahren mit einem heftigen Kater. Der Handywecker hatte sie wegen eines frühen Drehtermins um fünf Uhr morgens geweckt, und als sie ihn ausschaltete, wurde sie von Unmengen Textnachrichten mit dem Link zu dem Artikel überschwemmt. Ihr erster Gedanke war, dass die Presse irgendwie herausgefunden hatte, dass sie beide hinter der verfluchtesten Realityshow der Geschichte steckten. Oder schlimmer noch, dass er sie danach komplett über den Tisch gezogen und sie nichts dagegen unternommen hatte.

Aber es war noch viel, viel schlimmer. Sie hatte schnell zwei Adderall eingeworfen, die Nachttischlampe eingeschaltet und die Story auf ihrem Handy gelesen. Und dann noch einmal. Und noch einmal. Sie merkte, dass sie nichts aufnehmen konnte und ihr Kopf zu sehr hämmerte. Sie schluckte noch zwei Tabletten und vier Ibuprofen und las den Artikel erneut. Sie rief Trevor an, der eigentlich auch bei den frühmorgendlichen Dreharbeiten dabei sein sollte. Keine Antwort. Sie schrieb ihm eine SMS und wartete. Sie schrieb ihm noch eine Nachricht. Trank eine Flasche Gatorade Zero aus, die sie unter dem Bett fand. Schrieb ihm noch einmal.

Ja, sie hätte sich mit ihrem Presseagenten absprechen sollen, bevor sie auf die Nachricht einer netten *New York Times*-Reporterin antwortete, die ein Jahr zuvor ein Porträt über sie geschrieben hatte. Aber offen und zugänglich zu sein, war Amandas Markenzeichen. Außerdem stand sie unter Drogen! So vielen Drogen! High war es wirklich schwer, kluge Entscheidungen zu treffen.

Als sie an jenem Morgen zur Arbeit kam, war klar, dass Trevor weder auf ihre Anrufe (sieben) noch auf ihre SMS (dreizehn) reagieren würde. Niemand am Set hatte ihn gesehen.

Ja, im Nachhinein betrachtet, hätte sie der Reporterin nicht sagen sollen, dass sie aus eigener Erfahrung wusste, dass Trevor nicht auf solche Sachen stand. Und sie hätte mit ziemlicher Sicherheit nicht sagen sollen, dass sie zwar Feministin (eine überzeugte Feministin!) war, aber auch fürchtete, dass Leute manchmal solche Geschichten erfanden, um in die Zeitungen zu kommen. Na gut, da war sie davon ausgegangen, dass sie das im Vertrauen gesagt hatte. Und sie war high gewesen!

An jenem schrecklichen Tag vor zwei Jahren, um elf Uhr, erschien der Artikel mit ihren unklugen Äußerungen in der *New York Times*. Damals konnte sie noch nicht ahnen, dass er ihr Leben in ein Davor und ein Danach spalten würde.

Sie betrachtete sich im Spiegel. Das Kleid war mittlerweile zu eng, und die Knöpfe spannten über dem Bauch. Mit den Fingern fuhr sie sich durch die ungewaschenen Haare, versuchte sie vorzeigbar zu machen. Ihr Handy vibrierte zum Zeichen, dass jemand an der Tür war – wahrscheinlich Jill, die sie abholte. Sie seufzte und zog sich einen Pullover über. Das war ihr Leben im Danach.

Jill

Jill und Emma hatten sich in ihrem ersten Jahr am Kenyon College in Ohio kennengelernt, als sie beide für die Improtheatergruppe vorsprachen, die zu achtzig Prozent aus Männern und zwanzig Prozent aus »gechillten« Frauen bestand. Der Name der Gruppe war, aus welchen Gründen auch immer, »Brauchen Geld für Bier« und wurde zu Jills Überraschung beim Vorsprechen nicht erklärt.

Sie trafen sich im Campuscafé vor der Liste mit den akzeptierten und abgelehnten Bewerbern. Per E-Mail hatte man ihnen mitgeteilt, dass sie sich den Aushang ab drei Uhr nachmittags ansehen könnten. Er hing allerdings schon um 14:57 Uhr. Emma und Jill erkannten einander von den Vorsprechen, nickten sich solidarisch zu und suchten nach ihren Namen. Beide waren abgelehnt worden. Jill wurde rot vor Verlegenheit und sah zu Emma, die den Blick lächelnd erwiderte.

»Hallo, ich heiße Jill«, sagte sie. »Mich wollten sie auch nicht.« Sie trug die Haare an dem Tag zu einem straffen Pferdeschwanz gebunden, der lockige Pony war geglättet und hing ihr gerade in die Stirn. Die Augen hatte sie mit schwarzem Eyeliner betont, und sie trug eine rote Kunstlederjacke und Bootcut-Jeans, die sie unordentlich in kastanienbraune Ugg-Boots gesteckt hatte. Sie roch nach *Prin-*

cess von Vera Wang, ihrem Markenzeichenduft. Emma hingegen trug einen grauen Hoodie und löchrige Jeans, die – damals noch – langen Haare in zwei unordentlich geflochtenen Zöpfen. Sie roch nach Männerdeo.

Emma lächelte.

»Ach, scheiß auf die. Ich heiße Emma.« Sie schüttelte Jill die Hand wie bei einem offiziellen Termin. Jill lachte.

»Lust auf einen Kaffee? Ich habe ungefähr eine Million Essenspunkte übrig. Und wir können unsere angekratzten Egos streicheln.«

Emma kaufte zwei Sojalatte, und sie setzten sich auf eins der fleckigen Sofas, wo sie ausgiebig über die Leiter der Improtheatergruppe herzogen. Sie fanden die zwei älteren Studenten namens Dan und Chad beide nicht lustig, sondern von sarkastischer Bosheit, die die beiden aber für Humor hielten. Bei den Vorsprechen hatten sie ausdruckslos die improvisierten Szenen der Bewerber verfolgt. Die beiden würden irgendwann hervorragend in ein sexistisches Autorenteam für eine Late-Night-Show passen, fand Jill.

Emma lachte an den richtigen Stellen, und als Jill noch einen Schluck von ihrem Latte trank, war ihr das Improtheater egal, die Verlegenheit von zuvor verschwunden.

»Mein Dad hat mir extra sein Flanellhemd geschickt, und ich habe mir die Timberlands meiner Mitbewohnerin ausgeliehen, die ungefähr drei Größen zu klein waren. Der ganze Aufwand, um dann nicht genommen zu werden! Ich weiß, dass ich lustig genug bin«, sagte Jill und schüttelte den Kopf. »Wahrscheinlich bin ich nur nicht cool genug.«

»Auf mich wirkst du verdammt lustig«, meinte Emma.

»Du warst super beim Vorsprechen. Aber wenn es dich tröstet, ich bin lesbisch, und sogar ich war nicht ›gechillt‹ genug für einen der vier Plätze, die sie jedes Jahr für Frauen vergeben.« Jill lachte.

»Wir haben das Jahr 2010! In einer Gruppe von zwanzig Menschen können doch nicht nur vier Frauen sein!«, sagte Jill.

»Genau! Und man braucht mindestens eine Lesbe!« Emma hielt den Zeigefinger in gespielter Entrüstung hoch. »Wir müssen eine Protestbewegung starten: Lasst Emma und Jill bei eurer Improtheatergruppe mitmachen, auch wenn wir nicht cool genug sind.«

»Da bin ich dabei. Ich werde die Proteste auf dem Campus anführen.« Jill trank ihr Glas aus. Sie spürte das Koffein und wusste, sie sollte sich jetzt besser an das Essay setzen, das sie am nächsten Tag abgeben musste.

»Du, das klingt jetzt ein bisschen albern, aber wollen wir Freundinnen sein?«

Jill sah Emma an.

»Ich dachte schon, du fragst nie.«

Es klopfte an Jills Tür. Sie hatte Amanda bei ihrem NA-Treffen abgesetzt, auch wenn es ein Samstag war, und war gerade erst zurückgekommen.

Sie versuchte immer wieder, einen guten Zeitpunkt zu finden, um mit Amanda über eine Beförderung zu sprechen. Über eine Arbeit, bei der sie keine einfachen Tätigkeiten verrichten musste, sondern zum Autorenteam gehörte. Das hatte Amanda ihr ursprünglich versprochen, als sie den Job angenommen hatte, doch immer, wenn Jill sie darauf ansprach, reagierte sie ausweichend.

Es klopfte wieder.

»Herein«, sagte Jill.

Emma streckte den Kopf durch die Tür.

»Ich glaube, ich sollte mich mal wieder auf den Dating-Apps anmelden«, verkündete sie.

Jill musste lächeln.

»Wow, das ist super!«

»Hey, ganz ruhig«, wiegelte Emma ab, lächelte aber auch.

»Wie kommt's?«, fragte Jill. Ja, Emma hatte sich in letzter Zeit nicht so für Jills Leben interessiert wie früher, aber sie ging auch gerade durch die Hölle. Da durfte sie doch im Mittelpunkt stehen, wenigstens für eine Weile, oder?

»Einfach so«, sagte Emma. »Nein, das stimmt nicht ganz. Liz postet Fotos mit ihrer neuen Freundin. Aber ich schwöre, es ist nicht deswegen.«

»Lass mal sehen.« Auf dem Foto sah Liz – die Jill immer schon steif und langweilig gefunden hatte – ihre neue Freundin verliebt an. Sie posierten vor einer Hütte in Big Bear und trugen die gleichen Beanies. »Du findest was Besseres«, meinte Jill.

»Kannst du mir helfen, Fotos für das Portal auszusuchen?« Emma scrollte durch die Foto-App auf ihrem Handy und zeigte Jill eines, das diese vor einem Jahr bei einem gemeinsamen Wochenendtrip nach Santa Barbara von ihr aufgenommen hatte. Emmas Gesicht wirkte voller und gesünder. Sie trug einen grauen Overall und Birkenstock-Sandalen und sah glücklich aus.

»Das ist super.« Jill nahm das Handy und scrollte. Auf vielen Fotos war Emma bei der Feier zu ihrem dreißigsten Geburtstag zu sehen, die Jill für sie hier in der Wohnung ausgerichtet hatte. Das Motto waren die Siebzigerjahre gewesen, und Emma hatte eine Föhnfrisur wie Farrah Fawcett gehabt. Dazu trug sie einen lila Jumpsuit mit Schlaghose und weiße Stiefel mit Blockabsätzen. Jill stockte fast der Atem, als sie ihre Freundin so glücklich sah. Sie zeigte Emma das Foto, und die lächelte. Die nächsten Bilder waren von Weihnachten, einen Monat vor Maggies Tod. Maggie, Theo und Emma hatten Weihnachten immer mit Theos Eltern in dem Haus in Calabasas gefeiert, und nach Emmas Erzählungen war es immer wunderschön gewesen. In dem Jahr hatte Emma ihrer Schwester Maggie und Theo Wackelfiguren von sich selbst geschenkt.

»O mein Gott«, sagte Jill.

»Irgendein verrückter Fan hat sie auf Etsy verkauft. Ich musste sie einfach bestellen. Maggie hat sich totgelacht, aber Theo war verärgert.«

»Verärgert? Wieso das denn?« Jill scrollte weiter durch Emmas Fotos. Auf einem waren sie zu dritt zu sehen – Maggie, Theo und Emma – in den gleichen Weihnachtspullovern. Sicher auf Maggies Wunsch hin und für irgendein Video.

»Er ist sogar richtig ausgeflippt«, erzählte Emma. »Hat eine sarkastische Bemerkung gemacht, ich weiß nicht mehr genau, welche, die so klang, als hätte er den Witz gemein gefunden.«

Jill überlegte, ob das ein weiteres Zeichen dafür war, dass

Theo etwas gegen die enge Beziehung zwischen den Schwestern gehabt hatte, sagte dazu aber nichts.

»Hast du in Maggies Schrank eigentlich etwas gefunden, das uns weiterhilft?«, fragte sie stattdessen möglichst beiläufig. Sie hatten noch nicht über ihren Besuch in dem Haus gesprochen. Sie dachte immer noch über das Gespräch mit Theo nach. Emma war ihre beste Freundin, und trotzdem hatten Theos Worte etwas in Jill bewegt. *Lass dich von ihr nur nicht auffressen.*

»Wie gut kennst du dich mit Adoption aus?« Emma erhob sich vom Bett und ging auf und ab.

»So gut wie gar nicht.«

»Ich habe einen Stapel Broschüren mit Informationen dazu gefunden. Also, zu Adoption und Pflegeelternschaft«, erklärte Emma. Sie verschwand kurz in ihrem Zimmer und warf bei ihrer Rückkehr einige Broschüren auf Jills Bett.

»Oh, ein Kind wäre aber schön gewesen.« Jill betrachtete die Faltblätter. Das erste hieß *Adoption in Kalifornien.* Doch Emma runzelte die Stirn, was Jill zeigte, dass ihre Reaktion wohl falsch gewesen war.

»Maggie hat immer gesagt, dass sie Kinder will, aber mir gegenüber hat sie Adoption oder Pflegeelternschaft nie erwähnt.«

Jill sah, wie Emma wieder ihr Handgelenk aufkratzte, und legte ihr sanft die Hand auf den Arm. Emma warf ihr einen aufgebrachten Blick zu.

»Vielleicht hat sie es dir ja auch einfach nie erzählt? Oder sie hatten gerade erst anfangen, sich darüber Gedanken zu machen«, meinte Jill.

Emma trommelte mit den Fingern gegen ihren Oberschenkel. »Nein, eher nicht. Ich glaube wirklich, dass sie es mir erzählt hätte. Das ist ein so großer Schritt, und wir haben über so etwas geredet. Wir haben über *alles* geredet.«

»Tut mir leid, Em.« Emma wirkte verzweifelt.

»Wirf mir nicht vor, dass ich das, was ich jetzt sage, überhaupt denke, ja?« Sie drehte sich zu Jill.

»Würde ich doch nie«, antwortete sie.

»Was ist … Was ist, wenn Theo ihr etwas angetan hat? Weil er keine Familie wollte?«

Jill kniff die Augen zusammen.

»Versteh mich nicht falsch«, sagte sie. »Vielleicht wirkt sein Verhalten gewissenlos auf dich, dabei ist es aber eigentlich Trauer. Würde ein Mann, der etwas zu verbergen hat, dich sein Haus durchsuchen lassen?«

»Er hat darauf bestanden, dabei zu sein!«, erwiderte Emma. »Und wer weiß, vielleicht hat er vorher schon alles weggeschafft.«

»Das glaube ich nun wirklich nicht«, antwortete Jill.

»Irgendetwas stimmt aber nicht mit ihm und der ganzen Situation. Das weiß ich.«

»Ja, den Eindruck habe ich auch«, sagte Jill. »Ich glaube, er sagt irgendwo nicht die Wahrheit. Aber ich denke nicht, dass er sie umgebracht hat. Das spüre ich.« Emma nickte, doch Jill sah, dass sie ihr nicht glaubte.

Emma

Sie saßen mit Amanda in einem Café auf der Melrose Avenue bei ihrem ersten offiziellen »Brainstorming-Treffen«. Es war Jills Idee gewesen. Ihre Freundin trank gerade einen großen Schluck von ihrem Eiskaffee und schlug ihr Notizbuch auf.

Emma spürte Jills Missfallen darüber, dass sie ihren Job kündigte, um sich ganz den Ermittlungen in Maggies Fall widmen zu können. Dabei sein wollte Jill aber trotzdem. Außerdem war sie der organisierteste Mensch, den Emma kannte.

»Lasst uns Lucía und Javier offiziell von der Liste der Verdächtigen streichen«, begann Emma. Das Gespräch mit Lucía war anderthalb Wochen her, und ihre Schuldgefühle deswegen waren fast verschwunden. Zumindest hatte sie *irgendeine* Antwort bekommen, und das war eine Erleichterung.

Jill nickte.

»Ich habe schon mal eine Liste mit allen Beweisen erstellt, die wir bisher haben. Also alles, was irgendwie ungewöhnlich erscheint oder der Polizei oder den True-Crime-Fanatikern aufgefallen ist.« Sie nahm ein paar Ausdrucke aus einer Mappe und verteilte sie an Emma und Amanda.

Die wunderbare Jill.

Auf dem Ausdruck stand:

- Beweise
- Die »Beende es«-Nachricht von Theo an Maggie – wirklich ein Insiderwitz?
- Adoptionsbroschüren
- Javiers Auto wurde in der Nähe des Lagerhauses gesehen
- Das Notgeld für Emma

Bei dem letzten Punkt reagierte Emma überrascht.

»Wieso ist das Geld ein ›Beweis‹?«

Jill blickte auf.

»Oh, keine Ahnung. Ist es nicht komisch, dass sie dir das Geld erst vor sechs Monaten gegeben hat? Vielleicht wusste sie ja, dass sie in Gefahr war?«

Daran hatte Emma bisher noch gar nicht gedacht, denn zu dem Zeitpunkt war es ihr nicht außergewöhnlich erschienen. Maggie hatte sich eben gern um sie gekümmert. Sie bemuttert.

Maggie war unangekündigt an einem Dienstag vorbeigekommen – eine Seltenheit. Emma konnte die Gelegenheiten an einer Hand abzählen, an denen Maggie die ganze Strecke bis nach Mid City an einem Wochentag zurückgelegt hatte.

Sie trug einen Catsuit aus Leder und rote High Heels für ein Fotoshooting. Auch wegen Maggies Schönheitsoperationen und dunkler Bräune sahen sie kaum mehr wie Schwestern aus.

Doch Emma hatte sich schon lange an Maggies neues Aussehen gewöhnt. Darunter war sie immer noch dieselbe Maggie, zumindest weitestgehend. Sie musterte ihre Schwester, nachdem sie die Tür geöffnet hatte.

»Du siehst aus wie Catwoman.«

Maggie verdrehte die Augen, als sie sich umarmten, ging in die Küche und schenkte sich ein Glas Wasser ein. »Okay, flipp jetzt nicht gleich aus.« Maggie öffnete ihre Prada-Tasche und zog einen wattierten Umschlag hervor.

»Was ist das?« Emma nahm den Umschlag.

»Mach ihn auf.«

Emma gehorchte und schnappte beim Anblick der Geldscheine nach Luft.

»Maggie, was soll das?«

»Ich habe dir doch gesagt, du sollst nicht ausflippen!«, antwortete ihre Schwester. »Das ist für Notfälle. Du weißt doch noch, wie wir das viele Geld gefunden haben, als wir Moms Haus ausgeräumt haben?«

»Natürlich erinnere ich mich daran«, sagte Emma. Ihre Mutter hatte Hundert-Dollar-Scheine in alten Taschenbüchern in Stapeln unter ihrem Bett versteckt. Insgesamt hatten sie zweitausend Dollar gefunden, eine absurde Summe angesichts der Tatsache, dass sie mit tausenddreihundert Dollar auf dem Konto gestorben war. »Das war dumm, und das ist das hier auch. Wie viel ist es überhaupt?«

»Dreißigtausend Dollar«, flüsterte Maggie, obwohl sie allein waren. »Versteck es also gut.«

»Das kann ich nicht annehmen.« Emma gab ihr den

Umschlag zurück. »Außerdem geht es mir gut, ich habe einen tollen Job. Und wenn ich etwas brauchen sollte, dann sage ich es dir, versprochen.«

»Ich bin vielleicht nicht immer da.« Maggie drückte ihr den Umschlag wieder in die Hand. Ihre Nägel waren lang, oval und rot lackiert. »Was ist, wenn mir etwas passiert? Wie bei Mom?«

»Das wird es nicht«, entgegnete Emma. »Das würde ich nicht überleben, und ich will es mir nicht einmal vorstellen.«

»Trotzdem. Was, wenn etwas passiert? Oder wenn das große Erdbeben kommt, und du musst evakuiert werden? Oder Aliens nehmen die Erde ein, und du musst sie mit Bargeld bestechen?«

Emma schnaubte.

»Ich besteche die Aliens mit meiner gewinnenden Persönlichkeit.«

»Bitte, mir zuliebe«, sagte Maggie. »Du bist für mich der wichtigste Mensch auf der Welt. Erzähl Theo nicht, dass ich das gesagt habe. Aber ich werde besser schlafen, wenn ich weiß, dass du das Geld hast.«

»Ich dachte einfach, sie wäre überbehütend«, sagte Emma zu den beiden anderen.

»Wow, das ist faszinierend. Was, wenn sie *wusste,* dass ihr etwas zustoßen würde?«, meinte Amanda.

Emma schüttelte den Kopf.

»Nein, sie war einfach so. Ein bisschen überbehütend und ängstlich, aber liebevoll. Mir gegenüber zumindest. Und ich bin ehrlich dankbar für das Geld, weil ich mich so auf das hier konzentrieren kann anstatt auf das Erfinden von Witzen für eine Kindersendung.«

Jill nickte.

»Trotzdem hast du den Job geliebt.«

»Ja, schon. Aber wer weiß, ob ich je wieder einen Job als Drehbuchschreiberin oder so bekomme, nachdem Maggie mich jetzt niemandem mehr vorstellen kann.«

»Mach dir darüber keine Gedanken«, sagte Amanda. »Wenn du wieder arbeiten möchtest, ruf mich an, und ich vermittle dich an *The Youth*.«

Jill wechselte das Thema und deutete auf ihre Liste.

»Was ist mit der Drohnachricht? Hast du dazu eine Theorie?«

»Theo sagt, es sei so eine Art Insiderwitz zwischen ihnen gewesen. Aber ich weiß nicht, ob ich das glauben soll«, antwortete Emma.

»Können wir uns den Zettel mal ansehen?«, fragte Amanda.

»Ich glaube, die Polizei hat ihn noch.«

Jill nickte.

»Was ist mit einem neuen Termin, um mit Theo noch mal ins Haus zu fahren? Du könntest ihn nach dem Adoptionsthema fragen ...«

Emma fiel ihr ins Wort.

»Ich will nicht, dass wir noch mal mit Theo allein sind. Es fühlt sich einfach nicht sicher an. Er verbirgt etwas.«

Jill hielt den Blick gesenkt, zupfte eine Locke aus dem Haarclip und zwirbelte sie angespannt um den Finger. »Wenn du das für das Beste hältst ...?«

Nach dem Treffen hatten Emma und Jill eigentlich ins Kino gehen wollen, doch Emma war zu aufgekratzt vom Koffein und dem Gespräch. Stattdessen ging sie nach Hause und googelte wie verrückt nach dem *LoveShack*-Fluch. Der erste Artikel, den sie dazu fand, war vor einem Monat in der *Variety* erschienen.

Die Wahrheit hinter dem »*LoveShack*-Fluch«
Von Elif Demir

Nur sechs Monate nach dem Ende der zweiten Staffel von *LoveShack* wurde die Finalzweite Adrianne Wilbur tot in ihrer Wohnung in Downtown Los Angeles aufgefunden. Wilbur, ehemalige Alkoholikerin, war drei Jahre trocken, bevor sie ans *LoveShack*-Set kam.

»Wir alle wussten, dass die Teilnahme für sie eine schlechte Idee war«, sagte Wilburs Mutter Leanne. »Sobald die Dreharbeiten begonnen hatten, hat sie wieder getrunken. Ich weiß nicht, was passiert ist. Sie war so stark.«

Laut Leanne Wilbur fiel ihre Tochter nach dem Ende der Show in eine tiefe Depression.

»Sie machte diese ganzen Social-Media-Sachen, aber das brachte nicht so viel Geld ein, wie sie gedacht hatte. Sie musste wieder als Krankenschwester arbeiten. Aber sie wurde auf der Straße belästigt, manche Leute haben sie auch heimlich fotografiert. Manchmal waren Patienten unfreundlich zu ihr. Es war sehr schwer.« Bald darauf begann Wilbur, Oxycodon zu nehmen – ein häufig verschriebenes Opiat –, das sie an ihrem Arbeits-platz entwendete. Schon bald darauf erfuhr ihr Arbeit-geber davon und kündigte ihr. Und nur zwei Monate später verschaffte sich ihr Bruder Zutritt zu ihrer Woh-nung und fand sie tot auf, gestorben an einer Heroin-überdosis. Sie war sechsundzwanzig Jahre alt.

Oberflächlich betrachtet, hat Wilburs Tod wenig Ähnlichkeit mit Lawrence Pollacks. Pollack wurde in Folge fünf der vierten *LoveShack*-Staffel vom Publi-kum herausgewählt, erlangte allerdings trotzdem eine gewisse Berühmtheit, nachdem er einen anderen Teil-nehmer als »Homo« und »Schw*chtel« bezeichnet hatte. Er starb zwei Wochen nach Ausstrahlung des Staffelfinales, nachdem er von einem knapp zwanzig Meter hohen Felsen in einen Fluss bei Heaven's Falls, Nevada, gesprungen war.

»Es war eine alberne Mutprobe«, erklärte sein Freund Will Jackson. »Wir waren betrunken und haben uns dumm verhalten.« Pollack hatte die Wassertiefe falsch eingeschätzt und war mit dem Kopf gegen einen Unterwasserfelsen gestürzt. Er ertrank, bevor seine Freunde ihn retten konnten.

Zwei Todesfälle? Eine Tragödie. Drei? Ein seltsamer Zufall. Aber vier klingt allmählich fast schon nach einer Verschwörung.

Die zwei berühmtesten *LoveShack*-Tode – JoAnne Ryder und Maggie Lathrop – ereigneten sich im Ab-stand von sechs Jahren. Ryder gewann die erste Staffel und heiratete ihr Lovepair, Mario Ricci. Zwei Jahre später wurde Ryders Leiche in ihrem Auto gefunden. Sie hatte sich erschossen. Ricci beschrieb sie als »liebende, hingebungsvolle Ehefrau«, die allerdings mit Depressionen und Angstzuständen zu kämpfen gehabt hatte.

Lathrop wurde, wie allgemein bekannt, vor vier Monaten ermordet. Der Fall ist weiterhin ungelöst.

»Das ist ein bisschen wie mit der Henne und dem Ei«, sagt die Expertin für Fernseh- und Populärkultur Dolly Gallagher. »Sind die Teilnehmerinnen und Teilnehmer von vornherein psychisch instabil, weshalb sie für die Show gecastet werden? Oder werden sie es nach der Show? Es ist kein Geheimnis, dass Casting-Direktoren für Realityshows nach großen Persönlichkeiten suchen. Suchen sie dabei aber eigentlich nach Leuten mit seelischen Abgründen?«

Emma schloss den Artikel, bevor sie ihn zu Ende gelesen hatte. Maggie war nicht *psychisch instabil* gewesen. Was für eine Schuldumkehrscheiße! Sie schickte den Artikel an Amanda.

Niemand kann etwas Intelligentes zu diesem angeblichen LoveShack-Fluch sagen, lautete ihre prompte Antwort. Ich weiß auch nicht ... Ich glaube, ich sehe es so wie diese Expertin. Die Leute, die an der Show teilnehmen, haben oft etwas zu verbergen. Die künstliche Welt zieht sie an, sie dürfen sich verkleiden und Karikaturen ihrer selbst sein.

Emma schickte keine Antwort. Sie war sich so sicher gewesen, dass Maggie nichts zu verbergen gehabt hatte. Doch diese Gewissheit wurde mit jedem Tag etwas kleiner.

Maggie

»In der heutigen Episode von *LoveShack* erwartet uns die erste Love-Pair-Zeremonie dieser Staffel.« Schuyler grinste den Teilnehmern zu, die in zwei Reihen vor ihm auf der Terrasse des Bungalows standen. Trotz seiner übertriebenen Hawaiihemden und der Art, wie er durchs Programm führte – oder vielleicht gerade deswegen –, liebten ihn die Zuschauer. Doch die sahen von zu Hause aus auch nicht den toten Ausdruck in seinen Augen.

»Die heutige Love-Pair-Zeremonie wird ein neuer Anfang für viele unserer *Shack*er. Ihr, unsere Zuschauer, werdet neue Partner für sie aussuchen. Doch ein Mann und eine Frau werden heute leider auch nach Hause fahren müssen. Wer wird das wohl sein? Bleibt dran! Wir sind gleich wieder zurück mit der heutigen Episode von *LoveShack*.«

»Cut!«, rief Priya. »Ladys, ihr seht aus, als würdet ihr gleich erfrieren. Tut mir leid, ich weiß, dass es kalt ist. Aber ihr müsst mehr so tun, als sei euch warm, damit es nicht wirkt, als würden wir euch foltern.«

»Und das hier soll keine Folter sein?«, flüsterte Layla nicht besonders leise in Maggies Richtung. Priya sah zu ihnen herüber.

»Ihr könnt fünf Minuten reingehen und euch aufwärmen.

Dann filmen wir den Rest. Ihr dürft gern etwas trinken, wenn euch das hilft.« Priya machte eine Geste in Richtung Wohnzimmer. Alle gingen hinein, und Layla steuerte direkt auf die Bar zu.

»Also gut. Wer trinkt einen Shot von dem Mist hier mit mir?«, fragte sie und zog eine Flasche von dem billigen Whisky mit Zimtaroma heran, den die Produzenten immer ausreichend vorrätig hatten.

Maggie hob die Hand.

»Bin dabei.« Theo, Luke und Finn gesellten sich dazu, während sie ihnen großzügige Shots in ein paar Plastikbecher goss. Sie musste sich zwingen, den Blick abzuwenden, als Layla nach Finns Hand griff. Sie hatten fast jeden Tag Händchen haltend und sich küssend im Bungalow herumgehangen und unverschämt glücklich ausgesehen. Es war schwer zu sagen, ob Finn genauso sehr auf Layla stand wie sie auf ihn, und insgeheim hoffte Maggie, dass es nicht so war. Sie versuchte, nicht daran zu denken, dass die beiden heute Abend fast sicher ein Lovepair werden würden. Die erste Lovepair-Zeremonie fand etwa nach dem ersten Drittel einer Staffel statt, wenn sich die Teilnehmer besser kennengelernt hatten. Manchmal konnte man Lovepairs »tauschen«, aber nach der ersten Zeremonie dienten die weiteren eher dazu, Paare aus der Show zu wählen, als neue zu bilden.

Luke hielt seinen Becher hoch.

»Das sind mindestens drei Shots.«

»Runter damit. Es wird ein langer Abend.« Layla hielt ihren Becher hoch, sah sich um, ob ihr jemand zuhörte, und flüsterte: »Prost. Hoffentlich fliegt Patrick raus.« Maggie schnappte angesichts von Laylas Unverfrorenheit nach Luft, und die Jungs lachten. Seit ihrem misslungenen Paradise-Island-Date hatte Maggie von mindestens zwei weiteren Vorfällen gehört, bei denen sich Patrick anderen weiblichen Teilnehmern gegenüber unangemessen verhalten hatte. Vor zwei Abenden hatte er im Hot Tub irgendwie Sunnys Bikinioberteil gelöst, ohne dass sie es gemerkt hatte, und als sie dann aufstand, entblößte sie sich ungewollt vor allen anderen im Becken. Die arme Sunny hatte bitterlich geweint und sich den restlichen Tag geweigert, gefilmt zu werden. Und erst gestern früh hatte Patrick Chloe gesagt, sie solle sich mal einen Brazilian Butt Lift überlegen, wenn sie wirklich Erfolg als Model haben wolle. Chloe hatte ihn vor den anderen Paaren angebrüllt, und alle waren auf ihrer Seite gewesen. Patrick war ein Arsch, und alle wussten es.

Sie stießen mit ihren Plastikbechern an.

»Prost«, sagten sie einstimmig. Der Whisky brannte in ihren Kehlen.

Während die Gruppe wieder nach draußen ging, wartete Finn auf Maggie, und sie lächelte ihn erfreut an.

»War mit Patrick alles okay?«, fragte er. »Ich weiß, dass du das Date abgebrochen hast und zu Theo gewechselt bist.« Das schreckliche Date mit Patrick lag schon ein paar Tage zurück, doch sie hatte seither nicht allein mit Finn gesprochen.

»Nein«, gab sie zu.

Er nickte.

»Das tut mir leid. Möchtest du darüber reden?«

»Auch nein«, erwiderte sie und schielte in Richtung des Kameramanns, der ihnen folgte. »Aber danke, dass du fragst.« Bevor sie sich zurückhalten konnte, sah sie ihn direkt an, was sie sich eine ganze Weile verboten hatte. Er trug einen dunkelblauen Wollpullover mit Zopfmuster, dunkle Jeans und Chelsea Boots, was sehr *LoveShack*-untypisch war, aber schick und angemessen für den kühlen Abend.

»Und lief es dann mit Theo gut?«

»Ja, klar«, sagte sie beiläufig. Sein linker Mundwinkel kräuselte sich zu einem kaum sichtbaren Lächeln. Freute er sich, dass sie nicht inbrünstig ihre Liebe zu Theo verkündet hatte?

»Wie läuft es bei dir und Layla?«

»Gut.« Auch er klang nicht überzeugt. Der Kameramann zog sich gelangweilt von ihrer blutarmen Unterhaltung zurück zu seinen Kollegen, die darauf warteten, die Zeremonie zu filmen.

Maggie nickte.

»Layla ist toll.«

»Ja, das ist sie.«

Sie rieb ihre kalten Hände aneinander.

»Also dann. Viel Glück heute Abend.«

Einen Moment standen sie voreinander und sahen sich an. Ihr Herz schlug schnell während des Blickkontakts, was ihr fast peinlich war.

Und dann nahm er ihre Hände in seine, formte eine Schale und hielt sie dicht an sein Gesicht. *Was tut er da?*, dachte sie mit wild hämmerndem Herzen. Er beugte sich leicht vor, sah sie unter seinen dichten Wimpern hervor an und blies in ihre Hände. Sein Atem war heiß, und ihre Knie wurden weich.

»Bitte sehr«, sagte er. »Hoffentlich ist dir jetzt wärmer.«

»Die Zuschauer haben entschieden, wen sie als Lovepair sehen wollen«, sagte Schuyler in die Kamera. »Und gleich werden wir erfahren, wen ihr da draußen für ein süßes Paar haltet – und wer leider die Koffer packen muss.« Maggie schauderte. Layla griff nach ihrer Hand und drückte sie.

Schuyler verkündete das erste Lovepair: Sunny und Luke. Alle klatschten. Darauf folgten Aaron und Felicia sowie Bryan und Tia. Maggies Füße schmerzten, und ihr war in ihrem schwarzen Satinumhang so kalt, dass sie ihre Finger nicht mehr spürte. Sie wünschte, es würde alles schneller gehen.

»Maggie, dein Partner ist …« Schuyler legte eine theatralische Pause ein. »Theo.« Erleichterung durchströmte sie. Sie durfte bleiben. Doch eine halbe Sekunde später wurde es ihr bewusst: Theo war ihr Lovepair, nicht Finn. Das war zwar keine Überraschung, aber dass die Zuschauer so für sie entschieden hatten, machte es realer.

Theo trat zu Maggie und küsste sie auf die Wange. Seine Lippen waren kalt. Zusammen stellten sie sich auf die andere Seite der Terrasse. Maggie überlegte, wie es wohl mit einem Partner sein würde, der nicht auf sie stand. Zumindest war sie so vor solchen Widerlingen wie Patrick sicher. Die Zuschauer mochten manchmal auch Paare, die zwar keine romantische Beziehung hatten, aber gut befreundet waren. Diese sogenannten platonischen Paare schafften es sogar manchmal bis ins Finale – zum Beispiel vor zwei oder drei Jahren. Aber das kam selten vor.

Als sie neben Theo stand, zitterte sie wieder. Er unternahm nichts, um sie zu wärmen.

Nur noch Chloe und Layla hatten keine Partner, bei den Männern Patrick und Finn. Sie wollte, dass Layla und Finn blieben, doch die Vorstellung, die beiden als offizielles Lovepair zu sehen, tat weh. Aber das wäre es wohl wert, wenn sie beide dadurch weiter um sich haben und sich dafür von Patrick verabschieden könnte.

»Bei unserem letzten Lovepair bin ich ein wenig melancholisch«, sagte Schuyler und sprach auf einmal mit einem gedehnten Südstaatenakzent, den Maggie an ihm noch nie gehört hatte. »Nachdem wir alle ja schon so etwas wie eine Familie sind.« Maggie hatte beinahe losgeprustet. »Unser letztes Lovepair bilden Layla und Finn. Chloe und Patrick, ihr müsst leider eure Sachen packen.«

Chloe brach in Tränen aus, und alle Frauen eilten zu ihr und umarmten sie tröstend. Patrick stapfte wütend davon, gefolgt von den Kameras, die hofften, eventuelle Schimpftiraden aufzufangen.

»Mach's gut, Arschloch!«, rief Layla ihm hinterher, und alle lachten. Während die meisten Kameras auf Patrick gerichtet waren und die arme Chloe zum Packen geschickt wurde, bat Priya die restlichen Teilnehmer nach drinnen. Alle setzten sich auf die Ledersofas und bekamen ein Glas Champagner.

»Bringen wir die Lovepair-Zeremonie zum Abschluss. Ich werde euch Fragen stellen, wobei ich natürlich nicht von der Kamera erfasst werde, und die Zuschauer werden mich auch nicht hören. Bitte formuliert eure Antworten daher so, als wären es eure eigenen Gedanken und nicht nur Reaktionen auf meine Fragen«, sagte Priya. Alle nickten und nippten an dem billigen Champagner. Beim ersten Schluck verzog Maggie das Gesicht. Das Getränk war ein bisschen besser als Wein aus Tetra Paks, aber nicht viel.

»Theo, du bist als Erster dran. Wie geht es dir damit, dass Maggie dein Lovepair geworden ist?« Dabei sah sie Maggie direkt an. *Vielen Dank auch, Priya*, dachte Maggie.

»Als ich erfahren habe, dass Maggie mein Lovepair wird, hat mich das echt gefreut. Sie ist sehr hübsch«, sagte Theo, und Maggie wurde rot. »Aber, nun ja, ich halte mir noch alles offen. Es ist noch zu früh, um zu sagen, wonach ich eigentlich suche.« Maggie wurde noch röter, dieses Mal vor Verlegenheit.

Priya nickte und fragte dann die anderen Teilnehmer nach ihren Eindrücken. Schließlich fragte sie die ganze Gruppe: »Was haltet ihr davon, dass Patrick euch verlassen muss? Ich weiß, dass ihr nicht so richtig begeistert von ihm wart.«

Layla blickte in die Runde, bevor sie antwortete.

»Ich bin so froh, dass Patrick gehen muss. Der Typ ist einfach nur widerlich.« Zustimmendes Gemurmel wurde laut. Maggie sah zu Theo, der an einem Nagelhäutchen zupfte. Sie wusste nicht, ob er etwas sagen oder besser schweigen sollte. Natürlich sollte er nichts von ihrem Date mit Patrick erzählen. Aber es wäre schön, wenn er bestätigen würde, wie ätzend der Typ war.

Nach langem Schweigen ergriff Finn das Wort.

»Zu Patrick sage ich nur eins«, meinte er ruhig. »Ich weiß, es wirkt wie ein alberner Scherz, aber was er mit Sunny gemacht hat« – er deutete zu ihr –, »war nicht in Ordnung. Es war Missbrauch, und ich verwende das Wort nicht leichtfertig. So etwas ohne ihre Zustimmung zu tun, ist mindestens sexuelle Belästigung, wenn nicht sogar sexuelle Nötigung. Und was er zu Chloe gesagt hat, war einfach nur gemein. Der Typ ist ein Drecksack. Ich bin froh, dass er weg ist.«

Die anderen Männer warfen sich unbehagliche Blicke zu. Theo hob leicht eine Augenbraue, doch Maggie ignorierte ihn und versuchte, ihr Strahlen etwas zu dämpfen. Layla küsste Finn auf die Wange.

Maggie hätte am liebsten geweint. Hier gab es nur einen anständigen Mann, und der bildete ausgerechnet mit ihrer besten Freundin hier am Set ein Lovepair.

Emma

Nachdem sie bei *Mrs. Ladybug* gekündigt hatte, waren ihre Tage wieder ohne jede Struktur und bestanden aus Internet-Wurmlöchern, *LoveShack*-Episoden und langen, unruhigen Schläfchen, aus denen sie immer wieder nach Albträumen von ihrer Schwester aufschreckte. Nachts lag sie normalerweise wach.

Sie hatte einen Gruppenchat mit Amanda, Liz und Jill ins Leben gerufen, die die Episoden parallel mit ihr ansahen, und öffnete den Thread jetzt, um die Nachrichten noch einmal zu lesen.

Emma: Gut, dass Patrick rausgeflogen ist. Er war so ätzend. Ich habe Maggie angemerkt, dass sie ihn gehasst hat.

Amanda: Igitt, ja. Ich weiß noch, dass die Produzenten ganz bewusst solche Typen gecastet haben. Frauenfeinde und Widerlinge. Natürlich nur, wenn sie gut aussahen.

Liz: Echt jetzt? Ach du Scheiße.

Jill: Zum Kotzen.

Amanda: Das bleibt natürlich unter uns.

Liz: 😇

Emma: Ich weiß, dass nach extremen Persönlich-keiten gesucht wird, aber gehen sie wirklich so weit?

Amanda: Ja. Das ist ein Grund, warum ich in der Öffentlichkeit nicht mit der Show in Ver-bindung gebracht werden möchte … Meine ursprüngliche Idee für *LoveShack* war, Menschen zu casten, die keine Prototypen sind (also keine superreligiösen, den gängigen Schönheits-normen entsprechenden Weißen). Aber das haben sie zu weit getrieben.

Als Jill an die Tür klopfte, legte Emma das Handy beiseite. »Bist du fertig?«

Jill zwang sie neuerdings, abends einen Spaziergang durchs Viertel zu machen, damit sie aus dem Haus kam. Es herrschte Rushhour, oder zumindest das L.-A.-Äquivalent, das unter der Woche von fünf Uhr morgens bis halb neun Uhr abends andauerte. Ihr Apartment in Mid City lag an einer belebten Straße, und ihr Spaziergang war untermalt vom Lärm unzähliger sich vorbeiwälzender und hupender Autos.

Als sie nach draußen gingen, fragte Jill sie nach ihrem Tag.

»Oh, der war super«, antwortete Emma. »Ich habe den ganzen Tag Adoptionsvorschriften in Kalifornien gegoogelt.«

»Hast du Theo danach gefragt?«

»Natürlich nicht.« Doch sie hatte Jill und Amanda bei ihrem Brainstorming-Treffen etwas verschwiegen, was sich sieben oder acht Monate vor Maggies Tod ereignet hatte. Emma war nach Calabasas gefahren. Maggie hatte eine Kopfmassage gebucht, »um ihre Haarfollikel zu stimulieren«, und Emma sollte das auch ausprobieren. Für sie fühlte es sich wie eine ganz normale Kopfmassage an, aber sie freute sich über ein wenig Gratisverwöhnung.

Danach saßen sie noch im Wohnzimmer. Es war später Nachmittag, und das Personal war nach Hause gegangen. Theo erstellte Clips für TikTok im Obergeschoss.

»Ich wollte dir etwas erzählen«, sagte Maggie zu Emma. Sie aß kalorienreduziertes Popcorn, das für Emma nach gar nichts schmeckte.

»Ja?« Emma nahm sich trotzdem eine Handvoll.

»Flipp jetzt nicht aus, aber ich hatte vor zwei Tagen eine Abtreibung.«

Emma musterte ihre Schwester, deren Gesichtsausdruck überraschend neutral war. Auch sie versuchte, sich nichts anmerken zu lassen.

»Und wie geht es dir?«

»Gut. Es war die richtige Entscheidung. Ich bin noch nicht bereit für Kinder«, antwortete Maggie. Im Laufe der Jahre hatten ein paar von Emmas Freundinnen abgetrieben, und alle hatten unterschiedlich darauf reagiert. Maggie wirkte etwas gedämpft, aber insgesamt okay.

»Das klingt nachvollziehbar«, sagte Emma. »Du willst aber immer noch irgendwann Kinder, oder?«

»Vielleicht«, erwiderte Maggie. »Aber frühestens in ein paar Jahren. Ich muss meine heißen Jahre klug nutzen.« Darüber sprach sie die ganze Zeit – ihr Aussehen brachte ihr Geld ein, und das würde nicht ewig so sein. Daran würden auch alle Filler der Welt nichts ändern können.

»Es freut mich, dass es dir gut geht, Mags.« Emma drückte die Hand ihrer Schwester. »Du weißt, dass ich dich begleitet hätte. Wenn du mich gefragt hättest.«

»Natürlich. Aber das musste ich allein hinter mich bringen. Ich habe zu Hause zwei Pillen genommen.« Sie griff wieder in die Popcornschüssel. »Okay, können wir uns jetzt irgendeine Trashsendung ansehen?«

Und das war es. Das erste und letzte Mal, dass sie über die Abtreibung gesprochen hatten. Warum hätte sie sagen sollen, dass sie noch nicht bereit für Kinder war, und gleichzeitig Informationen zu Pflegekindern oder Adoption einholen? Das ergab keinen Sinn.

»Ich finde es nicht so seltsam, dass sie sich erst mal ganz unverbindlich Gedanken zum Thema Adoption gemacht haben«, sagte Jill.

»Ich schon«, erwiderte Emma. »Tut mir leid, aber wir haben einander alles erzählt. Über so was haben wir ständig geredet. Und sie hat nie etwas davon gesagt, sondern nur, dass sie noch nicht bereit für Kinder war.«

»Menschen adoptieren aber aus vielen Gründen«, sagte Jill. »Vielleicht hatten sie gerade erst angefangen …«

Emma fiel ihr ins Wort.

»Ich verstehe einfach nicht, warum sie es mir nicht gesagt hat.«

»Vielleicht wollte sie warten, bis sie und Theo eine Entscheidung getroffen hatten, wäre das möglich?«, fragte Jill. »So ein Adoptionsprozess dauert lange. Vielleicht wollten sie jetzt damit anfangen, um ihn in ein, zwei Jahren abgeschlossen zu haben.«

»Vermutlich.« Emma seufzte. Jills Argument war logisch, doch sie konnte es immer noch nur schwer fassen. »Aber wir haben wirklich über alles geredet. Auch über so was.«

»Kinder sind für Menschen manchmal ein sehr privates Thema«, meinte Jill.

»Sie war meine Schwester. Wir haben zwei Monate lang jeden Tag die Bettpfanne meiner Mutter sauber gemacht. Zwischen uns war nichts mehr privat.«

»Das stelle ich auch gar nicht infrage«, antwortete Jill. »Aber ich glaube trotzdem, dass sie dir nicht alles erzählt hat. Das heißt nicht, dass sie Geheimnisse vor dir hatte! Nur dass sie über manches … noch nicht sprechen wollte.«

»Das ist alles so verrückt«, sagte Emma. »Und ich will natürlich auch nicht mit Theo darüber reden. Ich traue ihm nicht. Er will mich nicht mal allein ins Haus lassen.«

»Er hat es dich doch schon durchsuchen lassen.« Jill klang genervt wie immer öfter in letzter Zeit. Emma wusste nicht genau, warum. War es wegen ihrer Konzentration auf Maggie? Weil sie Theo verdächtigte?

»Aber nur dieses eine Mal«, sagte Emma. »Und er wollte nicht, dass ich allein im Haus bin.«

»Würdest du denn wollen, dass sich jemand ohne uns in der Wohnung umsieht?«, entgegnete Jill.

»Es wäre mir egal. Wirklich, total egal.«

»Das ist bewundernswert«, bemerkte Jill. »Aber so sieht das nicht jeder. Vor allem, wenn es um einen Promi geht.«

Nahm ihre beste Freundin gerade Theo in Schutz, weil er berühmt war?

»Reden wir über etwas anderes«, sagte Emma. »Hier werden wir uns nicht einig.«

Sie waren noch ein paar Blocks von ihrer Wohnung entfernt, fanden jedoch kein anderes Thema und legten den Rest der Strecke schweigend zurück.

Amanda

Die beste Zeit ihres Lebens war zweifellos direkt nach dem College gewesen. Sie und Trevor wohnten in einem winzigen Apartment in Los Feliz, für das ihre Eltern zwei Jahre nach dem College die Miete bezahlten. In jener Zeit schrieben sie und Trevor auch den Großteil von *Anxiety*. Sie konnten sich voll und ganz aufs Schreiben konzentrieren, mussten nur gelegentlich bei ihren jeweiligen Niedriglohnjobs auftauchen und entwickelten bei den regelmäßig durchfeierten Nächten ungesunde Beziehungen zu verschiedenen Substanzen.

Die Jahre danach waren härter. Sie waren pleite, und ihre Eltern zahlten jetzt die Miete nicht mehr. Niemand wollte *Anxiety* kaufen, und Amanda hatte die Idee für *LoveShack*. Ihre gemeinsame Agentin war begeistert, auch wenn es ein ungewöhnliches Projekt für zwei eher ernsthafte Drehbuchschreiber war. Trotzdem verschickte sie den Pitch, und zu ihrer Überraschung und Freude meldete ein großer Sender Interesse an.

Sie und Trevor trafen sich in einem Konferenzraum in Century City mit dem Entwicklerteam des Senders. Der Raum war sehr viel weniger glamourös als erwartet. Es gab keinen Ausblick auf die Stadt, keinen Konferenztisch aus Mahagoni und keine adrett gekleidete Assistentin, die ihnen

Kaffee und Wasser anbot, sondern Neonlicht, eine verdorrte Topfpflanze und einen Resopaltisch.

Die Vertreter des Senders saßen ihnen gegenüber, ihre Agentin hatte am Kopf des Tisches Platz genommen.

»Wir würden Ihnen gern ein Angebot machen«, sagte einer der Senderrepräsentanten. »Wir sind begeistert von dem Konzept. Es ist simpel, und die Drehkosten werden nicht zu hoch sein.«

Amanda strahlte. Konnte das wirklich wahr sein? Jemand wollte ihr *Geld* für eine ihrer Ideen zahlen?

»Normalerweise würden wir nur die Rechte kaufen und uns von Ihnen verabschieden. Aber Sie beide als Autorenpaar gefallen uns«, sagte ein anderer.

Ihre Kollegin, eine drahtige Frau mittleren Alters mit pechschwarzen Haaren, die zu einem Knoten frisiert waren, schob ihrem Agenten ein Blatt Papier zu.

»Wir brauchen Autoren für das Moderatorenskript und das generelle Gerüst. Wir brauchen auch Material für Off-Kommentare.«

»Natürlich«, antwortete Amanda. »Wir haben Interesse.«

»Unter einem Pseudonym«, fügte Trevor hinzu.

»Wie Sie möchten«, sagte einer der Repräsentanten.

Natürlich wurden sie am Ende über den Tisch gezogen – man zahlte ihnen weit weniger als den Branchendurchschnitt für die Rechte. Doch die Aussicht, zusammen mit ihrem besten Freund als Vollzeitdrehbuchautorin ihr Geld zu verdienen, wenn auch nur für eine peinliche Reality-show, war aufregend.

Der erste Tag am Set war allerdings ein einziger Albtraum. Sie trafen sich in demselben schäbigen Konferenzraum mit einigen Produzenten.

»Wir haben unseren Cast!«, verkündete Priya, die gefährlich jung aussah, aufgeregt. »Soll ich ihn euch vorstellen?«

»Bitte«, sagte Trevor.

»Perfekt. Zuerst die Männer.« Priya deutete zu der Power-Point-Präsentation, die auf eine Leinwand gegenüber vom Tisch projiziert wurde. »Das hier ist Mack Figaroa. Ihr erkennt ihn vielleicht, er ist Profi-Mixed-Martial-Arts-Kämpfer. Ein großer Fang für uns.« Auf der Leinwand war ein untersetzter, muskulöser Mann zu sehen, der ein wenig Furcht einflößend wirkte. Amanda googelte ihn diskret unter dem Tisch auf ihrem Handy. Der erste Treffer war ein zwei Jahre alter Artikel mit der Überschrift *Mack Figaroa wegen schwerer Körperverletzung vor einem Nachtclub angeklagt.* Ihr wich das Blut aus dem Gesicht.

Sie hob die Hand.

»Ja?«, sagte Priya.

»Habt ihr das gesehen? Die Anklage wegen schwerer Körperverletzung?« Sie zeigte den anderen ihr Handydisplay mit der Schlagzeile. Trevor verpasste ihr unter dem Tisch einen Tritt und sah sie fragend an.

Priya musterte sie kühl.

»Willst du damit andeuten, dass ich zu den Teilnehmern nicht sorgfältig recherchiert habe?«

»Nein! Auf gar keinen Fall«, beschwichtigte Amanda schnell. »Ich mache mir nur ein wenig Sorgen, dass es, na ja, Probleme mit ihm geben könnte. Oder er ein schlechtes Licht auf die Show wirft.«

Priya hob die Augenbrauen.

»Zum Glück muss das nicht deine Sorge sein. Ihr beiden müsst nur ein albernes Skript schreiben, dass ›die Runde im Schlafzimmer an ihn geht‹, euren Honorarscheck abholen und nach Hause fahren.«

Amanda warf Trevor einen Blick zu, den dieser ignorierte. »Verstanden«, sagte er. »Kein Problem.«

»Hervorragend«, erwiderte Priya. »Das dachte ich mir.«

Maggie

Maggie und Theo hatten jetzt zwei Dates absolviert, wenn man die gemeinsame Nacht auf Paradise Island nicht dazurechnete. Zwei ganze Dates, und sie hatten sich immer noch nicht geküsst. Für *LoveShack*-Verhältnisse war das geradezu ungehörig und der sicherste Weg, nach Hause geschickt zu werden. Zwischen ihnen funkte es überhaupt nicht, und Maggie war nicht sicher, wie lange die Zuschauer sie noch behalten wollten, wenn sich zwischen ihr und Theo weiterhin so gar nichts tat.

Sie stellte sich vor, wie ihre Schwester die zwei Dates verfolgte, und wäre am liebsten gestorben. Theo war genau der Typ, bei dem Emma ihr raten würde, nach links zu wischen – langweilig und ohne eigene Persönlichkeit. Der Typ, der in sein Datingprofil schreibt, dass er »einfach nur nette Vibes« suchte oder dass sein Hund sein bester Freund sei oder so was. Sie sah Emma fast vor sich, wie sie neben ihr auf der Couch saß und ihr Anweisungen erteilte.

»Nein, der nicht. Ich sehe doch, dass der todlangweilig ist«, würde sie sagen und weiterwischen.

Finn dagegen … würde Emma wahrscheinlich mögen. Bei Hetero-Männern war sie wählerisch, aber Finn war charmant und selbstbewusst, und er setzte sich für Frauen ein.

Um nach *LoveShack* Erfolg zu haben – das heißt Brand Deals und Instagram-Follower zu ergattern –, gab es zwei Möglichkeiten. Das hatte ihr Anita, ihre Agentin, alles erklärt, nachdem Maggie für die Show verpflichtet worden war. Sie konnte sich romantisch verlieben oder das Biest sein. Die Leute wollten eine Liebesgeschichte oder zumindest Drama. Auf jeden Fall brauchte man Bildschirmzeit, um jeden Preis.

»Ganz ehrlich, das Biest, das sehe ich bei dir nicht«, hatte Anita ihr eröffnet. »Auch wenn das offensichtlich der leichtere Weg ist.« In der letzten Staffel hatte eine gewisse Ula drei glückliche Paare auseinandergebracht, indem sie sich schamlos an die jeweiligen Männer rangemacht hatte. Ulas Karriere als Biest hatte mit einem dramatischen Showdown zwischen ihr und einer der Frauen geendet, wobei Ula der Betrogenen einen Wodka Tonic ins Gesicht geschüttet hatte. Der Vorfall war viral gegangen und hatte Ula Millionen von Followern auf Instagram eingebracht, einen Podcast mit dem Titel *Bitch, Please!* sowie ihr eigenes Alkopop-Label.

Weil Maggie eher das Mädchen von nebenan an war als eine Unruhestifterin, musste sie auf die Liebe setzen.

Layla hatte sie unterstützt, ihr Outfits herausgesucht und ihr gesagt, dass die fehlende Chemie zwischen ihr und Theo nicht ihre Schuld war. Trotzdem fühlte sie sich von diesem Mann zurückgewiesen – einem Mann, der ihr nicht einmal besonders gefiel. Laylas und Finns Beziehung hingegen schien mit jedem Tag enger zu werden. Sie hatten sich schon ein paarmal leidenschaftlich geküsst, und die

Dates waren laut Layla einfach nur großartig, mit tiefgründigen Gesprächen über ihr jeweiliges Leben und was sie sich in einer Beziehung erhofften.

Maggie saß mittlerweile abends allein an der Gasfeuerstelle auf der Terrasse, während die anderen Paare sich betranken und flirteten oder sich stritten. Ihr war klar, dass sie dadurch weniger Zeit vor den Kameras hatte und die Wahrscheinlichkeit, bald nach Hause geschickt zu werden, größer wurde. Wie Anita gesagt hatte: *Wenn du in der Show bleiben willst, bleib vor den Kameras. Sorg für Drama.* Sie tat das genaue Gegenteil. Weder sorgte sie für Drama, noch suchte sie es. Während das für das Leben an sich eine gesunde Strategie war, gewann man damit allerdings eher selten eine Realityshow.

»Darf ich mich zu dir setzen?«

Sie drehte den Kopf. Theo kam, gefolgt von zwei Kameras, durch die Glastüren auf die Terrasse. Sie hatte keine Lust, mit ihm zu reden, doch ihr blieb keine Wahl.

»Klar, ich rutsche ein Stück rüber.« Maggie sah zu ihm hoch, während er auf sie zuging. Ja, er war gut aussehend, wenn auch eher der Typ Boyband aus den Zweitausenderjahren.

»Ich wollte mit dir reden, weil …« Er wirkte nervös. Worauf wollte er hinaus? »… weil ich finde, dass wir einen schlechten Start hatten.«

Ärger flammte in Maggie auf, als sie an die bisherigen Dates und ihre verzweifelten Versuche dachte, ein Gespräch zu führen, die alle ins Leere gelaufen waren. »Ja, so könnte man das sagen.«

»Nein, ich meine …« Er hielt inne. »Ich meine, dass ich möchte, dass wir noch mal ganz von vorn anfangen. Ich habe das Gefühl, dass ich dir einen falschen Eindruck vermittelt habe. Ich mag dich wirklich. Du bist wunderschön und lustig und klug, und ich möchte, dass das mit uns funktioniert.«

Oh.

»Wow«, brachte sie mit Mühe heraus. »Das … hatte ich jetzt nicht erwartet.«

»Nun, so empfinde ich es aber.«

»Okay.« Endlich entspannte sich Maggie ein wenig. Er mochte sie also tatsächlich. Das gab ihr Auftrieb.

»Was empfindest du für mich?«, fragte er eifrig. Erst jetzt kam ihr der Gedanke, dass die Produzenten ihn vielleicht darauf angesetzt hatten. Wollten sie ein Drama provozieren? Sollte sie ihm ihre Liebe gestehen und er sie dann zurückweisen?

»Ich dachte ehrlich gesagt nicht, dass du mich magst«, erwiderte sie.

Theo sah sie verwirrt an.

»Was? Nein! Ich stehe total auf dich.« Ach wirklich? Er stand total auf sie? War er dann einfach nur quälend schüchtern? Bis jetzt war es schwierig gewesen, überhaupt mit ihm zu reden. Doch vielleicht hatten die Zuschauer sie beide absichtlich zusammengebracht. Vielleicht redete er in Einzelgesprächen von ihr und seinen Gefühlen für sie. Vielleicht hatte er es zu den anderen Jungs gesagt, wenn sie nicht dabei war. Seltsam, dass sie es nicht doch irgendwie erfahren hatte, aber sie freute sich über sein Geständnis.

»Es überrascht mich, das jetzt zu hören, aber ich bin froh«, sagte sie, auch wenn sie nicht genau wusste, was sie eigentlich für ihn empfand. Es war zumindest schön, dass immerhin einer der Teilnehmer Interesse an ihr hatte. Er griff nach ihrer Hand und stand auf, weshalb sie sich ebenfalls erhob.

»Ich wünsche mir wirklich, dass wir noch mal ganz von vorn anfangen«, sagte er.

»Ich mir auch.« Und sie meinte es auch so. Er sah ihr in die Augen und beugte sich vor. Der Kuss war steif und ungeschickt, aber sie freute sich trotzdem darüber. Er zog sich zurück und lächelte sie an, wobei er wieder nach ihrer Hand griff. Sie spürte, wie er ihr verstohlen etwas hineinlegte und dann ihre Finger darüber schloss. Gerade wollte sie ihn danach fragen, doch etwas in seinem Blick hielt sie davon ab.

Der Gegenstand war klein, vermutlich ein gefaltetes Stück Papier. Irgendwie wusste sie, dass sie es sich erst ansehen sollte, wenn sie allein war. Als er davonging und die Kameras ihm folgten, wurde ihr klar, was er getan hatte. Er hatte ihr eine Nachricht übermittelt.

Amanda

Amanda war allein in ihrem Büro, nachdem Jill gegangen war, angeblich, um ein Drehbuch umzuschreiben, aber in Wahrheit, um die Zeit bis zu ihrer Therapiestunde totzuschlagen. Das Dokument war auf ihrem Computer geöffnet, aber es fiel ihr schwer, sich zu konzentrieren. Sie öffnete immer wieder neue Browsertabs bei verschiedenen Modelabels, um nach Dingen zu suchen, die sie nicht brauchte. Und wenn sie fast schon eine Prada-Tasche oder ein Kleid von Zimmermann kaufen wollte, zwang sie sich dazu, die Seiten zu schließen und sich das Drehbuch noch einmal anzusehen. Immer wieder las sie eine überlange Szene, in der eine Figur in *The Youth* mit Bulimie experimentierte, doch ihr wollte nichts Gutes dazu einfallen. Früher hätte sie eine Pille eingeworfen und die Szene in einer Stunde umgeschrieben. Doch diese Zeiten waren vorbei.

Stattdessen ging sie zu ihrem Minikühlschrank, in dem Jill immer für einen Vorrat an Diätcola und Kombucha sorgte. Sie nahm sich eine Cola und setzte sich zurück an den Schreibtisch. Während sie einen großen Schluck trank, starrte sie wieder auf den Bildschirm. Sie versuchte, so zu tun, als sei die Cola mit Wodka gemischt oder mit irgendetwas anderem, das ihr bei der Arbeit helfen würde. Doch das funktionierte nicht.

Plötzlich verspürte sie den starken Drang, *das böse Dokument* zu öffnen wie so oft, wenn sie spätabends noch wach war oder während einer besonders schlimmen Schreibblockade. *Das böse Dokument* war fast so bedrohlich wie der Ordner mit wenig schmeichelhaften Presseartikeln, den sie unter ihrem Bett aufbewahrte. Sie hatte es auf ihrer Festplatte unter dem Namen »Juli-Quittungen« gespeichert. Sie holte tief Luft und beschloss, dem Drang nachzugeben. Zumindest waren es keine Drogen, sondern nur Dateien.

Das böse Dokument war eigentlich eine Sammlung aller Informationen, die sie seit Trevors Verschwinden über ihn herausgefunden hatte. Einiges hatte sie von einem Privatdetektiv, den sie online angeheuert und der für sie Recherchen durchgeführt hatte. Anderes hatte sie auf Reddit und X gelesen, als sie nach seinem Namen gesucht hatte. Die meisten Informationen stammten aber von Klatschportalen.

Angeblich war er einige Monate nach seinem Verschwinden in Griechenland gesichtet worden. Einige Leute hatten kürzlich gepostet, dass sie ihn in New Mexico gesehen hatten, doch daran zweifelte sie. Irgendetwas sagte ihr, dass er die Staaten verlassen hatte. Der Privatdetektiv hatte bestätigt, dass er an jenem Abend, als die Anschuldigungen publik geworden waren, ein Flugticket von Los Angeles nach Bukarest gekauft hatte. In Bukarest verlor sich dann seine Spur.

Sie suchte bei X nach *Trevor Koch*, um zu sehen, ob es etwas Neues gab. Doch sie sah nur die üblichen #MeToo-Tweets von Leuten, die ihn hassten. Dann rief sie Reddit auf.

Das war für sie schon lange zur Routine geworden, denn sie fühlte sich wenigstens ansatzweise etwas besser mit der ganzen Trevor-Sache, wenn sie nach ihm suchte.

Als ihre Therapeutin sie vor Monaten gefragt hatte, warum sie eigentlich nach ihm suchte, hatte sie ihr nicht ehrlich antworten können. Dann hätte sie Beth die Wahrheit sagen müssen, was wirklich zwischen ihnen passiert war und was sie für ihn aufgegeben hatte. Stattdessen hatte sie Beth und sich selbst gesagt, sie wolle ihn nur für alles, was er getan hatte, zur Rede stellen. Doch der eigentliche Punkt war: Sie vermisste ihn. So traurig war ihr Leben. Sie vermisste ihre Freundschaft und trauerte um alles, was sie noch gemeinsam erlebt hätten, wenn er geblieben wäre. Beth hatte die Ursache für Amandas Neigung, von Menschen besessen zu sein, als eine explosive Mischung aus einer sogenannten Suchtpersönlichkeit, einer Borderline-Persönlichkeitsstörung und einer komplexen posttraumatischen Belastungsstörung diagnostiziert. Aber Amanda wusste, dass es viel simpler war: Sie war einfach einsam.

Bis Jill vor einem Jahr als Assistentin in ihr Leben getreten war, hatte sie keine echten Freunde mehr gehabt. Das war demütigend, weshalb sie versuchte, nicht zu oft darüber nachzudenken. Deshalb würde sie Jill nie befördern und ihr auch nie einen Job als Autorin für *The Youth* verschaffen können. Denn damit würde sie ihre engste Vertraute verlieren. Schon wieder.

Aber so war es nun mal: Trevor war weg, und aus offensichtlichen Gründen waren auch ihre Drogenfreunde aus ihrem Leben verschwunden. Bevor die Anschuldigungen gegen Trevor erhoben wurden, hatte sie ein paar Leute gehabt, hauptsächlich Branchenkontakte, die zu Freunden geworden waren, mit denen sie etwas trinken oder auf einen Kaffee gehen konnte. Doch zu allen war der Kontakt abgebrochen.

Trevor hatte ihr Leben übernommen, alles ruiniert und es ihr überlassen, alles wieder in Ordnung zu bringen. Am schlimmsten war aber, dass er sie allein gelassen hatte.

Das war, was passiert war: Sie hatte es Trevor beim zweiten Mal selbst ganz offen vorgeschlagen.

Anxiety war gerade für eine vierte Staffel verlängert worden, und über Amanda war ein großes und sehr schmeichelhaftes Porträt im *New Yorker* erschienen. Das *LoveShack*-Desaster lag längst hinter ihnen, und alles lief bestens.

Sie lud Trevor am Abend nach der Veröffentlichung im *New Yorker* ein, um zu feiern und gemeinsam neue Folgen zu schreiben. Dafür hatte Amanda mithilfe ihrer alten Assistentin Melanie große Whiteboards und alte Zeitschriften besorgt, damit sie ein Visionboard erstellen konnten. Das war gleichzeitig ernst und ein bisschen ironisch gemeint. Außerdem hatte sie eine Riesenmenge des besten Kokains besorgt, das man mit Geld kaufen konnte.

An dem Abend trug er seine Vintage-Cordjacke, die sie liebte, und ihr Herz schwoll an, als er vor ihrer Tür stand. Er war ihr bester Freund, ihr kreativer Partner. Er war ihr Leben.

Er küsste sie auf die Wange.

»Herzlichen Glückwunsch zu dem Porträt, du verdammter Superstar.«

Sie lachte.

»Ach was.« Sie warf einen Blick auf die Flasche Champagner in seiner Hand.

»Doch.« Er sah sie mit einem Ernst an, der sie überraschte. »Das ist unglaublich.« Sie errötete.

Trevor setzte sich auf das Chesterfield-Sofa mit grünem Samtbezug, das sie in einem Antiquitätengeschäft in Echo Park gefunden hatte. »Weißt du was, Amanda? Ich vermisse es wirklich, mit dir zusammenzuwohnen«, sagte er. »Auch wenn die Wohnung zu klein für zwei Erwachsene war, geschweige denn für zwei Erwachsene, die nicht miteinander schlafen.« Sie war selbst von dem Schmerz überrascht, der sie bei seinen Worten durchzuckte.

»Ach, du alter Schmeichler.« Sie schlug ihm gegen die Brust. »Ich vermisse es auch, mit dir zusammenzuwohnen. Dein Desinteresse am Abwasch vermisse ich allerdings nicht.« Oder den Moment, als sie aus *LoveShack* hinausgedrängt worden war und er ihr Geld genommen hatte. Aber darüber sprachen sie nie.

»Ach, komm schon. Du hast es geliebt.« Er löste das Metall um den Champagnerkorken. »Lass uns den hier trinken, ja? Aus der Flasche? Wie in alten Zeiten?«

»Ja! Und ich habe noch etwas.« Sie verschwand in ihrem Schlafzimmer und kam mit einem verzierten Handspiegel zurück, den sie von ihrer mittlerweile verstorbenen Großmutter bekommen hatte. Darauf befanden sich vier Lines Kokain.

»Deshalb liebe ich dich.« Er stand auf, um die Flasche zu entkorken. »Auf dich.«

»Auf uns«, verbesserte sie ihn.

»Na gut, aber wer ist jetzt der Schmeichler?« Er ließ den Korken knallen, sie tranken beide ein paar große Schlucke und schnupften je zwei Lines Koks.

»Ich habe noch mehr.« Amanda ging Richtung Schlafzimmer. »Wenn wir dann später brainstormen.«

Die nächsten zwei Stunden saßen sie auf ihrem alten Perserteppich, schnitten im Koksrausch (bei ihr ergänzt durch eine ordentliche Dosis Amphetamine) Bilder aus den Zeitschriften aus und schrieben Entwürfe für Handlungsstränge auf die Whiteboards.

Trevor sah zu ihr, ein bisschen weißes Pulver klebte noch an seiner Nase.

»Heute ist so ein Abend, an dem ich das Gefühl habe, als hätten wir dieselbe Seele«, sagte er. »Ich weiß, wie albern das klingt.«

»So geht es mir auch.« Ihr Herz raste, wahrscheinlich wegen der vielen Aufputschmittel, aber auch wegen etwas Neuem – etwas Großem. Etwas, das ihr gerade in den Sinn kam. Es war so brillant! Warum war ihr das nicht schon früher eingefallen? Und schon sprach sie es aus.

»Warum haben wir eigentlich nie …« Sie verstummte. Er sah sie mit blutunterlaufenen Augen und dem Koks an seinem linken Nasenloch an. »Warum haben wir eigentlich nie versucht, ob wir daraus eine, na ja, Beziehung machen wollen?«

Trevor legte seine Schere hin. Ihr Herz schlug noch schneller.

»Du meinst, warum wir nicht miteinander ins Bett gehen?« Er sah sie aufrichtig an. Das hatte sie eigentlich nicht gemeint, aber sie ging darauf ein.

»Ja, ich denke schon.« Sie marschierte vor dem Whiteboard auf und ab und versuchte, ihre Nerven zu beruhigen. »Weißt du, wir haben beide nie eine Beziehung. Wir sind beide hetero, zumindest meistens. Wir haben schon mal miteinander geschlafen, und das war cool.« Doch, manchmal hatte er eine Freundin, aber das waren immer rumänische Models, die er im Chateau Marmont Hotel oder irgendwo anders aufgegabelt hatte. Sie war immer Single. Manchmal ging sie mit irgendwelchen C-Promis ins Bett, die wahrscheinlich nur ihre Bekanntheit ausnutzen wollten, oder mit Drummern oder Bassisten von drittklassigen Rockbands, die so ziemlich jeden vögelten, aber nicht so heiß wie die Sänger waren. Sie war nicht hübsch genug für Hollywood, und das hatte sie akzeptiert. Aber warum sollte sie das davon abhalten, mit Trevor zusammen zu sein, der genauso durchschnittlich aussah wie sie?

»Stimmt alles.« Er nickte. »Stimmt alles.«

»Und ich weiß, dass ich nicht das typische schauspielernde Model bin, mit dem du normalerweise etwas anfängst, aber wir haben …«

»Oh, Amanda. Du bist total heiß. Du weißt, dass ich das schon immer gefunden habe. Es ist egal, dass du nicht dünn bist.« Sie errötete, obwohl es nicht gerade das Kompliment war, das sie sich erhofft hatte.

»Ich dachte eigentlich, dass wir nicht nur für, nun ja, Sex gut zusammenpassen. Wir könnten uns etwas aufbauen.

Wir haben so viel Spaß, wenn wir wie jetzt kreativ sind und brainstormen. Wir arbeiten so gut zusammen, und aus unserem albernen Drehbuch, das wir mit Anfang zwanzig geschrieben haben, ist etwas so Großartiges entstanden. Wir haben eine erfolgreiche Realityshow geschaffen. Wir sind bereits beste Freunde. Wir fühlen uns zueinander hingezogen. Sollen wir es einfach wagen?«

Er nickte erneut und sah sie nachdenklich an – oder so nachdenklich, wie es ihm nach den riesigen Mengen Koks möglich war. Er stand auf, legte die Arme um sie und küsste sie.

Sie ließen sich auf die Couch fallen, und er zog sie auf sich. Ihre Gedanken rasten. Was passierte hier? War das nur Sex? Oder mehr? *Genieß einfach den Moment,* befahl Amanda sich selbst, als er die Träger ihres Tanktops herunterzog und mit seinen Fingern ihre Brustwarzen umkreiste. Da verstummte ihr Gehirn einen Moment. Seine Berührung fühlte sich so gut an. Ihm so nah zu sein.

Sie wich zurück und sah ihn an, bevor er ihre linke Brustwarze in den Mund nahm, ohne den Blickkontakt zu unterbrechen. Er stöhnte, zog sich zurück und flüsterte ihr ins Ohr: »Daran denke ich die ganze Zeit.«

Vor Freude war ihr schwindelig.

»Los, tun wir's«, sagte sie und versuchte, verführerisch zu klingen. »Also, wenn du willst.« Sie genoss es und wollte gleichzeitig, dass es vorbei war, damit sie darüber nachdenken und es in ihrem Kopf noch einmal durchgehen konnte.

»Natürlich will ich.« Er lächelte. »Ich hole nur schnell ein Kondom.«

»Schon okay«, sagte sie rasch. »Nicht nötig.« Sie würde nicht von ihm verlangen, ein Kondom zu benutzen, wenn sie die Pille nahm.

»Ganz sicher?«, sagte er, und sie nickte. Sie vertraute ihm. Er legte sie auf die Couch und kniete sich daneben. Sein Gesicht war ernst und konzentriert, als er ihr erst das Oberteil auszog, dann die Hose. Er berührte sie über ihrer Unterwäsche, und sie schloss die Augen.

Als er mit den Fingern in sie eindrang, schnappte sie nach Luft.

»Ich bin bereit«, sagte sie mit einer Stimme, die merkwürdig fremd klang.

»Das spüre ich.« Er zog seine Boxershorts aus, und sie nahm ihn in die Hände.

Er stöhnte, als sie ihn auf sich zog und dann in sich hineinführte.

Es ging schneller als erwartet – hob Koks die Wirkung von Alkohol in dieser Hinsicht auf? –, und er kam auf ihrem Bauch. Nach Atem ringend, lag er auf ihr, und sie strich mit ihren Fingernägeln über seinen Rücken.

»Bist du gekommen?«, fragte er sie.

»O ja«, log sie.

»Moment«, sagte er und ging ins Bad. Sie lag still da, damit kein Sperma auf ihre Couch tropfte, und fühlte sich ekstatisch. Es war passiert: Sie und Trevor hatten den nächsten Schritt in ihrer Beziehung gemacht. Es war wie in einem Traum. Sie lächelte in sich hinein.

Er kam aus dem Bad und warf ihr ein paar Kosmetiktücher zu, während er seine Boxershorts aufhob.

»Du, ich muss jetzt los, ich muss morgen früh aufstehen.«

»Oh.« Sie versuchte, ihre Überraschung zu verbergen. »Jetzt schon?«

»Ja, tut mir leid.« Er kam zu ihr und küsste sie auf die Wange.

Ganz ruhig, Amanda.

»Kein Problem, ich werde auch allmählich müde«, sagte sie, auch wenn sie die nächsten drei Tage garantiert kein Auge zumachen würde bei den vielen Aufputschmitteln im Blut.

»Ich schreibe dir später.« Er schlüpfte in seine Jeans.

»Klingt gut.« Sie gab vor zu gähnen, während er die Wohnung verließ.

Und das war's. Danach hatte sie ihn nicht mehr gesehen.

(Oh, und er hatte sie auch noch mit Chlamydien angesteckt.)

Um dem *bösen Dokument* zu entkommen, ging sie schon früher in die Therapiepraxis, wo sie allerdings auf einem der unbequemen Stühle warten musste. Trevor beherrschte immer noch ihre Gedanken, weshalb sie die Augen schloss und sich zurücklehnte, um zu meditieren. Sie brauchte einen klaren Kopf. Sie atmete ein, hielt die Luft an und atmete wieder aus, wobei sie jeweils bis vier zählte. Das hatte sie in der Reha gelernt.

Doch gerade als sie ihren Rhythmus gefunden hatte, verließ jemand im Stockwerk über ihr eine der anderen Praxen. Verärgert riss sie die Augen auf und lauschte auf die Person, die offenbar mit klobigen Schuhen die Treppe hinunterstapfte. Sie sah auf ihr Handy, zehn Minuten blieben ihr noch bis zu ihrem Termin. Als die Person aus dem Treppenhaus trat, senkte Amanda diskret den Blick. Aber irgendetwas an dieser Person, die gerade zum Ausgang marschierte, veranlasste sie, den Kopf hochzureißen und ihr nachzusehen. Irgendwoher kannte sie die Frau. Aber woher? Sie hatte das Gefühl, als sei es wichtig. Die Frau war klein, mit langen dunklen Haaren, die ihr in glänzenden Wellen über den Rücken fielen. Sie trug schwarze Wildlederstiefel mit braunen Blockabsätzen. Irgendetwas drängte Amanda, ihr nachzulaufen.

Sie folgte der Frau bis zum Ausgang, wo der Angestellte vom Parkservice ihr den Autoschlüssel aushändigte. Da fiel es Amanda wieder ein. Die Frau war Layla, Maggies Layla, Layla aus *LoveShack*.

Bevor sie sich zurückhalten konnte, rief sie: »Layla! Hallo!«

Layla drehte sich um, und Amanda sah ihre geschwollenen, geröteten Augen.

»Kennen wir uns?«

»Tut mir leid, dass ich Sie belästige. Ich bin Amanda Lehman.« Sie hielt ihr die Hand hin, und Layla schüttelte sie unbeholfen, sah sie aber weiterhin an.

»Ich habe *Anxiety* geschrieben und auch darin mitgewirkt.«

»O ja, davon habe ich gehört. Schön, Sie kennenzulernen«, sagte Layla knapp, ging um ihren Wagen herum und öffnete die Fahrertür.

»Warten Sie, Entschuldigung, ich wollte nur …« Was

wollte sie nur? Mit ihr reden, weil sie sie in einer Reality-show gesehen hatte, für die Amanda ursprünglich die Idee gehabt hatte? »Ich war mit Maggie Lathrop befreundet«, log sie.

Layla, die gerade einsteigen wollte, richtete sich wieder auf und sah Amanda mit vor Wut blitzenden Augen an.

»Ich will nicht über Maggie reden.« Sie stieg ein, warf die Tür zu und drehte den Schlüssel im Zündschloss. Amanda klopfte ans Fenster.

»Tut mir leid, ich bin verwirrt«, sagte sie laut. »Ich habe Sie nur angesprochen, weil wir eine gemeinsame Freundin hatten. Ich wollte Sie nicht beleidigen.«

Layla – die hatte Nerven! – verdrehte die Augen, atmete aber tief durch und schaltete den Motor wieder aus. Dann ließ sie das Fenster herunter.

»Maggie und ich waren keine Freundinnen. Ich weiß nicht, was sie Ihnen erzählt hat, aber das möchte ich klarstellen. Tut mir leid, ich rede nicht gern schlecht über Tote.«

Amanda war sprachlos. Gerade hatte sie eine Folge von *LoveShack* gesehen, in der die beiden unzertrennlich gewesen waren. Natürlich wurde viel im Schneideraum angepasst, aber eine solche Freundschaft konnte man nicht zurechtschneiden.

»Es tut mir leid, dass ich Sie belästigt habe. In der Show sah es nur so aus, als seien Sie eng befreundet gewesen.«

»Hören Sie, der Typ vom Parkservice wird sauer, wenn ich hier nur herumsitze. Ich muss los.« Layla drehte erneut den Zündschlüssel.

»Ich möchte nur herausfinden, was mit Maggie passiert ist. Wir suchen nach Informationen. Die Polizei hat die Ermittlungen eingestellt ...«

»Ich weiß nichts über den Mord an ihr.« Laylas Blick wirkte mitleidig. Oder doch verärgert? »Ich weiß nur, dass Maggie und Theo nicht das waren, wonach es aussah. Mehr kann ich wirklich nicht sagen.«

»Moment mal, was soll das heißen?«, fragte Amanda.

»Ich muss los«, sagte Layla. »Ich bin spät dran.« Sie blickte starr geradeaus und fuhr davon.

Maggie

Maggie ging im Bad auf und ab, Theos Nachricht in den Händen.

»Alles okay da drin?«, rief Layla aus dem Schlafzimmer.

»Moment noch«, antwortete Maggie möglichst ruhig.

»Ich will dir von meinem Date heute Abend erzählen«, rief Layla durch die Tür. »Es war so romantisch, da wird dir gleich richtig schlecht.«

Doch Maggie hörte nicht zu, las Theos Nachricht immer wieder und spülte zwischendurch, damit Layla nicht misstrauisch wurde.

Maggie,

tut mir leid, dass wir nicht richtig darüber sprechen können, aber du wirst es gleich verstehen. Ich möchte dir etwas vorschlagen, und ich hoffe, du nimmst es mir nicht übel.

Leider habe ich keine romantischen Gefühle für irgendjemanden in der Show. Bei dir kommt es mir ähnlich vor? Nachdem wir jetzt ein Lovepair sind, hoffe ich, dass wir eine Art Deal machen können. Nachdem die Gewinner der Show die ganzen Zeitschriftencover, Brand Deals, Spin-offs und so weiter bekommen, gehe ich mal davon aus, dass wir beide gewinnen wollen. Ich glaube, das können wir auch schaffen. Ich weiß, das klingt manipulativ, aber wir könnten so *tun, als würden wir uns ineinander verlieben. Ein paar Monate nach dem Showfinale erzählen wir dann allen, dass wir uns einvernehmlich getrennt haben, und gehen unserer Wege.*

Das wäre eine Win-win-Situation für uns beide. Wenn du dabei bist, sag bei unserem nächsten Date bitte »Ich mag dich sehr«. Dann weiß ich Bescheid.

Ich vertraue dir, dass du niemandem etwas hiervon erzählst. Bitte denk über mein Angebot nach. Ich glaube, wir könnten daraus etwas Gutes machen.

Theo

Maggie ließ warmes Wasser über den Zettel laufen und sah zu, wie die Tinte verschwamm. Ihr Herz schlug schnell. Dann zerriss sie den Zettel in winzige Fetzen und bedeckte sie im kleinen Mülleimer mit ein paar Lagen Toilettenpapier.

Sie ging zurück ins Zimmer, wo Layla auf ihrem Bett saß und ihre Haare auf Spliss untersuchte.

»Alles okay?«, fragte sie.

»Ja«, antwortete Maggie. »Nur ein paar Verdauungsprobleme.«

»Ach, Mist. Meinst du, das kommt von den Chicken Fingers, die es vorhin gab? Die waren eklig.«

»Vielleicht.« Maggie ließ sich auf ihr Bett fallen. »Tut mir leid, Layla, mir geht's nicht so gut, ich muss jetzt schlafen.«

Layla schaltete das Licht aus, und Maggie lag hellwach auf dem Rücken und sah an die Zimmerdecke. Sie konnte

Theos Unverfrorenheit kaum fassen. Warum hatte er nicht einfach das tun können, was die anderen auch taten: vorgeben, dass er sie begehrenswert fand? Er war so ein überheblicher Arsch. Gleichzeitig imponierte ihr seine Offenheit. Und er hatte recht, dass die Gewinner viel bessere Aussichten auf eine Karriere nach der Show hatten. Sie generierten Millionen Instagram-Follower, während die anderen Teilnehmer danach nur ein paar Hunderttausend hatten. Doch auch das wäre nicht schlecht – für die nächsten Jahre könnte sie bequem von den Einkünften von zweitklassigen Werbeverträgen leben. Aber was würde sie danach mit ihrem Leben anfangen? Sie hatte keine Collegeausbildung, keine Karriereaussichten, keine vermögende Familie. Sie hatte nichts. Die Vorstellung, nach Hause zu ihren immer größer werdenden Schulden zu gehen, machte ihr Angst.

Und er hatte recht: Mit der großen Liebe brauchte sie hier nicht zu rechnen. Auch wenn Finn ein bisschen mit ihr flirtete, waren er und Layla ganz offensichtlich glücklich miteinander. Und wenn er eigentlich sie mochte, dann hätte er es doch sicher inzwischen schon bei ihr versucht.

Aber konnte sie den Zuschauern überzeugend Gefühle für Theo vorspielen? Und was wäre, wenn jemand – oder die ganze Welt – es herausfände? Sie würde schrecklich dastehen. Sie wäre das Biest. Ihre Agentin wäre vielleicht zufrieden, aber sie selbst wollte nicht so sein. Der Kern von *LoveShack* war immer noch die Vorstellung, dass wahre Liebe existierte und dass man sie finden konnte, wenn man nur lange genug mit ein paar anderen sexy Singles in einer

Villa lebte. Wenn irgendjemand herausfand, dass Theo und sie alles nur vorgetäuscht hatten, würde sie das teuer zu stehen kommen.

Als Layla sanft zu schnarchen begann, drehte Maggie sich auf die Seite und stopfte das Kissen zurecht, um vielleicht endlich einschlafen zu können. Sie beschloss, das zu tun, was sie tun musste.

Ihr Date mit Theo sollte aus einem Spaziergang mit Picknick bei Sonnenuntergang bestehen, und die Produzenten hatten eine Art Safari-Outfit für sie bereitgelegt. Hoffentlich würden sie wirklich nur gemütlich herumschlendern, da sie Sneakers mit Keilabsatz trug, dazu grüne Cargohosen aus Seide und ein weißes Netzbustier. Definitiv nichts zum Wandern.

Sobald sie an ihrem Ziel angekommen waren und sie Anweisungen von Priya erhalten hatte, wusste Maggie, dass sie ein Problem hatte. Der Weg war steinig und führte steil nach oben auf einen kahlen Hügel ohne Schatten. Warum hatte sie immer das Gefühl, dass die Produzenten sie mit Absicht so schlecht behandelten? In diesem Outfit würde sie den Aufstieg auf keinen Fall unbeschadet überstehen. Beim Gedanken an die Blasen, die sie bekommen würde, schauderte sie.

»Das wird schon«, sagte Priya zu ihr. »Die Wanderung dauert maximal eine halbe Stunde. Sie soll euch einander näherbringen.«

»Mir kommt es eher wie Schikane vor«, entgegnete Maggie. »Kann ich mir wenigstens andere Schuhe anziehen?«

»Wir haben nichts anderes dabei. Freu dich einfach, dass du nicht in High Heels laufen musst.«

Maggie wusste, dass sie keine Chance hatte. Und als Theos Wagen kam, schlug ihr Herz vor Aufregung schneller. Ob wegen der Wanderung oder des bevorstehenden Gesprächs wusste sie nicht genau.

Als Theo ausstieg, begannen die Kameras zu filmen. Er begrüßte Maggie mit einem zärtlichen Kuss auf die Wange.

»Freust du dich auf unser Abenteuer?«, fragte er sie warm.

»Ja.« Maggie rief sich in Erinnerung, dass alle bei diesen Shows etwas vorspielten. »Aber du musst mir vielleicht etwas helfen, denn mein Outfit ist total ungeeignet zum Wandern.« Sie warf einen vorwurfsvollen Blick in Priyas Richtung, die hinter einer der Kameras stand. Priya verdrehte die Augen und bedeutete Maggie streng, nicht mehr zur Kamera zu schauen.

Die Wanderung verlief gleichermaßen besser und schlechter als erwartet. Ein Teil des Weges war mit Steinen gepflastert, und sie gingen langsam, damit Maggie nicht stolperte. Trotz der fortgeschrittenen Stunde war es noch immer heiß, doch als die Sonne allmählich tiefer sank, wurde es angenehmer. Und das Gespräch verlief entspannter als noch vor ein paar Tagen.

Auf dem Gipfel war ein karges Picknick für sie vorbereitet: zwei Weinflaschen, zwei Thunfischsandwiches (warum?) und eine winzige Packung Kartoffelchips, die sie sich teilen sollten. Wieder einmal fragte sie sich, ob man sie mit Absicht hungern ließ.

Als sie sich auf die karierte Decke setzten, legte Theo den Arm um sie.

»Möchtest du?« Er deutete auf den Wein. Sie nickte, und er goss ihr ein großzügig bemessenes Glas ein. Dann sah er sie lange an. »Prost.«

»Prost.« Sie stießen an. Er trank einen großen Schluck und sah sie wieder eindringlich an.

»Ich würde dich jetzt echt gern küssen.« Seine Stimme war leise, rau. Etwas regte sich in ihr, auch wenn sie wusste, dass es nur Teil ihrer gemeinsamen Scharade war. Sie beugte sich zu ihm. Der Kuss war inniger und gefühlvoller als ihr letzter, und sie überlegte, was er ihr damit wohl übermitteln wollte. Wenn sie doch nur ein paar Minuten ohne Kameras um sich herum hätten, um alles zu besprechen. Er wich zurück, sah sie wieder an, und es kam ihr fast so vor, als errötete er.

Bevor sie der Mut verließ, beugte sie sich zu ihm und flüsterte ihm zu: »Theo, ich mag dich sehr.« Okay, wenn er allen Leuten etwas vorspielen wollte, warum nicht?

Er sah sie mit großen Augen an, und sie versuchte, aus ihm schlau zu werden. Hoffentlich war er erleichtert. Er lächelte und nahm ihre Hand. »Ich mag dich auch sehr.«

Am nächsten Morgen wachte sie mit einem Kater auf, der vielleicht von den drei Gläsern Wein stammte, aber vielleicht auch von dem aufregenden Date am Abend zuvor. Nach der Rückkehr von Wanderung und Picknick hatte Layla sie ausgefragt. Maggie hatte so getan, als schwebe sie auf Wolke sieben, und erzählte alles so, wie es Außenstehende erlebt hatten, natürlich ohne das, was sich unter der Oberfläche abgespielt hatte. Wozu waren die vielen Jahre teuren Schauspielunterrichts denn gut, wenn nicht für das hier? Layla schien sie jedenfalls zu überzeugen, denn während des Gesprächs schlief sie irgendwann ein. Nicht gerade das Verhalten einer zutiefst misstrauischen Freundin.

Heute war ein Competition-Tag, und die Produzenten würden sie alle zu unbequemen, ekligen oder erniedrigenden Spielen nötigen, die vier oder fünf Stunden lang in der heißen Wüstensonne aufgenommen wurden. Vor ein paar Tagen waren sie bei einem Spiel gefilmt worden, bei dem alle Oralsex praktizieren mussten, die Frauen an einer Banane, die Männer an Papayas. Bewertet wurde dann ihre »Technik«.

Zu diesem Zeitpunkt einer Staffel sollten die Wettbewerbe dazu dienen, feste Paare auseinanderzubringen. Zu viele glückliche Menschen waren langweilig, die Zuschauer wollten Drama. Maggie wusste, sie sollte vor einem sicherlich erniedrigenden Spiel, das im landesweiten Fernsehen zu sehen sein würde und zu dessen Teilnahme sie vertraglich verpflichtet war, nervös sein, doch seit ihrem Deal mit Theo war sie entspannter. Bei ihrer Beziehung stand emotional rein gar nichts auf dem Spiel.

»Heute stellen wir eure Lovepairs auf die Probe«, verkündete Schuyler, als sie sich, wie angewiesen, auf einem Stück Kunstgras vor dem Bungalow in zwei Reihen aufstellten, die Männer hinter die Frauen. »Die heutige Competition steht unter dem Motto *Knutschen oder Pflicht*.« Einige Teilnehmer stöhnten laut.

»Cut!«, brüllte Larry. »Scheiße, das müssen wir noch mal drehen. Ihr könnt doch nicht stöhnen, wenn ein Spiel angekündigt wird. Noch mal von vorn.«

»Heute stellen wir eure Lovepairs auf die Probe«, verkündete Schuyler noch einmal mit exakt derselben Betonung. »Die heutige Competition steht unter dem Motto *Knutschen oder Pflicht*. Vermutlich fragt ihr euch, was es damit auf sich hat.« Er legte eine theatralische Pause ein. »Ladys, heute übernehmt ihr die Führung. Ihr dürft entscheiden, ob ihr einen zufällig ausgewählten männlichen *Shack*er knutschen wollt – für mindestens fünf Sekunden. Wenn ihr ablehnt, müsst ihr eine Aufgabe erfüllen, die der zurückgewiesene *Shack*er für euch aussucht. Aber seid vorsichtig, die Aufgaben werden pikant.«

Gähn. Wahrscheinlich musste man nackt in den Pool springen oder Schlagsahne aus dem Bauchnabel von jemandem lecken. Sicher nichts Schlimmeres als das, was sie schon durchgestanden hatte. In der letzten Woche hatte sie bei einem ähnlichen Spiel zwanzig Sekunden lang Lukes Füße massieren müssen.

»Tia, du bist als Erste dran. Bist du bereit für *Knutschen oder Pflicht*?«

»Ich schätze schon.« Tia trat vor. Sie trug einen weißen Badeanzug mit großen Ausschnitten, die ihren perfekten straffen Bauch betonten. Eigentlich mussten sie jeden Tag Bikinis tragen, besonders sexy Badeanzüge bildeten eher eine Ausnahme.

Schuyler gab ihr eine große ausgehöhlte Discokugel.

»Hier drin liegen die Namen der fünf verbleibenden

LoveShack-Männer. Zieh einen, und dann heißt es: *Knut-schen oder Pflicht.*« Tia griff in die Discokugel und zog einen Namen.

»Theo«, las sie gelangweilt vor.

»Okay, Theo, du bist der Glückliche. Tia, du hast jetzt die Wahl: Knutschen oder Pflicht. Küss Theo mindestens fünf Sekunden lang oder entscheide dich für die Pflicht.« Maggie fragte sich, was sie wählen würde, und staunte, dass sie gegenüber Theo keinerlei Besitzansprüche verspürte.

»Knutschen?«, antwortete Tia, als wäre es eine Frage.

»Also dann!« Schuyler quietschte fast vor Freude. »Maggie, wie findest du das?«

Was war da die richtige Antwort?

»Ich bin mir sicher, was mein Lovepair angeht.« Sie hoffte, sie klang authentisch. »Nein, wirklich, ich mache mir da keine großen Sorgen. Aber viel Spaß euch!« Sie zwinkerte Theo und Tia zu und hoffte, ausreichend lässig zu wirken.

»Oho!«, sagte Schuyler. Theo und Tia küssten sich für die erforderlichen fünf Sekunden. Es ging sehr züchtig zu, was in Maggies Augen vermutlich gut war, um den Schein zu wahren.

»Tia, wie war es für dich?«, fragte Schuyler, sobald die beiden voneinander abließen.

»Äh, schön. Aber ich küsse lieber Bryan«, antwortete sie, während Bryan verärgert den Kopf schüttelte, weil sie sich nicht für die Pflicht entschieden hatte.

»Okay, Maggie, jetzt bist du dran. Zieh einen Namen.« Maggie wühlte ein wenig in der Discokugel und holte einen Zettel heraus.

»Finn«, las sie laut vor. Natürlich hatte sie ihn gezogen. In einem anderen Leben, in dem sie nicht in einer vorgetäuschten Partnerschaft mit Theo und Layla nicht mit Finn zusammen war, hätte sie sich auf diese Chance, ihn zu küssen, gestürzt, um zu sehen, ob zwischen ihnen wirklich etwas war.

»Freust du dich?«, fragte Schuyler an Finn gewandt, der fast ein wenig erschrocken wirkte. Schuyler sprach weiter. »Also dann, Maggie: Knutschen oder Pflicht?«

»Pflicht.« Vom ersten Moment nach Ankündigung des Spiels an hatte sie gewusst, dass sie Pflicht wählen würde. Jetzt war sie sich noch sicherer, nachdem sie auf keinen Fall den Lovepair-Partner ihrer besten Freundin küssen konnte.

»Riskante Entscheidung!«, sagte Schuyler. »Bist du ganz sicher?«

»Ja.«

»Okay, Finn, komm her.« Schuyler gab ihm eine zweite hohle Discokugel. »Zieh eine Aufgabe.« Finn gehorchte, wühlte in der Kugel und nahm einen Zettel heraus. Auch wenn sie nichts zu befürchten hatte, verkrampfte sich alles in Maggie.

Finn las die Aufgabe und strich sich mit der Hand über die kurzen braunen Haare, wobei die Muskeln in seinem Arm spielten. Seinem Gesicht war nicht anzumerken, was er dachte.

»Oh, wow. Also: ›Knutsch mit der gewählten Person für fünfzehn Sekunden, mit Zunge.‹«

»Moment mal, ich habe mich *dagegen* entschieden, Finn zu küssen, und jetzt muss ich ihn noch länger küssen? Mit

Zunge?«, fragte sie aufgebracht, auch wenn sie sich insgeheim freute.

»Richtig!« Schuyler lachte. »Ich habe doch gesagt, dass es riskant ist. Layla, wie geht es dir damit? Ich weiß, dass du und Maggie eng befreundet seid.«

Layla schien den Tränen nahe.

»Schon gut.« Ihre Stimme zitterte. »Ich weiß, dass die beiden sich von sich aus nicht so entschieden hätten.«

Maggie fühlte sich schuldig. Sie schaffte es nicht, Layla anzusehen, als Finn zu ihr trat.

»Ist das okay?«, fragte er sie.

Was sollte sie denn sagen? Sie hatte keine Wahl, daher nickte sie.

Er legte seine Hände an ihren Kopf und zog sie sanft zu sich. Schockiert merkte sie, wie sinnlich und trotzdem kontrolliert er sie küsste. Verlangen flammte in ihr auf. Ohne darüber nachzudenken, schlang sie die Arme um seinen Hals und erwiderte den Kuss verhalten, aber leidenschaftlich, bis er leicht zurückwich. Sie sah zu ihm auf, direkt in seine Augen. Sie fürchtete, dass der Kuss vorbei war, doch er zog sie fest an sich und legte seine Lippen wieder auf ihre.

Als schließlich jemand hustete, kam sie wieder zu sich. Sie löste sich aus der Umarmung und sah, dass die anderen Teilnehmer sie bestürzt anstarrten. Layla schüttelte mit verschränkten Armen den Kopf, die Augen wütend verengt.

»Aber hallo!«, meinte Schuyler, und Maggie wurde ganz heiß vor Panik. Hatte sie das gerade vor all diesen Menschen getan? Im landesweiten Fernsehen? Ja. Sie hatte, mit offenkundigem Genuss den Mann geküsst, der mit ihrer besten Freundin zusammen war.

Schuyler sprach weiter: »Das war sicher eine ganze Minute. So ein langer Kuss bei einer Competition dürfte eine *LoveShack*-Premiere sein! Theo, wie war das für dich?«

Theo warf Maggie einen verwirrten Blick zu. Auch wenn sie ihn nicht gut kannte, verstand sie die Botschaft: *Was, zur Hölle, war das denn gerade?*

»Ich habe tiefe Gefühle für Maggie«, antwortete Theo ernst. »Daher geht es mir nicht gut.«

»Das glaube ich.« Schuyler klopfte ihm auf den Rücken. »Layla, was ist mit dir?«

»Ich kapiere gar nichts mehr.« Sie klang allerdings eher wütend als verwirrt.

Finn sah sie zerknirscht an.

»Es tut mir so leid. Ich habe die Zeit aus den Augen verloren. Du weißt doch, wie das ist. Keiner hat uns gestoppt, als die fünfzehn Sekunden vorbei waren. Du bedeutest mir viel, Layla. Ich würde dich nie mit Absicht verletzen.«

Layla verdrehte die Augen und kämpfte sichtlich mit den Tränen.

»Erzähl doch keinen Mist.« Bedeutungsvolle Stille folgte. Maggie drehte sich zu Layla.

»Es tut mir so ...«

»Bitte nicht. Nicht jetzt«, fiel Layla ihr ins Wort. »Ich hätte nie gedacht, dass du so ein Mensch bist.«

»Das bin ich auch nicht! Also, ich weiß nicht, was du genau meinst, aber ich bin kein schlechter Mensch. Das war ein Unfall.« Maggie plapperte verzweifelt.

»Wie zum Teufel soll das ein Unfall gewesen sein?«, fragte Tia aufgebracht.

»Es ist einfach passiert.« Maggie blinzelte gegen die Tränen an. »Es tut mir leid. Ich wollte dir nicht wehtun, Layla, ganz bestimmt nicht.«

Layla drehte sich kopfschüttelnd weg, und Tia nahm sie in den Arm. Alle warteten schweigend ab, dass jemand anders etwas sagte. Maggie sah zu Larry, der sichtlich verärgert war, dass niemand davonrannte oder richtig gemein wurde. Doch für Theo war die Situation zu verwirrend, und Finn konnte Layla gerade nicht trösten.

»Okay, na schön, Cut!«, rief Larry, der sich mehr Drama erhofft hatte. »Fünf Minuten Pause.« Einer der Produzenten zog Layla zur Seite, und sie gingen davon.

Maggie wollte mit Theo sprechen, der allerdings bereits zurück zum Bungalow ging. Sie setzte sich ins Gras, um ihre schmerzenden Füße auszuruhen. Ohne es zu merken, bohrte sie die Fingernägel in ihren linken Oberschenkel, bis rote Male zu sehen waren.

Der Rest der Staffel würde sehr lang werden.

Emma

Emma saß mit Jill und Amanda auf den Plüschsofas in Amandas Medienraum, und sie kratzte sich schon wieder an der Innenseite ihres Handgelenks. Gerade hatten sie zusammen eine Folge von *LoveShack* gesehen, und abgesehen davon, dass es ekelhaft war, ihrer Schwester beim Knutschen mit irgendwelchen Männern zuzusehen, hatten die neuesten Folgen etwas in ihr aufgewühlt. Dass ihre Schwester ihrem zukünftigen Ehemann erst ihre Gefühle gestanden und dann leidenschaftlich mit Finn geknutscht hatte – dem Lovepair-Partner ihrer besten Freundin –, war einfach falsch.

Amanda nahm sich etwas Popcorn und bot Emma die Schüssel an.

»Hört mal«, sagte sie mit vollem Mund. »Was ist, wenn jemand aus dem Cast etwas mit dem Mord zu tun hat? Du solltest dich an die anderen Teilnehmer wenden, Emma. Sie befragen oder so.«

»Vielleicht«, sagte Emma. Jill legte ihren Arm auf Emmas, um sie vom Kratzen abzuhalten, worauf diese ihr bedeutete, sie in Ruhe zu lassen. »Hältst du das wirklich für möglich? Das ist doch alles schon so lange her.«

»Ich weiß es nicht.« Amanda kaute auf einem Maiskorn herum. »Man muss doch schon von vornherein irgendwie gestört sein, wenn man an so einer Show teilnimmt. Vielleicht waren sie sauer auf Maggie, weil sie gewonnen hat.«

Emma wies sie nicht darauf hin, dass ihre geliebte Schwester zu den Menschen gehörte, die Amanda gerade »irgendwie gestört« genannt hatte.

»Wenn jemand aus der Show sie getötet hat, dann könnte es Theo gewesen sein. Mit ihm stimmt definitiv etwas nicht. Das sieht man sogar in den Folgen«, sagte sie.

»Ich weiß, was du meinst«, antwortete Amanda. »Die Beziehung zu deiner Schwester wirkt in der Show nicht echt.«

Jill sah genervt aus.

»Ich glaube nicht, dass er sie getötet hat. Doch ich stimme zu, dass irgendetwas komisch ist. Aber eher mit Maggie, ehrlich gesagt.«

Der Mensch auf dem Bildschirm hatte tatsächlich kaum Ähnlichkeit mit der Schwester, die Emma kannte. Vielleicht hatte Maggie ihr deshalb von Anfang an verboten, sich die Show anzusehen. Maggies Date mit Theo bei Sonnenuntergang war seltsam gewesen; als würde man zwei Tieren zusehen, die ein seltsames Paarungsritual vollführten, das sie nicht richtig verstand. Das Paar auf dem Bildschirm hatte keine Ähnlichkeit mit den beiden Menschen aus dem wirklichen Leben, die sich eher wie Geschäftspartner und Freunde und nicht wie Liebende verhalten hatten. Im Fernsehen hingegen wirkten sie bis über beide Ohren verliebt, nachdem sie sich zuvor fast schon unsympathisch gewesen zu sein schienen, und waren die reinsten Turteltäubchen.

Also, bis Maggie und Finn sich geküsst hatten jedenfalls.

Auf der Heimfahrt starrte Emma geradeaus, ihr linkes Auge zuckte vor Erschöpfung. Jill saß auf dem Beifahrersitz und war merkwürdig ruhig, seit sie Amanda verlassen hatten.

Emma trat vorsichtig auf die Bremse und kam vor einer roten Ampel auf der Crenshaw Avenue langsam zum Stehen. Das andere Merkwürdige an diesem Abend war natürlich Amandas Bericht ihrer Begegnung mit Layla gewesen. Emma wusste, dass es albern war, aber sie ertrug es fast nicht, dass Layla – also jemand, den Maggie gut gekannt hatte, den Emma aber nie getroffen und von dem sie bis vor Kurzem auch nichts gewusst hatte – die ganze Zeit hier in Los Angeles gewesen war. Auch wenn Layla Maggie mittlerweile zu hassen schien, hatte sie sie gekannt. Vielleicht hatte Amanda recht, und sie sollte versuchen, mit Layla und den anderen zu sprechen. Vielleicht könnten sie ihr wenigstens ein paar offene Fragen beantworten.

Bei Grün beschleunigte sie bis zu der Autoschlange, die an der nächsten Ampel wartete. Jill schaltete den Lokalradiosender ein, und sie hörten schweigend einen Beitrag über aussterbende Lemuren in Madagaskar. Es herrschte dichter Verkehr, obwohl die Rushhour längst vorbei war. Emma hasste es, in L. A. Auto zu fahren, und konnte sich nicht daran gewöhnen, obwohl sie schon so viele Jahre hier lebte. Der Verkehr zu jeder Tageszeit, die Einkaufszentren, die Autobahnen, die zu noch mehr Autobahnen mitten in der Stadt führten. Das alles war das genaue Gegenteil zu dem, was sie als Teenager im ländlichen Kansas gekannt hatte.

Emmas erstes Auto war ein Corolla von 1994 gewesen, den sie von Maggie geerbt hatte, nachdem ihre Schwester nach New York gezogen war. Von allen Autos, die sie je besessen hatte, war es ihr liebstes gewesen.

Maggie machte ihren Führerschein mit sechzehn und holte Emma an dem Abend nach der Fahrprüfung von ihrem Kurs im Kunststudio ab (Emma war künstlerisch völlig unbegabt, aber als nicht geoutete Jugendliche in Kansas war das so ziemlich die einzige Möglichkeit, andere Leute kennenzulernen, die auch nur ansatzweise so tickten wie sie). Emma quietschte, als sie Maggie durch das Fenster auf den Parkplatz des Einkaufszentrums fahren sah, in dem der Kurs stattfand, und alle in dem ruhigen Atelier zuckten zusammen. Aber das war ihr egal. Eine Schwester mit Führerschein zu haben, würde ihr Leben verändern. Endlich hatte sie jemanden, der sie zu Konzerten in Topeka fuhr, wo sie nur ein paarmal im Jahr war, wo aber regelmäßig Indie-Bands auftraten, die sie mochte.

Emma packte ihre Leinwand und die Farben weg und rannte nach draußen zu ihrer Schwester. Maggie saß auf dem Fahrersitz, ihr damaliger Freund Kevin neben ihr, obwohl es sein Auto war. Der Corolla würde erst in ein paar Monaten in Maggies Besitz übergehen.

»O mein Gott. Zeig her!«, rief Emma, nachdem sie auf den Rücksitz geklettert war, und Maggie präsentierte ihr den neuen Führerschein. »Natürlich siehst du auf dem Foto fantastisch aus. Wie geht das überhaupt?«

»Sie sieht echt scharf aus, was?«, stimmte Kevin zu.

»Ist doch egal.« Maggie lächelte. »Ich kann einfach nicht glauben, dass ich endlich einen Führerschein habe.«

»Jetzt musst du nur noch Mom davon überzeugen, dass wir später zu Hause sein dürfen«, sagte Emma.

»Ja, klar. Und wo sollten wir nach zehn Uhr abends überhaupt hingehen? Es ist ja nicht so, als ob uns jemand zu irgendetwas einladen würde«, meinte Maggie, und Kevin lachte. Dagegen konnte Emma nichts einwenden, aufregend war es aber trotzdem.

»Stimmt. Aber Tegan and Sara spielen im April im Jayhawk, und da möchte ich wirklich gerne hin.«

Maggie sah Emma im Rückspiegel an.

»Mom wird uns fahren lassen. Wir machen sonst ja nie etwas in der Art.« Obwohl Maggie als Model arbeitete, waren Emma und Kevin ihre einzigen wirklichen Freunde in der Highschool. Maggie hatte ihn im ersten Jahr in Geschichte kennengelernt, und er hatte sie nach einem Date gefragt. Er war musikverrückt, sah aber auch gut aus. Emma hatte ihn schon immer gemocht. Sie selbst hatte ein paar mehr Freunde als Maggie, doch sie kamen hauptsächlich aus dem Theater- und Kunstbereich, und da gab es keine Partys.

Emma verstand nie, warum Maggie keine Freunde in der Schule hatte, da sie hübscher war als alle anderen Mädchen und wie aus einer Highschoolserie aussah. Maggie war überall abgelehnt worden, bei den Cheerleadern, der Tanztruppe und auch dem Debattierclub (eine weniger angesehene, aber immer noch beliebte Aktivität). Ihre Mutter tröstete sie immer damit, dass die anderen Kinder nur eifersüchtig seien. Und vielleicht waren sie das auch. Maggie war umwerfend, und das war einschüchternd. Außerdem waren ihre Klamotten aus dem Wohltätigkeitsladen nicht gerade hilfreich, obwohl Maggie ihre kleine Schwester jetzt gelegentlich mit ihrem Model-Geld zum Einkaufen mitnahm.

Aber Maggie wollte es immer allen recht machen, und manchmal fragte sich Emma, ob die Leute das an ihr riechen konnten. Ob sie davon abgestoßen waren.

Während Emma in der Nähe der Wohnung parkte, dachte sie weiter darüber nach. Als sie und Jill ausstiegen, wurde ihr endlich klar, warum sich die letzte Folge der Show und der Bericht von Amandas Zusammentreffen mit Layla so seltsam angefühlt hatten. Maggie hatte bis dahin noch nie etwas so Unsympathisches getan. Maggie hasste es, Menschen zu enttäuschen, vor allem ihre Freunde. Und doch hatte sie Layla mit diesem Kuss gedemütigt.

Zurück in der Wohnung ging Jill direkt ins Bett. Emma ließ sich auf die Couch im Wohnzimmer fallen, eine Ikea-Garnitur, die sie dringend ersetzen mussten. Auf dem Handy rief sie Laylas ShackWiki-Biografie auf und scrollte durch die Angaben: Sie war dreißig, verheiratet mit einem Mann namens Paul Chen, von dem Emma noch nie gehört hatte, Gründer eines Start-ups. Die beiden lebten in Los Angeles. Sie war Moderatorin eines Podcasts namens *ShackTalk,* bei dem es sich, wie Emma vermutete, um eine Art *LoveShack*-Nachbereitung handelte – ein klassischer Karriereschritt für die weniger erfolgreichen Teilnehmer. Seit Maggies und Laylas Zeit in der Show waren bereits vier weitere Staffeln gedreht worden, und zu jeder gab es einen Podcast. Emma scrollte weiter, fand jedoch nichts Interessantes mehr, nur einen kurzen Text über Laylas Rolle als Markenbotschafterin eines Keto-Müslis.

Sie schrieb eine SMS an Liz.

Ich möchte Layla Reyes finden. Sie war zusammen mit Maggie bei *LoveShack*. Kannst du mir helfen, eine Nummer oder eine E-Mail-Adresse oder etwas anderes herauszufinden?

Als sie auf »Senden« drückte, zuckte ihr linkes Auge wieder. Plötzlich war sie todmüde. Obwohl sie eigentlich aufstehen, sich die Zähne putzen und in ihr Bett legen wollte, rollte sie sich auf dem Sofa zusammen und schlief ein.

Als Emma am nächsten Morgen aufwachte, war es schon elf Uhr vormittags, und Jill hatte ihr offenbar irgendwann eine Decke übergelegt. Auf dem Couchtisch lag eine Nachricht von ihrer Freundin, dass sie zum Set gefahren war und Waffeln im Tiefkühlfach lagen. Emma nahm ihr Handy, das sie natürlich vergessen hatte aufzuladen und das nur noch neun Prozent Akkuleistung hatte. Sie sah zwei verpasste Anrufe von Liz.

Sofort rannte sie in ihr Zimmer, um das Handy ans Ladekabel zu hängen und zurückzurufen.

Liz antwortete sofort.

»Ich habe Layla erreicht.«

»Das ging schnell.« Emma setzte sich lächelnd auf den Boden und lehnte sich gegen das Bett.

»Ich habe einfach an hello@laylareyes.com gemailt«, sagte Liz. »Ich habe mich als Reporterin ausgegeben und geschrieben, dass ich mit dir zusammenarbeite und wir gern mit ihr sprechen würden.«

Emma lachte.

»Vielen Dank, dass du das für mich tust!«

»Sie ist bereit zu reden. Aber nur mit dir und nur inoffiziell, was für dich vermutlich okay ist …?«

»Klar, ich rede mit ihr«, sagte Emma schnell.

»Nun, so einfach ist es nicht. Sie ist gerade nach London geflogen, wo sie für ein paar Monate irgendeine Promi-Immobilien-Show dreht, und sie will nur persönlich mit dir sprechen. Sie hat mir die Nummer ihrer Assistentin gegeben, damit du mit ihr einen Termin vereinbaren kannst.«

»Heißt das, ich soll nach London kommen?«, fragte Emma. Ein seltsamer Wunsch, aber es schien ihre einzige Möglichkeit zu sein. »Das wäre doch nicht zu verrückt, oder?«

»Ganz schön weit für ein Gespräch.«

»Stimmt. Aber mein Bauchgefühl sagt mir, dass sie etwas weiß. Und sie will mit mir reden.«

»Oh, und noch was«, meinte Liz. »Ich bin kein Detective, aber nachdem sie und deine Schwester Streit hatten, könnte sie ein Motiv haben, denke ich. Trefft euch also am besten in der Öffentlichkeit.«

»Ich bezweifle, dass diese Frau von knapp einem Meter sechzig Maggie umgebracht hat«, sagte Emma. Maggie war gute fünfzehn Zentimeter größer und fünfzehn Kilo schwerer gewesen als Layla.

»Ich sage es nur.«

»Na gut. Ich treffe sie irgendwo in der Öffentlichkeit.«

Nachdem sie aufgelegt hatten, rief Emma Laylas Assistentin an.

»Sie möchte sich am Samstag mit Ihnen treffen, da hat sie drehfrei«, sagte die Frau.

»Diesen Samstag?«

»Ja.«

»Und warum will sie mich persönlich sehen?« Emma klemmte das Handy zwischen Ohr und Schulter und recherchierte auf ihrem Laptop nach Flügen.

»Ich weiß es nicht. Bei so was passt sie einfach sehr genau auf.«

Emma überlegte, was das heißen sollte.

»Ich werde da sein.« Sie beendeten das Gespräch, und Emma tippte eine Liste in ihr Handy:

1. Flug nach London buchen
2. Airbnb/Hotel in London?
3. Jill und Amanda Bescheid sagen

Aufgeregt stand sie auf. Endlich, endlich, nach Monaten des Stillstands, ein Durchbruch.

Jill

Es war der letzte Drehtag für *The Youth*, und die Hauptfigur hatte eine Überdosis Fentanyl genommen. Sonya, die Teenager-Darstellerin, war geisterhaft weiß geschminkt, um sie authentisch aussehen zu lassen.

»Das ist wie in einem verdammten Highschoolfilm«, zischte Amanda. Jill nickte nur, während eine der anderen Figuren die Hauptdarstellerin mit einem Gegenmittel »wiederbelebte«.

»Ich will einfach nur tot sein! Lasst mich sterben!«, kreischte die Darstellerin. Die Szene war wirklich überzogen, aber Jill wünschte sich, Amanda würde Ruhe geben.

Sie beschloss, zum Mittagessen zu gehen, vor allem, weil sie Amandas Kommentare nicht mehr länger hören wollte. Sie hatte sich von deren schlechter Laune anstecken lassen, und die Ecke am Set, in der sie seit Stunden auf zwei Klappstühlen gesessen hatten, war dunkel und schäbig. Sie flüsterte Amanda zu, dass sie zu Sal's gehen würde, um Hühnchen-Caesar-Wraps zu holen (die sie jeden Tag aßen), und Amanda gab ihr ihre schwarze Amex-Karte (wie jeden Tag). Auf dem Parkplatz entspannte sich Jill. Die Fahrt zu Sal's war die einzige Zeit des Tages, die sie für sich hatte.

The Youth wurde in Burbank gedreht. Dort war in einem Studio eine durchschnittliche amerikanische Highschool nachgebaut. Normalerweise fuhr sie zwanzig Minuten (vierzig Minuten bei starkem Verkehr) vom Set zu Sal's nach Studio City. Der Benzinverbrauch ihres kirschroten Prius aus dem Jahr 2004 war in Ordnung, doch die Fahrt nach und von Burbank sowie der Abstecher zu Sal's kosteten sie etwa ein Viertel ihres Gehalts pro Monat.

Sie parkte vor dem Einkaufszentrum, kurbelte die Fenster hoch und stellte den Motor ab. Vor Sal's hatte sich eine Schlange gebildet, was nicht ungewöhnlich war. Während sie auf die Sandwiches wartete und an ihrem Smoothie nippte (sie selbst leistete sich nie einen Smoothie), rief sie X auf. Sie folgte Reportern, Kritikerinnen, Promi-Klatsch-Accounts und Fernsehdrehbuchautorinnen – allen, die vielleicht etwas über Amanda zu sagen hatten. Heute schien sich das X-Universum hauptsächlich auf den schlechten Tweet eines Reporters der *Washington Post* zu konzentrieren, der Cher überbewertet fand. Als sie die App gerade schließen wollte, fiel ihr etwas ins Auge: @insiderealitytv247: *Theo Cooke kommt einem geheimnisvollen Unbekannten näher.*

Theo? Einem Mann? Wem? Sie zog das Foto größer. Es zeigte tatsächlich Theo, der mit einem Mann Händchen hielt und ihm einen Kuss auf die Wange gab, während sie die Straße entlanggingen. Der Mann war kleiner als Theo und sicherlich um einiges älter, etwa Mitte fünfzig. Er hatte eine »Bären«-Ausstrahlung. Damit waren in der Schwulenszene beliebte große, breite Männer mit viel Körperbehaarung gemeint. Sie war überrascht, dass Theo schwul sein sollte; allerdings hatte er auch nie über seine Sexualität gesprochen. Der mysteriöse Unbekannte trug eine große Sonnenbrille und eine Baseballkappe und war schwer zu identifizieren. Auf jeden Fall war er nicht der Typ Mensch, den sie mit Theo in Verbindung gebracht hätte. Fast war sie beeindruckt, dass er einen ganz normalen Menschen datete. Sie kopierte den Link in eine SMS. Würde Emma das sehen wollen? Ja, definitiv. Emma hatte X gerade von ihrem Handy gelöscht, um weniger Zeit in Internetwurmlöchern zu verbringen, weshalb sie das Foto wahrscheinlich bisher noch nicht gesehen hatte. Doch vermutlich würde sie Theo dadurch nur noch mehr hassen. Jill löschte den Nachrichtenentwurf, während ihre Bestellnummer aufgerufen wurde. Sie würde nach der Arbeit noch einmal darüber nachdenken.

Emma war nicht da, als Jill gegen sechs nach Hause kam. Das war ungewöhnlich – auch Monate nach Maggies Tod verließ ihre Freundin selten allein das Haus. Sie hatte Jill eine Nachricht hinterlassen, dass sie etwas auf der Bank erledigen musste. Während Jill auf ihre Freundin wartete, schenkte sie sich ein Glas Wein ein, setzte sich auf die Couch und überlegte, ob sie Emma von Theo erzählen sollte. Doch auch nach einem halben Glas Cabernet hatte sie immer noch keine Ahnung, was sie tun sollte.

Als sie Emmas Schlüssel in der Tür hörte, bekam Jill Angst. Sie musste sich entscheiden.

»Wie war dein Tag?«, fragte sie, als Emma hereinkam.

Die Freundin setzte sich auf die Couch.

»Verrückt. Aber nicht schlecht. Ich wollte mit dir über etwas reden. Hast du kurz Zeit?«

»Natürlich.«

Emma zögerte.

»Warte, warum erzählst du mir nicht zuerst von deinem Tag? Tut mir leid, das hätte ich dich zuerst fragen sollen.« Doch ihr war anzusehen, dass sie nur ablenken wollte.

»Los, raus damit«, sagte Jill.

»Na gut. Ich fahre nach London.«

»London! Das ist toll, Em.«

Emma senkte den Blick.

»Morgen.«

»Das ist bald.« Jill klang etwas skeptisch. »Du willst das Notfallgeld verwenden?«

Emma nickte.

»Es ist noch genug da, und ich muss das tun. Erinnerst du dich an Layla? Maggies frühere Freundin aus *LoveShack,* die sich Amanda gegenüber so seltsam verhalten hat?«

»Ja.« Jill nippte an ihrem Wein. Das war so typisch Emma. Oder typisch für die Emma der letzten Monate – impulsiv, selbstbezogen, obsessiv und davon überzeugt, dass alle über Maggies Fall genauso gut Bescheid wussten wie sie. Wann hatte sie Jill das letzte Mal nach ihrem Tag gefragt, nicht beiläufig, sondern ehrlich interessiert?

Ganz zu schweigen davon, dass Amanda ihr einen Job als Autorin angeboten hatte, der zufällig Jills Traumjob war, und Emma hatte es seither nicht einmal angesprochen. Wahrscheinlich hatte sie es noch nicht einmal registriert oder darüber nachgedacht, wie es sich für Jill anfühlen würde. Doch Jill schalt sich selbst. Das war jetzt eine Woche her, und sie musste darüber hinwegkommen.

Sie spürte ihr schlechtes Gewissen. *Natürlich* war Emma nach einem solchen Trauma egozentrisch. Jill musste sie bedingungslos unterstützen. Oder wenn sie Bedingungen stellen wollte, dann nur in Bezug auf Emmas Sicherheit und Wohlergehen.

»Liz hat Layla kontaktiert. Sie will mit mir reden, aber nur persönlich. Sie dreht gerade irgendeine Show in London«, sagte Emma gespielt beiläufig.

Jill ließ die Neuigkeiten auf sich wirken.

»Wow, das ist eine große Sache. Fliegst du allein?«

»Ja. Außer du möchtest mitkommen«, sagte Emma.

Jill unterdrückte ein Schnauben.

»Ich muss arbeiten und kann nicht einfach über Nacht mal eben nach London fliegen.« Das klang ein wenig schärfer als beabsichtigt.

»Das weiß ich doch. Deshalb habe ich dir auch zuerst nichts davon gesagt.« Emma klang abwehrend.

»Tut mir leid, so hätte ich das nicht sagen sollen.« Jill atmete hörbar aus.

»Was ist denn eigentlich los mit dir?«, fragte Emma. »Du bist schon die ganze Woche so gereizt. Warum?«

»Mich ärgert das mit Amanda.« Sofort bereute sie ihre Worte. Sie sollte Emma doch bedingungslos unterstützen, und stattdessen war sie sauer auf sie.

»Was meinst du?«

Jill blickte auf ihre Hände hinab. Das war so peinlich. »Ach, es ist albern.«

»Jetzt sag schon.«

Jills Wangen glühten.

»Na ja, Amanda hat dir einen Job als Autorin angeboten, wenn du einen möchtest. Bei *The Youth*.«

Emma blinzelte.

»Das weiß ich gar nicht mehr.«

»Natürlich weißt du das nicht mehr!« Jetzt war Jill wirklich verletzt. Sie musste Emma die Wahrheit sagen, bevor sie noch platzte. Die bedingungslose Unterstützung musste warten. »Du kümmerst dich um gar nichts mehr, was nicht mit Maggie zu tun hat. Natürlich ist dir nicht aufgefallen, dass sie dir einfach mal eben so *meinen* Traumjob angeboten hat, obwohl ich so hart für sie arbeite, jeden kleinen Mist mache, um den sie mich bittet …«

Emma unterbrach sie.

»Wow, ganz ruhig. Ich habe sie nicht darum gebeten, mir den Job anzubieten. Und ich habe ihn auch nicht angenommen!«

»Das ist nur so typisch«, sagte Jill. »Irgendwie trete ich immer in den Hintergrund, wenn du dabei bist. Meistens ist das auch okay, aber manchmal tut es richtig weh.«

Emma schüttelte den Kopf.

»Das stimmt nicht. Ich bin doch deine komische lesbische Freundin, und du bist die Normale. Du bist diejenige, die die Leute verstehen.«

Ach, Emma. Wie falsch sie da lag. Plötzlich liefen Jill heiße Tränen über die Wangen.

»Warum weinst *du* jetzt? Du hast mich doch gerade angeschrien!«, sagte Emma.

»Ich weiß es nicht.« Jill wischte sich die Tränen ab. »Tut mir leid. Ich wollte dich nicht anschreien. Ich möchte nur, dass es zwischen uns … keine Ahnung, leichter wird. Wie früher. Ich mag mich nicht mit dir streiten.« Emma schwieg, daher sprach Jill weiter. »Es ist nur … Wenn du aufmerksamer gewesen wärst, dann wüsstest du, dass ich für einen Autorenjob töten würde. Und du hattest einen! Und hast ihn einfach weggeworfen.« So ehrlich hatte sie bisher kaum mit Emma geredet. Oder irgendeinem anderen Menschen.

Emma wandte sich kopfschüttelnd ab.

»Das wusste ich alles nicht. Maggie hätte dir auch helfen können, weißt du? Sie hätte dir einen Autorenjob vermitteln können.«

Jill seufzte.

»Das wollte ich aber nicht. Ich meine nur, dass du ein gutes Leben hattest. Ich möchte einfach, dass es zwischen uns wieder so wird wie früher. Vor all dem mit Maggie.«

»Es wird aber nie wieder so wie früher.« Emmas Stimme war kalt, distanziert. »Meine Schwester wurde ermordet, und ich bin jetzt ein anderer Mensch. Es liegt an dir, ob du damit klarkommst oder nicht.«

Emma

Als Emma in London in ihrem Airbnb-Apartment ankam, waren zwei Tage seit dem Streit mit Jill vergangen. Sie stritten sich selten, und dann hielt die eisige Stimmung zwischen ihnen nie so lange an wie jetzt. Sie war fast ein bisschen beeindruckt, dass Jill gerade hart blieb. Doch jetzt, mit einem ganzen Ozean zwischen ihnen, wusste sie nicht, wie sie den ersten Schritt machen sollte. Nachdem sie ausgepackt hatte – hastig zusammengeworfene Pullover, Schals und Jeans für den kalten und regnerischen Frühsommer in London –, tippte sie eine Nachricht an Jill. Ich finde es schrecklich, wenn wir streiten. Es tut mir leid, dass ich unsere Freundschaft vernachlässigt habe. Ich will auch, dass es zwischen uns wieder normal ist, und ich will mein altes Leben wieder. Ich brauche nur etwas Zeit. Ich hoffe, du verstehst das. Sie schickte die Nachricht ab und ließ sich rücklings aufs Bett fallen, wobei sie die Schuhe abstreifte.

Als ihre Augenlider schwer wurden, schrak sie hoch. Sie durfte jetzt nicht schlafen wegen des Jetlags. In Kalifornien war es drei Uhr morgens, in London elf Uhr vormittags. Seit dem Trip mit Jill nach Costa Rica vor ein paar Jahren hatte sie das Land nicht mehr verlassen und wollte die Stadt erkunden, bevor sie sich in ein paar Tagen mit Layla treffen würde. Auf Amandas Empfehlung hin hatte sie ein Airbnb in Shoreditch gemietet, ein hübsches Studio mit Gaskamin, riesigen Fenstern und einem bequemen Bett mit einer weichen Daunendecke. Es war ihre erste Reise allein.

Sie brauchte etwas zum Wachwerden, weshalb sie nach Cafés in der Nähe recherchierte und auch eines gleich um die Ecke fand. Sie schlüpfte in eine dunkelorangefarbene weite Hose, einen schwarzen Rollkragenpullover, Stiefel und einen übergroßen Wollblazer.

Zum ersten Mal seit langer Zeit fühlte sie sich wieder hübsch. Sogar ihre Blässe wirkte in England weniger beängstigend – sie kam sich eher wie die Heldin aus einem Schauerroman vor und nicht wie eine depressive Mittdreißigerin.

Vielleicht war das Leben in L. A. mit seinen vielen gebräunten Fitnessfreaks nicht gut für ihr Selbstbewusstsein.

Im Café bestellte sie einen Scone und einen großen schwarzen Tee mit Milch (Kuhmilch! Gab es die in L. A. überhaupt noch?) und suchte sich einen Platz am Fenster. Vielleicht lag es an der Erschöpfung nach einem Zwölf-Stunden-Flug, aber sie fühlte sich leicht und schwindelig und irgendwie froh, nicht in Kalifornien zu sein. Warum war sie nicht schon früher verreist?

Als der starke Tee seine Wirkung zeigte, tippte sie ein paar Fragen an Layla in ihre Notizen-App. Die erste und offensichtlichste war natürlich:

Was hast du damit gemeint, dass Theo und Maggie nicht die waren, für die sie sich ausgegeben haben?

Dann:

> Hat Maggie etwas Besorgniserregendes über Theo
> gesagt? War Maggie glücklich, als sie und Theo
> ein Paar wurden? Gibt es jemanden, der Maggie
> etwas antun wollte?

Während sie ihren Tee trank, dachte sie weiter über das Treffen nach. Der Scone war trocken und schmeckte nach nichts, doch sie hörte Jills Stimme im Kopf, dass sie etwas essen müsse.

Danach streifte sie noch eine Stunde durch die Gegend, sah sich in Vintage-Läden und Buchhandlungen um und fühlte sich so glücklich wie schon lange nicht mehr. Sie kaufte zwei Bücher und Lebensmittel – ein paar Äpfel, ein Stück Cheddarkäse und eine Packung Haferkekse. Richtiges Essen. Jill wäre stolz.

Nach einem späten Abendessen beschloss sie, eine angesagte Lesbenbar in Soho zu besuchen, die sie vor einigen Monaten in einem queeren Travel-TikTok-Film gesehen hatte. Es war schon eine Weile her, dass sie in einer Bar gewesen war, geschweige denn in einer queeren. Jill bot immer an, mit ihr auszugehen, damit sie Frauen kennenlernen konnte, aber die Vorstellung, ihre ultrahetero Freundin in Lesbenbars zu schleppen, war nicht verlockend. Sie hatte noch ein paar Freunde in L. A., die sie gleich nach dem College in einer queeren Kickballmannschaft kennengelernt hatte. Im Laufe der Jahre hatten sie sich aber aus den Augen verloren. Es war immer einfacher gewesen, Zeit mit Jill oder Maggie zu verbringen als mit Leuten, die sie weniger gut kannte. Ein paar wenige enge Freunde waren ihr immer lieber gewesen als eine große Gruppe.

Die Lesbenbar befand sich in der obersten Etage eines dreistöckigen Hauses mitten in Soho. Drinnen war es heiß, dunkel und laut. Emma setzte sich auf einen roten Kunstlederhocker an der Bar und bestellte einen Drink. Sie war zum ersten Mal allein in einer Bar und überrascht, wie wohl sie sich fühlte. Sie wollte nicht einmal auf ihrem Handy herumspielen. Es machte Spaß, die Leute zu beobachten: die knutschenden Pärchen auf der Tanzfläche; die jungen Frauen, die ihre ersten Erfahrungen im lesbischen Nachtleben machten; die älteren Stammgäste an den Tischen, die sich lachend unterhielten. Der Barkeeper brachte ihr ein Bier, und sie nippte daran, während sie weiter das Geschehen betrachtete.

»Du bist nicht von hier, oder?«, sagte eine Stimme hinter ihr.

Emma drehte sich um und sah eine attraktive Frau, die sich mit einem Martini in der Hand über die Bar beugte. »Woher weißt du das?«

»Du hast so etwas an dir«, antwortete die Frau. Sie hatte lange blonde Haare mit ein paar grauen Strähnen und trug ein schwarzes Seidentop. Sie schien Anfang vierzig zu sein und war größer als Emma, was selten vorkam, hatte allerdings Kurven, im Gegensatz zu Emma, die flach wie ein Bügelbrett war. Flirtete die Frau mit ihr? Nach den letzten schrecklichen Monaten tat es jetzt gut, sich attraktiv und begehrenswert zu fühlen.

»Ich bin aus Amerika. Aber es ist mir peinlich, dass es so offensichtlich ist.« Emma trank von ihrem Bier.

»Warum? Amerikanerinnen sind heiß.« Die Frau leerte ihr Glas. »Ich bin Ollie.«

»Emma. Kann ich dir einen ausgeben?«, fragte Emma mutig. Ollie stimmte zu, und Emma winkte den Barkeeper heran. Sie unterhielten sich eine halbe Stunde über das, worüber man in lauten Bars so redete: Heimatstädte (Ollie kam aus Leeds, lebte aber in London); Arbeit (Emma sagte, sie sei Autorin, auch wenn das eigentlich nicht mehr zutraf, doch Ollie fragte nicht nach. Sie selbst war Sozialarbeiterin); was Emma in London machte (Geschäftsreise, log sie); Kinder (Ollie hatte eines, das die Hälfte der Zeit bei ihrer Ex lebte). Es war nicht das aufregendste Gespräch, das sie je geführt hatte, aber es war nett. Es tat gut, sich als normaler Mensch auszugeben.

Nachdem Ollie ihren Martini und Emma ein zweites Bier getrunken hatte, stand Emma auf.

»Lass uns tanzen«, sagte sie, und Ollie stimmte zu. Sie gingen auf die Tanzfläche, Emma beschwingt von dem netten Abend und den zwei Bier. Nach ein paar Minuten beugte Ollie sich vor und küsste sie. Sie schmeckte nach Lippenstift und Oliven.

Emma war eigentlich nicht überrascht von ihrer eigenen Kühnheit – früher hatte sie oft Frauen aufgerissen. Trotzdem war sie stolz auf sich, als sie Ollie fragte, ob sie mit zu ihr kommen wolle. Als sie aus dem Taxi stiegen, nahm Emma Ollies Hand und führte sie die Treppe hinauf zu ihrem Apartment. Während sie noch den Türcode eingab, strich Ollie ihr zärtlich über die Hüften. Doch als sie die Tür öffnen wollte, fiel ihr auf, dass diese einen Spalt offen stand. War sie das vor lauter Jetlag gewesen? Ihr Laptop und ihr Reisepass waren in der Wohnung, und sie geriet in Panik.

»Verdammt«, sagte sie. »Ich habe die Tür offen gelassen.«
Ollie nahm ihre Hand.

»Keine Angst.« Sie küsste Emma auf den Hals. »Manchmal sind die Schlösser in diesen Airbnbs komisch.«

Emma trat in die Wohnung und versuchte, sich auf Ollie zu konzentrieren. Aber irgendwie hatte sie das Gefühl, als sei jemand hier gewesen und hätte versucht, keine Spuren zu hinterlassen.

Als sie sich auf die Bettkante setzte, nahm sie einen irgendwie vertrauten Geruch in der Luft wahr, vielleicht ein Parfüm. Sie küsste Ollie prüfend unter dem Ohr, doch die hatte kein Parfüm aufgelegt. Da ertönten irgendwo Schritte, und Emma zuckte panisch zurück.

»Ich glaube, hier ist ein Einbrecher«, flüsterte sie Ollie ins Ohr. Die nickte mit vor Angst geweiteten Augen.

Rasch stand Emma auf und schaltete das Licht ein. Sie packte einen Regenschirm und hielt ihn wie eine Keule hinter sich, während sie auf Zehenspitzen zum Schrank schlich und die Tür aufriss. Doch bis auf Toilettenpapier und ein Bügelbrett war er leer. Mit klopfendem Herzen ging sie zum Bad. Sie spürte, dass sich jemand darin befand. Sie schloss die Augen, nahm all ihren Mut zusammen und streckte die Hand nach dem Türgriff aus. In diesem

Moment wurde die Tür aufgerissen. Emma schrie erschrocken auf, Ollie ebenfalls.

»Überraschung!«

Es war Amanda.

Gott sei Dank! Aber was, zur Hölle, war hier los? Emma ließ den Schirm fallen, der mit einem lauten Geräusch auf dem Boden aufschlug.

»O mein Gott, du siehst aus, als hättest du einen Geist gesehen! Tut mir leid, das sollte einfach eine nette Überraschung werden. Ich wollte nicht hier sein, wenn du zurückkommst, aber ich musste dringend pinkeln. Und dann dachte ich, es wäre lustig, einfach aus dem Bad zu kommen.« Amanda lachte und umarmte Emma, die regungslos dastand.

»Aber wie ...« Emma konnte nur mit Mühe sprechen. »Wie bist du überhaupt reingekommen?« Ihr Herzschlag verlangsamte sich wieder, aber ihre Hände zitterten immer noch.

»Du hast mir doch die Adresse und alles weitergeleitet, damit ich dir meine Lieblingsläden empfehlen konnte.«

»Und ... du wolltest zu mir?« Emma klang ruhig, aber sie war wütend. Das Adrenalin ließ allmählich nach, und ihr war schwindelig.

»Nicht nur«, meinte Amanda. »Ich habe ein paar Meetings wegen einer möglichen BBC-Adaption von *The Youth*. Was superaufregend ist, weil wir sonst immer Konzepte von ihnen stehlen und nicht umgekehrt. Aber ich dachte, ich fliege schon früher nach London, um dich zu überraschen!«

»Ich verstehe«, sagte Emma. Okay, Amanda war ihr also nicht um die halbe Welt gefolgt, nur um Zeit mit ihr zu verbringen; das war irgendwie beruhigend. Vielleicht war das wirklich nur eine missglückte Überraschung bei einer ansonsten banalen Geschäftsreise. Oder vielleicht war es das Unangenehmste, was ihr je passiert war. Schwer zu sagen. »Tut mir leid, dass ich ausgeflippt bin. Ich bin gerade nur etwas nervös.«

»Emma, mach dir keine Gedanken. Ich freue mich darauf, etwas Zeit mit dir hier zu verbringen. Wenn du dich nicht gerade mit Layla triffst«, sagte Amanda und kam aus dem Bad. Dann fiel Emma ein, dass sie ja nicht allein war.

Verdammt.

»Das ist ein bisschen peinlich, aber, ähm, das ist Ollie«, sagte Emma. Amanda hob vielsagend die Augenbrauen und sah zu der Frau, die noch auf dem Bett saß.

»Ich gehe dann mal besser.« Ollie stand auf. Emma sah ihr an, dass sie Amanda erkannt hatte.

»O nein, bitte nicht meinetwegen!«, sagte Amanda. »Ich wollte euch nicht stören.«

»Nein, schon okay. Ich lasse euch mal allein.« Ollie verließ die Wohnung, ohne nach Emmas Nummer zu fragen.

»Das tut mir leid«, sagte Amanda. »Tolle Frau.«

»Ja.« Emma versuchte nicht einmal, ihre Verärgerung zu verbergen. Doch Amanda bemerkte es gar nicht.

»Ich bin so erschöpft von der Reise. Ich weiß, ich bin sehr verwöhnt, aber die erste Klasse ist auch nicht mehr das, was sie einmal war. Jetzt ist es so, als würde man 1998 in der Economy Class fliegen. Einfach schrecklich. Das

Essen war irgendwie eine Kopie der Speisekarte von Balthazar, aber eine schlechte. Zuerst gab es diesen ungenießbaren Lachs ...«

Emma unterbrach sie.

»Also, übernachtest du bei mir?« Sie betete im Stillen, dass Amanda verneinen würde.

»Natürlich nicht. In diesem winzigen Studio? Ich habe ein Zimmer im Hoxton. Das ist nur ein paar Blocks von hier.«

»Verstehe.« Emma fragte sich, was Amanda Jill wegen des Spontantrips nach London erzählt hatte.

»Was möchtest du morgen früh machen?«, fragte Amanda. »Ich kann uns irgendwo einen Tisch zum Brunch reservieren?«

»Ehrlich gesagt wollte ich in die Tate Modern gehen. Wo du ja schon tausendmal warst.« Wenn sie Amanda für morgen abwimmeln könnte, hätte sie sich vielleicht genug beruhigt und ihr verziehen, dass sie ihr eine Scheißangst eingejagt und die einzige Möglichkeit auf eine heiße Nacht seit Monaten gestört hatte.

Amanda schürzte die Lippen und runzelte die Stirn, als wäre sie in Gedanken versunken.

»Ich weiß, was wir machen.« Sie lächelte verschwörerisch. »Du gehst am Vormittag in die Tate Modern, und am Nachmittag machen wir es uns in meinem Hotelzimmer gemütlich. Ich bestelle uns was vom Zimmerservice, das Restaurant dort ist fantastisch. Ich lade dich ein. Dann können wir uns den Rest von *LoveShack* anschauen, wenn du magst.«

Auch wenn das eigentlich nicht Emmas Plan gewesen war, gewann die Erschöpfung nach dem Schock über die Möchtegerneinbrecherin die Oberhand, und Amandas Vorschlag klang gar nicht so schlecht. Außerdem musste sie die restlichen Folgen sehen, bevor sie sich mit Layla traf.

»Okay«, gab Emma nach. »So machen wir es.«

Maggie

Beim Abschminken in ihrem Zimmer dachte Maggie über den Tag nach und merkte, wie sehr sie Layla vermisste. Es war seltsam, abends allein zu sein und mit niemandem über alles zu reden oder über den ganzen blöden Mist, der so passiert war, zu lachen. Doch nach Maggies und Finns Kuss hatte Layla das Zimmer tauschen wollen, und das hatte man ihr auch gewährt. Danach hatte Tia kurzzeitig bei Maggie gewohnt. Sie war aber vor zwei Tagen aus der Show gewählt worden. Jetzt war Maggie allein. Nach fast einem Monat Dreharbeiten fühlte sie sich einsam.

Die Produzenten hatten für den Tag ein Vieraugengespräch für sie und Finn arrangiert, um den Kuss zu diskutieren. Sie saßen zusammen am Pool, die Füße im Wasser, während die Kameras auf ihre Gesichter und ihre Körper gerichtet waren. Maggie trug ihren besten Bikini, hellblau mit goldenen Schnallen und von einer Luxus-Swimwear-Designerin, den sie stark heruntergesetzt im Internet gefunden hatte. Trotzdem war er immer noch ihr teuerster Besitz. Sie hatte sich die Haare gelockt und am Abend zuvor eine ordentliche Portion Selbstbräuner aufgetragen, damit ihre Haut heute einen frischen und gleichmäßigen Ton hatte.

Finn trug eine Retro-Badehose, die ihm bis zu den Oberschenkeln reichte und die sie liebte. Seine dunklen Haare waren zurückgekämmt, und nach den Wochen in der Sonne war er tief gebräunt.

»Ich übernehme die volle Verantwortung für den Kuss«, erklärte er ihr, während er sich Wasser auf die muskulösen Arme spritzte, um sich abzukühlen. Ihr Blick streifte die dunklen Haare auf seiner Brust, die sie unfasslich sexy fand. Rasch drehte sie den Kopf weg und hoffte, nicht zu erröten. »Du bist eine wunderschöne Frau, aber meine Partnerin ist Layla. Wir hätten das nicht tun sollen. Es war ein Fehler.«

»Absolut«, stimmte sie zu, »hundertprozentig.« Doch das hörte sich sogar für sie selbst hohl an.

»Und ich habe mich bei Layla entschuldigt«, fuhr er fort. Sie nickte.

»Ich mich auch bei Theo. Und ich wollte Layla sagen, wie leid es mir tut, aber ich bin wohl für sie gestorben.«

»Ich wünschte mir für euch, es wäre nicht so. Ich wünschte, es wäre überhaupt nicht passiert.« Er klang so ehrlich bedauernd, dass sich ihre Kehle vor Kummer zusammenzog. Ganz offensichtlich wollte er sie nicht. Da sie nicht in Tränen ausbrechen wollte, schwieg sie und bewegte abwesend die Füße im Wasser.

»Ich glaube, wir beide müssen von vorn anfangen«, sagte Finn. »So tun, als wäre es nie passiert. Einfach Freunde sein.«

»Klar.« Wäre das Gespräch doch nur schon vorbei. Sie fühlte sich gedemütigt.

Sie standen auf, und sie sah ihm an, dass er noch etwas sagen wollte, doch dann ließ er den Blick nur schweigend über ihren Körper wandern und umarmte sie. Beim Gefühl seines nackten Brustkorbs an ihrem entspannte sie sich. Als er sie freigab, strich er mit der Hand so flüchtig über ihre Hüfte, dass sie nicht sicher war, ob sie es sich eingebildet hatte.

Maggie zog gerade die falschen Wimpern ab, als es leise an der Tür klopfte.

Wahrscheinlich war das Priya, die nacheinander mit allen den nächsten Tag besprach. Sie ging zur Tür und öffnete. Zu ihrer Überraschung stand nicht die Produzentin oder jemand anders vom Filmteam davor.

Sondern Finn.

Abrupt sog sie die Luft ein. In den Zimmern der anderen durften sie sich nur mit Kameras aufhalten, und Finn war allein. Er trug eine graue Jogginghose und ein einfaches weißes T-Shirt, so leger gekleidet hatte sie ihn noch nie gesehen. Unbehaglich sah sie an sich hinab, auf das alte College-Sweatshirt von Emma und die karierte Schlafanzughose. Gerade wollte sie ihn fragen, was er vor ihrer Tür machte, als er ihr den Zeigefinger auf die Lippen legte.

»Kein Wort«, flüsterte er, sein Atem war heiß an ihrem Ohr. »Darf ich reinkommen?« Sie zog die Tür weiter auf und überprüfte, ob niemand auf dem Flur war. Wenn man sie erwischte, würde Finn nach Hause geschickt werden. Maggie scheuchte ihn ins Zimmer, bevor ihr einfiel, dass auch hier überall Kameras und Mikrofone installiert waren.

Doch das war ihm offenbar bewusst, denn er presste sich flach an die Wand neben der Tür, während sie diese schloss.

»Dreh die Sicherung für dein Zimmer raus, der Schalter ist in deinem Schrank«, flüsterte er. »Dann fallen die Kameras und Mikrofone aus. Da es schon so spät ist, haben wir ungefähr eine halbe Stunde, bis jemand etwas bemerkt.«

Sie gehorchte, und als alles dunkel wurde, geriet sie in Panik.

»Finn, was machst du überhaupt hier?«, fragte sie ihn leise, nachdem sie sich vom Schrank zu ihm zurückgetastet hatte. »Und woher weißt du, wie man den Strom unterbricht?«

»Ich wollte dich sehen. Und ich habe mir ein paar Zimmer der anderen Jungs angesehen, dort sind überall diese Schalter. Ich habe es letztens am Abend in meinem Zimmer ausprobiert. Der Kameratechniker kam erst nach einer Dreiviertelstunde, um alles zu reparieren. Dabei hat er mir erzählt, dass die Kameras und Mikrofone ohne Strom nicht laufen.«

»Wow.« Maggie war überrascht, wie umfassend Finn sich schlaugemacht hatte. »Also, was willst du?« Gegen ihren Willen fühlte sie sich zu ihm hingezogen. Sein warmer Körper war ungewohnt, aber sehr willkommen in ihrem Zimmer.

»Ich wollte mit dir reden.«

»Worüber?« Sie trat näher zu ihm, damit sie leiser sprechen konnten. Ihre Augen hatten sich an die Dunkelheit gewöhnt, und sie erkannte seinen Umriss vor sich. Da wurde ihr mit einem Mal bewusst, dass sie allein waren, richtig allein. Ohne die neugierigen Blicke der anderen, ohne Kameras. Plötzlich verspürte sie Erregung.

»Uns. Ich wollte darüber reden, was zwischen uns ist.«

»Du hast mir doch erst heute gesagt, dass der Kuss ein Fehler war«, entgegnete sie.

»Das habe ich gesagt, weil ich mich mit Layla versöhnen wollte. Ich dachte, das wäre das Richtige. Und Layla ist auch toll. Aber es ging mir nicht gut, als ich das alles gesagt habe, weil es nicht wahr ist. Und ich könnte nicht mit mir leben, wenn ich dir nie gesagt hätte, was ich wirklich empfinde. Ich mag dich, Maggie. Sehr sogar.«

Ihr Herzschlag beschleunigte sich, ihr wurde schwindelig. Bis zu diesem Moment war ihr nicht klar gewesen, wie sehr sie sich nach diesen Worten gesehnt hatte.

»Meinst du das ernst?« Sie dachte an ihr Gespräch vor einigen Stunden zurück, an das Gefühl der Demütigung.

»Natürlich.« Er trat auf sie zu.

»Aber was ist mit Layla? Mit Theo? Ich kann ihn nicht einfach verlassen.«

»Ich respektiere, was da zwischen dir und Theo ist. Aber ich glaube, das zwischen uns geht tiefer als diese alberne Show. Ich weiß, dass du es auch fühlst. Zwischen uns ist etwas.«

»Ich wünschte, du hättest mir das alles schon viel früher sagen können, bevor es mit Layla ernst wurde. Jetzt werden alle glauben, dass ich dich ihr ausgespannt habe, dass ich ein Miststück bin, das Theo das Herz gebrochen hat. Die Leute werden mich hassen. Damit kann ich nicht leben. Dich wird man in Ruhe lassen, weil du ein Mann bist.«

»Das verstehe ich. Du hast recht. Ich hätte mutiger sein sollen. Aber du weißt, wie schwer es ist, sobald man zum Lovepair wurde und die Zuschauer einen als Couple mögen ...« Er verstummte. »Deshalb werden wir vor den Kameras auch nichts tun. Wir behalten unsere Partner, tun so, als hätten wir kein Interesse aneinander, und wenn das alles hier vorbei ist, warten wir noch ein bisschen und versuchen es dann miteinander. Wir leben beide in L. A., wir können uns ohne Kameras oder dumme Spiele oder Paradise Island treffen. Nur wir zwei.«

Maggie überlegte. Die Idee war nicht schlecht. So könnte sie ihren Deal mit Theo einhalten und würde nicht als Biest dastehen. Trotzdem.

»Ich kann das Layla nicht antun«, sagte sie. »Auch wenn sie mich hasst. So ein Mensch bin ich nicht.«

»Das weiß ich«, antwortete Finn. »Deshalb mag ich dich auch so sehr, du bist freundlich und gutherzig. Aber ich wollte mich ganz ehrlich nach der Show sowieso sofort von ihr trennen. Auch ohne dich.«

Beide schwiegen, und Maggie spürte, wie ihr Widerstand erlahmte. Sie wollte ihn, das war ihr klar. Und er stand hier, vor ihr. Sie wollte ihn wollen dürfen.

Er trat noch einen Schritt auf sie zu, bis sie einander fast berührten. Die Erregung wurde stärker. Er hatte recht. Zwischen ihnen war tatsächlich etwas. Und das hatte sie bereits bei ihrer ersten Begegnung gespürt, als er das alberne *Hot or Not* einfach ignoriert hatte. Er sah nicht nur gut aus, er vermittelte ihr auch ein sicheres, normales Gefühl. Bei ihm fühlte sie sich so, wie sie es sich schon immer ersehnt hatte: respektiert und begehrt.

Sie beugte sich zu ihm, und seine Lippen streiften ihre Stirn.

»Warte«, sagte er, und sie blickte zu ihm auf. »Bevor wir es tun, will ich wissen, dass es wirklich real ist. Für dich genauso wie für mich.«

»Ja, es ist real, das schwöre ich«, sagte sie. Es war zwar nur ein Gefühl, eine Anziehung, doch sie hoffte, dass sie echt war. Sie wünschte es sich.

Er legte die Hände an ihre Taille und zog sie an sich. Sie küssten sich, zart zuerst, dann immer leidenschaftlicher, als sie ihm die Arme um den Hals schlang. Er wich zu ihrem Bett zurück, und sie folgte ihm, streifte ihm sein T-Shirt ab. Er zog ihr das Sweatshirt über den Kopf und warf es zu Boden, küsste ihren Hals bis zu ihrem linken Ohr und saugte am Ohrläppchen, bis sie aufstöhnte.

»Das hat dir gefallen.« Es war keine Frage, sondern eine Feststellung. Er legte sich aufs Bett und sie sich neben ihn.

»Ja«, sagte sie atemlos. Als Finn die Schnürung ihrer Pyjamahose löste, seine Hand in ihren Baumwollslip schob und sie streichelte, wallte in ihr eine nahezu animalische Gier nach ihm auf. Ihre Erregung wurde immer stärker, bis sie es fast nicht mehr aushielt. Sie atmete zischend aus, als er sich über sie schob.

»Ich will, dass du es genießt.« Seine Stimme war heiser, als er ihr Hose und Slip auszog.

Sie setzte sich auf und sah ihm zu, wie er seinerseits Hose und Boxershorts abstreifte.

»Hast du ein Kondom?«

»Ja.« Er nahm es aus der Tasche seiner Jogginghose. Er war so schön, seine nackte Silhouette im Dunkeln, dass es fast wehtat. Er drückte sie sanft nach hinten.

Ihr ganzer Körper reagierte auf ihn, als sie sich erst langsam, dann immer schneller gemeinsam bewegten.

Danach lag er noch einen Moment auf ihr. Plötzlich brannten Tränen in ihren Augen, und sie schniefte.

»Was ist los?«, fragte Finn. »Habe ich etwas falsch gemacht?«

Sie schüttelte den Kopf.

»Nein, überhaupt nicht. Es ist nur … viel auf einmal. Tut mir leid, ich habe keine Ahnung, warum ich weine. Es geht mir gut, versprochen.« Das Gefühl echter Intimität – nicht das, was sie mit Theo vorspielte – war überwältigend, der Wechsel schwer zu begreifen.

»Ich verstehe.« Er schob ihr eine Haarsträhne hinters Ohr. »Ist es okay, wenn ich dich jetzt allein lasse? Ich muss zurück in mein Zimmer, bevor der Techniker kommt.«

»Natürlich.«

Er schlüpfte wieder in seine Kleidung und küsste sie auf die Wange.

»Ich meine alles ernst, was ich gesagt habe. Wenn wir hier raus sind, möchte ich, dass wir es miteinander versuchen.«

»Das möchte ich auch«, sagte sie.

»Gute Nacht.« Er öffnete die Tür und huschte aus dem Zimmer. Nachdem er gegangen war, lag sie im Dunkeln auf dem Bett und war wieder allein.

Amanda

Tränen liefen Amanda über die Wangen, als sie den Fernseher ausschaltete. Sie sah zu Emma, die neben ihr auf dem Kingsize-Bett im Hoxton lag und fest schlief. Nach zwei weiteren Folgen *LoveShack* hatte Emma keine Lust mehr gehabt. Amanda hatte sie stattdessen zu *Harry und Sally* überredet, den Emma nicht kannte. Unglaublich.

Amanda war geradezu besessen von dem Film und hatte ihn seit der Schulzeit bestimmt schon fünfundzwanzigmal gesehen. Damals hatte sie ihre Eltern um die Videokassette und später die DVD angebettelt. Sie schaute den Film immer wieder, um Silvester herum oder wenn es ihr nicht gut ging oder wenn jemand – wie Emma – ihn noch nie gesehen hatte. Jedes Mal weinte sie wie ein Baby bei der Schlussszene, in der Harry seiner großen Liebe Sally alle Gründe aufzählte, warum er sie liebte, und sie sich zu »Auld Lang Syne« küssten.

Der Film war auch ein gutes Mittel gegen die angespannte Stimmung zwischen ihnen nach Emmas gar nicht begeisterter Reaktion auf ihr überraschendes Auftauchen in London. Amanda wusste, dass sie einsam und gelangweilt war und dann oft impulsiv handelte, und sie war erleichtert, dass Emma sich jetzt mehr über ihre Anwesenheit zu freuen schien. Den Nachmittag und Abend hatten sie gemütlich im Hotel verbracht, ferngesehen und sich vom Zimmerservice etwas zu essen bringen lassen. Und Meg Ryan, die zusammen mit Billy Crystal durch den Central Park schlenderte, verfehlte ihre Wirkung nie.

Amanda schlug die Bettdecke zur Seite und ging vorsichtig um die Tabletts mit Essensresten herum.

Sie war überhaupt nicht müde. Vielleicht war das zweistündige Schläfchen tagsüber nicht die beste Idee gewesen. Sie beschloss, einen Spaziergang zu machen, zog sich einen weiten olivgrünen Rejina-Pyo-Trenchcoat über das schwarze Nachthemd und schlüpfte in ein Paar Sneakers.

Der Nieselregen fühlte sich in der kühlen Nachtluft angenehm auf ihrem Gesicht an. Sie liebte London so sehr. Es war halb neun Uhr abends, und die Straßen waren belebt. Junge Menschen kamen von der Arbeit, Pärchen gingen zum Essen, Studenten trafen sich mit Freunden.

Wie ferngesteuert landete sie vor einem ihrer Lieblingspubs aus der Zeit, in der sie eine halbe Staffel von *Anxiety* in London gedreht hatten. Unzählige Male waren sie dort gewesen, hatten nach Feierabend etwas getrunken und sich mit den Barkeepern angefreundet, vor allem mit denen, die ihre Drinks extrastark mixten. Der Laden hieß Bixby und hatte rohe Backsteinwände. Seit sie keine Drogen mehr nahm und keinen Alkohol mehr trank, war sie in keiner Bar mehr gewesen, doch sie hatte das Bixby vermisst. Außerdem hoffte sie, dass der coole Barkeeper noch dort arbeitete, mit dem sie damals öfter ins Bett gegangen war. Daran wollte sie gar nicht anknüpfen, aber ein bisschen Bestätigung konnte sie gut gebrauchen.

Sie drückte die Tür auf und trat in den warmen Raum. George, ein großer Mann mit Glatze, tätowierten Armen und einer Brille mit dickem schwarzem Gestell, stand tatsächlich hinter der Bar. Sehr gut.

»Verdammt, wenn das nicht Amanda Lehman höchstpersönlich ist!«, rief er. »Schön, dich zu sehen! Einen Drink?« Er kam hinter der Bar hervor und umarmte sie. Schweiß trat ihr auf die Stirn, als sie den Geruch nach Gin und schalem Bier einatmete. Was zum Teufel machte sie hier in einer Bar? Sie sehnte sich nach einem Wodka Soda, wollte sich betrinken, ihr verfluchtes Gehirn ein paar Stunden ausschalten. Sie fragte sich, ob dieses Verlangen je verschwinden würde. Die älteren Alkoholiker und Abhängigen verneinten das, berichteten aber auch, dass die Sehnsucht schwächer wurde. Doch so weit war sie noch nicht.

»Ich freue mich auch, dich zu sehen! Aber bitte keinen Drink.« Ihre Hände waren schweißfeucht, als würde sie gleich von einer Klippe springen. Sie hätte nicht erwartet, dass ein Pub so eine Herausforderung werden würde. Sie war zwar schon bei einigen Premierenfeiern gewesen, bei denen natürlich Alkohol ausgeschenkt wurde, doch da war Jill als Aufpasserin auch immer dabei gewesen. In einem richtigen Pub war sie noch nicht gewesen, vor allem nicht ohne jemand, der ihr den Rücken stärkte. Sie wischte sich die Hände an ihrem Mantel ab und schob sie in die Taschen.

»Könnte ich ein Mineralwasser haben?« Gott, trocken und clean zu sein, war so langweilig. Clean zu flirten, würde ganz besonders peinlich sein.

»Kommt sofort«, sagte er, und sie versuchte, seine geschickten Hände nicht zu offen anzustarren, als er eine Flasche Wasser öffnete und den Inhalt schwungvoll in ein Glas goss. Sie unterhielten sich ein paar Minuten, er fragte sie, warum sie wieder in London war, sie fragte ihn, wie es seiner Nichte ging.

Irgendwann schwitzte sie nicht mehr.

»Ich trinke nicht mehr, deshalb das Mineralwasser.«

»Hey, super«, sagte er. »Glückwunsch.«

»Ja, du weißt wahrscheinlich noch, dass ich viel zu viel eingeworfen und getrunken habe, als ich hier gelebt habe«, sagte sie. Er lachte gutmütig, ohne ihr zuzustimmen oder ihr zu widersprechen.

»Vor ein paar Tagen habe ich deinen Typen gesehen. Ich weiß den Namen nicht mehr. Plötzlich ist er hier aufgetaucht, war vermutlich genauso nostalgisch wie du. Wir haben uns ein paar Minuten nett unterhalten«, sagte George, als er ihr noch ein Mineralwasser einschenkte und mit einem Spritzer Limettensirup verfeinerte.

»Mein Typ?« Sie lachte. »Da irrst du dich. Ich habe – und hatte – keinen Freund.«

»Nein, ich meine deinen besten Kumpel, mit dem du an dieser Show gearbeitet hast. Wie hieß sie noch? *Depression?*«

»*Anxiety.* Dann meinst du Trevor? Das ist unmöglich. Er ist ...« Sie überlegte fieberhaft, wie sie *untergetaucht und vermutlich auf der Flucht vor der Justiz* formulieren sollte. »... nicht mehr oft in der Öffentlichkeit unterwegs.«

»Doch, er war es ganz bestimmt«, sagte George. »Er sah anders aus, aber er war es. Das weiß ich deshalb so genau, weil ich immer eifersüchtig auf ihn war, wenn ihr beiden

ständig gemeinsam hier wart. Ich dachte, ihr wärt ein Paar.«
Er lächelte.

»Ich fühle mich geschmeichelt«, sagte sie.

»Klingt, als hättet ihr keinen Kontakt mehr?«, meinte er,
während ein Gast ein Glas Tennent's bestellte. Wieder spürte
Amanda das Verlangen nach einem Drink, und schnell
trank sie einen großen Schluck Wasser. Gleich würde sie
ihren AA-Paten anrufen. Oder Jill. Im Stillen verfluchte sie
sich, dass sie ihrer Assistentin nicht die Reise gezahlt hatte.
Sie musste hier raus, das war alles zu viel. Und sie wollte
auch nicht die Situation mit Trevor erklären müssen.

»Ich gehe mal besser«, meinte sie. »Wahrscheinlich sollte
ich nicht in einem Pub sitzen, während meine Sehnsucht
nach einem Drink immer größer wird.«

»Da hast du vermutlich recht.« Er lächelte. »Aber es war
schön, dich zu sehen.«

»Dich auch.« Sie nahm ihre Tasche und stand auf.

Er warf ihr einen merkwürdigen Blick zu.

»Ich schwöre, er war es. Sein Kopf war rasiert, und er hat
sich einen Schnurrbart stehen lassen, aber sonst war er wie
immer. Er hatte sogar die abgerockte Jeansjacke mit Prince
auf der Rückseite an.« George schenkte einem ungeduldig
wirkenden älteren Gast Gin ein. Amandas Herzschlag beschleunigte sich; die Prince-Jacke war Trevors Markenzeichen, ohne die man ihn fast nie sah.

Es war schwer zu begreifen.

»Bist du sicher?«

»Absolut. Ganz sicher.« Er notierte etwas auf einer Serviette.

Amanda überlegte fieberhaft.

»Hat er gesagt, was er hier macht? Oder wo er wohnt?«

George schüttelte den Kopf.

»Nein, ich glaube nicht.«

Sie musste hier raus und nach Trevor suchen. Doch selbst wenn er vor ein paar Tagen hier im Pub gewesen war, könnte er mittlerweile schon auf halbem Weg in die Antarktis sein.

»Danke«, sagte sie. »Ich gehe dann mal.«

»Kein Problem.« Er wischte sich die Stirn mit dem Handrücken ab. »Hier, nimm.« Er gab ihr die Serviette, auf die er seine Telefonnummer geschrieben hatte. »Falls du ein bisschen Gesellschaft möchtest, während du in London bist.«

»Mal sehen.« Sie faltete die Serviette und schob sie in die Tasche. In dem Moment hätte ihr auch Brad Pitt seine Nummer geben können, und es wäre ihr egal gewesen. Sie dachte nur an Trevor. Wenn er wirklich in London war, musste sie ihn finden.

Emma

Als Emma aufwachte, war es 4:14 Uhr, und sie hatte keine Ahnung, wo sie sich befand. Sie rieb sich die Augen und sah sich um. Jemand lag neben ihr – Amanda, die tief und fest schlief. Dann fiel es ihr wieder ein: Sie war in Amandas Hotelzimmer eingeschlafen, nachdem sie sich *Harry und Sally* angeschaut hatten …

Sie tastete auf dem Nachttisch nach ihrem Handy, das noch fünfundzwanzig Prozent Akkuleistung hatte. Jill hatte ihr geschrieben. Es tut mir leid, Em. Ich hätte das mit dem Autorenjob nie ansprechen sollen. Ich habe dich lieb und werde dich immer unterstützen, und ich weiß, dass ich dir auch wichtig bin. Emma seufzte. Jill hatte noch einen Nachsatz geschrieben: Und pass bitte in London auf dich auf! Ich weiß, dass du das gerade tun musst, aber gib auf dich acht. Immerhin läuft ein Mörder frei herum … Und wer weiß, ob man Layla trauen kann. Man konnte einfach nicht böse auf Jill sein. Emma überprüfte, ob sie ihren Handystandort immer noch mit ihrer Freundin teilte. Dann antwortete sie: Schon okay. Tut mir leid, dass ich so schroff war. Ich verspreche, dass ich aufpasse. Du hast immer noch Zugriff auf meinen Standort und siehst, wo ich mich mit Layla treffe. Mach dir keine Sorgen. Xoxo.

Direkt nachdem sie die Nachricht abgeschickt hatte,

vibrierte das Handy. Ein Anruf von Liz. Emma stand auf, um Amanda nicht zu wecken. Die bewegte sich zwar, wachte aber zum Glück nicht auf. Emma schlüpfte in ihre Schuhe, griff nach der zweiten Schlüsselkarte, hastete in den Flur und fuhr mit dem Aufzug elf Stockwerke nach unten in die Lobby. Auf dem Weg schrieb sie Liz, dass sie sich gleich melden würde.

Liz antwortete nach dem dritten Läuten.

»Hallo, Em«, sagte sie. Emma hörte jemanden im Hintergrund, wahrscheinlich die neue Freundin, der Liz zuflüsterte: »Babe, ich rede gerade mit Emma wegen des Fotos. Ich bin gleich wieder da.«

»Was ist denn los? Hier ist es mitten in der Nacht. Ist alles in Ordnung?« Emma hörte selbst, dass sie verschlafen klang.

»Ach, Mist, tut mir leid, ich habe ganz vergessen, dass du in London bist. So wichtig ist es nicht. Lass uns später reden.«

Emma seufzte.

»Nein, schon gut. Ich war sowieso wach.«

»Du hast doch sicher die Fotos von Theo und dem unbekannten Typen gesehen …?«

»Wie bitte?«, fiel Emma ihr ins Wort. Wovon redete Liz da?

»Na, von dem unbekannten Typen, mit dem man Theo fotografiert hat? Händchen haltend?« Liz sprach schnell weiter, als Emma nicht antwortete. »Das Internet ist voll davon. Ich weiß, ich bin ständig online, aber es war wirklich überall.«

»Ich habe X letzte Woche gelöscht«, erklärte Emma. »Und ich bin gerade wenig im Netz unterwegs, weil ich mich auf London konzentriere.« Sie bat Liz, dranzubleiben, während sie nach dem Foto googelte. Ihr stockte der Atem. »Was zum Teufel …?«

»Wusstest du, dass er schwul ist? Eigentlich ist das doch gut, oder? Reality-TV-Stars stehen sonst nie dazu. Aber er hat ganz schön schnell jemanden gefunden. Wie geht es dir damit?«

»Moment.« Emma betrachtete noch einmal das Foto, vergrößerte es und erkannte den Mann. »Das ist Detective LaClair«, sagte sie laut. Ihr wurde übel, und sie kratzte sich hektisch das Handgelenk. Sie fürchtete, gleich in Ohnmacht zu fallen. Wie war das möglich? Das konnte einfach nicht sein. Sie musste sich geirrt haben, der Jetlag war schuld. Doch ein weiterer Blick aufs Display bestätigte es: Es war LaClair. Emma erinnerte sich an den drahtigen Ziegenbart. Sie atmete schwer.

»Aha? Wer ist das?«, fragte Liz.

»Der verdammte Detective, der in Maggies Fall ermittelt hat.«

»Bist du sicher?«

»Ganz sicher!« Emma marschierte auf und ab. Ihr aufgekratztes Handgelenk brannte.

»Das ist total unangemessen«, sagte Liz. »Außerdem sieht der Typ völlig durchschnittlich aus. Und Theo ist … na ja, Theo ist umwerfend.«

»Ich verstehe nicht, was ich da sehe.« Emma musterte wieder das Foto. Theo und Detective LaClair, Hand in

Hand nebeneinander, und Theo küsste ihn auf die Wange. Mitten in L. A. Ihre Hände zitterten.

»Ich bin wahrscheinlich befangen, aber kann ich einer Kollegin den Tipp geben, dass sie daraus eine Story macht? Ein Detective, der mit einem Angehörigen eines Mordopfers eine Beziehung hat, ist ein ernstes Vergehen.«

»Das ist eine gute Idee«, sagte Emma. So konnten sie mehr erfahren, ohne sich selbst die Hände schmutzig zu machen.

»Ich kümmere mich darum«, antwortete Liz. »Geht's dir gut?«

»Keine Ahnung«, sagte Emma. »Das ist wirklich beschissen. Die Vorstellung, dass die beiden geflirtet oder sogar miteinander geschlafen haben könnten, während Theo wegen des …« Das Wort »Mord« blieb Emma im Hals stecken.

»Seltsam, dass er nicht gefeuert wurde«, meinte Liz. »Der Fall hat so viel Aufsehen erregt, da müsste das doch eigentlich ein Problem fürs LAPD sein.«

»Das stimmt. Und wenn sie etwas miteinander angefangen haben, warum hat Theo dann nicht verhindert, dass die Ermittlungen so schnell eingestellt werden?« Emma massierte ihren Nasenrücken gegen die Kopfschmerzen, die sich hinter ihrer Stirn anbahnten.

»Oder er hat die Ermittlungen so früh eingestellt, *weil* sie etwas miteinander angefangen haben«, meinte Liz.

Emmas Magen verkrampfte sich. Warum hatte sie daran nicht gedacht?

»Denkst du, das wäre möglich? Vielleicht war das alles geplant. Theo hat Maggie umgebracht und wollte es vertuschen, deshalb hat er etwas mit LaClair angefangen, damit dieser nicht weiter ermittelt?« Das Essen vom Abend zuvor drohte ihr wieder hochzukommen.

»Das ist eine Möglichkeit«, sagte Liz. »Aber vielleicht haben sie sich auch ineinander verliebt, und er hat den Fall so früh zu den Akten gelegt, damit sie sich ohne Interessenkonflikte sehen können.«

Passierte das gerade wirklich? Emma atmete tief durch. »Das ist so widerlich.« Etwas Klügeres fiel ihr nicht ein.

»Wir klären das«, sagte Liz. Für einen Moment liebte Emma sie wieder. Die kompetente, schlaue, tatkräftige Liz.

»Ich fühle mich so nutzlos. Was kann ich tun?«

»Warte ab, bis die Story erschienen ist. Ich rufe meine Kollegin sofort an.«

»Okay.« Emma schniefte, und sie legten auf. Sie musste Amanda aufwecken und ihr alles erzählen, auch wenn es mitten in der Nacht war. Und dann würde sie Jill anrufen.

Theo. Sie konnte es nicht fassen. Oder vielleicht doch, weil sie von Anfang an kein gutes Gefühl bei ihm gehabt hatte. Er war ein verdammtes Monster. Ein Soziopath. Wenn Theo etwas verbrochen hatte, würde sie es herausfinden. Und dann würde er dafür bezahlen. Sie schäumte geradezu vor Wut.

»Alles in Ordnung?«, fragte der Rezeptionist.

»Nein.« Wieder kratzte sie sich am Handgelenk.

»Möchten Sie eine?« Er schob ihr eine Packung Zigaretten über den Tresen zu. In ihrem Leben hatte sie zwei Zigaretten geraucht, beide Male im College, und da war sie betrunken gewesen.

»Klar.« Sie musste irgendwie ihre Hände beschäftigen. Er nickte und gab ihr eine Zigarette, zusammen mit einem Feuerzeug. Sie ging durch die automatischen Türen nach draußen in die regnerische Londoner Nacht. Sie trug weder Jacke noch Pullover, doch die kalte Luft an ihren nackten Armen war angenehm.

Es war windig, und ihre Hände zitterten, doch nach ein paar Versuchen brannte die Zigarette. Sie zog fest daran und bekam prompt einen Hustenanfall. Der Rauch war widerlich.

Sie warf die Zigarette auf den Boden, trat sie aus und ging zurück ins Hotel.

Maggie

Das Licht in dem stickigen Interviewraum war so hell, dass Maggie fürchtete, Migräne zu bekommen. Einen Tag vor dem Finale wäre das eine Katastrophe, weshalb sie die Augen schloss und ihre Schläfen massierte, während sie auf dem roten Samtzweisitzer auf Priya wartete. Schweiß sammelte sich an ihrem Steißbein und verdunkelte ihr rosafarbenes Satinkleid.

Normalerweise wurden die Teilnehmer in den Raum der Geständnisse geschickt, nachdem jemand aus der Show gewählt worden war oder vor einem wichtigen Ereignis. Und natürlich verbrachten sie bei Konflikten unter den Teilnehmern viel Zeit in den kleinen Räumen. Seit Maggie sich bei Theo für den Kuss mit Finn entschuldigt hatte, war es relativ ruhig um sie gewesen. Sie hatte in letzter Zeit nicht so viele Kommentare abgegeben wie andere, nur etwa zwei oder drei die Woche und nicht einen oder zwei pro Tag. Das machte ihr natürlich nichts aus, doch sie fragte sich, ob ihre übertriebenen Zuneigungsbekundungen für Theo die Zuschauer langweilten. Vielleicht würde es allein in einem Raum, wo nur sie im Fokus stand, offensichtlich, dass ihre Beziehung zu Theo nur gespielt war. Sie hatte nichts mehr von sich preisgegeben, seit sie und Finn miteinander geschlafen hatten. Was, wenn die Produzenten es wussten und nur darauf warteten, sie damit zu konfrontieren, sobald sie mit ihr allein waren? Ihre Fassade durfte keine Risse bekommen, wenn sie und Theo gewinnen wollten.

»Tut mir leid, dass ich zu spät bin!« Priya öffnete schwungvoll die Tür, gefolgt von einem Kameramann.

»Könnte ich bitte etwas Wasser haben?«, fragte Maggie. Priya sprach in ihr Funkgerät.

»Wasser in Raum drei bitte.« Bis die Flasche gebracht wurde, machten sie Small Talk. Maggie trank drei große Schlucke.

»Bereit?«

»Ja.« Maggie löste ihr klebendes Kleid vom Steißbein.

»Also, wie geht es dir vor dem Finale, in dem du gegen Layla und Finn antrittst?«

»Es ist großartig, es bis ins Finale geschafft zu haben. Ich bin so glücklich mit Theo, er ist wunderbar, und diesen Weg bis zum Ende gemeinsam zurückzulegen, ist einfach fantastisch.« Sie lächelte strahlend und staunte, wie leicht ihr das Lügen fiel.

»Wie schön.« Priya wirkte gelangweilt. »Wie läuft es mit Layla? Ist es seltsam, mit ihr im Finale zu stehen, da ihr inzwischen keine Freundinnen mehr seid?«

»Ich respektiere Layla sehr.« Maggie wählte ihre Worte sorgfältig. »Es ist okay, dass wir nicht mehr so eng befreundet sind, so ist das Leben. Ich konzentriere mich darauf, meine Bindung zu Theo zu vertiefen.«

»Maggie, das ist todlangweilig, wir brauchen ein bisschen Drama«, flehte Priya. »Ich mag dich. Ich will, dass du

Zeit vor der Kamera bekommst. Du kannst gewinnen. Aber das hier reicht nicht.«

»Oh, äh, tut mir leid.« Maggie wurde rot.

»Wie wäre es damit: Ich weiß, dass es zwischen dir und Finn knistert. Das ist nicht zu übersehen. Ist da was zwischen euch?«

»Nein!«, rief Maggie und versuchte sich zu beherrschen. »Das hatten wir doch schon. Nein. Auf keinen Fall. Bei dem Kuss haben wir die Zeit aus den Augen verloren. Ich weiß, dass Finn das auch so sieht.« Ihre Wangen brannten. Merkte Priya, dass sie log?

»Na gut.« Priya war immer noch gelangweilt, während Maggie erleichtert ausatmete. »Dann meine letzte Frage: Warum solltest du und Theo gewinnen statt Layla und Finn?«

»Theo und ich sollten gewinnen, weil …« Verdammt, was sagte sie jetzt am besten? Priya sah sie abwartend an. »… weil ich mich gerade ernsthaft in ihn verliebe.« Die Lüge war ausgesprochen, bevor sie darüber nachdenken konnte. Bei Reality-Datingshows durchliefen Paare andere Entwicklungsstufen als in der realen Welt. Ihre Agentin hatte ihr vor Drehbeginn die ungeschriebenen Regeln erklärt. Zuerst gestand man sich gegenseitig, dass man eine »Verbindung« zueinander spürte. Danach gab es den ersten Kuss. Dann datete man eine Weile. Und dann – und das war das Wichtigste – sagte man, man »verliebe sich ernsthaft« in den anderen. Das war der Vorläufer zu »Ich liebe dich«, was nur die fortgeschrittensten Paare überhaupt schafften. Im Realityshow-Jargon war »sich ernsthaft in jemand verlieben« eine große Sache.

»Wow, na, das ist doch was!« Priya strahlte, nachdem sie das ersehnte Geständnis bekommen hatte. Maggie erwiderte das Lächeln. »Das ist so süß. Glaubst du, du wirst bald das L-Wort sagen?«

»Ja. Wenn es sich richtig anfühlt, sage ich Theo vielleicht, dass ich ihn liebe.«

Zu Maggies Überraschung verlief die letzte Woche der Show ohne Probleme. Sie und Theo machten in ihrem bequemen Rhythmus vor der Kamera weiter und redeten bei ihren Dates die meiste Zeit davon, wie sehr sie sich mochten und wie stark ihre Bindung zueinander war. Maggie fürchtete, die Zuschauer würden bemerken, dass sie sonst kaum Gesprächsthemen hatten. Doch die Strategie, sich gegenseitig ihre Gefühle füreinander zu bestätigen, dabei aber über nichts richtig Tiefgründiges zu sprechen, bevor sie drei Minuten knutschten (ohne Zunge), schien zu funktionieren.

Der Sex mit Finn kam ihr mittlerweile fast wie ein seltsamer, erotischer Traum vor. Wenn sie sich begegneten, sah er sie kaum an, so sehr war er auf Layla konzentriert. Was Maggie nervös machte, auch wenn sie es zu ignorieren versuchte.

Jetzt war das Finale gekommen, nach Tagen voller Vorbereitungen und Proben mit den Produzenten. Im Gegensatz zu bisher erhielten sie genaue Anweisungen, wo sie sich zu jedem Zeitpunkt aufzuhalten hatten. Das Finale war der Goldesel der Show, erzielte höhere Einschaltquoten als die Oscars und brachte dem Sender dadurch mehr Werbeeinnahmen als alle anderen Folgen. Ihnen stand auch ein Stylistenteam zur Verfügung, was zwar ungewohnt, aber eine Erleichterung war. Nach Wochen, in denen sie sich ohne Pause jeden Tag selbst hatte stylen und frisieren müssen, war Maggie jetzt froh, es einmal anderen überlassen zu können. Sie hatte diverse Brandblasen von ihrem Lockenstab davongetragen, und ihre Haut rebellierte gegen die ständigen Selbstbräuner, Grundierungen, Concealer und anderen Schichten, die sie auftragen musste. Ihre Rosacea war wieder aufgeblüht, weshalb sie noch mehr Make-up benötigte. Ein böser Kreislauf.

Seltsam war es, weil sie dadurch den ganzen Tag mit Layla verbringen musste. Die meiste Zeit schwiegen sie. Maggie hätte so gern etwas zu ihr gesagt, doch ihr fiel nichts ein. *Tut mir leid, dass ich deinen Partner zu lange geküsst habe,* klang albern und war zudem eine Lüge, zumal sie danach ja noch mit Finn geschlafen hatte. Deshalb sagte sie nichts. Auch Layla suchte das Gespräch mit ihr nicht.

Nachdem sie gewachst, gebräunt, maniküt, geschminkt und gestylt worden waren, standen sie dicht beieinander auf der Terrasse. Maggie trug ein langes gelbes Ballkleid, das mit winzigen Kristallen bestickt war, und ihre Haare (nun ja, ein großer Teil davon waren Extensions) waren zu nostalgischen Hollywood-Wellen frisiert.

»Wir wollen klassisch-feminin für dich«, hatte ihr der Stylist gesagt. Das Kleid war nicht ihr Stil und saß nicht gut. Doch sie musste es tragen, da es die Leihgabe eines berühmten Designers war, der dafür bezahlt hatte, dass es in der Show auftauchte. Daher hatte der Stylist es kunstvoll festgesteckt, was hoffentlich niemandem auffallen würde. Theo trug einen klassischen Smoking und die langen Haare offen, in der Mitte gescheitelt und nach hinten gekämmt.

Bei Layla hatte sich der Stylist für einen sexy Look entschieden, ein silbernes Metallic-Kleid mit tiefem V-Ausschnitt, das ihre Kurven betonte. Finn trug ein weinrotes Smokingjackett mit einem silbernen Einstecktuch. Sie warteten, dass das Licht justiert wurde, damit Schuyler die Stimmen der Zuschauer ablesen und das Gewinnerpaar krönen konnte. Es war eiskalt, und sie sahen lächerlich aus in ihrer Abendgarderobe, als wären sie die Finalisten für das Abschlussballkönigspaar. Was, wenn Maggie darüber nachdachte, gar nicht so weit hergeholt war.

Sie sah zu Layla und Finn hinüber, die sich gegen die Kälte aneinanderdrängten. Finn stand hinter Layla und rieb ihre Arme mit seinen Händen. Maggie brannte vor Eifersucht.

Sie und Theo hielten sich lose an den Händen, ihre Handflächen waren feucht. Maggies Zähne klapperten.

»Layla und Finn«, begann Schuyler, »ihr seid ein wunderschönes Paar. Erzählt uns ein wenig über euren Weg zu diesem Punkt. Was war euer Lieblingsmoment?«

»Mein letztes Date mit Finn war fantastisch«, antwortete Layla. »Ich liebe Tiere, und es war unglaublich, zusammen in einem Tierheim mit den Welpen zu spielen. Wir wollen einen Hund adoptieren, sobald wir wieder zu Hause sind.« Sie küsste Finn auf die Wange. Maggie hätte sich am liebsten irgendwo verkrochen.

»Ihr zieht zusammen?«, fragte Schuyler.

»Wir sprechen darüber«, sagte Finn schnell und lächelte Layla an. Maggie zwang sich, Ruhe zu bewahren. Sie sprachen darüber, zusammenzuziehen? Die Trennung würde schwieriger werden, als sie es sich vorgestellt hatte, falls es überhaupt dazu kam.

Dann nickte Schuyler Finn zu.

»Und du, Finn? Was war dein Highlight?«

»Mein Lieblingsmoment war, Zeit allein mit dem Menschen verbringen zu können, der mir am meisten am Herzen liegt.« Maggie hätte schwören können, dass er sie dabei direkt ansah, und ein Schauder überlief ihren Rücken. Layla schien es nicht zu bemerken.

»Möchtest du das genauer erklären?«, fragte Schuyler.

»Die Einzelheiten behalte ich besser für mich. Ich werde nicht, nur um Pluspunkte zu sammeln, etwas preisgeben, was eine private Sache zwischen zwei Menschen ist, die auch privat bleiben sollte«, sagte Finn. Maggie errötete.

»Na dann!« Schuyler klatschte in die Hände. »Was auch immer das bedeuten mag. Also, Maggie und Theo, was ist mit euch? Was sind eure schönsten Erinnerungen an die Zeit hier? Ich weiß, dass ihr beiden vor ein paar Tagen zum ersten Mal ›Ich liebe dich‹ zueinander gesagt habt.«

Theo strahlte Maggie an.

»Das stimmt«, bestätigte er. »Es war ein unglaublicher Moment, den ich immer in Ehren halten werde.«

»O ja.« Sie lächelte noch breiter. Ihr Gesicht war taub. »So geht es mir auch.«

Nach ein paar weiteren Minuten langweiligen Geredes

zu ihren Höhen und Tiefen gab Larry hinter den Kameras Schuyler ein Zeichen, zum Punkt zu kommen.

»Also, ich will euch nicht länger auf die Folter spannen«, sagte Schuyler, und in Maggies Bauch kribbelte es. Gleich war es vorbei. Sie freute sich darauf, nichts mehr vorspielen zu müssen, egal ob sie gewann oder verlor. Es war einfach so anstrengend. Und sie freute sich darauf, es mit Finn ohne die neugierigen Blicke der Kameras zu versuchen – wenn er sie noch wollte.

Sie stellte sich vor, wie Schuyler ihre Namen sagte und wie gut es sich anfühlen würde. Endlich konnte sie ihre Schulden begleichen. Sie würde Karriere als Influencerin machen. Sie könnte Emma helfen, ihr Sicherheitsnetz sein. Und wenn sie verlieren sollte … Dann wäre das alles umsonst gewesen.

Sie schloss die Augen. *Bitte,* betete sie. Sie war nicht religiös, glaubte nicht an Gott. Doch auf die unwahrscheinliche Möglichkeit hin, dass Gott existierte, wäre jetzt der Moment, ihn (oder sie) anzurufen. *Bitte mach, dass Theo und ich gewinnen. Ich brauche das wirklich.*

»Die Gewinner der sechsten Staffel von *LoveShack* sind …« Schuyler zog eine Karteikarte aus der Innentasche seines Sakkos und räusperte sich. Maggie versuchte diskret, ihre schweißfeuchte Hand an ihrem Kleid abzuwischen. Schuyler schwieg immer noch. Wollte er sie foltern? Doch dann zwinkerte er ihnen kaum merkbar zu, und da wusste sie es.

»Theo und Maggie!«, rief er.

Maggies Puls dröhnte in ihren Ohren, und einen Moment lang bewegte sie sich wie ferngesteuert. Es war kein unangenehmes Gefühl, als sie Theo in die Arme fiel und er sie auf den Mund küsste und sie den Kuss erwiderte. Konfetti wurde aus unsichtbaren Kanonen abgefeuert.

»Die Zuschauer haben sich in eure Liebesgeschichte verliebt«, sprach Schuyler seine vorgegebenen Sätze. »In die Reinheit eurer Verbindung. Euer Weg war manchmal holprig, aber ihr habt zueinandergehalten. Ihr habt Amerika inspiriert!«

»Wir haben es geschafft«, flüsterte Theo ihr ins Ohr. Sie sah ihm in die Augen. Ja, sie hatten es geschafft.

Da wusste sie noch nicht, wie sehr der Gewinn ihr Leben auf den Kopf stellen würde. Sonst hätte sie sich vielleicht die Zeit genommen und die letzten Momente vor dem Leben *danach* auf sich wirken lassen.

Jill

Amanda war bereits eine halbe Stunde zu spät zu einem Termin mit einem der *Youth*-Produzenten. Jill hatte den Mann allein unterhalten müssen, der allmählich sichtlich verärgert war.

Amanda hatte gestern den ganzen Tag nicht auf Jills Nachrichten und E-Mails geantwortet, abgesehen von einem knappen »Nein, kümmer du dich bitte darum« auf Jills Frage, ob sie Post-Production-Anmerkungen zur ersten Folge der Staffel zurückschicken wolle. Jills Gedanken rasten. Was, wenn Amanda böse auf sie war? Oder ihr etwas zugestoßen war? Vielleicht hatte sie einen Rückfall gehabt?

Schließlich rief sie ihre Chefin an, die sich sofort meldete.

»Ich bin in London!«, verkündete Amanda fröhlich, als sei das eine ganz normale Information. »Tut mir leid, ich hätte dich vorwarnen sollen, aber ich wollte die Überraschung nicht gefährden. Für Emma, meine ich.«

»Wovon redest du da eigentlich?« Jill versuchte, sich den Ärger nicht anmerken zu lassen.

»Ich habe Emma überrascht! Zuerst hat sie ein bisschen komisch reagiert, doch jetzt haben wir eine nette Zeit miteinander.«

»Was soll das heißen, du hast sie überrascht? Ich verstehe nicht.«

Doch Amanda ging nicht darauf ein. »Mir ist jetzt klar, dass ich das nicht hätte tun sollen. Aber ich dachte, es wäre lustig.«

»Himmel noch mal«, sagte Jill leise.

»Was hast du gesagt? Die Verbindung ist so schlecht.«

»Ja, und du bist gleich weg.« Jill legte auf. Sie war zu wütend, als dass das Gespräch noch Sinn gehabt hätte.

Amanda hatte Jill nicht Bescheid gegeben, damit sie Emma in London überraschen konnte? Das war doch völlig durchgeknallt. Und jetzt musste Jill sich für Amanda um Schadensbegrenzung mit diesem Produzenten bemühen. Nach dem schrecklichen Termin saß sie den restlichen Vormittag wütend in Amandas Büro und aß aus Trotz deren teures Erewhon-Müsli.

Am Abend ging sie früh nach Hause. Wenn Amanda einfach so nach London fliegen konnte, dann konnte Jill auch um halb sieben das Büro verlassen, ohne schlechtes Gewissen, dass sie einen Nachtdreh verpasste. Zu Hause saß sie auf der Couch und wartete, bis das Essen auf dem Herd warm wurde. Sie war immer noch wütend. Emma rief an, vermutlich, um mit ihr über Amandas »Überraschung« zu reden. Sie drückte den Anruf weg und fühlte sich schuldig. Doch auf gar keinen Fall wollte sie gerade jetzt mit Emma über Amandas Verrücktheiten diskutieren. Oder, noch schlimmer, von dem großartigen Abendessen bei Dishoom hören oder wie sie einen ganzen Nachmittag durch Selfridges spaziert waren.

Jill starrte ein paar Sekunden auf Emmas Nachricht, holte tief Luft und tippte eine Antwort. Ich esse gerade und rufe dich in ein paar Minuten zurück.

Sie setzte sich mit einer Schüssel Chili mit Sauerrahm an den Tisch und stellte das Handy auf »Nicht stören«, da es ständig vibrierte. Doch bevor sie zu essen anfangen konnte, klingelte es an der Tür.

Sie ging nachsehen.

»Wer ist da?« Das Licht im Flur funktionierte nicht, und der Vermieter hatte es noch nicht repariert. »Hallo?« Ihre Stimme hallte im Treppenhaus, doch niemand antwortete. Ihr Herz schlug schneller. Vielleicht war das eine übertriebene Reaktion, doch seit Maggies Tod machte es ihr Angst, allein im Dunkeln zu sein.

»Hallo?«, wiederholte sie. Stille. Die Härchen auf ihren Armen stellten sich auf. Sie wollte gerade die Wohnungstür wieder schließen, als sie jemanden hörte.

»Emma?« Die Stimme klang bekannt, doch sie konnte sie nicht zuordnen.

»Hier ist Jill«, rief sie und öffnete die Tür weiter. Als sie Theo erkannte, entspannte sie sich. Aber warum tauchte er an einem Freitagabend bei ihnen auf?

»Tut mir leid, dass ich einfach so vorbeikomme.« Er klang nervös. »Ist Emma da? Ich muss mit ihr über etwas reden.«

»Nein, sie ist nicht da«, meinte Jill. »Hast du sie angerufen? Ihr geschrieben?«

»Darüber wollte ich nicht am Telefon sprechen«, erwiderte er. Merkwürdig. »So dringend ist es nicht.« Das bezweifelte sie, nachdem er unangekündigt und zum ersten Mal überhaupt bei ihnen aufgetaucht war. Er trug eine schwarze Jeans, weiße Sneakers und ein weißes T-Shirt und sah wie immer fantastisch aus. Verlegen blickte sie auf ihr Tanktop von Target und die uralten Leggins.

Schließlich brach sie das unbehagliche Schweigen.

»Willst du reinkommen und was essen? Emma kommt heute Abend nicht mehr, aber ich habe gerade Chili warm gemacht, und es reicht für zwei. Auch wenn es nichts Besonderes ist.«

Er zögerte, und Jill war ihre Einladung sofort peinlich. Sie hatte einem Star/Influencer/Model gerade vegetarisches Chili bei sich zu Hause angeboten, und natürlich suchte er jetzt nach einer höflichen Ausrede.

»Das klingt toll«, sagte er. »Danke.«

Während Theo genüsslich das Chili verschlang, brachte Jill keinen Bissen hinunter, obwohl sie gerade noch so hungrig gewesen war. Doch Theos Anwesenheit in ihrer Wohnung hatte ihr aus irgendeinem Grund den Appetit verschlagen.

»Das ist köstlich«, sagte er mit vollem Mund. Sie zwang sich, einen Löffel voll zu essen. »Und eure Wohnung«, Theo schluckte, »ich freue mich, sie endlich mal zu sehen. Sehr hübsch. Sie erinnert mich an mein Apartment direkt nach dem College.« Jill war ein wenig verletzt. Sie und Emma waren Mitte dreißig, und das hier war die erwachsenste und teuerste Wohnung, in der sie je gelebt hatten. Für Theo war es jedoch eine schäbige Bude, die ihn an die

Zeit vor dem großen Ruhm erinnerte. Trotzdem zwang sie sich zu einem Lächeln.

»Uns gefällt es.« Sie aß noch einen Löffel Chili und musterte verlegen das nicht zusammenpassende Geschirr und Besteck, das sie vor ein paar Jahren bei Goodwill gekauft hatten.

»Mist«, fluchte Theo, und Jill sah einen großen Chilifleck auf seinem vermutlich teuren weißen T-Shirt. Rasch holte sie einen Fleckentfernerstift aus ihrer Tasche.

»Super«, sagte er, als sie ihm den Stift gab. Zu ihrer Überraschung zog er sich einfach das T-Shirt über den Kopf, legte es auf seine Knie und bearbeitete den Fleck mit dem Stift. Jill stand sprachlos hinter ihm, obwohl sie ihn schon Hunderte Male mit nacktem Oberkörper gesehen hatte, bei *LoveShack,* auf Zeitschriftencovern oder als Unterwäschemodel. Er hatte den Körper eines griechischen Gottes, das wusste sie. Ihn jedoch leibhaftig so zu sehen – die definierten Muskeln an Schultern und Rücken, das Sixpack, als er sich umdrehte und sie um Waschlappen und Seife bat –, war eine geradezu spirituelle Erfahrung.

»Klar.« Nervös ließ Jill in der Küche heißes Wasser über einen Waschlappen laufen. Bevor sie zu Theo zurückgehen konnte, stand er auf und trat hinter sie. So nahe, dass sie seine Körperwärme spürte.

Als er den Waschlappen nahm, berührten sich ihre Finger. Nachdem er sein T-Shirt damit bearbeitet hatte, setzte er sich wieder an den Tisch und aß genüsslich weiter. Das T-Shirt hing über einem Stuhl, und Jill versuchte, ihn nicht anzustarren.

»Möchtest du dir etwas von uns überziehen?«

Er sah sie leicht überrascht und amüsiert an.

»Nein, ich lasse meins einfach trocknen.«

Während sie weiteraßen, suchte sie fieberhaft nach etwas, das sie sagen könnte. Ihn schien die Stille nicht zu stören, und er kratzte seine Schüssel aus.

»Gib her.« Sie brachte die beiden Schüsseln in die Küche und stellte sie in die Spüle.

»Lass sie doch stehen«, meinte er. »Hättest du ein Bier oder so was für mich? Ich könnte wirklich einen Drink gebrauchen.«

»Klar, im Kühlschrank.« Sie holte zwei von Emmas IPA-Flaschen heraus, die bestimmt schon drei Jahre alt und mittlerweile sicher schal geworden waren. Er musste wirklich einsam sein, wenn er so dringend ihre Gesellschaft wollte. Sie reichte ihm ein Bier.

Im Wohnzimmer klopfte er auf ihrer Ikea-Couch neben sich. »Ich habe das Gefühl, ich mache dich nervös«, sagte er, als sie sich mit einem gewissen Abstand neben ihn setzte. »Habe ich irgendetwas getan?«

»Nein, gar nicht.« Doch sie errötete und legte unbewusst die Hand ans Gesicht. Er trank einen Schluck Bier. »Ist alles in Ordnung?«, fragte sie ihn.

»Nein. Aber reden wir lieber über dich. Ich brauche Ablenkung.«

»Okay.« An seiner Stelle wäre sie auch ziemlich durcheinander. »Hier passiert gerade nicht viel, Emma und Amanda sind in London. In der Arbeit ist es ruhig.«

Er hob eine Augenbraue.

»Was machen sie in London?«

»Emma trifft sich mit …« Sie verstummte. »Die beiden sind beruflich dort.«

Er nickte.

»Ich dachte, Emma hätte sich eine Auszeit genommen?«

Mist. Sie war so eine schlechte Lügnerin.

»Das stimmt. Und jetzt überlegt sie, was sie danach tun könnte. Tja, und ich bin jetzt hier, während sie sich eine schöne Zeit in England macht.«

»Allein? Hast du keinen Freund oder so?«

Sie schüttelte den Kopf. Wenn sie es nicht besser wüsste, würde sie glauben, dass er sie anmachte. War es möglich, dass Theo, der Mann der toten Schwester ihrer besten Freundin, auf sie stand? Aber was war mit dem Typen, mit dem man ihn gerade fotografiert hatte? Sie kapierte gar nichts mehr.

»Nein, ich bin schon eine Weile Single«, sagte sie.

»Das überrascht mich. Dir müssten die Männer doch die Tür einrennen«, antwortete Theo, als sie gerade einen Schluck Bier trank, an dem sie sich beinahe verschluckte.

»Nein, eher nicht.« Seltsam, dass jemand, der seit drei Jahren auf der *People*-Liste der Sexiest Men Alive landete, so etwas zu ihr sagte, einer durchschnittlich attraktiven Frau. Doch Jill wies ihn nicht darauf hin, weshalb sie schweigend nebeneinandersaßen.

»Darf ich dir etwas sagen?«, erkundigte er sich schließlich. »Ich fand dich schon immer nett.« Er rutschte näher zu ihr, sein rechter Oberarm berührte leicht ihren linken. Jill bekam eine Gänsehaut.

Sie wandte den Kopf ab und überlegte, was sie antworten sollte.

»Ich finde dich auch nett.« Auch wenn sie bisher nie viel miteinander zu tun gehabt hatten. Doch es erschien ihr die richtige Antwort. Sie drehte sich zu ihm, und er sah ihr in die Augen. *Nein, Jill, du gehst nicht mit dem Witwer der ermordeten Schwester deiner besten Freundin ins Bett. Auf gar keinen Fall. Nein nein nein.* Als er sie küsste, sah sie wieder das Foto von Theo und dem unbekannten Mann vor sich. Trotzdem hielt sie ihn nicht auf.

Theos und Maggies Hochzeit war schrill und unangenehm gewesen. Sie fand genau drei Monate nach ihrem Gewinn bei *LoveShack* statt und wurde in einem mittelklassigen Resort in Rancho Mirage gefilmt. Emma war natürlich außer sich, dass sie so schnell heiraten würden. Sie bat Jill, sie zu begleiten, und beschwerte sich auf der Fahrt von L. A. in die Wüste die ganze Zeit darüber, dass Maggie und Theo sich kaum kannten und dass alles doch total unüberlegt war.

Jill sollte auch als eine Art Brautjungfernersatz fungieren. Maggie hatte nur Emma und ein paar Freundinnen gebeten, ihre Brautjungfern zu sein, doch die Produzenten wollten Aufnahmen, wie Maggie sich mit einer großen Gruppe Frauen für die Zeremonie fertig machte. Daher verbrachten Maggie, Emma, Jill und einige von Maggies Freundinnen den Tag in einem Hotelzimmer, während zwei Haar- und Make-up-Artists sie stylten.

»Em, kann ich dich nicht überreden, dir auch die Haare

machen und dich schminken zu lassen?«, fragte Maggie, deren Lippen aufgeworfener waren als noch ein paar Wochen zuvor. Obwohl die Show erst drei Monate zurücklag, hatte sich ihr Aussehen dramatisch verändert. Mit dem Geld aus dem Gewinn und den abgeschlossenen Werbeverträgen hatte sie sich die Lippen aufspritzen und Haarverlängerungen anbringen lassen, hatte begonnen, mit einem Personal Trainer zu arbeiten, und trug ausschließlich geschenkte Designerkleidung.

»Auf keinen Fall«, erwiderte Emma. »Ich würde total lächerlich aussehen. Ich trage ja schon dieses hässliche Kleid.« Sie deutete auf ihr blaues Chiffonkleid.

Maggie wirkte verletzt, obwohl sie die Brautjungfernkleider natürlich nicht selbst ausgesucht hatte. Nicht einmal ihr eigenes Kleid hatte sie selbst ausgesucht, ein Carolina-Herrera-Kleid, das aus einem trägerlosen Seidenoberteil und einem bauschigen Tüllrock bestand, der fast anderthalb Meter hinter ihr herschleifte. (»Das sieht Maggie ähnlich, sich nicht zu wehren, wenn der Sender ein abscheuliches Kleid für sie auswählt«, hatte Emma am Morgen gesagt.)

»Wie du willst.« Maggie lockerte den Rock und wandte den Blick ab. »Ich wollte dich nur daran erinnern, dass du im landesweiten Fernsehen vor Millionen von Zuschauern auftreten wirst.«

»Sie werden alle dich anschauen, nicht mich«, meinte Emma. »Die lesbische Schwester der Braut interessiert niemanden.«

»Hey, das ist nicht gesagt«, warf Jill ein. »Was ist, wenn

die zukünftige Mrs. Lathrop da draußen ist und nach ihrer Ritterin in ihrer glänzenden Rüstung sucht? Und du – eine absolute Augenweide in blassblauem Chiffon – bist genau diejenige, auf die sie gewartet hat?«

Maggie und Emma lachten, und die Anspannung ließ etwas nach. Doch als die Kameras liefen, versteifte sich Emma. Sie sah aus, als wäre sie eine Geisel, als ein Produzent sie bat, Maggies Kleid auf der Rückseite zuzuknöpfen. Emma brach fast in Gelächter aus, als Maggie angewiesen wurde, ihr Diadem aufzusetzen, doch Jill warf ihr einen warnenden Blick zu.

Nachdem sie fertig waren und Jill von ihren Pflichten als falsche Brautjungfer erlöst wurde, nahm sie in der zweiten Reihe Platz. Die etwa vierzig Gäste schienen sich aus Theos Familie und ein paar Freunden des Brautpaares zusammenzusetzen. Von Maggies entfernten Verwandten – Cousins oder eine Großtante aus Kansas – war niemand angereist.

Als Theo zwischen seinen Eltern den Mittelgang entlangschritt, gefolgt von drei Kameras und einer Drohne, registrierte Jill erstaunt, dass die Gruppe der Filmleute größer war als die der anwesenden Gäste. Emma hatte ihr zuvor gesagt, dass später am Abend Statisten im Hintergrund der Feier zu sehen sein würden. Vierzig Leute waren zu wenig für eine rauschende Party.

Theo trug einen Smoking und hatte sich die langen Haare bis knapp unters Kinn schneiden lassen. Er sah aus, als würde er für die Rolle des nächsten James Bond vorsprechen. Kein Wunder, dass Maggie ihn heiratete, obwohl sie ihn erst seit ein paar Monaten kannte. Er lächelte seiner

Braut zu, als sie auf ihn zukam. Er wirkte ernst, aber zufrieden.

Während Maggie zu Geigenmusik auf Theo zuging, schlug Jills Herz höher. Maggies Lächeln war so strahlend. Und so weiß. Wie konnten ihre Zähne so weiß sein? Wahrscheinlich gab es irgendwo einen spezialisierten Zahnarzt, zu dem die Neureichen von L. A. gingen, um sich die Zähne bleichen zu lassen, während sie eine manuelle Lymphdrainage bekamen. Als Maggie näher kam, sah Jill überrascht die Tränen auf ihren Wangen, die kaum sichtbare Streifen in ihrem Make-up hinterließen. Jill kam es seltsam vor, auch wenn sie annahm, dass es Freudentränen waren. Doch nachdem Maggie und Theo ihre recht banalen Eheversprechen ausgetauscht hatten (Theo: »Ich gelobe, dir morgens immer deinen Kaffee ans Bett zu bringen, bevor ich dich um etwas bitte.« Maggie: »Ich gelobe, dich nicht dafür zu verurteilen, dass du dich jeden Tag länger mit deinen Haaren beschäftigst als ich.«), hatte sie es auch schon wieder vergessen.

In den Jahren danach hatte Jill nicht mehr oft an die Hochzeit gedacht. Bis sie und Theo nackt in ihrem Bett lagen und sich gerade voneinander gelöst hatten. Jetzt konnte sie an nichts anderes mehr denken als an Maggies Tränen auf dem Weg zum Altar und an Theos ernsten Blick auf ihr, der Jill im Rückblick fast schon zweifelnd vorkam. Ihr züchtiger Kuss nach dem Jawort. Diese Beschreibung traf letztendlich auch auf den Sex zu. Jill wollte es sich nicht eingestehen, dass sie sich Sex mit Theo anders vorgestellt hatte (beziehungsweise dass sie ihn sich überhaupt vorgestellt hatte. War sie die ganze Zeit in ihn verknallt gewesen? Offenbar). Sie versuchte, nicht beleidigt zu sein, dass er nicht einmal gekommen war. Oder kaum seine Erektion hatte halten können. War sie so abstoßend? Warum hatte er dann überhaupt mit ihr schlafen wollen? War Theo vielleicht tatsächlich schwul und das Foto war doch kein Fake?

»Tut mir leid«, sagte er leise. Sie drehte sich zu ihm und sah erstaunt, dass er den Tränen nahe war.

»Du musst dich nicht entschuldigen. Das ist doch nicht schlimm.« Sie konnte sich kaum auf ihn konzentrieren, als die Schuldgefühle immer größer wurden. Emma würde ihr das nie verzeihen. Und das hatte sie auch verdient.

Am liebsten hätte sie die Jill von vor fünfzehn Minuten angeschrien. Sie sprang aus dem Bett und zog sich wieder an.

Theos Augen waren tatsächlich feucht, und er starrte an die Wand.

»Ich bin schrecklich müde.« Sie wollte ihn unbedingt loswerden.

Theo holte tief Luft und nickte.

»Ich bin gleich weg, keine Angst.« Er stand auf und suchte nach seinen Kleidern. Jill nahm ihr Handy, um nicht ständig Theos nackten Körper ansehen zu müssen. Sie schaltete die »Nicht stören«-Funktion aus und entdeckte drei weitere verpasste Anrufe von Emma. Verdammt! Sie hatte völlig vergessen, sie zurückzurufen. Sie schrieb ihr sofort und verdrängte, dass Emmas Schwager sich gerade in ihrem Zimmer anzog.

Prompt klingelte das Handy und erschreckte sie beide. Emma rief über FaceTime an.

»Bleib hier«, befahl sie Theo. »Ich muss mit Emma reden.« Jill schlüpfte in ein Sweatshirt und Hausschuhe und ging ins Wohnzimmer, wo sie den Anruf annahm. »Emma, was ist denn los? Alles in Ordnung?«

»Nein.« Emmas Stimme klang belegt, und sie sah erschöpft aus. »Warum gehst du so lange nicht ran?«

»Ich war beschäftigt, tut mir leid.«

»Ich muss dir etwas Wichtiges erzählen.«

Jill dachte an Theo in ihrem Zimmer.

»Kann ich dich in zehn Minuten zurückrufen? Ich habe gerade Besuch und will nicht unhöflich sein. Amanda hat mir übrigens von der dämlichen Überraschung erzählt.«

»Es geht um Theo«, sagte Emma.

»Theo?« Jills Herz schlug schnell. Wusste Emma etwa von ihr und Theo? Doch das konnte nicht sein.

»Ja. Lies deine Nachrichten. Man hat ihn fotografiert, wie er mit dem Detective, der in Maggies Fall ermittelt hat, Händchen hält und ihn auf die Wange küsst.« Sie klang wütend. Jills Handy piepte, das Foto, das sie schon kannte, erschien auf dem Display. »Das ist Detective Daniel LaClair.«

Sie weiß es also nicht, dachte Jill erleichtert. Doch dann begriff sie, was Emma gerade gesagt hatte, und ihre Hände zitterten. Es stimmte tatsächlich. Und der andere Mann war der Detective, der mit dafür verantwortlich war, dass der Fall um Maggies Ermordung eingestellt worden war. Vielleicht war sie tot, und das hier war die Hölle. Im Moment erschien es ihr durchaus möglich.

»Was ... heißt das?«, fragte sie.

»Keine Ahnung. Aber es sieht nicht gut aus für die beiden. Die Beziehung ist total unangemessen. Liz' Kollegin schreibt gerade eine Story darüber. Alle sollten es erfahren.« Emma redete schnell, war angespannt. »Wir müssen ihn aufhalten. Er steckt hinter dem Ganzen, ich wusste es.«

Jill lehnte das Handy an einen großen Topf auf der Küchenarbeitsfläche. »Nein.« Sie schüttelte den Kopf. »Dafür muss es eine Erklärung geben.«

Da stürzte Theo in Boxershorts und dem T-Shirt mit dem Chilifleck aus Jills Zimmer.

»Ich schwöre, es gibt eine Erklärung!«, rief er atemlos. »Für alles!«

Jill hätte ihn am liebsten geschlagen.

»Wer ist das?«, fragte Emma. »Moment mal, ist das Theo? Jill, was ist da los bei dir?«

Bevor Jill etwas antworten konnte, rannte Theo zu ihr und rief dem Handydisplay zu: »Emma, bitte, lass mich alles erklären.« Er schien wieder einmal den Tränen nahe.

Emma schwieg lange. Ihr Gesicht wirkte grau und müde. »Theo, was machst du in unserer Wohnung? In Unterwäsche?«

»Emma, darüber reden wir später. Theo, zieh dich endlich fertig an, verdammt noch mal.« Jill versuchte, die Demütigung und in ihr aufsteigende Panik zurückzudrängen. So etwas Schreckliches hatte sie noch nie im Leben getan. Ihr war übel, und sie hatte pochende Kopfschmerzen. »Theo, du hast genau drei Minuten, um alles zu erklären. Und dann verschwindest du«, befahl sie. Theo wirkte überrascht angesichts der Wut in ihrer Stimme und sah sie flehend an. Sie ignorierte ihn.

»Seid ihr ein Paar, du und Detective LaClair?«, verlangte Emma zu wissen.

Theo wurde kreidebleich.

»Darüber wollte ich mit dir reden. Vorhin hat mich eine Reporterin angerufen. Aber ich fürchte, du wirst mir nicht glauben.«

»Erzähl es uns einfach«, sagte Jill.

»Ich sehe dabei nicht gut aus. Aber ich bin kein schlechter Mensch.«

»Du hast noch zwei Minuten und dreißig Sekunden, um uns reinen Wein einzuschenken.« Jill war selbst von ihrer Entschiedenheit überrascht. »Glaub ja nicht, dass ich nicht mitzähle.«

»Daniel und ich sind zusammen. Ich bin ... schwul«, platzte Theo heraus.

»Schwul oder bi?«, fragte Jill.

»Nein, ich glaube, einfach nur schwul.« Er brach in Tränen aus.

»Aber du ... du warst mit meiner Schwester verheiratet«, sagte Emma.

Das würde wenigstens erklären, was in der letzten halben Stunde passiert war, dachte Jill. Jedenfalls irgendwie. Aber warum war er zu ihr gekommen und hatte sie verführt, nur um sich dann zehn Minuten später zu outen?

»Unsere Ehe war kompliziert«, sagte Theo schniefend. »Ihr wusstet vieles nicht über uns.«

»Zum Beispiel?«

»Das ist schwer zu erklären. Ich wollte hetero sein. Oder zumindest sollten alle denken, dass ich hetero bin. Ich habe mich lange gegen die Wahrheit gewehrt. Und als es mir immer klarer wurde, war ich schon diese superhetero öffentliche Figur.«

Emma weinte jetzt auch.

»Wusste Maggie, dass du schwul bist?«

»Irgendwann schon, ja. Nicht von Anfang an. Wir hatten einen Deal, wir waren Geschäftspartner. Gute Freunde und Partner, und das hat uns gereicht. Ich habe sie wirklich geliebt, auch wenn das weitgehend platonisch war.«

»Verdammte Scheiße«, fluchte Jill.

»Ich weiß nicht mal, wo ich anfangen soll. Ein Deal? Eure Ehe war ein Fake?«, fragte Emma fassungslos.

»Ja«, bestätigte Theo leise.

Jill hörte durchs Telefon, wie Emma sich das Handgelenk aufkratzte.

»Maggie hat mich also belogen. Sie hat alle belogen. Die ganze Zeit«, sagte Emma.

Theo ließ den Kopf hängen.

»Es tut mir so leid. Du hättest es nicht so erfahren sollen.«

»Und warum stehst du in Unterwäsche in unserer Küche?«, fragte Emma. »Ich dachte erst, du und Jill wärt miteinander im Bett gewesen, aber jetzt bin ich total verwirrt.«

»Das waren wir auch. Oder wir haben es zumindest versucht«, gestand Theo. Scham durchzuckte Jill. »Tut mir leid, Jill. Ich wollte Emma von Daniel erzählen, deshalb bin ich hergekommen, und … keine Ahnung. Das Foto hat mich geoutet, bevor ich bereit dafür war. Wahrscheinlich wollte ich noch ein letztes Mal so tun, als sei ich hetero, nur um ganz sicher zu sein. Und bei dir, Jill, habe ich mich immer sicher gefühlt.«

Na großartig. Die einzigen tollen Typen, die mit ihr schlafen wollten, waren schwul und wollten sichergehen, dass sie auch wirklich schwul waren.

»Lenk nicht ab«, schimpfte Emma aufgebracht. »Warum hast du mit dem Detective geschlafen? Hattest du Angst, er könnte etwas herausfinden? Sollte er dich für unschuldig halten, obwohl du es nicht bist?«

»Nein! Es stimmt, er sollte nicht gegen mich ermitteln. Aber ich habe Maggie nicht umgebracht, das schwöre ich.« Seine Stimme brach. »Ich hätte nicht erwartet, dass es so weit kommt. Und jetzt steckt er in Schwierigkeiten, und ich weiß nicht, wie ich es beenden soll.«

»Deine Beziehungsgeschichten sind nicht unser Problem«, sagte sie. »Warum sollte er nicht gegen dich ermitteln, wenn du Maggie nicht umgebracht hast? Das ergibt keinen Sinn.«

»Am Anfang hat mich die Polizei nicht in Ruhe gelassen, hat mich jeden Tag befragt. Ich hatte Angst. Für die ist doch immer der Ehemann der wahrscheinlichste Täter. Und unsere Ehe war nicht echt! Was, wenn sie das herausgefunden hätten? Das hätte kein gutes Licht auf mich geworfen. Aber ich war es nicht. Ich schwöre es.«

»Das überzeugt mich überhaupt nicht«, sagte Jill, und Emma nickte zustimmend. Doch sie bluffen. Der Jammerlappen vor ihnen wirkte nicht wie ein Mörder.

Theo blickte zu Boden.

»Ihr habt keine Ahnung, wie schrecklich das war. Ständig war die Polizei bei mir, hat das Haus durchsucht. Ich hatte keine Privatsphäre mehr. Es war furchtbar.«

»Wie hat es dann zwischen dir und dem Detective angefangen?«, fragte Emma.

»Da er mich ja dauernd befragt hat, haben wir viel Zeit miteinander verbracht«, erklärte Theo. »Ich weiß nicht, warum, aber irgendwie war mir klar, dass er auf mich stand. Irgendwann sagte er mir, dass er schwul sei, aber in der Arbeit nicht geoutet. Ich glaube, so jemand wie ich hat sich noch nie für ihn interessiert. Tut mir leid, wenn das eingebildet klingt.«

»Ist es auch«, bemerkte Jill.

Theo ignorierte sie.

»Ich habe mit ihm geflirtet und gehofft, dass er mich dann in Ruhe lässt. Und er ist … tatsächlich darauf eingegangen.«

Wieder hätte ihn Jill am liebsten geschlagen.

»Red weiter«, sagte sie stattdessen.

»Es hat mit harmlosen Witzen angefangen, und dann ist es eskaliert. Er hat mir gesagt, dass er Gefühle für mich hat, aber dass es ein Interessenkonflikt wäre, wenn er mit mir etwas anfangen würde. Da hätte ich alles beenden sollen, aber ich habe es nicht getan.«

»Und die ganze Zeit war es dir nicht wichtig, dass die Polizei Maggies Mörder finden würde?«, fragte Jill.

»Natürlich war mir das wichtig. Aber Daniel hat mir gesagt, sie hätten keine Spuren, der Fall sei aussichtslos, und er wollte einfach, dass alles vorbei war, damit wir zusammen sein konnten.«

»Das ist so mies«, sagte Jill.

»Ich bin nicht stolz darauf. Aber ich konnte nicht klar denken, ich hatte Angst. Und ich wollte nicht ins Gefängnis.«

Jill wusste, dass Emma gleich explodieren würde.

»Also hast du den nicht geouteten Polizisten verführt, weil du dann Macht über ihn hattest und er dann nicht weiter im Mord an deiner Scheinehefrau ermitteln würde? Das ist ja wohl das Beschissenste, was ich je gehört habe«, wütete Emma.

»Ich mag ihn«, wehrte sich Theo. »Er ist erst der dritte Mann, mit dem ich geschlafen habe.«

»Das ist mir egal«, sagte Emma, und sogar über das kleine Videofenster war ihr der Zorn anzusehen. »Du hättest es besser wissen müssen und das nie tun sollen.«

»Ich verstehe immer noch nicht, warum du bei den Ermittlungen nicht kooperieren wolltest. Wenn du doch so unschuldig bist, wie du behauptest«, fügte Jill hinzu.

Wieder brach Theo in Tränen aus.

»Ich *bin* unschuldig!«, schluchzte er. »Ich weiß nicht, was ich tun soll, damit ihr mir glaubt.«

»Dir muss doch klar sein, dass deine Geschichte keinen Sinn ergibt«, sagte Jill.

Theos dramatisches Weinen erfüllte den Raum.

»Heb dir das für den Prozess auf«, sagte Emma.

»Prozess?« Theo klang panisch. »Was meinst du damit?«

»Nun, du hast aktiv die Ermittlungen erschwert«, sagte

Jill. »Das gilt als Justizbehinderung, soweit ich weiß. Ganz zu schweigen davon, dass du mit dem, was du uns gerade erzählt hast, zum Hauptverdächtigen wirst.« Sie hatte keine Ahnung, ob das alles stimmte, aber es fühlte sich gut an, es zu sagen.

»Ich werde der Reporterin alles erzählen«, erklärte Emma.

»Scheiße.« Theo wurde noch verzweifelter. »Bitte nicht, Emma. Wenn du mich auch nur ein bisschen gernhast und respektierst, dann rede bitte nicht mit der Reporterin.«

Jill starrte Theo an. Ihr war immer noch übel. Wie hatte er ihr vor gerade mal einer halben Stunde so gut gefallen können, dass sie sogar ihre beste Freundin für ihn hintergangen hatte? Wie hatte sein nackter Körper auf ihr liegen können, seine Zunge an ihrer … nein. Daran konnte sie jetzt nicht denken. Er hatte sie benutzt, genauso wie er LaClair benutzt hatte. Sie fühlte sich angeekelt und selbst widerlich und wandte den Blick ab.

Schließlich ergriff Emma wieder das Wort.

»Theo, du musst zur Polizei gehen und ihnen alles erzählen, was du uns gerade gesagt hast. Die sollen dann entscheiden, was sie glauben und was sie mit dir machen wollen.«

»Was passiert dann mit mir?«, fragte Theo schluchzend.

»Wer weiß«, meinte Jill. »Besorg dir einen guten Anwalt.«

Theo wischte sich die Tränen mit den Handflächen ab.

»Ich bin unschuldig.« Beide ignorierten ihn, und er ging, um sich endlich fertig anzuziehen. Beim Verlassen der Wohnung weinte er immer noch. Einen Moment lang sahen sie einander in angespanntem Schweigen über ihre Handybildschirme an.

»Jill, ich muss das erst einmal verdauen«, sagte Emma. Ihre Stimme klang blechern über den Handylautsprecher. »Ich glaube, ich stehe unter Schock. Wir reden später darüber, warum du es für eine gute Idee gehalten hast, mit meinem Schwager ins Bett zu gehen.« Sie wirkte nicht einmal wütend, nur resigniert. Und müde.

Als sie auflegten, merkte Jill, dass sie auch weinte.

Amanda

Es war wirklich ein Geniestreich, der sie zur Wohnung ihres alten Dealers Charlie geführt hatte. Sie hatte gemerkt, dass sie immer noch seine Nummer von früher hatte, als sie in London *Anxiety* gedreht hatten und sie feststellen musste, dass es schwieriger war, beim Arzt Adderall zu bekommen als in Amerika.

Charlie lebte in einem Haus in Brixton, im dritten Stock ohne Aufzug, und er verkaufte jedes erdenkliche Aufputschmittel an eine gehobene Kundschaft. Während der Monate in London hatte Amanda sich mit ihm angefreundet – sie zogen sich Speed rein und sahen seinen DJ-Freunden in Underground-EDM-Clubs zu. Einmal hatte er sogar irgendwie Quaaludes für sie besorgt (Vintage!), und sie schnupften die ganze Nacht Adderall, um sich aufzuputschen, und nahmen dann die Quaaludes, um wieder runterzukommen. Etwas Koks, um alles auszugleichen, und dann wieder Quaaludes zum Spaß. Es war eine der fünf besten Nächte ihres Lebens.

Sie hatte Charlie am Abend zuvor geschrieben und wollte sich wie früher bei ihm treffen. Natürlich hatte sie ihm nicht gesagt, dass sie clean war. Wenn Trevor noch in London war, hatte er Charlie garantiert wegen Koks kontaktiert. Charlie hatte das beste Kokain in Großbritannien, und Trevor mochte gutes Kokain. Und wenn er in eine Bar ging, in der die Gefahr bestand, dass man ihn erkannte, würde er vielleicht auch seinen alten Dealer besuchen.

»Amanda, Liebes.« Charlie öffnete die Tür. »Du schreibst nie, du rufst nie an. Ich habe mir schon Sorgen gemacht, dass ich dich nie wiedersehe.« Er winkte sie herein und küsste sie auf die Wange.

»Ich bin gerade erst in London angekommen.« Sie erwähnte auch jetzt nicht, dass sie keine Drogen mehr nahm und vorhatte, ihren Kauf direkt die Toilette hinunterzuspülen. Es war zwar möglich, dass er in den Nachrichten etwas über ihren Entzug gesehen hatte, aber Dealer stellten nie allzu viele Fragen. Wenn man etwas kaufen wollte, verkauften sie es einem. Er schien auch nicht der Typ zu sein, der die Boulevardpresse las.

»Na gut«, sagte er, und sie gingen die wackelige Treppe zu seiner Wohnung hinauf. Sie war gerade dabei, zum ersten Mal seit fast zwei Jahren wieder Drogen zu kaufen.

Die schlimmsten Dinge in Amandas Leben ereigneten sich in den zwei Monaten seit Bekanntwerden der Vorwürfe gegen Trevor, in denen sie den ersten Entzug hinter sich brachte und schließlich den Rückfall erlitt. Bevor sie sich jetzt auf den Weg zu ihrem alten Dealer machte, zwang sie sich, noch einmal das »Schlimmste, was je über sie geschrieben wurde« zu lesen, ein Porträt in *Vulture*, das alle unverzeihlichen Dinge, die sie je getan hatte, zusammenfasste (abgesehen von ihrer Beteiligung an *LoveShack*, die sie glücklicherweise nicht hatten ausgraben können) und nach dem sie für eine Weile unvermittelbar gewesen war. Immer, wenn sie Gefahr lief, wieder zu den Drogen zu greifen, las sie den Artikel. Und nachdem sie gleich ihren ehemaligen Dealer sehen würde, war es sicher eine gute Idee, sich jetzt auch wieder mit ihrer Vergangenheit zu konfrontieren.

Aufstieg und Fall von Amanda Lehman
Von Natalie DeLong

Amanda Lehmans Polizeifoto ist nicht das schönste Bild von ihr. Aber auch nicht das hässlichste. Diese Ehre gebührt einer Paparazziaufnahme von ihr, auf der sie gerade eine Bar in West Hollywood verlässt. Sie trägt einen für ihren schwammigen Körper unvorteilhaften Bodysuit mit Leopardenmuster, ihre Haare hängen schlaff und fettig herab. Erinnerungswürdig ist das Foto allerdings vor allem deshalb, weil sie sich darauf erbricht. Sie kotzt auf die Straße. Das Polizeifoto ein paar Monate später sah im Vergleich geradezu schmeichelhaft aus.

Die Aufnahme der kotzenden Amanda Lehman ist fast so legendär wie Britney Spears' öffentlicher Zusammenbruch, als sie 2007 mit frisch rasiertem Kopf mit einem Regenschirm auf das Auto eines Paparazzos losging; das Polizeifoto ist fast so berüchtigt wie Lindsay Lohans aus dem Jahr 2007.

Doch Lehman ist kein magersüchtiges Starlet der Nullerjahre. Ihre Marke steht für die frühen Zweitausenderjahre, als therapiebedürftige Hipster-Millennial-Collegeabsolventen die Welt regierten. *Anxiety* war genau die Art weiße feministische Comedy für die gehobene Mittelklasse, die damals kulturbestimmend war. Und Lehman war das Aushängeschild.

Der Absturz in aller Öffentlichkeit war für viele ein Schock. Lehman ist kein früherer *Mickey Mouse Club*-Star, der von den Paparazzi gejagt wird. Sie ist jemand, den der *New Yorker* einmal als »Sprecherin der Millennials« gefeiert hatte. Sie war auf der Brown University. Sie ist nicht dünn oder klassisch schön.

Wie konnte die Karriere des aufstrebenden Stars also so spektakulär einbrechen? Ein Grund waren die Drogen. In aller Öffentlichkeit abhängig zu sein, kann eine florierende Karriere schnell beenden. Drogensucht wird aber ständig vergeben. Kritischer wird es dann schon, wenn selbst ernannte Feministinnen Serienvergewaltiger in Schutz nehmen.

Nachdem die *Los Angeles Times* eine Reportage darüber veröffentlicht hatte, wie Lehmans bester Freund und Co-Autor von *Anxiety*, Trevor Koch, angeblich diverse Frauen sexuell missbraucht haben soll, eilte ihm Lehman schnell zur Seite. »Das hätte Trevor nie tun können«, sagte sie gegenüber der *New York Times*. »Er ist mein bester Freund. Ich kenne ihn besser als mich selbst. Tut mir leid, aber das ist einfach unmöglich. Ich weiß nicht, wer diese Frauen sind oder warum sie sich so verhalten, aber ich finde es traurig. Es ist wirklich enttäuschend.«

Die Wut, die Lehman danach im Internet entgegen-schlug, war fast noch größer als bei Koch. #Fuck-AmandaLehman trendete wochenlang. Doch statt zu-rückzurudern, legte Lehman noch eins drauf. Sie sagte dem *Hollywood Reporter* gegenüber, dass es ihr egal war, ob sie »nie wieder in dieser Stadt arbeiten würde. Wenn dem besten Freund solche schrecklichen Dinge vorgeworfen werden und man weiß, dass er unschul-dig ist, dann verteidigt man ihn einfach.« Koch für sei-nen Teil verschwand, nachdem die Vorwürfe öffent-lich bekannt geworden waren. Er reagierte nicht auf die Anschuldigungen und wurde nie wieder am Set von *Anxiety* gesehen. Nichts wirkt schuldiger, als Hals über Kopf seine Arbeit und sein Leben zurückzu-lassen.

Lehman hatte schon immer den Ruf, etwas über-geschnappt zu sein, doch nach Kochs #MeToo-Skan-dal verstärkte sich ihr Verhalten noch. Man hörte, dass Lehman am Set von *Anxiety* »wirres Zeug redend« auf-getaucht war. Sie wurde zu einem Meme, nachdem sie bei der Verleihung eines Preises mit glasigen Augen kaum ihre Rede halten konnte. Danach drang zur Presse durch, dass sie »offensichtlich total high« an einem Meeting mit Vertretern des Senders teilgenom-men hatte, woraufhin sie ihren Agenten, Presseagen-ten und Manager feuerte.

Einige Tage danach nahm sie eine Überdosis Meth und Heroin. Als sie aus dem Krankenhaus entlassen wurde, war sie ohne Presseagenten den Fragen der

Reporter und den Paparazzi ausgeliefert. Ihr Statement lautete: »Ich wollte nicht sterben. Ich wollte nur nichts fühlen.« Eine Woche nach der Überdosis wurde sie wegen Trunkenheit und öffentlicher Ruhestörung festgenommen und verbrachte eine Nacht im Gefängnis. Das Gericht legte ihr eine dreißigtägige Entziehungskur auf, die sie in einer Klinik in Malibu absolvierte.

Nach dem Entzug und mit einer neuen Presseagentin entschuldigte sie sich, Koch in Schutz genommen zu haben. »Ich habe Menschen verletzt, und das tut mir aufrichtig leid. Ich bin süchtig und will die Verantwortung für mein Handeln übernehmen. Als ich Trevor unterstützt habe, habe ich viele Drogen genommen. Ich bedauere es zutiefst. Ich verurteile sexuelle Gewalt in jeglicher Form. #GlaubtFrauen.« Doch die Öffentlichkeit nahm ihr das nicht ab.

Die Social-Media-Aktivistin Serena Campbell ging mit einem Video viral, in dem sie Lehman demontierte. Zum Zeitpunkt dieser Veröffentlichung hat es über vier Millionen Likes. »Amanda Lehman war immer der Inbegriff eines weißen kapitalistischen ›Feminismus‹. Tut mir leid, Amanda, aber deine Entschuldigung kaufen wir dir nicht ab. Da ist noch mehr nötig als ein Entzug in einer Klinik für Milliardäre, damit wir dir wieder vertrauen.«

Dann wurde es still um Lehman und ihr Team. Laut Informationen aus ihrem Umfeld schrieb sie in ihrer Luxusvilla in Los Angeles allein eine neue Staffel von

Anxiety. Bis der Sender die Show vor zwei Wochen eingestellt hat, nachdem zuvor noch eine weitere Staffel bestätigt worden war. Nur ein paar Stunden nach der Ankündigung sah man Lehman high und betrunken in West Hollywood. Ihr Team veröffentlichte eine Mitteilung, dass Lehman einen Rückfall erlitten habe und sich wieder in den Entzug begebe.

Es ist schwer zu sagen, wann Lehman ganz unten angekommen sein wird. Vielleicht ist sie schon dort. Ohne erfolgreiches TV-Format, ohne kreativen Partner und mit einer schweren Drogenabhängigkeit, die sie überwinden muss, ist eines sicher: Vor ihr liegt ein schwerer Weg.

Der Rückfall verfolgte sie am meisten – vor dem Einschlafen, beim Aufwachen, wenn sie allein war. Bilder aus ihrem Unterbewusstsein bahnten sich ihren Weg an die Oberfläche, als wären sie blinkende Lichter in einer düsteren Kneipe.

Als sie jetzt die Treppe zu Charlies Wohnung hinaufging, passierte es: Ihre Handflächen wurden feucht, ihre Sicht verschwamm. *Nicht jetzt. Bitte nicht jetzt*, flehte sie, als Charlie seine Tür öffnete und sie zu der Couch gingen, auf der sie in einem früheren Leben gesessen hatte, als er ihr Pillen abzählte und sie ihn in bar bezahlte.

In diesem Moment begannen die Bilder in einer Schleife in ihrem Kopf abzulaufen: der Anruf vom Sender, dass sie die Show einstellen würden. Wie sie gebettelt und gefleht und um eine weitere Chance gebeten hatte – schließlich sei sie doch clean! Zählte das denn gar nichts? Wie sie

Trevor immer wieder schluchzend angerufen hatte und wie immer auf seiner Mailbox gelandet war. Wie sie Samson angerufen und mit ihm zu Abend gegessen hatte. Der erste Martini. Der zweite, dritte. Das berauschende Gefühl von Erleichterung und Unbesiegbarkeit und Scham. Wie sie im Eagle tanzten, auf dem Klo koksten. Noch mehr Kokain. Und noch mehr. Dann zurück zu Samson.

Charlies Stimme riss sie aus ihren Gedanken.

»Möchtest du etwas trinken?«

»Oh, nein danke«, sagte sie, als er sie zur Couch führte. Sie setzte sich und wischte sich die Handflächen an ihrer Stella-McCartney-Jogginghose ab.

»Ich kann nicht lange bleiben.« Eine Stimme in ihr sagte ihr ganz deutlich: *Verschwinde von hier.* Noch mehr Bilder drängten sich ihr auf: ihre letzten drei Lines Koks. Ihr linker Arm wurde taub. Der Druck auf ihrer Brust. Samson beharrte darauf, dass alles in Ordnung sei. Sie wählte selbst den Notruf. Der Krankenwagen. Das Aspirin, das die Sanitäter ihr gaben. Ein Herzinfarkt. Die Erkenntnis, dass sie einen verdammten Herzinfarkt hatte.

»Alles in Ordnung?«, fragte Charlie.

»Tut mir leid, mir geht es nicht so gut. Ich sollte gehen.«

»Aber du bist doch gerade erst gekommen«, sagte er.

Sie stand auf, aber ihr wurde schwindelig, und sie setzte sich wieder.

»Ja, ich ...«

»Was ist los? Sag es mir einfach.«

Sie überlegte, was sie tun sollte. Scheiß drauf.

»Es ist total verrückt, ich weiß, aber ich bin hergekommen, um so zu tun, als würde ich Drogen von dir kaufen wollen, damit ich dich nach Trevor fragen kann. Ich habe gehört, dass er in London ist, und wollte wissen, ob das stimmt. Und ich dachte mir, dass du das wissen könntest.« Ihr alter Dealer sah sie an, doch sie fuhr fort: »Ich bin clean, und das schon eine ganze Weile. Und es ist ganz schön überwältigend, wieder hier zu sein, bei dir. Nicht, dass es mich interessiert, was du mit deiner Zeit machst oder wie du dein Geld verdienst. Um das klarzustellen.«

Er wirkte überrascht.

»Wow.«

»Ja.«

»Nun, es wäre ein ziemlich großer Verstoß gegen die Schweigepflicht gegenüber meinen Kunden, wenn ich dir Informationen über irgendjemanden geben würde. Verschwiegenheit ist das Wichtigste für mich.«

»Das dachte ich mir. Aber ich musste es versuchen.« Was für eine demütigende Aktion.

»Lass mich ausreden«, sagte er. »Ich habe gehört, was passiert ist. Ich weiß, was Trevor den Frauen angetan hat.«

»Ja.« Sie mied seinen Blick. Vermutlich wusste er auch, dass sie Trevor verteidigt hatte.

»Und ich weiß, dass deine Show eingestellt wurde. Und du clean geworden bist. Zweimal, richtig?«, sagte Charlie.

»Ja, und ich hoffe, dass es dieses Mal endgültig ist.« Charlie seufzte.

»Amanda, aus dir bin ich noch nie schlau geworden.«

Sie lächelte, auch wenn sie wusste, dass es kein Kompliment war.

»Das geht mir umgekehrt genauso.«

»Von mir hast du das nicht, aber er nennt sich nicht mehr Trevor«, sagte Charlie. »Sondern Tom.« Er nahm sein Handy. »Und er sieht anders aus. Ich schicke dir seine Nummer. Aber noch mal, von mir weißt du das nicht. Wenn er es herausfindet, hast du ein gewaltiges Problem, dafür sorge ich.« Da war er wieder, der Charlie, den sie kannte.

Ihre Hände zitterten, als sie seine Nachricht aufrief. »Ich kann dir gar nicht genug danken. Wirklich.«

»Vergiss es. Tu einfach … was du tun musst.«

Sie konnte es nicht fassen. Sie stand auf, jetzt sicherer auf den Beinen. Er brachte sie zur Tür.

»Ich bin stolz auf dich.« Er umarmte sie. »Dass du clean geworden bist, meine ich.«

»Danke.« Ihre Augen wurden feucht. Ihr Ex-Dealer war stolz auf sie, und sie weinte? Verdammt. »Das bedeutet mir viel.«

»Pass auf dich auf«, sagte er zum Abschied. »Er ist gerade nicht besonders gut drauf.«

Bevor sie ihn um eine Erklärung bitten konnte, hatte er schon die Tür geschlossen.

Maggie

Die Wochen nach dem Finale waren die seltsamsten und stressigsten ihres Lebens. Sobald die Dreharbeiten abgeschlossen waren und man ihnen ihre Handys zurückgegeben hatte, sah sie, dass sie Hunderttausende Instagram-Follower hatte. Tausende hatten Kommentare mit liebevollen Worten für sie und Theo hinterlassen. Sie musste ständig die Seite aktualisieren, um die gestiegene Followerzahl zu bewundern.

> Wir lieben dich und Theo sooo sehr.
> Ihr seid so süß, hoffentlich heiratet ihr!!!!! Und bekommt Kinder.
> Das BESTE Lovepair EVER!

Sie sprach mit ihrer Agentin, Theo mit seinem Agenten – auch wenn sie vereinbart hatten, den wahren Hintergrund ihrer Beziehung für sich zu behalten. Sie schlugen ihre Zelte in Maggies Wohnung in der La Brea Avenue auf. Als Erstes mussten sie herausfinden, wie sie nach dem Finalgewinn ihre Berühmtheit voll ausnutzen konnten. Sie mussten ständig gemeinsam unterwegs sein, damit eventuelle Fotografen sie auch zusammen erwischten. Sie mussten vertraut und entspannt miteinander wirken, als wären sie gerade in den Flitterwochen. Zeitschriftencover, Einladungen zu Talkshows und Fotoshootings waren die Folge.

Trotzdem sah sie Finn so oft wie möglich. Nach den Dreharbeiten hatte sie befürchtet, er könne doch bei Layla bleiben wollen. Doch sobald alles abgeschlossen war, schrieb er ihr: *Ich will das, Maggie. Ich will dich sehen.*

Vor *LoveShack* hatte er als Fundraiser für eine Hilfsorganisation für Veteranen gearbeitet. Einer der früheren Geldgeber hatte ihn gebeten, einen Monat in seinem Haus in Sherman Oaks auf seinen Goldendoodle aufzupassen, sodass Maggie und Finn sich immer dort trafen.

Es war Dienstagabend, und Finn kochte Spaghetti mit Fleischbällchen, während sie an der Kücheninsel saß.

»Du bekommst Zucchininudeln«, sagte er. Maggie versuchte gerade, drei Pfund abzunehmen, bevor sie in zwei Wochen mit Theo einen Auftritt bei *The View* hatte. »Mit Truthahnbällchen.«

»Das klingt perfekt.« Sie überprüfte in ihrer Kalorien-App, wie viele Punkte sie das Essen kosten würde.

»Du bist besessen von dieser App.« Er deutete auf ihr Handy. »Ehrlich, du musst nicht abnehmen.«

Sie verdrehte die Augen.

»Du hast gut reden. Du bist ein Mann. Du nimmst schon zehn Pfund ab, wenn du dir Push-ups nur vorstellst.«

»Das stimmt nicht«, erwiderte er. »Trotzdem. Ich weiß, dass du unter großem Druck stehst, aber ich wünschte, dir wäre klar, dass ich dich für perfekt halte.«

»Ach, hör auf. Schmeichler.« Sie stand auf und küsste ihn auf die Wange.

»Ich habe das Gefühl, als würde ich dich schon mein ganzes Leben lang kennen«, flüsterte er.

»Ich weiß, was du meinst«, sagte sie ebenso leise.

»Es ist unglaublich, wie unkompliziert es zwischen uns ist, und wir kennen uns erst ein paar Monate. Ist es verrückt, dass ich mir bei dir sicher bin?«

Maggie sah ihn an, das Essen auf dem Herd, ihre ganze Umgebung. Den Goldendoodle Marci, der ein paar Krümel vom Boden schleckte. Sie und Finn waren erst seit ein paar Wochen ein Paar, und diese Wochen waren wunderschön gewesen, aber war sie sich sicher? Ihre Körper passten großartig zusammen, der Sex war der beste ihres Lebens. Finn war aufmerksam und liebte sie. Aber war sie *sicher*? Dafür war es ein bisschen zu früh. Wollte er sie gerade bitten, Theo zu »verlassen«?

Er sah sie erwartungsvoll an, weshalb sie lächelte und seine Hand nahm.

»Eins nach dem anderen«, sagte sie.

Er wurde ernst.

»Was meinst du damit?«

»Ich mag dich sehr, aber es ist noch ein bisschen früh.« Und sie war noch nicht bereit, das Arrangement mit Theo zu beenden.

Er ließ ihre Hand los.

»Man hat mich übrigens gefragt, ob ich mit ein paar anderen Realitystars eine Tour zu unseren Truppen in Deutschland und Kuwait unternehmen möchte. Ich habe abgelehnt. Weil ich nicht einen Monat unterwegs sein wollte, gleich am Anfang unserer Beziehung.«

Er wirkte so verletzt, dass sie ihm nicht sagen konnte, dass sie ihn nicht um die Absage gebeten hatte. Stattdessen griff sie wieder nach seiner Hand.

»Finn, glaub mir. Du bist das Beste, was mir seit Langem passiert ist.« Dann küsste sie ihn, bevor einer von ihnen noch etwas sagen konnte. Zu ihrer Erleichterung erwiderte er den Kuss.

Am nächsten Tag begannen die Schuldeneintreiber, ihr Geld zu verlangen. Zwei ihrer Kreditkarten waren im Minus, dazu kamen die alten Schulden aus der Krankheitszeit ihrer Mutter. Sie hatte gedacht, nach dem Finale könnte sie alles abbezahlen, doch das Preisgeld von dreißigtausend Dollar reichte nicht lange. Sie schloss zwar Werbeverträge ab, doch wurde sie dafür nicht sofort bezahlt. Am Morgen hatten bereits zwei Schuldeneintreiber angerufen, weil sie in den letzten Monaten vor *LoveShack* die Mindestzahlungen nicht mehr hatte leisten können. Irgendwie hatten die Büros ihre neue Adresse herausgefunden, und pro Tag kamen drei oder vier Briefe, auf denen große rote Stempel mit den Worten DRINGEND und HANDLUNG ERFORDERLICH prangten.

Sie tippte eine Textnachricht an Emma, die sie schon unzählige Male angefangen und dann immer wieder gelöscht hatte:

Em, ich stecke in Schwierigkeiten. Wegen Moms Krankenhausrechnungen habe ich hohe Schulden. Es tut mir leid, dass ich es dir nie erzählt habe. Ich weiß, dass du nicht viel Geld hast, aber

> ich brauche Hilfe bei den monatlichen Raten-
> zahlungen, bis ich Geld aus den Werbeverträgen
> bekomme.

Doch wie immer löschte sie alles, bevor sie die Nachricht abschicken konnte. Sie wollte ihre Schwester nicht damit belasten, da diese selbst gerade so über die Runden kam. Maggie war die große Schwester. Sie musste sich um alles kümmern können.

»Du wirkst gestresst.« Theo musterte die Briefe auf ihrer Arbeitsfläche in der Küche. Sie wollten ein paar Angebote für Werbedeals durchsprechen, die sie in den letzten zwei Wochen bekommen hatten. Das erste war von den Anbietern einer Sonnencrememarke, die ihnen nichts zahlen, sie aber auf einen voll finanzierten Influencer-Trip nach Belize mitnehmen wollten. Das klang zwar nett, doch Maggie brauchte Geld.

»Ich sehe nicht, wie wir hierbei etwas verdienen sollen«, sagte sie.

»Ja«, stimmte Theo zu. »Ich hatte gehofft, wir tun noch ein paar Monate so, als wären wir zusammen, und machen dabei richtig viel Geld. Aber es ist schwerer, als ich dachte.« Sie hatten noch ein paar andere Angebote von kleineren Marken bekommen, doch alles in allem würde das gerade mal Maggies Miete abdecken und sonst nichts.

»Vielleicht sollten wir das Angebot der Online-Glücks-spielleute annehmen«, meinte sie. Eine Website namens Place Your Bets bot ihnen etwas Geld dafür, dass sie in Internetwerbespots auftraten. Sie würden in Badekleidung an einem Pool sitzen und auf ihren Handys spielen. Es wäre leicht verdientes Geld, fühlte sich aber nicht gut an. Außerdem würde es ein schlechtes Licht auf die Marke werfen, die sie zu etablieren versuchten.

»Ja, vielleicht«, meinte Theo.

Maggies Agentin Anita rief an, und Maggie stellte das Gespräch auf Lautsprecher.

»Theo ist bei mir«, erklärte sie. »Wir haben gerade darüber gesprochen, dass uns die bisherigen Angebote nicht gefallen.«

»Wir müssen mehr Geld verdienen«, sagte Theo. »Was du uns geschickt hast, reicht nicht.«

»Na, dann wird euch umhauen, was ich für euch habe«, antwortete Anita.

Emma

»Bitte schrei mich an«, sagte Jill weinend. »Ich habe es verdient.«

Emma war erschöpft.

»Das kann ich nicht.« Sie telefonierten zum ersten Mal seit dem Videocall gestern, bei dem sie Theo halb nackt in ihrer Wohnung gesehen hatte. Seither hatte Jill ständig angerufen, obwohl es bei ihr mitten in der Nacht war. Da Emma vor dem Treffen mit Layla in einer Stunde nichts Besseres zu tun hatte, hatte sie das Gespräch irgendwann angenommen. Sie wollte wütend darüber sein, dass Jill mit Theo ins Bett gegangen war, doch sie war zu ausgelaugt. Ausgelaugt von Theos Geständnis wegen des Deals mit Maggie, wegen seiner Beziehung zu LaClair, wegen seiner Sexualität. Ausgelaugt, weil ihre beste Freundin mit ihrem Schwager geschlafen hatte, auch wenn der anscheinend zu ihr gekommen war, um sich zu outen. Wenn das alles nicht so schrecklich wäre, wäre es zum Lachen.

Emma lag auf dem Bett, das Handy auf Lautsprecher gestellt, und kratzte sich am Handgelenk.

»Ich glaube, du kannst nichts sagen, wodurch das alles irgendwie besser wird.«

»Du tust es schon wieder, du machst dicht, anstatt mir zu sagen, wie es dir wirklich geht«, beschwerte sich Jill.

»Himmel, Jill. Lass es gut sein.«

»Ich höre doch, wie du an deinem Handgelenk kratzt. Du solltest jetzt nicht allein sein.« Jill weinte immer noch.

Emma hörte auf, sich zu kratzen, und suchte nach einem Pflaster.

»Ich weiß nicht, was du von mir willst. Ich wünschte, du hättest nicht mit Theo geschlafen. Ich wünschte, ich wäre überraschter. Aber ich muss jetzt los. Du solltest schlafen gehen, es ist spät.«

»Bitte, bleib noch.« Jill weinte heftiger.

»Ich lege jetzt auf«, sagte Emma.

Auch wenn die Uhr schon zehn Uhr anzeigte, war es dunkel in dem Apartment; sie hatte kein Licht eingeschaltet. Im Erste-Hilfe-Kasten im Bad fand sie ein großes Pflaster, das sie auf ihr Handgelenk klebte. Beim Blick in den Spiegel stellte sie fest, dass sie fast so schlimm aussah wie in den Wochen nach Maggies Tod. Sie spritzte sich Wasser ins Gesicht und legte Wimperntusche auf. Das musste reichen, denn in einer halben Stunde würde sie Layla treffen.

Emma wartete auf einer Bank im Regent's Park. Layla näherte sich in einer weißen Felljacke, einem grauen Rollkragenpullover, Jeans mit hoher Taille und Schlag und weißen Lackstiefeln mit Absatz.

Emma stand auf. Sollten sie sich umarmen? Wahrscheinlich nicht. Stattdessen streckte sie die Hand aus, die leicht zitterte, was Layla allerdings nicht zu bemerken schien. Ihr Händedruck war fest.

Layla musterte sie von oben bis unten.

»Tut mir leid, dass ich zu spät bin. Wow, du siehst deiner Schwester wirklich überhaupt nicht ähnlich.« Emma blickte an sich hinab, auf die Cordjacke und die Cargohose, die hohen Converse. So wäre Maggie nie irgendwo hingegangen. »Das soll keine Beleidigung sein«, fuhr Layla fort. »Sie war umwerfend, aber du hast deinen eigenen Stil.«

Emma lachte, als sie sich auf die Bank setzten.

»Danke.«

»Also, wie kann ich dir helfen?«, fragte Layla. »Du möchtest wahrscheinlich Maggies schmutzige Geheimnisse erfahren?«

Eigentlich nicht, hätte Emma am liebsten gesagt. Doch sie ging darauf ein.

»Ja, deshalb bin ich wohl hier.«

»Mir ist zwar nicht klar, wie dir das helfen soll, aber ich weiß Dinge über Maggie, von denen sie nicht wollen würde, dass ich sie erzähle. Deshalb wollte ich auch persönlich mit dir sprechen statt mit dieser Reporterin oder was auch immer die Frau war. Es sind heikle Informationen.«

»Das verstehe ich«, sagte Emma. »Und ich bin froh, dass du überhaupt mit mir reden möchtest. Ich versuche einfach so viel wie möglich herauszufinden. Ich hoffe, du kannst mir helfen, Licht in das Ganze zu bringen.«

»Also, zuerst einmal weißt du sicher, dass Maggies und Theos Beziehung … hm, wie sage ich es höflich …« Layla hielt inne. »Die Beziehung war nur vorgetäuscht. Fake.«

Emma seufzte.

»Das habe ich gerade erst herausgefunden und es noch nicht richtig begriffen. Es ist absurd. Theo war mein

Schwager. Drei Jahre lang habe ich mit ihm zusammen Weihnachten und Ostern gefeiert. Ich kenne seine Eltern. Ich war bei ihrer verdammten Hochzeit. Sie besitzen zusammen ein Haus.«

»Es tut mir so leid«, sagte Layla. »Ich kann mir nicht vorstellen, wie es für dich sein muss.«

»Vielleicht kannst du mir helfen, zu verstehen, welchen Grund Maggie dafür hatte. Bei Theo ist es mir klar. Er war nicht geoutet und hatte Angst. Aber eine vorgetäuschte Beziehung? Ich kann mir nicht vorstellen, warum Maggie so etwas tun sollte.«

Layla sah sie mitfühlend an.

»Ich weiß es nicht sicher. Aber hat sie je mit dir über die Krankenhausrechnungen und die Schulden gesprochen?«

»Nein«, erwiderte Emma. »Aber ich weiß über das LAPD davon.«

»Für den Großteil der Dreharbeiten haben wir uns ein Zimmer geteilt. Sie hat mir von eurer Mom erzählt und wie viele Schulden sich dadurch angehäuft hatten. Ich vermute, dass sie verzweifelt war.«

Emma seufzte. Ihr war zum Weinen zumute, doch ihre Augen waren müde und ausgetrocknet.

»Aber warum dann nicht einfach nur eine Fake-Beziehung? Warum auch noch heiraten?«

»Vergiss nicht, dass der Sender ihnen dafür bestimmt eine Menge Geld gezahlt hat«, sagte Layla. »Aber ich weiß es nicht genau. Vielleicht hat es ihr Sicherheit gegeben. Ein geringes Risiko. Tut mir leid, es ist bestimmt hart, das alles zu erfahren, ohne dass sie es dir selbst erklären kann. Sie hat immer wieder davon gesprochen, wie eng euer Verhältnis war.«

»Ich frage mich, wessen Idee es war«, meinte Emma.

Layla seufzte.

»Zuerst war es sicher nur ein Weg, um die Show zu gewinnen. Da mache ich ihr auch keinen Vorwurf, ehrlich. Wie du sicher weißt, sind aus zehn Staffeln vielleicht zwei erfolgreiche Paare hervorgegangen. Alle geben sich verliebter, als sie eigentlich sind, um eine Chance auf den Gewinn zu haben. Die Gewinner haben so viel bessere Karrierechancen als wir anderen. Maggie musste nicht in ein anderes Land ziehen, um fürs Kabelfernsehen eine Immobilienshow zu drehen.«

»Das stimmt«, gab Emma zu.

»Sie waren wirklich ein gutes Team. Maggie war ständig auf Zeitschriftencovern, sie hatte lukrative Werbeverträge und sogar ihre eigene verdammte Zahnpastamarke. Sie und Theo waren auf einem ganz anderen Level als ich oder irgendwer anders aus unserer Staffel. Vielleicht hatte sie einfach Angst, das alles zu verlieren. Mir wäre es zumindest so gegangen.«

»Wollte sie dann ihr ganzes Leben bei ihm bleiben, nur wegen ihrer Karriere? Verdammt!« Emma schnäuzte sich in ein Taschentuch, das Layla ihr hingehalten hatte. »Sie war ehrgeizig, ja, aber nicht so. Oder zumindest dachte ich das.«

»Ich verstehe es auch nicht«, sagte Layla. »Du kanntest sie besser als ich.«

Emma seufzte.

»Ja. Ich wünschte, du hättest es der Polizei erzählt. Das erscheint mir wichtig, nachdem Maggie ...« *kaltblütig ermordet wurde,* vollendete sie im Stillen den Satz.

»Traust du Theo zu, der Täter zu sein?«, fragte Layla, als hätte sie Emmas Gedanken gelesen.

»Ich weiß es nicht.« Und das stimmte. War er wirklich verkommen oder schlau genug, Maggie umzubringen und keine Spuren zu hinterlassen?

»Falls es dir hilft, ich kann mir wirklich nicht vorstellen, dass er so was tut«, sagte Layla. »Sie war seine Deckung und sein Goldesel. Tut mir leid, wenn das hart klingt.«

»Nein, ich weiß schon, was du meinst.« Und auch wenn es keine sympathische Beschreibung seines Charakters war, tat Theo ihr auch irgendwie leid. Er fühlte sich in seiner Haut so unwohl, dass er über so lange Zeit etwas vorspielen musste.

»Sollte ich noch etwas über Maggie wissen? Irgendetwas, das bei den Dreharbeiten passiert ist?«

»Hast du Finn mal kennengelernt? Aus unserer Staffel?«, fragte Layla.

»Kurz, bei der Beerdigung«, sagte Emma. »Aber ich habe die Folgen gesehen und weiß, dass ihr ein Lovepair wart.«

»Ja, das waren wir.« Layla klang leicht bitter.

»Das mit dem Kuss tut mir leid«, sagte Emma. »Ich weiß, es ist komisch, mich für meine Schwester zu entschuldigen. Aber ich fand es widerlich. Und jetzt ergibt es auch Sinn, dass der Kuss leidenschaftlicher war als das Knutschen mit Theo.«

Layla schnaubte.

»Du hast wirklich keine Ahnung.« Sie schüttelte den Kopf.

»Wovon habe ich keine Ahnung?«

»Sie haben miteinander gevögelt. Finn und Maggie. Während und nach der Show. Er hat mir von Maggies und Theos Arrangement erzählt.« Layla blickte auf ihre Fingernägel, als wäre es ihr völlig egal.

Emma hätte am liebsten geschrien. Wusste sie denn überhaupt irgendetwas über ihre Schwester? Wer war sie eigentlich mit ihrer Fake-Beziehung und dem geheimen Liebhaber?

»Es tut mir so leid. Das muss schrecklich für dich gewesen sein«, sagte Emma.

»Das war es«, bestätigte Layla. »Ich weiß, es ist albern, aber ich mochte Finn wirklich. Zuerst war ich wütend und verletzt, aber jetzt nicht mehr so sehr. Er war kein schlechter Kerl. Er hat einfach nur Maggie geliebt und nicht mich.«

Emma nickte verständnisvoll. Was für eine Woche. Sie wollte zurück nach Amerika, die Vorhänge in ihrem Zimmer zuziehen und drei Tage schlafen.

»Maggie schien einfach alles haben zu wollen. Sie musste gewinnen *und* den besten Typen in der Show bekommen«, sagte Layla.

»Ich verstehe«, sagte Emma, auch wenn sie eigentlich gar nichts verstand. »Lohnt es sich, Kontakt zu Finn aufzunehmen? Könnte er noch andere Geheimnisse über meine Schwester wissen, mit denen niemand rechnet?«

»Keine Ahnung«, antwortete Layla. »Ich habe seit Jahren

nicht mehr mit ihm gesprochen und weiß nicht, ob er und Maggie noch Kontakt hatten. Aber einen Versuch ist es sicher wert.« Sie zog ihr Handy aus der Tasche. »Ich schicke dir seine Nummer.«

Emma speicherte Finns Kontaktdaten.

»Tut mir leid, dass ich dir nicht mehr helfen konnte«, sagte Layla. »Ich muss jetzt gehen. Aber danke, Emma, dass du dich gemeldet hast. Und den ganzen Weg hergekommen bist. Ich weiß, ich war nicht besonders nett zu deiner Freundin.«

Emma hatte die angespannte Begegnung zwischen Amanda und Layla schon fast vergessen.

»Mach dir keine Gedanken.«

Sie standen auf und umarmten sich zum Abschied.

»Du wirkst wie eine echtere Version deiner Schwester«, sagte Layla.

Wieder war Emma den Tränen nahe. Sie konnte nachvollziehen, dass Layla wütend auf Maggie war, es schmerzte aber trotzdem.

»Ach, keine Ahnung«, wehrte sie ab.

»Nun, ich schon. Und ich hoffe … du kannst das alles irgendwie hinter dir lassen. Du verdienst dein eigenes Leben.« Layla ging davon.

»Danke«, sagte Emma, doch Layla hörte sie schon nicht mehr.

Maggie

Der Sender bot ihnen je anderthalb Millionen Dollar, wenn sie innerhalb von drei Monaten live vor den Kameras heiraten würden: anderthalb Millionen Dollar. Für jeden von ihnen! Sie waren sprachlos.

Anscheinend waren die Einschaltquoten der Show herausragend und sie und Theo Zuschauerlieblinge gewesen.

Zuerst lachte Maggie über die Vorstellung, eine Scheinehe einzugehen. Eine vorgetäuschte Beziehung war schon unangenehm. Zu heiraten wäre noch viel absurder. Doch anderthalb Millionen Dollar würden ihr Leben verändern. Sie könnte ihre Schulden abbezahlen und hätte ein gutes Polster, um ihre Karriere als Influencerin voranzubringen. Sie müsste Emma nicht mit ihren Geldsorgen belasten. Außerdem: Wenn Theo und sie ein Talent für eine falsche Beziehung hatten, dann würden sie vielleicht auch eine Scheinehe glaubhaft darstellen können.

Vor ein paar Tagen hatte er ihr endlich gesagt, was sie schon lange vermutet hatte: Er war schwul. Sie war sich nicht sicher, ob das bi oder nur schwul bedeutete, aber er hatte sicher kein Interesse an einer richtigen Beziehung mit einer Frau.

»Ich weiß, dass wir im einundzwanzigsten Jahrhundert leben, aber ist es so schlimm, dass ich meine sexuelle Orientierung lieber für mich behalten möchte? Ich wünsche mir, dass dieses Influencer-Ding funktioniert. Das ist das Einzige, worin ich je gut war. Und ich möchte kein *LGBTQ-Influencer* sein«, sagte er mit kaum verhohlener Abscheu.

»Warum nicht? Was ist daran falsch?« Aber wollte sie es ihm wirklich ausreden? War sie als Teil eines Paares nicht wertvoller?

»Es ist einfach ein so enger Markt. Und vergiss nicht die Morddrohungen und die ganzen Verrückten da draußen. Als Paar können wir das durchschnittliche Amerika erreichen, wie ich allein es nicht könnte.«

»Willst du nicht mit jemandem zusammen sein, zu dem du dich tatsächlich hingezogen fühlst? Jemand, zu dem du eine Verbindung spürst?«, fragte sie.

»Das bin ich noch dabei herauszufinden«, sagte er. »Und können wir nicht beides tun? Schlafen, mit wem wir wollen, und treffen, wen auch immer wir wollen? Diskret und unauffällig?«

Doch wie konnte sie das Finn antun? Es würde ihm das Herz brechen.

Zwei Tage vor dem Dreh der Reunion-Folge von *LoveShack* beschloss sie, es Finn zu sagen. Er verbrachte die dritte Nacht in Folge bei ihr, und sie saßen im Pyjama auf ihrem Futon. Ihre Füße lagen auf seinem Schoß, und er hatte sein zweites Bier fast ausgetrunken. Es gab wohl keinen besseren Zeitpunkt.

»Ich wollte mit dir über etwas reden.« Sie nahm all ihren Mut zusammen. Er sah sie aufgeregt an, und ihr Herz wurde schwer. »Ich möchte das mit Theo noch ein wenig länger weitermachen.«

Er sah sie finster an.

»Was soll das heißen?«

»Das mit dem Geld ist nicht so einfach.«

Er sah sie mit gerunzelter Stirn an.

»Ich wundere mich nur. Ich dachte, du wolltest mit dem Versteckspiel aufhören.«

»Das will ich auch, Finn.« Sie nahm seine Hand. »Ich möchte sehen, was aus dir und mir wird.«

»Ich auch.« Doch sein Gesichtsausdruck passte nicht zu seinen Worten. »Aber das wird nicht gehen, wenn du offiziell mit jemand anderem zusammen bist.«

»Ich verspreche, dass wir eine Lösung finden. Ich brauche nur mehr Zeit«, sagte sie. Er wirkte besänftigt, und sie sprach weiter. »Hast du etwas von Layla gehört?« Er hatte sich direkt nach Ende der Show von ihr getrennt, aber am nächsten Tag würden sie sich alle wieder sehen.

»Oh, sie kommt klar«, antwortete Finn. »Ich spreche morgen vor der Reunion mit ihr, erkläre ihr meine Gefühle noch einmal und sorge dafür, dass wir das nicht vor den Kameras ausdiskutieren werden.«

»Okay«, sagte Maggie, obwohl die Aussicht sie nervös machte.

»Mach dir keine Gedanken«, sagte er. »Ich möchte nur, dass du dich bald von Theo trennst und wir unser echtes Leben miteinander anfangen können.«

»Das möchte ich auch, wirklich.« Ihr Herz schlug schnell, denn sie konnte nicht länger warten. »Aber der

Sender bietet uns eineinhalb Millionen, wenn wir live vor den Kameras heiraten.«

Er schnaubte.

»Willst du mich verarschen?«

»Es wäre natürlich nicht echt«, sagte Maggie. »Wir sind uns einig, dass wir uns nach ein paar Monaten scheiden lassen würden.«

»Das wäre ein schrecklicher Fehler.« Finn wandte sich von ihr ab. »Du lebst jetzt schon eine Lüge, und es wird dann nur noch schlimmer.«

»Finn, ich brauche das Geld«, sagte sie. »Ich brauche es wirklich dringend.«

»Ich könnte dir ein wenig aushelfen«, erwiderte er. »Du könntest bei mir wohnen, bis du mehr verdienst. Ich werde wahrscheinlich wieder ein paar Stunden bei der Veteranenorganisation arbeiten, wenn das mit dem Influencer-Zeug nicht funktioniert. Du musst das nicht tun.«

»Doch, ich muss«, sagte sie leise. Sie konnte sein Geld, sein Mitleid nicht annehmen.

Seine Miene verhärtete sich.

»Ich kann nicht glauben, dass du mir das antust.«

»Finn, wir sind doch noch nicht lange zusammen.« Sie wusste, dass sie verzweifelt und erbärmlich klang. »Ich mag dich wirklich, aber ich kann so viel Geld nicht einfach ablehnen. Ich schwöre, es ist nur vorübergehend.«

»Das sagst du immer wieder!«, schrie er. So wütend hatte sie ihn noch nie erlebt, und er sah fast nicht wie er selbst aus. Sein Hals war rot und fleckig, seine Augen gerötet. »Wir sind jetzt seit anderthalb Monaten zusammen, und so war das nicht abgemacht. Du bist manipulativ und grausam. Du benutzt mich.«

Tränen stiegen ihr in die Augen.

»Es tut mir leid, dass du so empfindest.«

»»Es tut mir leid, dass du so empfindest««, wiederholte er spöttisch. Sie fühlte sich, als hätte er sie geohrfeigt, und wandte sich ab. Nach einem Moment stand er auf und begann, seine Sachen zusammenzusuchen. »Ich kann so nicht weitermachen.«

»Bitte«, sagte sie. »Geh nicht.«

»Du brichst mir das Herz.«

»Finn, komm schon«, flehte sie. »Ich kann nicht einfach eineinhalb Millionen Dollar ausschlagen.«

Er ignorierte sie und warf auf dem Weg nach draußen die Tür zu.

Am nächsten Abend erzählte sie Emma die großen Neuigkeiten von der Hochzeit.

»Meine Güte, Mags. Ich habe Theo noch nicht einmal kennengelernt.« Emma briet gerade Eier und ließ den Pfannenwender fallen, den sie in der Hand hielt. Sie drehte sich zu Maggie um, die an Emmas und Jills Küchentisch saß.

»Geht das nicht alles ein bisschen schnell?«

»Ja.« Maggie hatte diese Reaktion erwartet. »Aber der Sender zahlt uns so viel. Und ehrlich gesagt kann ich das Geld wirklich gebrauchen. Wir lassen uns einfach scheiden, wenn es nicht klappt. Es wird wie eine normale Trennung sein, nur mit Papierkram.«

Ihre Schwester sah sie leicht angewidert an.

»Ist das eine gute Voraussetzung für eine Ehe? Ich will nicht, dass du verletzt wirst.«

»Mach dir keine Sorgen«, sagte Maggie. »Wirklich. Ich weiß, was ich tue. Versprochen.«

Emma hatte sie zum Abendessen eingeladen, aber Maggie war auf einer Eier-Diät, von der Theo irgendwo gelesen hatte. Sie musste vor der Hochzeit sieben Pfund abnehmen. Emma mischte etwas Käse unter das Rührei und wirkte nicht überzeugt, aber leicht besänftigt.

»Eine Ehe ist eine große Sache. Glaubst du, du bist bereit dafür?«

»Ja.« Maggie versuchte, nachdrücklich zu klingen. »Ich liebe ihn wirklich. So etwas habe ich vorher noch nie gefühlt.« Die Lüge fiel ihr immer leichter. Sie hasste es, nicht ehrlich zu Emma zu sein, aber in gewisser Weise war es so einfacher, als die Wahrheit einzugestehen: Sie steckte in massiven finanziellen Schwierigkeiten, ihre Schauspielkarriere war am Ende, und dieses Influencer-Ding war schwieriger, als sie gedacht hatte. Es war ihre einzige Möglichkeit, aber ihre Schwester würde das nie akzeptieren. Emma würde sie überzeugen wollen, dass es einen anderen Weg gab.

Das Rührei war fertig, und Emma nahm einen Teller, bevor sie Maggie musterte.

»Bist du sicher?«

Ich habe diese hohen Schulden. Die ganze Verantwortung, hätte Maggie am liebsten gesagt. *Ich beschütze dich.* Aber dann würde Emma darauf bestehen, bei der Tilgung zu helfen. Sie würde das Drehbuchschreiben aufgeben und wie Maggie in eine Sackgasse geraten. Das konnte sie ihrer

Schwester nicht antun, weshalb sie sich zu einem Lächeln zwang.

»Ich bin sicher. Wenn man es weiß, dann weiß man es.«

Die Reunion-Folge war das Kronjuwel jedes Reality-TV-Imperiums. Zumindest sagte Priya das. Die Zuschauerzahlen waren oft fünf- oder sechsmal so hoch wie bei einer durchschnittlichen Folge, abgesehen vom Finale. Priya betete Maggie das alles vor, während sie vor der Reunion geschminkt wurde (Theo und sie hatten als einzige Teilnehmer eigene Trailer). Priya fragte Maggie, ob sie nach Ende der Dreharbeiten den Kontakt zu anderen Teilnehmern gehalten hatte, und erkundigte sich, wie es mit Theo lief. Das war alles Stoff für Schuyler, damit er später möglichst gemeine Fragen stellen konnte.

Nachdem Maggie fertig geschminkt war, verließen die Stylistin und Priya den Trailer. Priya musste die anderen Teilnehmer zu noch bestehenden Abneigungen und neuen Entwicklungen befragen.

»Besuch für dich!« Priya hielt die Tür auf, bevor sie ging. Maggie hoffte, dass es Finn war, denn sie hatten sich nach ihrem Streit wegen der Hochzeit mit Theo noch nicht ausgesprochen.

Doch zu ihrer Überraschung kam Layla herein, die in einem roten Skater-Dress aus Leder und Dreizehn-Zentimeter-Absätzen umwerfend aussah. Maggie stand auf, um sie zu umarmen.

»Spar dir das.« Layla schüttelte den Kopf.

Maggie erstarrte.

»Stimmt etwas nicht?«

Layla verdrehte die Augen.

»Ja, etwas stimmt überhaupt nicht. Finn hat es mir gerade erzählt. Er hat mir alles erzählt.«

»Was hat er dir erzählt?« Maggie versuchte, ruhig zu bleiben.

»Bitte, jetzt stell dich nicht dumm. Wenigstens so viel Respekt verdiene ich.«

»Layla, es tut mir so leid. Ich …«

Layla hob die Hand.

»Ich meine es ernst. Hör auf. Entschuldige dich nicht, als wäre ich dir wichtig. Ich will es nur verstehen.«

»Verstehen?«

»Warum, Finn? Du hättest jeden Typen in dieser Show haben können, und es musste Finn sein. Weil er mich mochte? Wolltest du nicht, dass ich auch nur das kleinste bisschen Glück oder Erfolg habe?«

Maggie überlegte fieberhaft. In gewisser Weise war sie erleichtert; zumindest konnte Finn sich so weit eine gemeinsame Zukunft mit ihr vorstellen, dass er Layla davon erzählt hatte.

»Willst du gar nichts dazu sagen?«, fragte Layla.

»Es tut mir so leid. Bitte erwähne das heute Abend nur nicht vor der Kamera. Wir reden darüber, versprochen. Ich werde dir alles erklären. Aber nicht heute.« Maggie bekam vor Panik kaum Luft.

Layla schüttelte den Kopf.

»Ich schulde dir gar nichts, Maggie. Ernsthaft. Warum sollte ich dich schützen? Das ist eine Beleidigung.«

Denk nach, Maggie. Verdammt, denk nach.

»Du wärst dann das Biest«, antwortete sie so ruhig, wie sie konnte. »Ich sage es nur ungern, aber es ist wahr.«

Layla schnaubte.

»Was soll das heißen? Warum sollte *ich* dann das Biest sein?«

»Zunächst einmal wirst du Theo das Herz brechen. Er wird am Boden zerstört sein.« Maggie sprach ein stilles Gebet, dass Finn nichts von ihrer Vereinbarung mit Theo erzählt hatte.

»Ich weiß, dass das mit Theo keine echte Beziehung ist«, entgegnete Layla. »Aber netter Versuch.« Himmel. Finn hatte wirklich nichts für sich behalten. Hatte er das getan, weil er sie so bloßstellen konnte?

»Theo ist ein netter Mensch. Er verdient es nicht, im Fernsehen bloßgestellt zu werden«, sagte Maggie. Layla verdrehte erneut die Augen. »Im Ernst, Layla. Du wirst schlecht dastehen.«

»Das glaube ich nicht.«

Maggie wusste, dass es keinen anderen Ausweg aus dieser Situation gab. Sie musste unter die Gürtellinie gehen. »Theo ist schwul. Deshalb machen wir das hier. Wenn du allen die Wahrheit sagst, werde ich dich beschuldigen, homophob zu sein. Ihn zu outen, bevor er bereit war.« Vor Scham war ihr übel.

Layla schwieg einen quälenden Moment, bevor sie antwortete.

»Du widerst mich an, Maggie. Du bist die Einzige, die Theo heute Abend outet. Ich kann nicht glauben, dass du so tust, als würdest du ihn schützen wollen, wenn es dir in Wirklichkeit nur um dein Geld geht.«

Maggie holte tief Luft und drängte die Tränen zurück.

»Bitte, ich flehe dich an. Nicht heute, nicht vor allen anderen. Danach gehen wir etwas trinken, und ich erkläre dir alles. Versprochen.«

Aber Layla war bereits auf dem Weg zur Tür.

Jill

Emma öffnete die Wohnungstür, die Reisetasche über der Schulter. Die dunklen Ringe unter ihren Augen waren tiefer als nach Maggies Tod.

»Wie war der Flug?« Jill kam ihr entgegen und umarmte sie.

Emma stellte die Tasche ab und sah sie an.

»Jill, ich kann nicht so tun, als wäre zwischen uns alles normal.«

Jills Herz wurde schwer. Sie hatte gehofft, nach Emmas Rückkehr könnten sie sich wieder versöhnen.

»Das müssen wir auch nicht. Es ist okay, wenn du mich anschreien willst«, sagte Jill. »Das halte ich aus.«

»Dafür habe ich gerade auch keine Kraft«, erwiderte Emma. »Auch wenn du es verdienst.«

»Über was darf ich denn reden?« Jill wusste, dass sie Mist gebaut hatte, ärgerte sich aber trotzdem über Emmas mangelndes Interesse, über ihre Freundschaft zu reden.

»Ich brauche Zeit für mich«, sagte Emma. »Heute Nacht schlafe ich hier, dann ziehe ich für eine Weile nach Calabasas. Maggies Anwalt hat es mit Theo abgeklärt. Das ist das Mindeste, was er tun kann.« Bei Theos Namen überlief Jill ein unbehaglicher Schauder.

Emma hasste das Haus. Sie musste wirklich um jeden

Preis Abstand zu ihr haben wollen. Jill wechselte das Thema. »Wie lief es in London?«, fragte sie gespielt fröhlich, obwohl sie den Tränen nahe war.

»Himmel, Jill, hör einfach auf«, wehrte Emma ab. »Ich will darüber nicht mit dir reden.«

»Ich weiß, dass du wütend bist, aber ich will mit dir reden. Es muss nicht jetzt sein. Aber ich stecke da mit dir drin«, sagte Jill. »Auch wenn du mich gerade nicht magst.«

Emma sah sie ausdruckslos an.

»Aha. Ich muss jetzt ins Bett, der Jetlag …«

»Eins noch, dann lasse ich dich schlafen: Hat Amanda gesagt, warum sie in London bleibt? Obwohl du jetzt wieder hier bist?«

»Woher soll ich das wissen?« Emma ging zu ihrem Zimmer, doch Jill folgte ihr. »Sie hatte noch Meetings oder so.«

»Hm, ihr Kalender ist leer. Sie hat mich gestern angerufen und gesagt, dass sie noch länger in London bleibt, aber keinen Grund genannt. Allmählich gibt es Probleme in der Arbeit, ich kann die Leute bald nicht mehr vertrösten.«

»Dann frag sie doch einfach«, erwiderte Emma. »Es ist sicher alles in Ordnung. Vielleicht will sie nur ein paar Tage Urlaub machen.«

»Ja, wahrscheinlich. Und du willst mir nicht erzählen, wie es mit Layla lief? Ich möchte es wirklich gern wissen, Emma. Mir ist das alles auch wichtig.«

Emma stellte ihre Reisetasche auf ihr Bett, öffnete sie und warf willkürlich ihre Sachen in den Wäschekorb oder zurück in den Schrank. Jill wollte eins der T-Shirts falten, doch Emma scheuchte sie weg, und sie ging zurück zur Tür.

»Rede mit mir«, sagte Jill. »Du kannst doch nicht alles in dich reinfressen.«

»Warum sollte ich ausgerechnet mit dir reden? Maggies Lügen sind schon schlimm genug. Dass Theo insgeheim schwul ist und mit LaClair ins Bett geht, ist richtig beschissen. Aber du bist auch eine Lügnerin. Du hattest hinter meinem Rücken Sex mit ihm! Ich ertrage nicht noch mehr Lügen.«

Jill errötete.

»Na ja, wir hatten eigentlich keinen Sex. Er konnte nicht ... du weißt schon.«

»Igitt, davon will ich nichts hören. Im Ernst, Jill, ich hoffe, du hast die verdrehte Bestätigung von ihm bekommen, nach der du gesucht hast.«

»Bestätigung?« Jetzt wurde Jill wütend. »Er steht nicht auf Frauen. Es tut mir leid, dass ich Mist gebaut habe. Aber tu nicht so, als wäre ich irgendwie von Theo besessen oder so.«

»Komm schon, Jill. Du willst doch nur, dass dich alle mögen. Das ist einfach traurig«, sagte Emma.

Jills Augen wurden feucht, doch sie wusste nicht, was sie darauf erwidern sollte. Wäre dieses schreckliche Gespräch doch nur endlich vorbei. Sie wollte allein in ihrem Zimmer weinen, sich in Selbsthass suhlen, ein großes Glas Wein trinken und dann schlafen gehen.

»Das ist doch Mist. Mir ist Theo wirklich egal. Du bist mir wichtig, und ich will mich nicht mit dir streiten.« Damit verließ sie den Raum.

Emma schüttelte nur den Kopf und schloss die Tür.

Amanda

Seit Tagen erschienen die drei Punkte und verschwanden wieder. Sie sah sie als Letztes vor dem Einschlafen und morgens als Erstes beim Aufwachen.

Die Punkte waren aufgetaucht, nur ein paar Sekunden nachdem sie zum ersten Mal an Trevors neue Nummer geschrieben hatte, doch das hatte gereicht. Als sie vor langer Zeit mit der Suche nach ihm begonnen hatte, wäre ihr nicht im Traum eingefallen, dass er so weit weg von ihr sein könnte, dass ihr die drei Punkte auf ihrem Handy – das Zeichen, dass die Nummer tatsächlich jemandem gehörte, der ihr gerade zurückschrieb – wie etwas unglaublich Intimes vorkamen.

Gleich nach dem Verlassen von Charlies Wohnung hatte sie Trevor eine Nachricht geschickt: Hier ist Amanda. Ich bin in London und möchte dich sehen. Bitte schreib zurück.

Die drei Punkte hatten gereicht, um in London zu bleiben. Sie spürte, dass er irgendwo hier sein musste, ganz in ihrer Nähe. Seit Emmas Abreise war sie jetzt allein im Hoxton und hatte seit Tagen keine beruflichen Meetings mehr gehabt. Sie verbrachte ihre Zeit damit, ihre und Trevors alte Stammplätze in London aufzusuchen – ihr Lieblingscafé, die kleine Buchhandlung, das indische Restaurant –, doch er war nirgends, und niemand hatte ihn gesehen. Nach einer erfolglosen Woche gab sie auf und buchte einen Flug nach Hause.

An ihrem letzten Tag schrieb sie ihm noch einmal, auch wenn sie wusste, dass es sinnlos war. Heute Abend um sieben im Bixby. Sehen wir uns dort? Fliege morgen zurück.

Keine Antwort.

Um sechs Minuten nach sieben zog sie die Tür zum Pub auf. In ihrem Chloé-Hosenanzug mit Hahnentrittmuster schob sie sich durch die Gäste und suchte nach Trevor. Sie unterdrückte ihre Enttäuschung, als sie ihn nicht entdeckte.

Zum Glück stand George wieder hinter der Bar. Sie winkte ihm zu, und er lächelte, während er noch einen anderen Gast bediente.

Er brachte ihr ein Mineralwasser mit Zitrone, und sie unterhielten sich die nächsten zwanzig Minuten. Dann holte sie sich Fish and Chips von einem Imbiss ein paar Häuser weiter, die sie an der Bar aß und die überraschend gut schmeckten. George nahm sich ein paar Pommes frites und erzählte von seiner Nichte, die bald vom Kindergarten in die Schule wechseln würde, und von seiner Punkband namens Orion's Belt, die einige Fans in der Gegend hatte. Sie merkte, dass sie sich gar nicht nach einem Drink sehnte.

»Ich würde mir ja gern einbilden, dass du wegen mir hier bist«, sagte er schließlich. »Aber warum bist du wirklich hier?«

»Oh.« Sie lachte. »Ich hatte gehofft, jemanden zu treffen, aber er kommt wohl nicht.« Es war gut und schmerzhaft zugleich, es laut auszusprechen. Wieder einmal hatte Trevor sie hängen lassen. Sie hätte es sich denken können, und langsam hatte sie die Nase voll.

»Dann ist er ein Idiot.«

»Man hat mich nicht versetzt«, betonte Amanda. »Nur um das klarzustellen.«

»Natürlich. Dir so etwas anzutun, wäre ja auch völlig verrückt.«

»Stimmt«, sagte sie, und er lachte.

Sie unterhielten sich, während sie mit Appetit weiter ihre Fish and Chips aß. Sie merkte, dass es okay war, dass Trevor nicht gekommen war. Dass es okay war, dass sie clean war. Ihr wurde warm von dem netten Gespräch und dem fettigen Essen. Sie war sogar ein bisschen aufgeregt, als George ihr noch ein Mineralwasser mit Zitrone gab und sich ihre Finger dabei berührten.

»Wann hast du heute Feierabend?«, fragte sie ihn.

»Um elf«, antwortete er. »Ich würde dich ja fragen, ob du ein Bier mit mir trinkst, aber das wäre sicher nicht richtig für jemanden, der nicht trinkt.«

»Stimmt«, sagte Amanda. »Aber ich hätte nichts dagegen, nichts zu trinken und dir trotzdem Gesellschaft zu leisten.« Es war ihr letzter Abend, und sie fühlte sich mutig.

»Das klingt gut.« Er lächelte. »Worauf hast du Lust?«

»Oh, dies und das. Ein Shirley Temple ist nicht zu verachten.«

»Na dann …« Sie lachten.

Amanda tauchte die letzten Pommes frites in Ketchup und leckte sich die Finger ab, schmeckte Salz und Fett. Sie stellte sich vor, wie Trevor hereinkam und sie sah, wie sie selbstbewusst mit einem attraktiven Barkeeper flirtete. Wäre er eifersüchtig? Sie verdrängte den Gedanken. Hier ging es nicht um ihn. Scheiß auf ihn.

»Ich gehe jetzt zurück in mein Hotel«, sagte sie. »Und gegen halb zwölf kommst du nach?«

Er lächelte.

»Sehr gern.«

Sie schob ihm die zweite Schlüsselkarte für ihr Zimmer zu und stand auf. Bevor der Mut sie verlassen konnte, zog sie George an sich und küsste ihn auf den Mund. Seine Bartstoppeln fühlten sich angenehm an ihrer Haut an, und sie nahm seinen sauberen, frischen Geruch wahr, an den sich ihr Gehirn auch nach all den Jahren, in denen sie sich nicht gesehen hatten, erinnerte. Sie küsste ihn gern, merkte sie. Lieber als Trevor.

»Später gibt's noch mehr davon«, flüsterte sie, als sie sich voneinander lösten.

»Später mehr«, bestätigte er.

Sie lächelte, als sie Tasche und Jackett von ihrem Barhocker nahm. Ihr Gesicht war angenehm warm, ihre Lippen leicht geschwollen von dem Kuss. Was für eine unerwartete und höchst willkommene Entwicklung.

Als sie in ihr Jackett schlüpfte, tippte ihr jemand auf die Schulter. George riss die Augen auf. Da wurde ihr klar, wer hinter ihr stand.

Mit klopfendem Herzen drehte sie sich um.

Trevor.

Emma

Emma saß auf der Couch ihrer toten Schwester und las noch einmal den kurzen Artikel, den Liz' Kollegin über Theo und LaClair geschrieben hatte. Emma hatte ihr anonym Auskunft erteilt, und Theo war sauer.

Realitystar Theo Cooke bestätigt Beziehung zu LAPD-Detective – »Ich war und bin ein schwuler Mann, der versucht, seinen Weg zu finden.«
Von Sasha Montague

Theo Cooke, Influencer und Gewinner der sechsten Staffel der Reality-Datingshow *LoveShack*, hat die Beziehung mit Daniel LaClair, Detective beim Los Angeles Police Department, eingestanden, nachdem ein eindeutiges Foto der beiden aufgetaucht war.
LaClair, 56, war der ermittelnde Detective im Mordfall Maggie Lathrop, den er nach nur vier Monaten zu den Akten gelegt hat. Lathrop und Cooke lernten sich als Teilnehmer bei *LoveShack* kennen und waren drei Jahre lang verheiratet, bis sie im Januar dieses Jahres brutal erstochen wurde. Quellen, die aus Angst vor Vergeltung anonym bleiben möchten, geben an, dass Cooke, 34, eine Beziehung mit LaClair eingegangen sei,

um die Ermittlungen im Mord an seiner Frau einstellen zu lassen. Cooke hingegen betont, er sei die Beziehung eingegangen, um seine Sexualität zu erkunden.

»[Cooke] wollte nicht, dass ihn die Polizei zu genau unter die Lupe nimmt«, erklärt eine Quelle mit Einblick in die Situation. Cooke habe zugegeben, dass seine Beziehung zu dem Detective die Ermittlungen beenden würde. Laut Angabe des LAPD wird jetzt gegen Cooke wegen Justizbehinderung ermittelt.

Nach Aussage von Timothy Belden, Professor für Jura an der University of Southern California, könnte Cooke wegen Manipulation einer Ermittlung verurteilt werden, mit einer möglichen Höchststrafe von zehn Jahren Gefängnis. LaClair wurde beurlaubt, während das LAPD mögliches Fehlverhalten seinerseits untersucht. Das LAPD hat bisher auf diverse Anfragen nicht reagiert.

»Eine Beziehung zu Daniel LaClair einzugehen, war ein schwerer Fehler, und ich bedaure mein unzureichendes Urteilsvermögen. Es war nie meine Absicht, die Ermittlungen im Mord an meiner verstorbenen Ehefrau zu behindern. Es war ein fehlgeleiteter Versuch, meine sexuelle Identität zu erforschen, und dafür entschuldige ich mich. Ich hatte keine bösen Absichten. Ich war und bin ein schwuler Mann, der versucht, seinen Weg zu finden. Ich hoffe, das LAPD nimmt die Ermittlungen wieder auf, damit der Täter gefunden und verurteilt werden kann«, sagte Cooke in einem schriftlichen Statement.

Dieser Artikel wird fortlaufend aktualisiert.

Wie vorherzusehen, erregte die Story große Aufmerksamkeit. Emma hatte schon Hunderte Tweets dazu gelesen, landesweite Fernsehsender hatten ebenfalls darüber berichtet. Immer öfter wurde der Verdacht geäußert, Theo könnte etwas mit Maggies Tod zu tun haben, was irgendwie befriedigend war. Endlich geriet er in den Mittelpunkt des Interesses. Sogar einige seiner Fans hatten sich online gegen ihn gestellt, Kommentare hinterlassen wie *Fuck you creep*, *Du gehörst nicht zur Gay-Community* und *Versteck dich nicht hinter deiner Queerness*. Ein Klatsch-Account hatte das Paparazzifoto eines niedergeschlagen wirkenden Theo veröffentlicht, wie er in Jogginghose und mit Dreitagebart gerade den Müll hinausbrachte. Darunter stand: *Die Realität ist bitter.*

Ihr »Schwager« war ein Lügner, und jetzt kapierte das auch die Öffentlichkeit. Nach dem FaceTime-Telefonat war Emma zu dem Schluss gekommen, dass Theo ihre Schwester wahrscheinlich nicht umgebracht hatte. Er war zu oberflächlich, um etwas so Bösartiges zu tun.

Nach Erscheinen der Story hatte Theo ihr natürlich eine wütende Nachricht geschickt. Emma, was zur Hölle sollte das? Warum hast du mit der Reporterin gesprochen? Ich hatte dich doch gebeten, es nicht zu tun. Zur Presse zu gehen, bringt nie etwas. Für mich ist das sehr heikel, was vor allem du doch verstehen müsstest. Ich war nicht bereit dafür, dass meine Sexualität im landesweiten Fernsehen diskutiert wird.

Sie überlegte, ob sie darauf antworten sollte. Ja, sie hatte mit der Presse gesprochen, aber anonym. Und sie hatte nichts von der Scheinehe mit ihrer Schwester erzählt, was ihr sehr großzügig vorkam. Außerdem konnte er nicht beweisen, dass die Informationen von ihr kamen.

Sie holte tief Luft und tippte eine Nachricht an Theo. Ich schulde dir gar nichts. Du bist ein Lügner, und ich hoffe, dass du hierfür zur Verantwortung gezogen wirst. Erzähl mir keine rührselige Geschichte zu deinem Coming-out, wir wissen doch beide, wie es wirklich war. Sie schickte die Nachricht ab, bevor sie noch einmal darüber nachdenken konnte. Jill rief an, als ahne sie, dass Emma am Durchdrehen war. In den letzten paar Tagen hatte sie sechsmal angerufen und noch viel öfter geschrieben. Emma ignorierte den Anruf und schaltete Jills Kontakt dann auf stumm. Das war nicht nett, doch sie brauchte gerade Ruhe.

Dann schickte sie noch eine Nachricht. Hallo, Finn, hier ist Emma Lathrop. Können wir uns treffen? Ich habe ein paar Fragen zum Leben meiner Schwester und hoffe, du kannst mir helfen.

Er antwortete nicht sofort, und sie hatte eine ganze Stunde, um ihre Wut auf Theo und Jill zu pflegen. Doch dann piepste ihr Handy. Klar, Emma. Schön, von dir zu hören. Ich rede gern mit dir. Am Telefon oder persönlich?

Lass uns treffen, antwortete sie. Zum Kaffee? Abendessen?

Ein paar Minuten später kam seine Reaktion.

Möchtest du nächste Woche zum Abendessen vorbeikommen? Ich habe einen neuen Pizzaofen, den ich gerade ausprobiere.

Sie dachte darüber nach. War es komisch, dass sie zu ihm kommen sollte, obwohl sie sich nur einmal bei der

Beerdigung begegnet waren? Doch dann schrieb er noch einmal.

Ist das zu aufdringlich? Lol. Ich habe einfach das Gefühl, dich zu kennen, weil Maggie im Lauf der Jahre so viel von dir erzählt hat.

Das weckte ihr Interesse. Er und Maggie hatten also den Kontakt gehalten. Hatten sie vielleicht auch weiter miteinander geschlafen? Das musste sie irgendwie taktvoll herausfinden.

Nachdem Emma allein in dem Haus in Calabasas war, ging sie die Sachen ihrer Schwester in Ruhe durch. Ihre Kleider waren noch alle da, außerdem ihre Weinsammlung, ein kleines Büro und ein Schminkraum, alles unberührt. Sie begann mit Maggies riesigem Schrank und verteilte alles auf drei Stapel: spenden, behalten, verkaufen. Emma machte sich nichts aus Klamotten und Make-up, aber ein paar Dinge wollte sie als Erinnerung behalten. Maggies teurere Sachen könnte sie vielleicht verkaufen und den Erlös spenden. Heute wollte sie sich Maggies Schminkzimmer vornehmen, in dem sie immer gestylt worden war und wo sie Hunderte Schönheitsprodukte aufbewahrte. Emma ging auf dem weißen flauschigen Teppich durch den Flur und öffnete die Tür.

Es roch nach Maggie, vor allem nach dem Le-Labo-Parfüm, das sie jeden Tag getragen hatte, nachdem sie das Geld von *LoveShack* bekommen hatte. Emma ging zum Schminktisch und sprühte etwas davon in die Luft. Sie und ihre Schwester hatten immer gescherzt, dass Maggie nur deswegen reich geworden war, um sich ihr teures Parfüm leisten zu können.

Emma hatte vor dreizehn Jahren von Maggies Parfüm-leidenschaft erfahren, als ihre Schwester ihr zu ihrem sieb-zehnten Geburtstag ein Flugticket nach New York geschenkt hatte. Der größte Teil von Maggies Verdienst ging damals für die Miete drauf, die für New Yorker Maßstäbe billig war, für Kansas-Verhältnisse aber geradezu unerschwing-lich. Deshalb musste sie ein Jahr sparen, bis sie das Flug-ticket für zweihundertfünfzig Dollar kaufen konnte. Emma freute sich so sehr über die Reise, dass sie die Tage in einem Kalender abstrich, der über ihrem Schreibtisch in dem Zimmer hing, das sie sich mit Maggie geteilt hatte.

Am Freitag nach der Schule, am Anfang der Frühjahrs-ferien, flog Emma nach New York. Es war ihr erster Flug, und es war einfach toll. Die kleinen Fernsehbildschirme, die Freigetränke – alles war aufregend.

Maggie holte sie am Flughafen JFK ab, dann nahmen sie den AirTrain zur U-Bahn und die U-Bahn zum Bus. Es war das erste Mal, dass Emma mit öffentlichen Verkehrsmitteln fuhr, wenn man den Schulbus nicht mitzählte. Maggie ver-hielt sich wie ein alter Profi, obwohl sie erst seit einem Jahr in der Stadt lebte. Emma beobachtete staunend, dass ihre Schwester, als die U-Bahn rumpelnd anfuhr, nicht schwank-te, obwohl sie sich nirgends festhielt.

Emmas einziges Wissen über New York City stammte aus *Friends* und *Seinfeld*. Maggies Apartment in Bushwick an den Bahngleisen war daher ein Schock. Es war nicht auf teure Art schäbig wie bei Rachel und Monica in *Friends,* es war nur schäbig. Maggie hatte acht Mitbewohner, es gab kein Wohnzimmer und auch keine funktionierende Heizung. Sie hatten nur ein Bad, und selbst wenn die Dusche voll aufgedreht war, gab sie nur einen anämischen Strahl von sich. Als sie in Maggies winziges Zimmer gingen, sagte Emma staunend, es sei ja nur so groß wie ein großer Schrank.

»Weniger Arbeit für dieses Scheißding hier.« Maggie trat gegen den Heizlüfter, der neben dem Bett stand. »Aber ja, ich habe nicht übertrieben.«

»Und du zahlst sechshundertfünfzig Dollar im Monat dafür? Das kapiere ich nicht.«

»Na ja, die U-Bahn ist nicht weit weg. Und Bushwick ist cool.« Maggie ließ sich aufs Bett fallen und streifte die Schuhe ab. Stundenlang saßen sie nebeneinander und erzählten sich die letzten Neuigkeiten: Emma war in ein Mädchen in ihrer Matheklasse verknallt, Maggie hatte die Chance, einen Werbespot für Office Depot zu drehen, und die Mitbewohnerin, die sie am wenigsten mochte, war ausgezogen, nachdem sie einen Platz im Chor einer Broadway-Show ergattert hatte.

»Ich habe von einer Lesbenbar in Gowanus gehört«, sagte Maggie, als sie Emmas Nägel königsblau lackierte. »Möchtest du hingehen?«

Emma hatte sich ein paar Monate zuvor Maggie gegenüber am Telefon geoutet. (»Du warst einfach immer schon du selbst«, hatte Maggie gesagt. »Ich bin stolz auf dich.« Genau das hatte sie hören müssen.) Und jetzt plante Maggie einen ganzen Abend mit lesbischem Nachtleben für sie.

»Ich bin noch nicht einundzwanzig. Und du auch nicht«, sagte Emma, auch wenn sie die Aussicht aufregend fand.

»Kein Problem, wir können uns von meinen Mitbewohnerinnen falsche Ausweise leihen. Das mache ich dauernd.«

»Ach wirklich?« Sie konnte sich Maggies Leben hier kaum vorstellen – wie sie Alkohol in Bars trank, zu Vorsprechen ging und mit der U-Bahn fuhr.

»Klar. Los, das wird lustig. Außerdem kannst du dann mit deiner neuen Maniküre angeben.« Maggie kicherte über das grelle Blau, in dem Emmas Nägel jetzt leuchteten.

Ihre Kleider bewahrte sie in Müllsäcken unter dem Bett auf, und nachdem sie alle irdischen Besitztümer auf die Decke gekippt hatte, suchte sie ein Outfit für Emma heraus: Netzstrümpfe, einen fransigen schwarzen Minirock und ein rotes Schlauchtop. Emma musste zugeben, dass es perfekt war. Sie hatte sogar falsche Doc Martens, die sie dazu anziehen konnte.

Dann zeigte Maggie ihr ihre Parfümsammlung, die hauptsächlich aus billigen Drogeriekopien von Designerparfüms bestand, doch auf eine Flasche war sie stolz: Viva La Juicy von Juicy Coutures. Maggie erlaubte Emma, ein wenig auf ihr Handgelenk zu sprühen. Es roch süß und blumig und kein bisschen dezent.

»Ist das nicht unglaublich?«, fragte Maggie.

»Auf jeden Fall«, log Emma. Die Flasche war rechteckig mit einem kristallförmigen Stöpsel, um den eine rosafarbene Schleife gebunden war. Daran hingen zwei Anhänger: ein J für Juicy und ein kleiner Terrier. Emma nahm den kleinen Hund zwischen die Finger.

»Nimm ihn.« Maggie zog den Anhänger ab.

»Wirklich?«, fragte Emma, und Maggie nickte.

Sie befestigte den kleinen Hund an ihrem Schlüsselbund. Erst in ihrem letzten Collegejahr besorgte sie sich eine Kette dafür.

Viele Jahre später kaufte Emma ihrer Schwester zum dreißigsten Geburtstag ein Armband mit einem ähnlichen Terrier-Anhänger, den sie auf eBay für eine Unsumme erstanden hatte. Seit Maggies Tod hatte Emma die Kette nicht ein einziges Mal abgenommen. Als sie jetzt damit spielte, dachte sie an die damalige Reise zurück: das erste Mal in einer U-Bahn, der Geruch nach gerösteten Erdnüssen, der Geschmack ihres ersten guten Bagels. Das half ihr, zumindest ein bisschen.

Ihr Handy meldete sich und riss sie in die Gegenwart zurück. Theo hatte geantwortet. Em, wie gesagt, mit deiner Schwester war es kompliziert. Himmel, wieso glaubte er eigentlich, er könne sie »Em« nennen? Ich weiß nicht, was ich dir sagen soll. Maggie und ich hatten eine geschäftliche Vereinbarung getroffen, und uns war klar, dass die nur funktionieren konnte, wenn wir niemandem davon erzählten. Nicht einmal unser Management wusste es. Trotzdem war das echt beschissen von dir, zur Presse zu gehen ... Sie legte das Handy zur Seite. Sie konnte nicht weiterlesen.

Amanda

Trevor stand leibhaftig vor ihr, in ihrem alten Stammpub. Ein unwirkliches Gefühl. Er war mager, sein Kopf war rasiert, und er hatte sich einen Schnurrbart wachsen lassen. Unter seiner üblichen Jeansjacke mit Prince auf dem Rücken trug er einen Kapuzenpullover, dazu schwarze Doc Martens. Er sah aus, als wäre er seit Jahren nicht mehr in der Sonne gewesen.

»Ich lasse euch mal allein«, sagte George.

»Tut mir leid.« Ihr fiel ihre Verabredung für später wieder ein. »Ein anderes Mal, ja?«

Hatte Trevor ihren Kuss gesehen? Sie verdrängte den Gedanken, als sie ihn fest an sich zog.

»Bist du es wirklich?« Unter seiner Kleidung spürte sie die Rippen.

»Mach doch nicht so einen Aufstand«, zischte er und löste sich aus der Umarmung.

»Das mache ich doch gar nicht.« Sie war verletzt.

Zusammen traten sie aus dem Pub in den kalten Londoner Abend. Trevor ging schnell und sah geradeaus, während er die Kapuze seines Hoodies über den Kopf zog.

»Tut mir leid, dass ich dich bei deinem Date gestört habe.«

Er hatte also tatsächlich gesehen, wie George und sie

sich geküsst hatten. Ihre Wangen brannten. Warum war ihr das so peinlich?

»Das war kein Date.«

»Klar.« Er beschleunigte seinen Schritt.

»Wohin gehen wir?«, fragte sie.

»Piccadilly. Da wohne ich. Ziemlich versteckt.«

»Trev, ich kann es nicht glauben. Du bist es wirklich.«

Er ignorierte die Bemerkung.

»Warum bist du in London?«

»Ich hatte ein paar berufliche Meetings.« Sie gingen so schnell, dass sie ein wenig außer Atem war. »Ich schwöre, ich habe dich nicht verfolgt. Aber ich wollte dich wirklich finden.«

»Oh, das weiß ich.«

Scham flammte in ihr auf.

»Ich habe dich vermisst.«

»Ich habe dich auch vermisst«, antwortete er, und ihr Herz machte einen Satz. Das war immerhin etwas. Nicht zum ersten Mal überlegte sie, ob sie in ihn verliebt war. Nachdem schon die kleinste Bestätigung von ihm Glücksgefühle in ihr auslöste, könnte es tatsächlich so sein. Doch vielleicht war sie auch nur so verdreht, dass das kleinste bisschen männliche Aufmerksamkeit dafür ausreichte. Zumindest würde das ihre Therapeutin sagen.

Nach einer Weile ertrug Amanda das unbehagliche Schweigen nicht mehr.

»Ich muss zugeben, dass ich etwas verwirrt bin. Ich dachte, du würdest dich mehr freuen, mich zu sehen. Nachdem du schon so lange Zeit untergetaucht bist.«

Trevor hatte die Hände zu Fäusten geballt, und er ließ seine Knöchel knacken.

»Mich freuen, dich zu sehen? Klar. Aber ich bin nicht verschwunden, um irgendwann wieder gefunden zu werden. Du verstehst also sicher, dass ich etwas beunruhigt bin. Möchtest du mir erklären, warum du mir hinterherspionierst, seit ich abgehauen bin?«

»Ich habe versucht, dich zu finden. Das ist nicht ›hinterherspionieren‹.« Seine Anschuldigung tat weh.

»Ach, komm schon. Ich weiß, dass du einen Privatdetektiv engagiert hast.«

»Ich …« Sie wollte es ihm gern erklären, doch ihr fehlten die Worte. Ihr war elend zumute. »Das ist Monate her. Ich wollte dich wirklich finden. Ich habe mir Sorgen gemacht.« Ihre Augen wurden feucht.

»Hör auf zu heulen«, sagte er. »Ich wünschte, du wärst nicht nach London gekommen, um nach mir zu suchen.«

»Das bin ich auch nicht!«, sagte sie. »Ich arbeite an einer neuen Show und hatte dazu hier ein paar Meetings. Außerdem war meine Freundin Emma hier, die etwas wegen des Todes ihrer Schwester Maggie Lathrop regeln musste, und ich wollte sie unterstützen, nachdem Maggie vor ein paar Jahren an *LoveShack* teilgenommen hat.«

»Oh, ich weiß alles über Maggie Lathrop.« Er lachte. »Deine Schuldgefühle wegen *LoveShack* waren schon immer völlig übertrieben.«

Sie ignorierte die Bemerkung.

»Warum lachst du? Jemand ist gestorben. Das vierte Mal bereits. Jemand aus unserer blöden Show.«

»Du übernimmst immer so viel Verantwortung. Bist du schon mal auf den Gedanken gekommen, dass sich die Welt gar nicht um dich dreht? Dass Maggies Tod vielleicht gar nichts mit dir zu tun hat?«

»Das sage ich ja auch nicht. Aber was weißt du über Maggie Lathrop?«

»Mehr, als du glaubst«, erwiderte er. »Gehen wir erst einmal zu mir, dann erzähle ich dir alles.«

Schweigend gingen sie noch drei Blocks, bis er sie durch eine Gasse hinter das Ritz-Carlton führte. Sie war sprachlos, ein Zimmer in dem Luxushotel kostete sicher zweitausend Pfund. Sogar sie würde nicht so viel Geld für eine Übernachtung ausgeben. Zwei Sicherheitsleute öffneten Trevor die Tür, und er brachte Amanda zu einem Personalaufzug. Seine Suite war im fünften Stock und hatte ein Wohnzimmer mit hellblauen getufteten Sofas und goldener Tapete. Nicht ihr Geschmack und Trevors auch nicht.

»Wie kannst du dir das leisten?« Als er nicht antwortete, sprach sie weiter. »Mir ist klar, dass du sauer auf mich bist, aber darf ich wenigstens sagen, dass ich mich freue, dich zu sehen? Auch wenn es Jahre gedauert hat, dich zu finden. Ich bin froh, dass du lebst.«

Er setzte sich auf eine Couch, und sie ließ sich ihm gegenüber nieder.

»Das ist so typisch für dich. Du weißt nie, wann du aufhören sollst. Lässt dir von Charlie meine Nummer geben? Das ist doch Wahnsinn.« Mit einem Blick zu ihr fuhr er fort: »Das war nur eine Vermutung. Aber deinem Gesichtsausdruck nach zu schließen, habe ich wohl recht.«

»Sei nicht sauer auf Charlie«, bat sie. »Ich habe ihn überredet.«

»Ich habe ganz andere Gründe, auf dich wütend zu sein, Amanda. Dass mich der verdammte Privatdetektiv monatelang nicht in Ruhe gelassen hat, zum Beispiel. Ich musste meine E-Mail-Adressen löschen und meine Nummer ändern. Er wollte meine Mutter bestechen, damit sie ihm sagt, wo ich bin. Warum hast du mir so jemanden überhaupt auf den Hals gehetzt?«

»Ich wollte dich nur finden. Bei dir klingt es, als hätte ich etwas Böses getan«, wehrte sie sich. »Ich sollte wütend auf dich sein. Du hast meine Karriere zerstört.«

»Ich habe dir nie gesagt, dass du mich bei der Presse verteidigen sollst. Darum hätte ich dich nie gebeten.«

Sie verdrehte die Augen.

»Komm schon. Natürlich habe ich dich in Schutz genommen. Du warst mein bester Freund, und ich war verletzlich. Wir hatten gerade miteinander geschlafen. Ich dachte, ich kenne dich besser als diese Frauen.« Wie erniedrigend das war. »Außerdem habe ich Drogen genommen und nicht klar denken können. Was dachtest du denn, dass passieren würde?«

»Bitte spiel hier nicht das Opfer«, erwiderte Trevor. »Ich habe mein Leben zurückgelassen, mein Zuhause, meinen Job, meine Freunde, alles. Ich habe dich nicht gebeten, mich zu verteidigen. Das hätte ich nie von dir verlangt. Es ging nie um dich. Alles muss sich immer um dich drehen.«

Eingeschüchtert blickte sie zu Boden.

»Okay.«

Trevor redete aufgebracht weiter.

»Komm mir nicht mit ›okay‹, Amanda. Warum bist du wirklich hier? Soll ich mich schuldig fühlen, weil ich abgehauen bin? Oder willst du vielleicht herausfinden, ob ich wirklich getan habe, was man mir vorwirft?«

»Lass das. Ich bin's, nicht die *Times*. Die Anschuldigungen sind bestimmt richtig. Warum hättest du dich sonst seither versteckt?«

Er schnaubte.

»Wow. Wenn ich also schuldig bin, warum bist du dann überhaupt hier?«

Sie hielt inne. Ja, warum war sie hier? Was wollte sie von ihm? Plötzlich waren diese Fragen von drängender Wichtigkeit.

»Ich dachte wohl, ich könnte dich überzeugen zurückzukommen. Auch wenn du die Frauen missbraucht hast, verstehe ich nicht, warum du weggelaufen bist. Heutzutage ist es doch keine große Sache mehr, gecancelt zu werden. Jeder wird gecancelt. Ich wurde gecancelt, weil ich dich verteidigt habe! Und ich arbeite wieder. Du musst dich nur entschuldigen und sagen, dass du dir Hilfe suchst, und dann nach einem halben Jahr unauffällig wieder auftauchen. So schwer ist das nicht.«

Er lachte bitter.

»Ich komme nicht zurück. Ich will nicht auf dem Scheiterhaufen verbrannt werden. Nein danke. Und ich werde mich nicht entschuldigen. Ich bin kein Vergewaltiger, ich habe niemanden missbraucht. Das ist alles Mist.«

»Du streitest also ab, was die Frauen dir vorwerfen?«

»Ich streite den Vorwurf ab, dass es nicht einvernehmlich war.«

»Du bist also einvernehmlich mit einem Rosenquarz-dildo in die Frauen eingedrungen?«

»Ja.« Er seufzte, als wäre sie schwer von Begriff.

»Warum werfen sie dir das dann vor? Warum hätten sie lügen sollen?«

»Ich weiß es nicht. Aufmerksamkeit? Geld?«, sagte Trevor.

Sie verzog das Gesicht. Es war, als hätte ihn jemand entführt und durch einen Incel-Loser ersetzt.

Sie überlegte lange, was sie antworten sollte.

»Können wir über etwas anderes reden? Was du zum Beispiel über Maggie weißt? Oder warum du im Ritz wohnst?« Es war unglaublich, dass sie ihn bis jetzt nicht hatte finden können. Die ganze Zeit war er hier gewesen, am Piccadilly Circus. Sie hatte sich vorgestellt, dass er in irgendeinem ehemaligen Ostblockland in einer Bruchbude hauste.

»Warum nicht? Ich verdiene genug Geld, und hier sind alle diskret. Hier wohnen Ölscheichs mit ihren Geliebten und solche Leute. Die Security ist auch gut – ich kann durch den Hintereingang kommen und gehen. Wobei ich nicht oft rausgehe.«

Sie kicherte.

»Du nimmst dich so wichtig, glaubst, dass dich die Leute auf der Straße ansprechen würden, wenn du mit übergezogener Kapuze herumläufst oder durch den Haupteingang hinausgehst. Wie peinlich!«

Er verdrehte die Augen.

»Noch mal, du hast mir einen Privatdetektiv auf den Hals gehetzt. Ich wollte aber nicht gefunden werden.«

»Ich habe irgendeinem Typen, den ich zufällig im Internet aufgetrieben habe, tausend Dollar gezahlt, dass er nach dir sucht. Bild dir darauf nichts ein.«

»Trotzdem.«

»Wie kannst du dir das Zimmer hier leisten?«, fragte sie.

Er zögerte.

»Das würde ich lieber für mich behalten.«

Dealte er mit Drogen oder so? Handelte er mit Frauen?

»Im Ernst? Warum kannst du mir nicht sagen, wie du hier wie ein König residieren kannst, ohne irgendeine Spur …«

»Ethereum«, fiel er ihr ins Wort. »Ich verkaufe Ethereum.«

War das irgendeine neue Droge? Sie überlegte, ob sie beim Entzug davon gehört haben könnte.

»Was soll das sein?«

»Eine Kryptowährung. Wie Bitcoin.« Er verdrehte wieder die Augen. »Als ich untergetaucht war, habe ich viel Zeit auf Reddit verbracht und mir alles über Kryptowährungen angelesen. Das ist der totale Wahnsinn. Die Zukunft des Handels, nicht zurückverfolgbar, und man hat so viele Möglichkeiten. Es verändert jetzt schon die Welt.«

Sie unterdrückte ein Lachen.

»Im Ernst? Du bist jetzt ein Krypto-Bro? Du warst ja schon immer geldgeil, deshalb wundert mich das gar nicht.«

»Was soll das denn heißen?«

»Tu nicht so. Du weißt doch, was bei *LoveShack* passiert ist.«

Er warf ihr einen Blick zu.

»Lass die Verschwörungstheorien.«

»O bitte. Wegen dir wurde ich aus dem Autorenteam geworfen, gib es zu. Du wolltest nur zu gern sein, was sie haben wollten, und hast die ganze Scheiße ignoriert. Und schau, was danach passiert ist! Vier Menschen sind tot! Und weißt du, was ich denke? Ich denke, der *LoveShack*-Fluch ist Schwachsinn. Das ist kein Fluch, sondern die logische Folge der Show.«

Er schnaubte.

»Du wurdest aus dem Autorenteam geworfen, weil du eine unglaubliche Nervensäge warst.«

Vielleicht hatte er da nicht ganz unrecht. Sie erinnerte sich noch, wie sie einmal bei einem Meeting neben Priya gesessen hatte und sie sich Aufnahmen aus der vierten Folge angesehen hatten. Einer der Teilnehmer, der Mixed-Martial-Arts-Kämpfer Mack, der schon einmal wegen schwerer Körperverletzung angeklagt worden war, verhielt sich wie erwartet unberechenbar.

»Für Paradise Island haben wir ihm Shelby zugeteilt«, sagte Priya, »weil sie noch Jungfrau ist. ›Hebt sich für die Ehe auf‹ und all das. Was wir dann in der Episode bekannt machen wollen.« Die Zuschauerstimmen spielten doch keine Rolle. Die Produzenten bildeten die Paare, die ihrer Meinung nach für das meiste Drama sorgen würden.

Das Date verlief katastrophaler, als Amanda es sich ausgemalt hatte. Wie alle anderen Paare mussten Shelby und Mack nach ihrem Paradise-Island-Date die Nacht in einem Zelt verbringen. Mack überraschte Shelby, als er sich nackt zu ihr ins Bett legte, und als er sich ihr näherte, schrie sie, wobei sie das Kreuz um ihren Hals umklammerte. Die Produzenten und Trevor lachten.

»Sie tut mir leid«, sagte Amanda, bevor sie sich zurückhalten konnte.

Priya sah sie an.

»Ach ja? Weil sie mit einem sehr attraktiven nackten Mann im Bett liegt?«

»Weil sie sich ganz offensichtlich bedroht fühlt«, erwiderte Amanda. Trevor verpasste ihr unter dem Tisch einen Tritt.

Priya verdrehte die Augen, und die Aufnahmen liefen weiter. Mack wollte Shelby küssen, doch sie wich zurück. »Hey, was soll das?«, schimpfte er.

»Ich will das nicht«, sagte Shelby. »Kannst du bitte etwas wegrutschen? Und dir Boxershorts anziehen?«

»Verklemmte Fotze«, murmelte er.

Shelby weinte bitterlich, und die Kamera hielt weiter auf ihr Gesicht.

Priya hielt die Aufnahme an.

»Hat jemand Ideen für ein paar sarkastische Bemerkungen aus dem Off?«

»Wie soll ich dazu etwas Lustiges schreiben?«, fragte Amanda.

Priya schürzte die Lippen.

»Wenn dir das so schwerfällt, solltest du vielleicht besser gehen.«

»Im Ernst?« Amanda sah Hilfe suchend zu Trevor, der allerdings nur auf den Tisch starrte.

»Ja. Ständig beschwerst du dich. Für eine Comedy-Autorin hast du überhaupt keinen Sinn für unseren Humor hier. Trevor schafft das auch allein.«

»Nein, bitte nicht«, sagte Amanda. Laut ihrer Verträge bekamen sie fünfundzwanzig Prozent für die Rechte und das ursprüngliche Skript, das restliche Honorar würden sie allerdings erst nach Fertigstellung der Kommentare aus dem Off für alle zwölf Episoden bekommen.

»Trevor, könntest du mir vielleicht mal helfen?«

Er zuckte nur mit den Schultern.

»Ich hätte deine Entschuldigung wegen *LoveShack* nie annehmen sollen«, sagte Amanda. Nach ihrer Entlassung hatte Trevor weiter an der Show gearbeitet und sein volles Honorar bekommen, plus einen hübschen Bonus, der ungefähr dem entsprach, was ihr sonst noch zugestanden hätte. Nachdem sie ihn darauf angesprochen hatte, hatte er sich entschuldigt, aber auch erklärt, dass er daran nichts ändern könne. Er hatte sie zum Essen eingeladen und Unmengen Kokain für sie beide besorgt. Weil sie vierundzwanzig und dumm und vermutlich in ihn verliebt gewesen war, hatte sie es auf sich beruhen lassen. »Und ich hätte allen sagen sollen, was für eine verdrehte Scheiße wir den Teilnehmern zugemutet haben, aber ich hatte zu viel Angst.«

»Meine Güte, glaubst du wirklich, dass *LoveShack* schlimmer ist als die anderen Realityshows? Werd erwachsen.« Er strich sich mit der Hand über den rasierten Kopf.

Seine Fingernägel waren gelblich verfärbt und abgekaut. »Glaubst du, die Teilnehmer sind wegen dir gestorben? Wegen uns? Du bist eine Narzisstin, Amanda.«

»Ich, eine Narzisstin? Im Ernst? *Ich* bin nicht aus Angst vor schlechter Presse untergetaucht.«

»Die Vorwürfe waren falsch«, erwiderte er. »Das habe ich dir doch gesagt. Ich wollte nicht abwarten, bis man mich kreuzigt.«

»Du übernimmst also keine Verantwortung für das, was du getan hast. Dann gehe ich jetzt mal. Aber kann ich dich vorher noch etwas fragen?«, sagte Amanda, bevor sie der Mut verließ. Er schwieg, daher holte sie tief Luft und sprach weiter. »Warum nicht bei mir?«

»Wovon redest du?«

»Warum hast du … den Dildo bei mir nicht verwendet?« Ihre Wangen brannten.

»Was meinst du damit?« Das erste Mal, seit sie sich wiedergetroffen hatten, war er ehrlich ratlos.

»Ich weiß nicht, wie ich es noch deutlicher formulieren soll. Warum hast du mir den verdammten Rosenquarzdildo – einvernehmlich oder nicht – nicht eingeführt?«

»Ehrlich, Amanda, darum geht es? Du willst wissen, warum ich dich nicht mit einem Halbedelsteindildo gevögelt habe?« Entnervt rieb er sich mit dem Fingerknöchel die Stirn. »Das kann ich nachholen, wenn du unbedingt willst.«

»Lass das. Ich versuche es nur zu verstehen.«

Er überlegte einen Moment und antwortete: »Mit dir hätte es mir keinen Spaß gemacht.«

»Und warum?«

»Ach komm, muss ich es echt noch deutlicher sagen?«

»Ich verstehe es wirklich nicht, Trevor.«

»Mit dir war es anders. Ich habe es nur bei Frauen gemacht, die ich für sexuell offen gehalten habe. Wie sich herausgestellt hat, lag ich da falsch.«

»Du brauchst echt Hilfe«, sagte sie.

»Vielleicht. Aber du musst endlich mit allem abschließen«, erwiderte Trevor. »Du bedeutest mir wirklich was, Manda, aber das alles ist einfach nur peinlich. Ich werde nicht zurückkommen und mich mit irgendwelchen Idioten auseinandersetzen, die mich für einen Serienvergewaltiger halten und an den Pranger stellen wollen.«

»Oh, ich lasse das alles hinter mir, keine Angst.« Sie klang überzeugter, als sie sich fühlte. »Aber wann bist du eigentlich zu diesem Klischeearschloch geworden?«

Er schnaubte.

»Du spinnst, Amanda.«

»Ich wollte dich finden, weil die Vorstellung, den Rest meines Lebens ohne meinen besten Freund zu verbringen, einfach zu wehgetan hat.« Ihre Stimme brach. »Aber das war offenbar eine ganz schlechte Idee.«

»Amanda, wenn ich hätte gefunden werden wollen, dann hätte ich mich gemeldet«, erwiderte er etwas freundlicher. Beide schwiegen. »Ich glaube, wir sollten unser Wiedersehen jetzt beenden.«

»Das stimmt«, log sie und schluckte gegen die Tränen an. Es war masochistisch, aber bei der Aussicht, ihn nie wiederzusehen, war ihr leicht übel. »Aber zuerst musst du mir noch sagen, was du über Maggie weißt. Wenn du überhaupt etwas weißt.«

Er seufzte.

»Und du musst mir zuerst sagen, warum dich das so interessiert.«

»Emma Lathrop ist meine Freundin. Ich bin es ihr schuldig, ihr mit meinem Einfluss und meiner Persönlichkeit zu helfen.«

Er lachte.

»Oh, ›dein Einfluss und deine Persönlichkeit‹. Wie ehrenwert.«

»Halt die Klappe, Trevor.« Plötzlich war sie wütend. »Ich will meiner Freundin helfen, herauszufinden, warum ihre Schwester umgebracht wurde. Das ist alles.«

»Wäre vielleicht gar nicht so schlecht, wenn du dich stattdessen mal eine Weile auf dich konzentrierst, oder?« Er lachte.

War er eigentlich immer schon so ein Arschloch gewesen? Am liebsten hätte sie ihm eine reingehauen.

»Wieso bist du so?«

Sein Lächeln war gemein, grausam, und ihr Magen verkrampfte sich dabei.

»Ich hoffe einfach nur, dass es dir weiterhin etwas bringt, dich in die Probleme anderer Leute einzumischen.«

»Fick dich. Ich höre mir nicht länger an, wie du dich über mich lustig machst.« Sie zitterte am ganzen Körper, während sie zur Tür ging. »Und ich glaube, du weißt gar nichts über den Mord an Maggie.«

»Ach wirklich?«

Sein hämischer Gesichtsausdruck machte ihr Angst.

»Bitte sag mir, dass du nicht darin verwickelt bist.«

»Himmel, nein! Du hältst mich wohl wirklich für ein Monster.«

»Sag mir bitte einfach, was du weißt.«

Trevor grinste abfällig.

»Ich bin da in so einer Chatgruppe mit dem Typen, der Maggie umgebracht hat. Er ist komplett besessen von ihr.«

Amanda packte den Türgriff.

»Wie bitte?«

»Du hast gehört, was ich gesagt habe.« Er stand auf und kam zu ihr.

»Ich verstehe nicht, was du meinst.« Sie drehte sich zu ihm.

»Vor einer Weile hat mich jemand einer Telegram-Gruppe mit lauter *gecancelten TV-Stars* hinzugefügt, und ab und zu schaue ich da rein, weil es so absurd ist. Diese ganzen weinerlichen Idioten. Viele waren übrigens bei *LoveShack*. Ein echtes Who's Who der erbärmlichsten Männer Hollywoods.«

»Wie schön. Aber du hast bestimmt nichts erfahren, was die Polizei nicht auch schon weiß.« Sie drehte sich wieder zur Tür, zögerte aber noch. Warum schaffte sie es nicht, einfach zu gehen?

»Nun ja, dein Privatdetektiv hat mich nicht gefunden, du aber schon«, meinte er. Da hatte er recht. »Ich will dir nur helfen. Dein neues Hobby fördern. Schau dir mal diesen Patrick aus Maggies Staffel an. Er schreibt quasi täglich wirklich kranke Scheiße über sie. ›Sie war eine blöde Fotze, ein falsches Miststück und eine Lügnerin, sie hat es verdient zu sterben.‹ Das ganze Programm.«

»Das ergibt doch keinen Sinn. Warum sollte er das in einer Gruppe schreiben?«

»Er ist ein Idiot. Das habe ich gemeint. Es ist wirklich lustig, wie dumm und jämmerlich diese Typen sind. Sie glauben, die Telegram-Gruppe ist ›verschlüsselt‹ und ihre Beiträge nicht auffindbar. Haha. Aber so nett unser Treffen auch war, du solltest jetzt wohl besser gehen.«

Sie ließ seine Worte auf sich wirken. Natürlich hätte sie ihm an den Kopf werfen können, dass er einer dieser jämmerlichen Typen und kein Stück besser war als die anderen. Oder sie hätte ihm mehr Fragen zu Patrick stellen können.

Es hätte noch so viel zu sagen gegeben, doch sie musste hier raus. Endlich, endlich drehte sie den Türgriff und ging davon.

Maggie

Die gesamte Besetzung von *LoveShack* saß auf dem riesigen beigen Ecksofa mitten auf einer Studiobühne in Glendale, die Frauen auf der einen, die Männer auf der anderen Seite. Obwohl Maggie während der Dreharbeiten fast zwei Monate vor der Kamera verbracht hatte, fühlte sie sich mit dem Mikrofon und im grellen Licht erdrückt. Statt ihrem Fluchtimpuls nachzugeben, überschlug sie die Beine. Alles könnte passieren, und sie musste hier sitzen und es aushalten. Layla oder Finn könnten sie vor der Kamera zur Rede stellen, Patrick könnte ausflippen, irgendjemand könnte enthüllen, dass ihre Beziehung zu Theo nur gespielt war – trotzdem wäre sie vertraglich verpflichtet, sitzen zu bleiben, um nicht eine Klage des Senders zu riskieren.

Schuyler trat auf die Bühne.

»Hey, Team. Ich habe euch vermisst! Habt ihr mich auch vermisst?« Alle verlagerten unbehaglich das Gewicht. »Oh, okay. Ihr seid heute wohl nicht so in Stimmung. Aber das ist in Ordnung.«

»Können wir einfach anfangen?«, fragte Finn. Maggie wünschte, sie hätte noch kurz mit ihm reden und alles in Ordnung bringen können, doch die Produzenten hatten sie mitgenommen, sobald Layla den Trailer verlassen hatte, um ein paar Fotos zu machen.

»Ja, lasst uns loslegen!«, sagte Schuyler. »Fangen wir doch mit dir an, Finn, Amerikas heißester Veteran. Wie ist das Leben nach *LoveShack*? Seid ihr noch zusammen, du und Layla?« Maggie biss die Zähne zusammen. Warum musste er Finn zuerst fragen?

»Nein, sind wir nicht mehr«, sagte Layla.

»Oh, wirklich? Was ist passiert?«, wollte Schuyler wissen.

»Nichts Aufregendes«, sagte Finn schnell.

»Da bin ich aber anderer Meinung.« Layla lächelte angespannt.

»Möchtest du mehr dazu sagen?«, fragte Schuyler.

»Es war meine Schuld«, erklärte Finn. »Ich habe Kontakt zu einer anderen Frau, die ich jetzt besser kennenlernen möchte. Layla ist großartig, mit ihr hat es nichts zu tun.«

»Interessant.« Schuyler klatschte in die Hände. »Eine alte Flamme?« Maggies Herz schlug schnell. Was trieb Finn da nur?

»Äh, eigentlich nicht.« Finn, der sonst immer so gefasst war, wurde rot. »Ich möchte jetzt nichts dazu sagen, wir behalten es noch für uns. Und ich weiß auch nicht genau, wo wir gerade stehen.«

»Sehr mysteriös!«, sagte Schuyler. »Layla, wie geht es dir damit?«

»Ich bin nicht überrascht«, erwiderte diese. »Finn war nur allzu bereit, mich für etwas Neues, Glänzenderes wegzuwerfen.«

»Frauen sind keine Objekte«, sagte Finn. »Das ist sehr verletzend.«

»Ach, hör schon auf.« Layla verdrehte die Augen. »Wenn

du dich wirklich für Frauen interessieren würdest, hättest du mich nicht so beschissen behandelt.«

Obwohl es Maggie nicht gefiel, wie Finn live vor den Kameras angegangen wurde, schien Layla die Bombe wegen Maggie und Theo nicht platzen lassen zu wollen, zumindest jetzt noch nicht. Sie entspannte sich ein wenig und stellte sich vor, sie säße neben Finn und könnte seine Hand halten.

»Es tut mir leid, Layla«, sagte Finn. »Wirklich. Ich habe es vermasselt. Du hast jedes Recht, wütend zu sein.«

»Egal«, sagte Layla. »Ich mag nicht mehr darüber reden. Das ist mir zu albern.« Sie warf Maggie einen mörderischen Blick zu, der außerdem sagte: *Du hast Glück, Miststück, ich lasse dich in Ruhe. Für heute Abend zumindest.*

»Na dann!«, sagte Schuyler und wechselte das Thema, als sein Teleprompter weiterlief. Auf den Bildschirmen um sie herum leuchtete das *LoveShack*-Logo auf, und Maggie wusste, dass jetzt diverse Rückblicke eingeblendet wurden. »Es war eine Staffel voller Höhen und Tiefen, Romantik und Verrat, Liebe und Begehren. Werfen wir einen Blick auf die schockierenden Wendungen dieser Staffel von *Love-Shack.*«

Eine Zusammenfassung der Höhepunkte begann. Die Teilnehmer starrten gebannt auf die Aufnahmen von sich selbst. Da war Luke, wie er Sahne aus Chloes Ausschnitt leckte. Theo, der sich die Haare föhnte. Felicia, die weinte, nachdem sie ausgeschieden war. Maggie im Bikini, die sich auf Patrick setzte – *verdammt.* Sie schauderte bei der Erinnerung. Man sah, wie unwohl sie sich fühlte, als Patrick ihre Schenkel so fest packte, dass sie sich nicht bewegen konnte. Danach ihre Entscheidung für Theo. Es war seltsam, sich selbst auf dem Bildschirm zu sehen, so verletzlich und verängstigt. Sie sah zu Patrick hinüber, der die Fäuste geballt hatte. Weitere Ausschnitte waren zu sehen: die Teilnehmer bei einer Ausscheidungszeremonie; Layla und Finn bei ihrem Date im Tierheim; Bryan, der nackt in den Pool sprang.

»Was für eine Staffel!«, verkündete Schuyler, als das Video zu Ende war. Er stellte Luke und Chloe Fragen zu der Szene mit der Sahne, und Maggie holte tief Luft. Sie hoffte, diese Reunion unbeschadet zu überstehen und dass man ihr und Theo am Ende nur ein paar harmlose Fragen stellen würde. Aber gerade als sich ihre angespannten Schultern lockerten, schaltete Schuyler einen Gang höher.

»Also, Patrick, tut es dir immer noch weh, dass Maggie dich bei eurem Date auf Paradise Island abserviert hat?«, fragte er. Maggie wurde rot. Sie stellte sich vor, wie sie aufstand und von der Bühne ging, um nie wieder etwas mit dieser dummen Show zu tun zu haben. Das wäre so schön.

»Definitiv nicht«, antwortete Patrick. »Sagen wir einfach, dass Maggie an dem Abend ihren Spaß hatte. Sie wollte auf allen Fahrrädern mitfahren, wenn du verstehst, was ich meine.«

»Entschuldigung, was soll das heißen? Meinst du mit ›Fahrräder‹ euch Jungs?«, herrschte Maggie ihn an, bevor sie sich zurückhalten konnte.

»Du hast doch das Video gesehen.«

»Ich habe mich für Theo entschieden, weil ich nicht an

dir interessiert war und es auch nie sein werde. Du bist ein Loser. Ich habe dich nur aus Mitleid geküsst. Mehr war da nicht.« Himmel, tat es gut, es laut auszusprechen.

»Für alle Zuschauer zu Hause«, mischte sich Tia ein, »möchte ich nur sagen, dass Patrick wirklich ein widerlicher Typ ist. Da bin ich total Team Maggie.« Zustimmendes Gemurmel von den anderen Frauen wurde laut, sogar von Layla. Maggie konnte ein Lächeln nicht unterdrücken.

»Fickt euch doch alle«, fluchte Patrick. »Ich werde nicht hier sitzen und mich von einem Haufen hässlicher Schlampen beleidigen lassen.«

Maggie war schockiert, als Patrick tatsächlich von der Bühne stapfte; er machte sich wohl keine Sorgen wegen einer Klage des Senders.

»Mehr hast du nicht drauf?«, rief Layla ihm hinterher. »Du könntest uns viel an den Kopf werfen, aber hässlich sind wir ganz bestimmt nicht.«

Der Rest der Reunion war dagegen ein Kinderspiel. Maggie und Theo schwärmten davon, wie verliebt sie waren, und berührten sich ständig zärtlich. Chloe und Bryan wurden zu einer kleinen Meinungsverschiedenheit befragt. Schuyler verhaspelte sich beim Ablesen vom Teleprompter. Als die Produzenten ihm das Zeichen gaben, zum Ende zu kommen, atmete Maggie erleichtert auf.

Nach der Reunion mussten die Teilnehmer an einer Party in dem Restaurant teilnehmen, das einem Fernsehkoch gehörte, der eine große Kochshow beim Sender moderierte. Maggie musste sich immer noch an diesen Aspekt ihres neuen Ruhms gewöhnen: Jetzt war es wichtig, wo sie auftauchte, denn so jemand wie ein berühmter Fernsehkoch wollte, dass sie in seinem Restaurant gesehen wurde.

Als man sie vor dem Lokal absetzte, taten Maggies Füße weh, und sie war genervt von dem Kleid und dem Make-up. Sie wünschte, sie würde zu Hause mit Finn auf der Couch liegen. Aber sie musste zumindest kurz auf der Party erscheinen, um den Sender bei Laune zu halten. Sie hoffte, dass es keine weiteren Zusammenstöße mit Layla oder Patrick gab. Patrick war offenbar so wütend gewesen, dass er in einer der Garderoben einen Stuhl an die Wand geworfen hatte.

Die Party fand auf der hinteren Terrasse des Restaurants statt, die mit Lichterketten geschmückt war und die eine gemauerte Feuerstelle hatte. Kellner brachten Horsd'œuvres und sie nahm sich etwas von der ersten Platte, die an ihr vorbeigetragen wurde – kleine schwarze Kügelchen auf Kartoffelchips. Es war köstlich salzig und seit Tagen die erste Mahlzeit ohne Eier.

»Schmeckt es dir?«, fragte Priya. Maggie war so in das Essen vertieft gewesen, dass sie nicht bemerkt hatte, dass die Produzentin zu ihr getreten war.

»Ja, es ist fantastisch.« Maggie leckte sich die Finger ab. »Das habe ich noch nie gegessen. Weißt du, was es ist?«

Priya lachte.

»Du bist so süß. Das ist Kaviar auf einem Kartoffelchip.«

Maggie wäre am liebsten im Boden versunken.

»Oh«, sagte sie. »Oh, natürlich. Tut mir leid, Kaviar habe ich noch nie gegessen.«

»Du betrittst gerade eine völlig neue Welt.« Priya gab ihr ein Glas Champagner vom Tablett eines vorbeigehenden Kellners. »Auf dein neues Leben.«

Als sie anstießen und an ihrem Champagner nippten, bemühte sich Maggie, nichts Peinliches mehr zu sagen. Finn kam zu ihr, und sie atmete schneller. Seit ihrer gescheiterten Diskussion wegen der geplanten Heirat mit Theo hatten sie nicht mehr miteinander gesprochen.

»Darf ich dich kurz entführen, Maggie?«, fragte er. Priya musterte sie misstrauisch, aber Maggie ignorierte die Produzentin.

»Klar«, sagte sie. Es war doppelt ärgerlich, dass er wütend auf sie war, denn sonst hätte sie ihn ausfragen können, warum er Layla alles über sie und die vorgetäuschte Beziehung zu Theo erzählt hatte. Aber das wäre im Moment keine gute Idee.

Sie folgte ihm durch das Restaurant nach draußen und überlegte, worüber er mit ihr sprechen wollte.

»Wohin gehen wir?«, fragte sie.

»Ich möchte mit dir irgendwo reden, wo uns niemand sehen kann«, sagte er, während sie den Santa Monica Boulevard entlanggingen. Maggie blickte über die Schulter und war erleichtert, dass ihnen niemand gefolgt war.

Die Nacht war kühl, und das Laufen tat gut, auch wenn ihre Füße weiterhin schmerzten.

»Finn, es tut mir wirklich leid. Ich weiß, dass es dich verletzt, wenn ich Theo heirate.«

Er seufzte.

»Ich möchte dir wirklich vergeben. Ich weiß ja von dir

und Theo und dass du das Geld brauchst. Aber du musst zugeben, dass du Gaslighting betreibst.«

»Wie bitte?« Ihr Herz schlug schneller.

»Du sagst mir, dass du mich magst, handelst aber nicht danach. Und das ist beschissen.«

Sie überlegte.

»Das Gaslighting zu nennen, ist ganz schön heftig. Aber es tut mir leid, dass du so denkst.« War es auch eine Art Manipulation, wenn sie infrage stellte, ob sie ihn wirklich gezielt manipuliert und verunsichert hatte? Sie war sich nicht sicher.

»Siehst du, du kannst nicht einmal sagen, dass dir leidtut, was du tust. Du sagst nur: ›Es tut mir leid, dass du so denkst.‹ Verstehst du, warum das beschissen ist?«

»Es tut mir wirklich leid«, sagte sie. »Ich weiß, dass sich das für dich nicht gut anfühlt. Aber es geht um eineinhalb Millionen, und es ist nur zum Schein, ich …«

Er unterbrach sie.

»Weißt du, was? Ich will das nicht hören. Ich gehe. Mir reicht's.« Schon drehte er sich um und machte sich auf den Weg zurück zum Restaurant.

Nein, nein, nein, nein. Das durfte nicht sein.

»Ich liebe dich«, rief sie ihm nach und schockierte sich damit selbst. Sie durfte ihn nicht verlieren. Und das würde sie auch nicht. Sie musste ihm klarmachen, wie viel er ihr bedeutete, auch wenn es ein bisschen früh war, ihm ihre Liebe zu gestehen.

Er blieb stehen, und sie sah, wie seine Schultern sich entspannten. Als er sich wieder umdrehte, schimmerten

Tränen in seinen Augen. Er sagte leise: »Maggie, ich liebe dich auch. Ich liebe dich seit dem ersten Tag, an dem ich dich bei diesem dummen *Hot or Not* mit deinem freundlichen Lächeln und deinen wunderschönen Augen gesehen habe.«

»Wow, Finn.« Sie war erleichtert, obwohl seine Worte etwas … beliebig klangen? Als würde er aus einem Drehbuch vorlesen. Hatte er sich wirklich sofort in sie verliebt?

»Das ist alles, was ich von dir hören wollte«, fuhr er fort. »Ich musste nur wissen, dass du mich liebst. Dass wir eines Tages vor den Altar treten werden. Dass wir eine große, laute Familie gründen werden. Wir werden alles nachholen, was du als Kind nie hattest. Wir werden Spiele der Royals anschauen und im Garten grillen und Brettspiele spielen und den Rasensprenger anstellen, damit die Kinder hindurchlaufen können …« Er verstummte. Meinte er das wirklich so? Es klang schön, aber sie war sich nicht sicher, ob sie überhaupt Kinder wollte. Doch jetzt war nicht der richtige Zeitpunkt, um darüber zu reden. Er eilte auf sie zu und umarmte sie. Unbewusst blickte sie sich um, ob sie nicht beobachtet wurden.

»Wir können das schaffen«, sagte sie und löste sich ein wenig von ihm. »Ich weiß, dass wir es können. Ich brauche nur etwas Zeit.«

»Versprichst du mir, dass du dich scheiden lässt, wie du gesagt hast?« Er nahm ihre Hand. Sie schmiegte sich an ihn, und er legte den Arm um sie.

»Ich verspreche es.«

Er nickte, doch seine Stirn war gerunzelt.

»Und der einzige sexuelle Kontakt zu Theo wird der Kuss am Altar sein? Sonst nichts?«

»Natürlich.« Die Frage war unnötig, da sie Finn bereits erzählt hatte, dass Theo schwul war.

Er küsste sie, und sie dachte, dass alles gut werden würde.

Emma

Wieder einmal durchsuchte sie Maggies Schreibtisch, strich mit den Fingern über die Maserung. Er war L-förmig und aus gebleichter Eiche. Sie zog die Schublade auf, in der Maggie ihre wichtigen Unterlagen aufbewahrte. Steuerkram, aber auch Briefe, Postkarten und Kalender. Mittlerweile war es zu einem Ritual geworden. So fühlte sie sich ihrer Schwester näher, aber auch irgendwie wie damals, als sie sieben Jahre alt gewesen war und heimlich in Maggies Tagebuch gelesen hatte.

Dass Maggie die Geburtstagskarten von Theos Eltern und von ihren Freundinnen aufgehoben hatte, war zwar schön, half Emma aber nicht weiter. Sie schlug Maggies Kalender vom letzten Jahr auf, den ihre Schwester nur ein paarmal benutzt hatte. Auch wenn sie ihn schon viele Male durchgeblättert hatte, hoffte sie, doch noch etwas zu finden.

Im Dezember hatte Maggie ihre wöchentlichen Termine vermerkt: *9:00 Uhr Kochgeschirr Fotoshooting – 393 Dawson Avenue.* Maggies und Theos kurzlebige Kochgeschirrmarke war eingestellt worden, nachdem nachgewiesen worden war, dass die Pfannenwender Blei enthielten, und diese zurückgerufen werden mussten. An dem Tag stand auch noch drin: *14:00 Beratung Dr. S.* Dr. Schwartz war der plastische Chirurg ihres Vertrauens gewesen, der ihr alle Unterspritzungen gesetzt hatte. Alles ganz normale Termine, die Emma nicht weiterhalfen. Sie klappte den Kalender zu und nahm die Urlaubspostkarten zur Hand, die Maggie vor sechs Monaten bekommen hatte. Die erste stammte von Theos *Love-Shack*-Kumpel Bryan, der mittlerweile verheiratet war und ein niedliches Kind hatte. Die Familie posierte im Herbst vor ein paar Apfelbäumen und sah glücklich aus. Trauer durchzuckte Emma wie schon so oft, weil Maggie all diese Dinge, ein erfülltes Leben, nicht hatte erleben dürfen. Sie legte die Karte beiseite und betrachtete die nächste, die von Maggies Agentin stammte. Die danach waren von einem berühmten Koch und einem befreundeten Influencer-Paar aus L. A. Sie räumte alles in die Schublade zurück und wollte gerade auch den Kalender dazulegen, als sie bemerkte, dass der hintere Einband dicker war als der an der Vorderseite.

Sie hatte die Innenfächer bereits mehrere Male durchsucht und nichts gefunden. Dieses Mal betastete sie alles noch akribischer als sonst und bemerkte schließlich, dass die letzte Seite am hinteren Einband klebte und sich etwas dazwischen befand. Vorsichtig löste sie die Seite und fand einen Briefumschlag, dessen Klebestreifen ausgetrocknet war. Emma befreite den Brief vom Buchrücken. Die Polizei musste ihn bei der Durchsuchung von Maggies Sachen auch übersehen haben.

Komisch, er war nur an Theo adressiert. Sie las die Absenderadresse, die ihr vielleicht einen Hinweis darauf gab, warum Maggie den Brief behalten hatte. *23 Louder Ln,*

Unit B, Tempe, AZ, 85202, kein Name. Emma wurde blass, als ihr klar wurde, dass sie die kantige Handschrift kannte. Sie rief das Foto der Drohnachricht auf ihrem Handy auf: *Beende es, oder ich erzähle allen dein Geheimnis.* Es war dieselbe verdammte Handschrift.

Wenn das auf beiden Briefen wirklich Theos Schrift und die Nachricht ein Insiderwitz zwischen ihnen war, warum hätte er aus Arizona einen Brief an sich selbst schicken sollen? Und warum hätte Maggie ihn aufheben sollen? Das musste etwas mit dem Mord zu tun haben. Und wenn die Drohnachricht in diesem Umschlag geschickt worden war – wer wäre so dumm gewesen, darauf eine Absenderadresse zu hinterlassen? Vielleicht war es eine Fälschung. Sie glaubte nicht, dass Theo die Nachricht geschrieben hatte. Hatte die Polizei überhaupt einen Handschriftenvergleich durchgeführt? Wahrscheinlich nicht. Theo hatte sich früh genug an LaClair herangemacht.

Sie schickte Theo ein Foto von dem Umschlag und schrieb: *Warum hast du gelogen???* Sie drehte das Kuvert in den Händen, hoffte, noch mehr Hinweise zu erhalten.

Die Drohung war eindeutig an Theo gerichtet gewesen, er solle »es« beenden – was auch immer das war –, oder der Absender würde allen sein Geheimnis erzählen. Dass er schwul war, wie sie mittlerweile wusste. Natürlich.

Sie recherchierte die Absenderadresse. 23 Louder Lane war ein kleiner Apartmentkomplex fünf Minuten vom Campus der Arizona State University entfernt, und laut Internet wohnte ein einunddreißigjähriger Mann namens D. Truman in Wohnung B. Sie schrieb Liz eine Nachricht.

Das habe ich gerade bei Maggies Sachen gefunden. Sie fügte ein Foto der Drohnachricht hinzu, außerdem Screenshots ihrer Google-Recherche. Keine Ahnung, wer D. Truman ist.

Liz antwortete sofort: Bin schon dran.

Da meldete sich auch Theo. Ich konnte nicht sagen, dass die Nachricht an mich adressiert war, sonst hätte die Polizei gewusst, dass ich etwas verheimliche. Das ist jetzt vermutlich nicht mehr wichtig, aber es tut mir leid, dass ich gelogen habe. Ich habe keine Ahnung, wer der Absender ist und warum er mir den Brief geschickt hat, aber die Person wollte wohl, dass ich mich von Maggie trenne.

Eine zweite SMS: Mein Anwalt sagt, ich darf nicht mehr mit dir reden, bitte melde dich nicht mehr bei mir.

Emma schrieb Liz zurück. Soll ich das der Polizei übergeben?

Ja, antwortete Liz. So schnell wie möglich.

Emmas Herz schlug noch schneller.

Amanda

Emma meldete sich nach dem zweiten Läuten.

»Manda? Alles in Ordnung?«

Amanda sah auf die Uhr und merkte, dass es Viertel nach elf Uhr am Abend war. Wegen des Jetlags und allem, was in London passiert war, stand sie völlig neben sich.

»Tut mir leid, ich habe nicht gesehen, wie spät es ist. Ich rufe dich morgen noch mal an.«

»Schon okay. Was ist los?«

Amanda hatte für den nächsten Tag einen Notfalltermin mit Beth vereinbart und war seit ihrer Rückkehr bei zwei Treffen der Narcotics Anonymous gewesen. Sie hatte noch nicht mal Jill Bescheid gesagt, dass sie wieder da war, obwohl diese sie ständig zu erreichen versuchte. Amanda fand keine Ruhe, ein Gefühl, das sie früher mit Amphetaminen in Schach gehalten hatte. Sie wollte sich ihren Körper aufkratzen, heiß duschen, bis ihre Haut rot und wund war. Sie musste irgendetwas dagegen tun.

»Ich glaube, Patrick aus Maggies *LoveShack*-Staffel könnte etwas mit ihrem Tod zu tun haben«, sagte sie. Runter mit dem Pflaster.

»Und?«

»Ich habe Trevor in London gefunden. Trevor Koch. Und er hat mir etwas über Patrick erzählt – er ist ihm in einer Telegram-Gruppe für *gecancelte Männer* begegnet. Patrick scheint richtig gruselig zu sein und sich aggressiv und voller Hass über Maggie zu äußern.«

»Was sagst du da? Hast du Screenshots?«, fragte Emma.

Amanda seufzte.

»Trevor war nicht besonders kooperativ. Leider weiß ich nur das. Aber wir können selbst zu Patrick recherchieren.«

»Ich rede mit Liz«, sagte Emma. »Und was ist mit Trevor? Ich wusste gar nicht, dass du nach ihm suchst.«

»Ich musste ihn einfach finden«, gestand Amanda. »Aber das war ein Fehler.«

Emma schwieg einen Moment.

»Geht es dir gut?«

»Ich bin nur müde«, sagte Amanda. »Ich fühle mich ein bisschen wie der Hund, der seinen eigenen Schwanz gefangen hat. Ich weiß nicht genau, was ich mir erhofft hatte.« Sie klang entmutigt, das wusste sie. »Du solltest darauf gefasst sein, dass dir die ganze Suche vielleicht gar nicht hilft. Maggies Mörder zu finden, wird sie nicht zurückbringen.«

»Natürlich, Amanda, das weiß ich. Aber was ist denn bloß passiert in London? Du klingst überhaupt nicht wie du selbst.«

»Es geht mir gut.« Was nicht stimmte.

»Wenn du etwas brauchst, ruf mich an. Jederzeit.«

Nachdem sie aufgelegt hatten, setzte Amanda sich auf ihr Bett und weinte.

Emma

»Konntest du schlafen?«, fragte Liz am anderen Ende der Leitung.

»Kein bisschen.« Das Adrenalin nach Amandas Anruf am Abend zuvor hatte Emma wach gehalten. Erst hatte sie Liz eine Nachricht wegen Patrick geschickt und dann den Rest der Nacht an die Zimmerdecke gestarrt.

»Ich auch nicht«, antwortete Liz. »Ich glaube, ich weiß, wer D. Truman ist.«

»Das ging ja schnell.« Ihr wurde warm.

»Sieh dir mal Patrick O'Connells Instagram-Account an. Sein Handle ist DJPatDaddy«, sagte Liz.

Emma öffnete Instagram und fand Patrick. Ein durchschnittlicher DJ-Account – er hatte 149 000 Follower und postete die erforderlichen Fotos von sich mit nacktem Oberkörper vor tanzenden Massen an einem DJ-Pult mal in Miami, mal auf Ibiza.

»Was wolltest du mir zeigen?«

»Geh zu den getaggten Bildern. Der zweitletzte Post.«

Emmas Handflächen wurden feucht, während sie scrollte. Da war das Foto. Patrick stand neben Umzugskisten, und ein gewisser Dante Truman hatte ihn getaggt und den Ort als Tempe, Arizona angegeben. *Neue Bude mit dem Mitbewohner. Bin auf der Suche nach einer neuen Gruppe* stand dabei. Emmas Brustkorb wurde eng. Patrick hatte mit D. Truman in der Louder Lane gewohnt.

»Du bist ein Genie. Was machen wir jetzt?« Die Polizei hatte den Umschlag schon bei ihr abgeholt, doch sie hatte noch nichts dazu gehört, ob die Ermittlungen wieder aufgenommen wurden.

»Ich recherchiere mal ein bisschen, und dann sehen wir weiter«, meinte Liz.

Emma stimmte zu, und sie legten auf.

Danach verbrachte sie eine mühsame Stunde am Telefon mit dem LAPD, wurde diverse Male weiterverbunden, bis sie endlich mit der Vertretung von LaClair sprach und ihm Patricks Verbindung zur Louder Lane erklären konnte. Sie hatte allerdings immer noch keine Ahnung, warum Patrick hätte wollen sollen, dass Theo sich von Maggie trennte, oder woher er von Theos Geheimnis wusste.

Danach schrieb ihr Finn und bot an, sie später am Nachmittag abzuholen. Sie hatte ganz vergessen, dass sie sich treffen wollten, und verspürte wenig Lust, einen unbekannten Menschen zu sehen. Lieber wollte sie überlegen, wie sie noch mehr über Patrick herausfinden könnte. Liz wollte morgen nach der Arbeit vorbeikommen, um über alles zu reden. Aber vielleicht konnte Finn ja ein paar Informationen zu seinem *LoveShack*-Kollegen beisteuern.

Um kurz nach sechs ließ Emma ihn durch das Tor auf die riesige Einfahrt zum Haus in Calabasas. Er fuhr einen roten Tesla und trug einen lässigen grauen Hoodie.

»Schön, dich wiederzusehen. Und diesmal unter weniger widrigen Umständen?« Er lächelte freundlich, als sie einstieg, und ihr fiel wieder ein, dass er ihr auf der Beerdigung sympathisch gewesen war. Sein Fahrstil war sicher und gleichzeitig aggressiv, was sie immer mit Hetero-Männern assoziierte, die ein unerschütterliches Vertrauen in ihre eigenen Fähigkeiten hatten.

Ein paar Minuten lang machten sie höflichen Small Talk, und Finn erzählte von einem aktuellen Projekt – irgendetwas auf Instagram, wo Leute Geld für Carepakete für Kinder aus bedürftigen Army-Familien spenden konnten. Die Fahrt zu seinem Haus dauerte nur zehn Minuten. In Los Angeles wohnte man damit quasi zusammen.

»Wow, du wohnst ja ganz in der Nähe«, sagte sie, und er nickte.

»Ja, das stimmt. Ich habe einmal einen albernen Artikel gelesen, in dem diese Ecke von Calabasas die ›Realitystar-Meile‹ genannt wurde.«

»Igitt.« Sie freute sich, als er lachte. »Wann warst du das letzte Mal bei Maggie und Theo?«

»Oh, ich glaube, das war, kurz nachdem sie das Haus gekauft hatten«, sagte er.

»Dann hast du aber ein gutes Gedächtnis.«

»Wieso?«, fragte er.

»Du hast mich nicht nach der Adresse gefragt und wusstest sie also noch.«

»So etwas kann ich mir gut merken.« Er wurde rot. Vielleicht war es ihm peinlich.

Er parkte den Wagen, und sie gingen ins Haus. Im Vergleich zu Maggies und Theos Villa war es bescheiden, ein an eine Anhöhe gebauter Bungalow, der sehr für sich lag.

Finn führte Emma in den Garten, wo Stühle und ein Tisch an einem Pool standen.

»Es ist wunderschön hier.« Das Haus gefiel ihr viel besser als das ihrer Schwester. Man hatte das Gefühl, dass hier tatsächlich jemand wohnte.

»Danke«, sagte Finn. »Ich mag es.«

»Meine Schwester hatte immer so viel Personal um sich. Hier ist es völlig anders.« Sie setzte sich.

»Ich ticke da einfach anders«, meinte er. »Ich habe das Haus lieber für mich. So viel Personal ist mühsam.« Er bot ihr ein Bier an und setzte den Pizzaofen in Gang.

»Danke für die Einladung«, sagte Emma.

»Es ist mir ein Vergnügen«, erwiderte er. »Ich vermisse deine Schwester. Es ist schön, etwas Zeit mit dir zu verbringen.« Beinahe kamen ihr die Tränen, und sie trank rasch einen Schluck Bier. Sollte sie jetzt erwähnen, dass sie von Finns und Maggies Beziehung wusste? Doch sie schwieg. Vielleicht würde es ihr nach dem Bier leichter fallen.

»Ich freue mich auch, dass wir uns sehen«, sagte sie.

Er lächelte.

»Dann hole ich mal den Teig aus dem Kühlschrank. Ich habe ihn in einer tollen Bäckerei hier in der Nähe gekauft.«

Sie folgte ihm in die Küche, wo sie ihre Pizzas belegten. Emma entschied sich für Pilze und rote Zwiebeln, Finn für Peperoni und Burrata. Sie war beeindruckt, dass ein alleinlebender Hetero-Mann extra Burrata gekauft hatte.

Auf dem Weg zurück nach draußen sah sie, wie er einen Blick auf ihr Handgelenk warf. Da fiel ihr ein, dass sie vergessen hatte, ein neues Pflaster auf ihre Wunde zu kleben.

»Autsch, das sieht schmerzhaft aus«, sagte er.

»Ach, das ist nichts«, antworte Emma verlegen. »Eine blöde Angewohnheit, ich merke gar nicht, wenn ich mich kratze. Nach Maggies Tod ist es viel schlimmer geworden. Tut mir leid, kein schöner Anblick.«

»Ist doch überhaupt nicht schlimm. Wir haben doch alle solche Angewohnheiten. Ich kaue ständig an meinen Nägeln herum.« Sie sah auf seine Hände, und tatsächlich, seine Nägel waren sehr kurz.

»Das ist aber viel normaler«, meinte Emma und sah, dass ihr Handgelenk leicht blutete.

»Moment, ich hole dir was.« Kurz darauf kam er mit Salbe und Verbandsmaterial zurück.

»Ach herrje, das wäre doch wirklich nicht nötig gewesen.«

»Bitte, ich würde die Wunde gern verbinden. Ich war Sanitäter in der Army«, sagte er, und sie gab nach. Sorgfältig bestrich er ihr Handgelenk mit Salbe und legte ihr behutsam einen Verband an. Sie fragte sich, ob es wohl so mit einem älteren Bruder gewesen wäre. Oder wie es gewesen wäre, wenn Theo tatsächlich Maggies Ehemann gewesen wäre, nicht nur für die Reality-TV-Welt.

»Darf ich dir ein paar Fragen zu meiner Schwester stellen?«, fragte Emma, als er den Verband verknotete. »Layla Reyes hat mir einiges erzählt, und darüber wollte ich mit dir reden.«

»Na klar«, sagte er. »Hoffentlich hat sie nicht zu sehr über mich hergezogen.«

»Nein, keine Angst. Aber sie hat mir erzählt, dass du und

Maggie … Tut mir leid, ich weiß nicht genau, wie ich es sagen soll. Ihr hattet etwas miteinander?«

»Oh. Was genau hat Layla dir erzählt?«

»Dass ihr miteinander ins Bett gegangen seid. Eine Weile während und nach der Show.«

»Wow.« Finn kratzte sich am Kopf. »Wenn man ein paar Monate nach Abschluss der Dreharbeiten als ›eine Weile‹ bezeichnen möchte, dann ja.« Es stimmte also, sie hatten eine Affäre gehabt. »Nach ihrer Hochzeit war es dann aus zwischen uns.«

Emma nickte. Die Vorstellung war bizarr, dass ihre Schwester zusammen mit Theo einen ausgeklügelten Plan geschmiedet hatte, während sie gleichzeitig mit Finn ins Bett gegangen war.

»Layla war unheimlich eifersüchtig auf Maggie«, erzählte Finn weiter, bevor er zum Pizzaofen ging. Emma trank von dem neuen Bier, das Finn ihr gegeben hatte.

»Hast du Maggie nach eurer Trennung noch gesehen? Wart ihr befreundet?«, fragte sie.

»Die brauchen noch zwei Minuten oder so.« Er drehte die Pizzas im Ofen. »Aber um auf deine Frage zurückzukommen: sehr selten. Sie und Theo waren mit ihrem Pärchenkram beschäftigt und hatten nicht viele Freunde. Ein paar andere aus der Show fanden, sie hielten sich für etwas Besseres.« Warum erwähnte er nicht, dass Maggie und Theo nur eine Scheinehe geführt hatten? Vielleicht dachte er, sie wüsste es nicht, und wollte sie schützen. Aber hatte Layla nicht gesagt, dass Finn es ihr verraten hatte?

»Schon okay, Finn«, sagte sie, während er sich wieder

hinsetzte. »Ich weiß von Maggie und Theo und der vorgetäuschten Beziehung. Du kannst ehrlich sein.«

Er kippte seinen Stuhl leicht nach hinten und seufzte. »Ja, ich habe mich gefragt, ob du es ansprechen würdest. Nicht gerade anständig von Maggie. Aber nach der Hochzeit konnte ich nicht mehr mit ihr zusammen sein, auch wenn alles nur Fake war. Es hat sich einfach falsch angefühlt.«

»Hattest du Gefühle für sie?«, fragte Emma.

»Ja, sehr. Ich war wirklich sehr traurig, dass sie bei Theo geblieben ist.« Er trank von seinem Bier. »Es tut sicher weh, zu erfahren, dass deine Schwester so lange alle belogen hat.«

»Ja. Aber ich will trotzdem alles wissen«, sagte sie. »Nur so kann ich vielleicht herausfinden, was ihr zugestoßen ist.«

Er nickte ernst, und eine Weile herrschte einvernehmliches Schweigen.

»Tut mir leid, dass ich dich nerve, aber was weißt du über Patrick aus eurer Staffel?«, fragte sie schließlich. »Ich habe ein paar richtig widerliche Sachen über ihn herausgefunden, und ich glaube, dass er etwas mit ihrem Tod zu tun hat.«

Finn überlegte.

»Ja, leider wäre das tatsächlich denkbar. Er war wütend, weil sie sich für Theo und nicht für ihn entschieden hat. Er war wirklich ätzend. Wir waren alle froh, als er aus der Show gewählt wurde. Ein toxischer Typ.«

»Das sehe ich genauso. Wusstest du, dass er jetzt DJ in Tempe, Arizona, ist?«

Finn lachte.

»Wow, aber das überrascht mich nicht.«

»Wir sehen ihn uns jedenfalls genauer an.«

Finn trank sein Bier aus.

»Gib mir Bescheid, wenn du etwas herausfindest.«

Nachdem er ihre bohrenden Fragen zu Maggie heroisch beantwortet hatte, wechselte sie das Thema.

»Was meinst du, wie schlagen sich die Dodgers diese Saison?«, fragte sie, ihre Standardgesprächseröffnung bei Hetero-Männern in Los Angeles.

»Ich bin Royals-Fan.« Er stand auf, um die Pizzas zu holen. Es roch himmlisch, und überrascht merkte Emma, wie hungrig sie war.

»Ach was? Du weißt, dass Maggie und ich aus Kansas kommen, oder? Die Royals sind auch mein Team.«

»Ah, stimmt! Dann verstehst du ja, wie ich leide.« Er stellte ihre Pizza vor ihr ab. Sie war wunderschön, die Kruste perfekt, der Käse aufgeworfen.

»Warum bist du Royals-Fan?«, fragte sie.

»Ich bin in Kansas City geboren. Wir sind oft umgezogen – wegen der Army –, aber die Mannschaft ist mir geblieben.« Er reichte ihr noch ein Bier, ihr drittes. So viel hatte sie seit Maggies Tod nicht getrunken. Es war schön, ein bisschen betrunken zu sein. Warum gönnte sie sich das eigentlich nicht öfter?

»Wie schön, einen Royals-Fan in Los Angeles zu treffen. Manchmal hatte Maggie eine Loge, wenn sie gegen die Dodgers gespielt haben. Schade, dass du nie dabei warst.«

Er lächelte, während er ihre Pizza mit einem Pizzaschneider zerteilte.

»Das wäre lustig gewesen, ja. Aber wir zwei können ja hingehen, wenn sie das nächste Mal hier sind.«

»Sehr gern.« Sie biss vom ersten Pizzastück ab, wobei sie sich leicht den Gaumen verbrannte, doch das war ihr egal. »Verdammt, ist das lecker!«

»Danke.« Finn nahm ebenfalls einen Bissen. »Ich freue mich darauf, den Ofen öfter zu benutzen.«

»Schade, dass du und Maggie keinen Kontakt mehr hattet«, sagte sie. »Sie hat Pizza geliebt. Vor allem selbst gemachte wie die hier. Es war ihr Lieblingsessen. Sonst hat sie sich Kohlenhydrate immer verboten, aber ab und zu hat sie sich eine Pizza gegönnt.«

Er nickte.

»Cool. Also nicht das mit den Kohlenhydraten, aber das mit der Pizza.«

Dann sprachen sie eine Weile über die Aussichten der Royals, bis Emma bei einem Blick auf ihr Handy drei verpasste Anrufe von Jill sah, die direkt auf die Mailbox gegangen waren, nachdem Emma den Kontakt ja stumm geschaltet hatte. Sie tippte eine Nachricht an Jill. *Es reicht. Lass mich doch bitte in Ruhe.*

Sie aßen ihre Pizzas auf und unterhielten sich über Finns Projekt. Emmas Gedanken kreisten zwar um Patrick, doch Finns Einladung war so nett, dass sie zumindest Interesse heucheln konnte. Finns Fragen nach ihrer Arbeit wich sie so gut wie möglich aus. Abgesehen davon unterhielten sie sich angeregt, und in seiner Gesellschaft fühlte sie sich Maggie irgendwie näher. Vielleicht war das ja der Beginn einer Freundschaft?

Sie hoffte es.

Jill

Der Abend war warm, und Jill war joggen. In der Highschool war sie Kapitänin des Cross-Country-Teams gewesen, doch bis vor Kurzem war sie nur noch selten gelaufen. Seit Emma sie ignorierte, hatte sie wieder damit angefangen und unternahm nach der Arbeit ausgedehnte Joggingrunden durch die Nachbarschaft. Nur so konnte sie den Selbsthass, der ihr ständiger Begleiter geworden war, in Schach halten. Nach vier Meilen hatte sich ihr Gehirn endlich beruhigt. Sie lief am Los Angeles County Museum of Art und der Urban-Light-Installation davor vorbei. An warmen Abenden wie heute waren überall Touristen, doch früh am Morgen war es wunderschön. Jill beschloss, zwischen den dicht stehenden Laternen der Installation hindurchzugehen.

Ihr letzter Besuch des Museums lag ein paar Jahre zurück. Sie und Emma waren eigentlich keine Museumsgängerinnen, hatten aber ein schlechtes Gewissen gehabt, weil sie ganz in der Nähe wohnten und es nie besuchten. Es war ein regnerischer Tag gewesen, an dem sie sonst nichts zu tun gehabt hatten. Sie spazierten durch eine Robert-Mapplethorpe-Retrospektive und unterhielten sich leise zwischen den Schwarz-Weiß-Fotos.

»Ich würde mit ihm ins Bett gehen«, sagte Jill bei einem Selbstporträt von Mapplethorpe.

»Und ich mit ihr.« Emma deutete auf ein Foto von Patti Smith aus dem Jahr 1975.

»Jetzt auch noch?«, fragte Jill.

Emma überlegte.

»Ja, warum nicht? Patti ist eine Legende. Da könnte ich nicht Nein sagen.« Sie gingen weiter. »Wer ist der älteste Mann, mit dem du schlafen würdest?«, fragte sie nach einer Weile.

Jill lachte.

»Tolle Frage. Schön, dass wir uns so ernsthaft über Kunst unterhalten.« Sie dachte nach und sagte schließlich: »Harrison Ford.«

»Perfekte Antwort«, meinte Emma. »Der ist zeitlos.« Beide lachten, und eine Frau bedeutete ihnen, leise zu sein, wodurch sie nur noch mehr lachen mussten.

Sie vermisste ihre Freundin. Die Freundin, die jetzt ihre Ruhe vor ihr haben wollte.

Sie setzte sich auf die Stufen vor der Installation. Das verschwitzte Laufshirt klebte an ihrem Rücken. Sie zog das Handy aus der Armbandhülle, in der sie es beim Joggen aufbewahrte, und tippte eine Antwort an Emma. Nachdem sie den Text diverse Male gelöscht und neu geschrieben hatte, schickte sie ihn ab. *Nein, tut mir leid, ich kann dich nicht in Ruhe lassen. Ich halte das nicht mehr aus. Wir müssen reden, heute noch.*

Maggie

»Leider bedeutet für viele unserer Lovepairs ein Happy End in der Show nicht immer Glück bis ans Ende ihrer Tage«, sagte Schuyler mit dröhnender Stimme, als würde er zu einer Menschenmenge sprechen, obwohl sie gerade in Maggies Wohnzimmer filmten. »Das gilt jedoch nicht für Maggie Lathrop und Theo Cooke, Amerikas Lieblingspaar und immer noch unsterblich ineinander verliebt. Aber hat sich etwas geändert, seit die Kameras vor mehr als drei Jahren abgeschaltet wurden? Heute Abend werdet ihr es herausfinden, wenn wir Theo und Maggie ganz nah kommen in einer besonderen Folge von *LoveShack: Wie geht es ihnen heute?*«

Maggie saß in ihrem Schminkzimmer, während ihre Stylistin letzte Hand an den Look des Tages legte. Im Hintergrund hörte sie Schuyler im Wohnzimmer reden. Vor Kurzem hatte sie ihre Haare ein paar Nuancen aufgehellt, und die Ansätze mussten ständig nachgefärbt werden. Ihre Extensions sahen nur gut aus, wenn sie professionell gestylt waren. Vorbei waren die Zeiten, in denen Maggie ihre Haare selbst mit einem Dreißig-Dollar-Lockenstab im Bad bearbeitet hatte. Sie gab jetzt Tausende Dollars pro Woche für ihre Haare aus, aber laut ihrem Instagram-Profil beruhte

ihr Look allein auf überteuerten »Wunder«-Haarproduk-
ten, die ihre Follower mit dem Code MAGGIE20 zwanzig
Prozent billiger kaufen konnten.

Ihr Handy piepste, während sie versuchte, still zu sitzen,
damit ihre Stylistin sie nicht wieder mit dem Lockenstab
am Ohr verbrannte (was in den letzten zwei Monaten dreimal passiert war. Sie war einfach zu unruhig). Sie warf einen
Blick aufs Display und sah eine Nachricht von Finn, die sie
öffnete.

Der Plan für diesen Tag sah vor, dass der Sender sie und
Theo beim gemeinsamen Kochen filmte und Schuyler sich
dann mit ihnen im Wohnzimmer für ein »intimes« Interview zusammensetzte. Es war egal, dass sie und Theo in
ihrer gesamten »Ehe« noch nie zusammen gekocht, geschweige denn zusammen gegessen hatten. Sie würden eine
Lasagne zubereiten, die sie danach sofort ans Personal wei-
tergeben oder sie wegen der vielen Kohlenhydrate weg-
werfen würden. Aber ein grüner Smoothie oder eine Blu-
menkohl-Taboulé mit Reis vermittelte nicht das gleiche
heimelige Gefühl, meinten die Produzenten.

Sie würde Finn absagen müssen, weil die Dreharbeiten
erst um neun oder zehn Uhr am Abend abgeschlossen sein
würden und sie danach noch Arbeit zu erledigen hatte –
zwei Posts mit Sponsored Content, die im Lauf der Woche
veröffentlicht werden würden. Sie hatte es vor sich her-
geschoben, ihm das mitzuteilen, und jetzt hatte er zurück-
geschrieben: *In Ordnung.*

»Entschuldigung, könnten Sie bitte nach oben schauen?«,
fragte die Stylistin.

»Klar«, sagte Maggie, während sie ihr Handy weglegte.

Die Stimmung zwischen ihr und Finn war angespannt, seit er ein Haus ganz in der Nähe gekauft hatte.

Vor ein paar Tagen hatte sie ihn dort besucht, und zur Feier des Tages hatte er Sushi bestellt.

»Das ist so lecker«, sagte Maggie mit vollem Mund, während sie an einem Behelfstisch aus Pappkartons saß. Sie wusste, dass sie übertrieb, weil er den ganzen Abend schlecht gelaunt gewesen war, aber sie konnte nicht anders.

»Ich wünschte nur, wir könnten einmal zusammen essen gehen«, sagte er. »Zusammen in der Öffentlichkeit gesehen werden. Was wir hier tun, ist nicht normal. Was du tust.«

Sie kaute und schluckte.

»Ich weiß. Es ist dir gegenüber nicht fair. Aber es sind nur noch ein paar Monate. Bis sich dieses neue Athleisure-Ding beruhigt hat.«

Er schüttelte den Kopf.

»Komm schon. Verarsch mich nicht. Du sagst immer: ›Das noch, und danach trenne ich mich.‹ Aber du tust es nie. Ich ertrage das nicht mehr.«

Alle paar Monate führten sie diese Diskussion. Doch Finn würde sie nie verlassen, das wusste sie. Es war immer eine leere Drohung. Er war schließlich in ihre Nähe gezogen, um Himmels willen. Nah genug, dass sie sich ein wenig eingeengt fühlte.

»Sei nicht sauer.« Sie legte die Essstäbchen ab und umarmte ihn.

Er schüttelte sie ab.

»Ich verstehe das nicht. Warum verlässt du ihn nicht einfach? Und ziehst hier ein?«

»Ich werde ihn verlassen«, beharrte Maggie. »Mit unserem Business ist es nur kompliziert. Was sich auch auf dich auswirkt.«

Sein Gesichtsausdruck verdüsterte sich, und sie wusste, dass sie zu weit gegangen war. Vor zwei Jahren war es nicht gut für ihn gelaufen, und sie hatte ihn ein paar Werbepartnern vorgestellt, für die sie und Theo aus verschiedenen Gründen nicht arbeiten wollten. Jetzt hatte sich Finn mit ihrer Hilfe eine ansehnliche Karriere als Influencer aufgebaut und konnte sich ein Zwei-Millionen-Dollar-Haus in Calabasas leisten.

»Um das alles habe ich dich nie gebeten«, sagte er.

»Natürlich nicht. Ich sage ja auch nur, dass es kompliziert ist.«

Er sah ihr in die Augen.

»Ich habe es satt, Maggie. Dieses Mal meine ich es ernst.«

»Ich weiß, Finn.« Sie nahm seine Hand, und er ließ sie gewähren. »Ich verspreche, es ist fast geschafft.«

Während die Lasagne im Ofen war, saßen Maggie und Theo nebeneinander auf der Couch, die vom Produktionsteam wegen der Beleuchtung verschoben worden war. Schuyler saß ihnen gegenüber.

»Also, Maggie und Theo, ihr seid seit drei Jahren verheiratet. Wie ist das Leben als Ehepaar?«

»Es ist fantastisch.« Theo ergriff Maggies Hand. »Ich bin der glücklichste Mann der Welt.«

Maggie drückte seine Hand und sah ihn bewundernd an. Mittlerweile konnte sie das automatisch, während sie sich innerlich Gedanken um Finn machte und wie sehr sie ihn verletzte. Sie fragte sich, wie lang ihre »Ehe« mit Theo noch halten könnte. Sie dachte an den Drohbrief, den Theo erhalten hatte, in dem er aufgefordert wurde, *es zu beenden*, sonst würde er geoutet werden. War es möglich, dass Finn irgendwie dahintersteckte? Sie tadelte sich dafür, dass sie überhaupt daran dachte. Natürlich hatte Finn nichts damit zu tun und würde so etwas auch niemals machen. Er war ein guter Mann. Ein richtig guter Mann.

Trotzdem war sein Verhalten in letzter Zeit irgendwie beunruhigend, und sie wusste, dass es etwas mit ihr zu tun hatte. Es war zwar etwas paranoid, doch sie nahm sich vor, Emma das Notgeld zu geben, das sie für sie abgehoben hatte, nur für den Fall, dass irgendetwas passierte. Emma sollte nicht in so eine Situation geraten wie Maggie nach dem Tod ihrer Mutter.

Schuyler stellte ihnen noch ein paar Fragen dazu, wie verliebt sie waren, bevor sie zum Werbeteil des Abends übergingen, und sie konzentrierte sich wieder auf das Interview.

»Also, ihr Turteltäubchen, erzählt uns von eurer neuen Partnerschaft mit SWEATT.«

Sie hatten diesem verdammten Special nur für viel Geld und die prominente Produktplatzierung ihrer neuen Athleisure-Kollektion zugestimmt.

»Wir *lieben* es, zusammen zu trainieren«, sagte Theo. »Und wir wollten großartige Kleidung entwerfen – für

Männer und Frauen und nicht binäre Personen –, damit Paare gemeinsam Spaß an der Bewegung haben und dabei gut aussehen können.« Sie musste über das »nicht binär« lachen, als wäre er ein Verfechter von LGBTQ-Rechten. In Wirklichkeit war er ein Mann mit unterdrückter Sexualität, dem ein PR-Vertreter von SWEATT seinen Text vorgegeben hatte.

Maggie trug ihren eigenen Text vor.

»Wir wollten wirklich zeigen, dass man beim Sport nicht auf Komfort verzichten muss und sich trotzdem modisch anziehen kann. Und wir wollten diese Kleidung auch für alle Größen anbieten.« Es war egal, dass die Größen tatsächlich nur bis 40 reichten.

Nach der erforderlichen Produktplatzierung stellte Schuyler noch ein paar Fragen zu ihrem gemeinsamen Leben, und als Letztes fragte er das, was sie alle Interviewer immer fragten.

»Also, redet ihr über …« Er wiegte ein unsichtbares Baby im Arm. »Ich weiß, dass sich die Fans nach Nachwuchs für euch sehnen. Euer Kind wäre garantiert supersüß!«

Maggie sah Theo nachdenklich an, als würde man ihnen diese Frage das erste Mal stellen. Nachdem sie sich – zumindest für sich selbst – gegen Adoption oder Pflegekinder entschieden hatte, versuchte sie das Thema Baby sofort zu beenden, wenn es einmal aufkam.

Aber Theo wollte ein Kind, wenn auch aus den falschen Gründen. Er befürchtete, dass ihr Einfluss und die Follower von *LoveShack* schwinden würden, und ein Kind eröffnete eine ganz neue Welt voller Möglichkeiten. Der Markt für

Eltern-Influencer hatte das größte Wachstumspotenzial in den sozialen Medien. Er hatte sogar Broschüren zu Adoption und Pflegeelternschaft für Maggie besorgt und wollte, dass sie ein Kind aus einer »benachteiligten« Gruppe in L. A. aufnahmen. Er dachte, sie würden dann wie engagierte Bürger wirken, die bedürftigen Kindern helfen wollten. Er hatte sogar vorgeschlagen, eine Vollzeitkinderbetreuung zu engagieren, damit sie das Kind nicht selbst aufziehen mussten. Es war in jeder Hinsicht abscheulich, und sie hatte seine Ideen abgelehnt. Außerdem hatte es sie darin bestätigt, dass es Zeit war, sich von Theo zu trennen.

Und doch hatte sie es nicht getan.

»Wir sind noch nicht so weit«, sagte Maggie. »Aber vielleicht irgendwann.«

»Tick-tack! Ich glaube, da habe ich gerade deine biologische Uhr gehört.« Schuyler lachte über seinen eigenen Witz. »Nur ein Scherz!«, sagte er, obwohl es das nicht war. Es stimmte. Sie war zweiunddreißig, und Finn wollte mindestens drei Kinder mit ihr haben, da musste sie sich beeilen. Vor einem halben Jahr etwa war sie versehentlich schwanger geworden – natürlich von Finn – und hatte abgetrieben. Es war nicht der richtige Zeitpunkt gewesen, um ein Kind mit jemandem zu bekommen, der nicht ihr Scheinehemann war. Für sie war es in Ordnung gewesen, doch Finn war so wild auf eine Familie, dass sie es ihm nicht erzählt hatte. Tief drinnen war sie immer noch unsicher, ob sie überhaupt Kinder wollte, auch wenn sie es ihm versprochen hatte.

Aber Finn war perfekt, sagte sie sich. Er war heiß, er war

klug, er war aufmerksam. Er liebte sie. Sie hatten großartigen Sex. Warum hatte sie ihre falsche Beziehung mit Theo noch nicht beendet? Sie versuchte, nicht zu viel darüber nachzudenken, und sagte sich, sie wolle nur noch dafür sorgen, dass sie businesstechnisch gut aufgestellt waren, denn ihre gemeinsamen Werbeverträge und Karrieremöglichkeiten, wie die Zusammenarbeit mit SWEATT, würden dann wegbrechen. Und natürlich müsste Theo einer »einvernehmlichen« Scheidung zustimmen, obwohl sie daran nicht zweifelte. Ja, sie hatten eine für sie beide nützliche Geschäftsbeziehung, doch der Plan war von Anfang an gewesen, sich irgendwann scheiden zu lassen. Jetzt waren sie genug etabliert. Warum tat sie es also nicht einfach?

Theo ergriff ihre Hand und lächelte sie an.

»Alles zu seiner Zeit«, sagte er.

Emma

Als sie und Finn fertig gegessen hatten, wurde es schon dunkel.

»Ich sollte dann jetzt mal los«, sagte sie.

»Okay. Ich fahre dich.«

»Kann ich noch kurz aufs Klo gehen?«

»Natürlich.« Er sagte ihr, wo sich die Gästetoilette befand.

Leicht betrunken ging sie ins Haus und den Flur entlang. Am Ende öffnete sie die Tür zur Rechten, wie Finn es ihr erklärt hatte. Doch dahinter befand sich kein Bad, sondern ein Schlafzimmer. Wahrscheinlich hatte er eine andere Tür gemeint. Doch sie musste wirklich pinkeln, und außerdem war sie neugierig auf Finns Schlafzimmer in diesem schicken Haus.

Der Raum und das angeschlossene Bad waren allerdings völlig normal – keine Jacuzzi-Wanne, keine Sauna. Auf der Toilette sah sie, dass Jill ihr vor einer Stunde geschrieben hatte, dass sie sich heute Abend unbedingt unterhalten mussten. Was hatte sie vor, wollte sie etwa nach Calabasas fahren? Emma könnte ihr antworten, dass sie gar nicht zu Hause war, doch sie war wütend. Jill respektierte ihren Wunsch nach Abstand nicht, und es geschah ihr recht, vor verschlossener Tür zu stehen.

Sie legte das Handy auf das Regal über ihrem Kopf, während sie spülte. Als sie es nach dem Händewaschen wieder nehmen wollte, rutschte dabei ein kleiner Gegenstand zu Boden, der im Licht aufblitzte. Sie bückte sich danach und wusste sofort, was es war, als sie den Umriss spürte. Ein kleiner Anhänger aus Silber. Ein Terrier.

Sie erstarrte. Vielleicht hatte Finn eine Freundin, die Viva La Juicy benutzte? Und die den Anhänger hiergelassen hatte? Ja, so musste es sein. Doch dann fiel ihr ein, wie lange sie damals im Internet nach dem kleinen Terrier gesucht hatte, den sie Maggie zu ihrem dreißigsten Geburtstag geschenkt hatte. Juicy Coutures stellte die Anhänger für die Flaschen nämlich nicht mehr her.

Oder es war tatsächlich Maggies Terrier, und Finns letztes Treffen mit ihr lag doch noch nicht so lange zurück, wie er gesagt hatte. Möglich. Sicher gab es eine logische Erklärung. Sie hielt den Anhänger in der Hand. Wenn er Maggie gehörte, wollte sie ihn haben. Sie überlegte, wann sie ihn das letzte Mal an ihrer Schwester gesehen hatte, und erinnerte sich an einen Abend, an dem Maggie das Armband mit dem Anhänger vor einer Preisverleihung abgenommen hatte. Wann war das gewesen – zwei, drei Wochen vor ihrem Tod? Sie erinnerte sich deshalb so gut daran, weil Maggie das Armband sonst immer getragen hatte. Vielleicht hatte Finn einfach nur vergessen, dass Maggie da noch einmal bei ihm gewesen war. Sie wünschte, sie hätte die drei Bier nicht getrunken. Es war schwer, sich zu konzentrieren.

Sie würde sich später darum kümmern. Jetzt war sie erst

einmal froh, den Anhänger gefunden zu haben. Sie hatte sich schon gefragt, was aus dem Armband geworden war, nachdem es nicht bei Maggies Leiche gefunden worden war. Es war ein Symbol für glücklichere Zeiten, als sie noch eine Schwester gehabt hatte. Als sie noch auf eBay alberne, sentimentale Geschenke suchen konnte und in keinem Mordfall ermitteln musste.

Am besten fuhr sie erst einmal nach Hause und ging schlafen. Als sie das Bad verließ, war es im angrenzenden Schlafzimmer ganz dunkel geworden. Mist, wie lange war sie auf dem Klo gewesen? Sie ging auf den Lichtstreifen zu, der unter der Zimmertür zum Flur zu sehen war. Hatte sie die nicht offen gelassen?

»Was machst du hier?«, ertönte plötzlich Finns Stimme aus dem Dunkeln, und Emma zuckte erschrocken zusammen. Er hatte sie erwischt, wie sie in seinem Zimmer herumschlich. Wie peinlich.

»Hi, tut mir leid.« Ihre Handflächen waren feucht. »Ich war etwas verwirrt und dachte, das Bad wäre am Ende des Flurs auf der rechten Seite. Ich bin schnell hier aufs Klo gegangen, aber ich wollte nicht neugierig sein oder so.«

»Die andere Tür führt zum Gästebad«, sagte er.

»Wollen wir fahren?«, fragte sie gespielt fröhlich.

Er stand in der Nähe der Tür an der Wand und rührte sich nicht.

»Emma, warum bist du wirklich hier?«

»Du hast mich zum Pizzaessen eingeladen.« Irgendetwas an seiner Stimme machte ihr Angst. »Tut mir leid. Ich wollte wirklich nicht aufdringlich sein.« Er schaltete das Licht ein und sah sie aufgebracht an. Rasch sagte sie: »Hey, es tut mir wirklich leid, dass ich einfach in dein Schlafzimmer gegangen bin. Das war nicht okay. Ich bin todmüde – kannst du mich jetzt heimfahren?«

Er seufzte.

»Klar. Fahren wir.«

Sie entspannte sich, als er die Tür öffnete.

»Ich kann aber auch ein Uber nehmen, wenn es zu viele Umstände macht.«

Er drehte sich um.

»Kein Problem.« Sein Blick fiel auf ihre rechte Hand, in der sie den Anhänger hielt. »Was hast du da?«

»Nichts«, antwortete sie rasch. »Einen Tampon.« Einen Tampon? Himmel!

»Einen Tampon?« Er packte ihr Handgelenk – das er vor gar nicht langer Zeit erst verbunden hatte – und bog die Finger auf. »Bestimmt nicht.« Seine Grobheit überraschte sie, und sie stieß einen leisen Schrei aus. Er riss ihr den Anhänger aus der Hand.

»Verdammt, du hast mich verarscht.« Er schüttelte den Kopf. »Fast wäre ich darauf reingefallen.«

»Das habe ich nicht«, wehrte sie sich mit zitternder Stimme. »Was meinst du damit?«

Er schien den Tränen nahe zu sein.

»Warum musstest du unbedingt herumschnüffeln? Ich mochte dich, Emma, wirklich.«

»Ich muss jetzt gehen. Danke für den schönen Abend.« Sie ging weiter Richtung Tür, und er machte keine Anstalten, sie daran zu hindern. Doch als sie die Hand auf den

Griff legte, packte er sie. »Bitte fass mich nicht an.« Sie zitterte am ganzen Leib. »Lass mich einfach heimfahren. Ich wollte nur den Anhänger. Aber du kannst ihn behalten, so wichtig ist er nicht.«

Er sah sie traurig an, ließ ihre Hand aber nicht los. »Wir wissen beide, dass du direkt zur Polizei gehen wirst.«

Sie versuchte, ruhig zu sprechen.

»Er ist nichts wert. Ich habe dafür vielleicht dreißig Dollar auf eBay gezahlt. Ein Insider zwischen Maggie und mir. Ich werde nicht zur Polizei gehen.«

Er sah sie an.

»Der Anhänger ist mir egal.«

Halbherzig versuchte sie, sich loszumachen, doch sein Griff war eisern. Ihr Atem beschleunigte sich. Irgendetwas war hier ganz und gar nicht in Ordnung.

»Was ist dann das Problem? Warum hältst du mich immer noch fest?«

Er verengte die Augen.

Langsam bewegte sie ihre freie Hand zu ihrer Gesäßtasche, in der ihr Handy steckte.

»Ich nehme nur mein Handy heraus und rufe ein Uber.«

Doch er packte auch ihr anderes Handgelenk und verdrehte es hinter ihrem Rücken, bis sie aufschrie.

»Du gehst nirgendwo hin. Erzähl mir, was du weißt.«

»Was soll ich wissen? Über Maggie? Dich und Maggie? Ich weiß wirklich nichts, ich schwöre es.«

Er schüttelte den Kopf und verstärkte seinen Griff um ihre Handgelenke.

»Du bist genauso manipulativ wie sie.«

»Du tust mir weh«, sagte sie gepresst. »Lass mich los.«

Er lachte, leise und gemein.

Emma spürte die unbestimmte Gefahr und riss sich mit plötzlicher Kraft los. Als sie die Tür aufziehen wollte, drückte er sich jedoch dagegen.

»Nein, du gehst nicht«, sagte er. Einen schrecklichen Moment lang standen sie da, und er überlegte offensichtlich, was er mit ihr tun sollte. Der Finn, mit dem sie Bier getrunken und selbst belegte Pizza gegessen und über seine Liebe zu den Royals geredet hatte, war verschwunden. Seine Augen waren gerötet und voll beängstigender Wut, die sie ihm noch vor zwanzig Minuten nicht zugetraut hätte.

Plötzlich warf er sich gegen sie, und sie schrie auf, als sie mit dem Kopf hart auf dem Boden aufschlug. Ihre Sicht verschwamm, und glühender Schmerz durchzuckte sie. Sie stöhnte.

»Sei ruhig.« Seine Stimme klang, als versuche er sich zu konzentrieren. »Hier kann dich sowieso keiner hören.«

Ihr Kopf schien in Flammen zu stehen. Es war der schlimmste Schmerz, den sie je empfunden hatte – schlimmer noch als in der dritten Klasse, als ihr Blinddarm beinahe durchgebrochen wäre. Benommen betastete sie ihren Hinterkopf und spürte warmes Blut.

Finn öffnete eine Schublade und holte zwei lange Schals heraus.

Selbst durch den Nebel aus Schmerz und Alkohol verstand Emma, dass sie am Arsch war. Verzweifelt versuchte sie, einen Ausweg zu finden.

»Du hast sie also umgebracht«, sagte sie. Tränen liefen

ihr über die Wangen. »Warum? Was hat sie getan, um das zu verdienen?«

Er atmete abgehackt, als er zu ihr herüberkam.

»Deine Schwester hat mein verdammtes Leben ruiniert.«

»Und wie?« Als er schwieg, redete sie weiter. »Ich hatte wirklich keine Ahnung. Selbst als ich den Anhänger gefunden hatte. Es gab keinen Grund für das hier. Ich war überzeugt, dass Patrick meine Schwester getötet hat.«

Finn kniete sich rittlings auf ihre Oberschenkel und hielt sie mit seinem Gewicht am Boden.

»Ich wollte es nicht tun, wirklich nicht«, sagte er. Ihr Kopf pochte, und sie fühlte sich immer noch benommen, doch sie zwang sich zur Konzentration. »Es war der schlimmste Tag meines Lebens. Ich habe deine Schwester geliebt. Aber es war falsch, was sie mir angetan hat. Damit konnte ich nicht mehr leben.«

»Womit?« Sie versuchte, sich aufzurichten, doch er beugte sich vor und verstärkte sein Gewicht auf ihr. Seiner körperlichen Überlegenheit hatte sie nichts entgegenzusetzen, und die Schmerzen in ihrem Kopf schwächten sie zusätzlich. Sie konnte sich kaum bewegen. Er wälzte sie auf den Bauch, drehte ihr die Hände auf den Rücken und wickelte den einen Schal fest um ihre Handgelenke. Den anderen zog er stramm um ihre Knöchel, sodass sie sich kaum noch rühren konnte. Sie unterdrückte einen Schrei.

»Ich vermisse sie«, sagte er. »Sehr. Sie zu verlieren, war das Schlimmste, was ich je erlebt habe.«

»Sie zu verlieren? Du hast sie umgebracht«, schleuderte sie ihm entgegen, bevor sie sich zurückhalten konnte.

Er sah sie gequält an.

»Sie hat mir keine Wahl gelassen.«

»Ihr wart also zusammen? Wie lange?«

»Über drei Jahre. Seit dem Ende von *LoveShack*. Und weißt du, was? Wir waren perfekt füreinander. Wir hatten alles. Doch sie konnte das Theater mit Theo nicht aufgeben und hat mich jahrelang hingehalten. Verstehst du, wie sehr das schmerzt? Wie manipulativ sie war? Verstehst du den seelischen Missbrauch, dem ich ausgesetzt war?«

»Missbrauch?«

Emma bekam nur sehr schlecht Luft und musste sich anstrengen, ihm zuzuhören.

»Sie hat immer zu mir gesagt: ›Das mit Theo mache ich wegen des Geldes – du verstehst das nicht. Ich liebe dich, aber ich kann mich jetzt nicht von ihm trennen. Aber bald, versprochen.‹ Das war seelische Folter. Missbrauch.«

»Ich bekomme keine Luft.« Emmas Stimme klang erstickt und panisch. Sie weinte. Finn würde sie umbringen, wenn ihr nicht bald etwas einfiel. »Können wir nicht einen Deal machen? Ich verspreche, dass ich nichts sagen werde. Ich werde tun, was du willst. Bitte, lass mich einfach gehen.«

»Auf gar keinen Fall.«

»Bitte«, flehte sie. »Bitte.« Doch er stand schweigend auf und ging aus dem Raum. Mühsam versuchte sie, sich von den Fesseln zu befreien, doch ihr Kopf pochte immer noch heftig, und ihr war übel und schwindelig. Wahrscheinlich hatte sie eine Gehirnerschütterung. Als sie Finn auf dem Flur hörte und ihr klar wurde, dass sie ihm ausgeliefert war, weinte sie noch verzweifelter.

Er kam zurück, eine große blaue Plane in den Händen, die, wie sie sich erinnerte, über einem Stapel Feuerholz neben dem Pizzaofen gelegen hatte. Er breitete sie auf dem Boden aus und zog Emma darauf. Kleine Holzstücke bohrten sich in ihre Brust und ihren Bauch.

»So eine habe ich auch bei Maggie verwendet«, sagte er beiläufig. »Sehr praktisch.«

Das hatte nichts Gutes zu bedeuten. *Hör auf zu weinen,* schimpfte sie stumm. *Denk nach.*

»Das hier muss nicht hart für dich werden«, sagte er. »Du sollst nicht leiden.«

»Ich soll nicht leiden? Wenn du mich umbringst?« Irgendwie schaffte sie es, mit fester Stimme zu sprechen.

Er ignorierte sie, während er die Ecken der Plane zurechtzog.

»Eins verstehe ich nicht. Warum hast du nicht einfach mit ihr Schluss gemacht? Wenn du sie geliebt hast, warum hast du sie dann getötet?«, fragte Emma.

Er setzte sich neben sie auf den Boden und sah sie an. »Wenn sie weiter da gewesen wäre, hätte ich ohne sie nicht leben können, das wusste ich. Ich hätte nie nach vorn schauen können.«

»Das ist doch krank.« Keine kluge Bemerkung, doch sie konnte nicht anders.

»Vielleicht. Aber wusstest du, dass sie vor etwa einem Jahr schwanger war?«

Emma nickte mühsam.

»Ich habe ihre Arztrechnung gefunden. Sie hat abgetrieben und es mir verschwiegen.« Seine Stimme brach. »Ich wollte das Kind mit ihr zusammen bekommen. Ich wollte eine Familie. Sie wusste, dass es mich vernichten würde, und hat es trotzdem getan.«

Emma schluckte. Sie musste ihn unbedingt dazu bringen, dass er weiterredete, ruhig blieb.

»Das tut mir sehr leid. Das war nicht richtig von ihr.«

»Ja«, sagte er. »Sie hat mir alles genommen.«

Emma wusste nicht, was sie darauf antworten sollte, und schwieg.

Finn verließ erneut den Raum, und sie versuchte wieder, ihre Hände zu befreien. Nach dreißig Sekunden schmerzhafter Verrenkungen gab sie auf, wütend auf sich selbst, weil sie unfähig war, sich zu retten.

Da kam Finn mit einem großen Küchenmesser in der Hand zurück, und sie schrie auf. Er meinte es wirklich ernst.

»Himmel noch mal, das tut meinen Ohren weh«, sagte er. »Kannst du nicht einfach leise sein?«

»Hilfe!«, schrie sie. »Bitte hilf mir doch jemand!«

»Hier hört dich niemand, das habe ich dir doch gesagt«, entgegnete Finn. »Versuch dich zu entspannen. Es ist fast vorbei.«

Sie wand sich verzweifelter und schrie wieder so laut, dass ihre Kehle schmerzte und sie das Gefühl hatte, die Wände bebten von dem Geräusch. Finn saß einfach nur da und starrte sie an.

»Sie hat dich nie geliebt.« Emmas Kehle war wund, sie war einer Ohnmacht nahe. »Wenn sie dich geliebt hätte, hätte sie Theo verlassen und mit dir eine Familie gegründet.« Sie griff nach Strohhalmen, das wusste sie.

Finn sah aus, als würde er sie gleich anspucken.

»Du hast keine Ahnung, wovon du redest. Sie hat dir ja nie davon erzählt.«

»Ich kannte sie besser als alle anderen«, erwiderte Emma atemlos und fürchtete, sich vor lauter Anstrengung übergeben zu müssen. »Und für sie warst du nie der Richtige, sonst wäre es ihr leichtgefallen, sich von Theo zu trennen.«

Ohne Vorwarnung verpasste er ihr einen Schlag auf die verletzte Stelle am Hinterkopf. Ihre Sicht verschwamm einen Moment und alles drehte sich.

»Sie hat mich bis zum Ende geliebt«, sagte er. »Wie sonst hätte ich sie dazu bringen können, an jenem Morgen so viel früher ins Lagerhaus zu kommen?«

Er musste weiterreden, bis ihr endlich etwas eingefallen war.

»Du hast sie reingelegt?«, fragte Emma ungläubig und mit heiserer Stimme.

»Du kannst dir nicht vorstellen, wie schlecht es mir ging«, sagte er. »Ich hatte endlich kapiert, dass unser gemeinsames Leben eine Lüge war. Deshalb habe ich ihr gesagt, wir müssten uns unterhalten und dass wir uns vor dem Fotoshooting treffen sollten. Das war keine Lüge: Wir mussten wirklich reden. Was ich getan habe, war schrecklich. Aber ich hatte keine andere Wahl.«

»Doch«, erwiderte Emma. »Du hättest die Wahl gehabt. Und du musst auch mich nicht umbringen.«

»Leider doch. Versuch ruhig zu atmen. Wenn deine Muskeln angespannt sind, schmerzt das Messer noch mehr. Wir wollen doch, dass es schnell vorbei ist. Zwei oder drei

Stiche, höchstens. Wenn du genug Blut verloren hast, wirst du dich benommen fühlen. Maggie hatte am Ende keine Schmerzen, und die sollst du auch nicht haben.«

»Viele Leute wissen … dass ich hier bin«, log sie schwer atmend, während sie gegen das Tuch um ihre Handgelenke ankämpfte. »Und die wissen dann auch, dass du mich als Letzter lebendig gesehen hast.«

»Das Risiko gehe ich ein«, meinte Finn. »Wenn du es hier lebend rausschaffst, wandere ich ins Gefängnis. Wenn nicht, kann ich mir eine glaubhafte Geschichte einfallen lassen.«

Sie schloss die Augen. Er streifte ein Paar dünner Winterhandschuhe über, die er aus einer Schachtel mit der Aufschrift SKI unter dem Bett holte. Vermutlich, um keine Fingerabdrücke zu hinterlassen. Dann ging er ins Bad und kam mit einer Frauenduschhaube zurück, die er ihr überzog. Wahrscheinlich damit sie nicht überall Haare hinterließ. Die Haube hatte sicher Maggie gehört, und bei der Vorstellung drehte sich Emma der Magen um. Sie wand sich mit all der ihr noch verbliebenen Kraft, aber es war zwecklos.

Finn war langsam, methodisch. Kontrolliert. Ein Ex-Army-Sanitäter durch und durch. Als er sich ihr wieder zuwandte, das Messer fest im Griff, wusste sie, dass sie nichts mehr tun konnte. Sie entspannte sich und dachte an Maggie, wie viel Angst sie gehabt und wie allein sie sich gefühlt haben musste. Tränen liefen ihr über die Wangen, doch sie blieb ruhig.

»Braves Mädchen«, sagte Finn. »Entspann dich einfach.«

Er drehte sie auf die Seite, kniete sich vor sie und hob das Messer. Ohne nachzudenken, zog sie ganz plötzlich ihre Knie an und stemmte sie gegen ihn. Er schwankte. Ihr Überlebensinstinkt setzte ein. Sie hatte friedlich sterben wollen – wirklich –, aber ihr Körper wollte kämpfen. »Emma, es reicht.« Seine Stimme war ruhig, aber bestimmt. Er rückte ein Stück näher an sie heran, hob das Messer und stach zu. Die Klinge in ihrem Bauch war glühend heiß, als hätte man sie mit einem Schürhaken erwischt. Sie hörte einen durchdringenden Schrei. Erst nach einem Moment begriff sie, dass es ihrer war.

»Nein«, rief sie, »bitte nicht!« Wieder hob er das Messer und zielte. Sie schloss die Augen, wartete, dass es ihre Bauchmuskeln durchstieß. Vor den Schmerzen hatte sie keine Angst mehr, denn bestimmt würde es bald vorbei sein, so viel Blut, wie sie verlieren würde. Sie zählte von zehn ab rückwärts und hoffte, bald das Bewusstsein zu verlieren. *Zehn, neun, acht …*

Plötzlich hörte sie ein dumpfes Geräusch und öffnete die Augen. Ihre Sicht war verschwommen, ihre Umgebung nur Farben und Umrisse. Finn brach auf ihr zusammen, das Messer fiel klappernd zu Boden. Schwer lag er auf ihr und erstickte sie fast. Wenn sie ihn doch nur wegschieben könnte!

Während sie sich unter ihm wand, sah sie jemanden hinter ihm. Eine Frau? Oder bildete sie sich das nur ein? Sie blinzelte, versuchte zu fokussieren. Dann sah sie wieder klar.

Jill, in Laufkleidung.

Die sie mit weit aufgerissenen Augen und einem Holzscheit in der Hand anstarrte.

»O mein Gott, Emma, nein, bitte nicht!« Doch Emma war kurz davor, endgültig das Bewusstsein zu verlieren. War das eine Halluzination? Jill telefonierte panisch. »Ja, ein Notfall, jemand wurde mit einem Messer angegriffen. Bitte kommen Sie schnell. Ja, der Angreifer ist noch hier. Niedergeschlagen. Drei-zweiundzwanzig, Canyon Park. Bitte beeilen Sie sich!«

Danach warf sie Finns Messer weg und drückte Emma die Hände fest auf den Bauch.

»Au«, keuchte Emma und verdrehte die Augen.

»Bitte bleib wach«, flehte Jill. »Hilfe ist unterwegs. Ich weiß, das tut weh, aber ich muss Druck auf die Wunde ausüben, das haben sie mir gerade gesagt.«

»Wer?« Emmas Lider sanken herab.

»Die Polizei, sie ist unterwegs«, sagte Jill. »Alles kommt in Ordnung. Bleib einfach nur wach.«

Emma lächelte.

»Ich bin wach«, sagte sie. »Ich freue mich, dich zu sehen.«

Jill lachte unter Tränen.

»Ich freue mich auch, dich zu sehen.«

»Was zum Teufel …?«, fluchte Finn plötzlich und hielt sich den Kopf. »Wer ist das?«

»Das ist Jill«, sagte Emma mit schwacher Stimme.

Finn stand unsicher auf.

»Das hättest du nicht tun sollen.«

»Lass sie in Ruhe«, rief Emma. »Fass sie nicht an.«

Doch Finn stapfte auf Jill zu und wollte nach ihr greifen. Trotz der Kopfverletzung war er immer noch viel größer und stärker als sie, doch sie konnte ihm ausweichen. Emma wollte schreien, doch kein Ton drang aus ihrer Kehle.

»Ich habe die Polizei gerufen«, rief Jill, als Finn wieder nach ihr greifen wollte. »Sie ist schon auf dem Weg.«

Er umkreiste sie, wurde wieder sicherer auf den Beinen, wobei er sich den Kopf an der Stelle hielt, an der Jill ihn mit dem Holzscheit erwischt hatte. Er verzog das Gesicht.

»Ich werde sagen, dass es ein Einbrecher war, und bevor er mich auch töten konnte, ist er weggelaufen, als er die Sirenen gehört hat. Wir haben gerade alle schön zu Abend gegessen, als er eingebrochen ist. Wie gut, dass ich eine Kopfwunde vorweisen kann.« Er stürzte sich auf Jill, die mit einem Aufschrei aus dem Zimmer rannte, gefolgt von Finn, dem sie die Tür vor der Nase zuschlagen konnte. Überrascht und mit einem wütenden Knurren riss er sie auf und rannte ihr nach.

Emma wusste nicht, wie viel Zeit vergangen war, nur dass sie nicht mehr lange zu leben hatte. Sie drehte den Kopf und sah das Messer unter dem Bett.

Finn kam zurück, und er zog Jill an den Haaren hinter sich her. Sie schrie so laut, dass Emma es bis ins Mark spürte. Er warf Jill auf die Plane neben Emma. Dabei fiel sie mit dem Kopf gegen den Bettpfosten. Ihre Freundin stöhnte auf vor Schmerz und verlor das Bewusstsein.

»Ich wünschte wirklich, ich müsste das nicht tun«, sagte er. »Aber ich brauche das Messer.« Als Finn sich hinkniete und unter das Bett sah, schloss Emma die Augen. Überrascht schmeckte sie das Salz ihrer Tränen. Sie hatte nicht gemerkt, dass sie immer noch weinte.

»Gefunden.« Mit dem Messer in der Hand sah er sie triumphierend an. Emma konnte nichts mehr tun. Es war vorbei. Doch plötzlich regte sich Jill neben ihr und schrie jetzt so laut, dass sie Emma aus ihrer Erstarrung riss. Jill trat nach Finn, was ihn aber nicht aufhielt.

»Hör bitte auf zu schreien, mein Kopf tut beschissen weh.« Er kniete sich über Jill und hielt ihr den Mund zu, schrie dann jedoch sofort selbst auf. »Verdammt, hast du mich gerade gebissen?«

Jill schrie noch lauter, als er sie neben Emma zu Boden drückte. Emma schloss erneut die Augen. Sie konnte nicht mit ansehen, wie er ihre Freundin umbrachte. *Es tut mir so leid, Jill,* wollte sie sagen. Aber ihr fehlte die Kraft, daher versuchte sie, es Jill telepathisch mitzuteilen. Bevor sie den Gedanken zu Ende bringen konnte, hörte sie ein Hämmern. Sie spürte, wie Jill neben ihr sich gegen Finn zur Wehr setzte und eisern um ihr Leben kämpfte. Ihre Freundin schrie erneut, trat um sich und schlug mit den Fäusten auf Finn ein.

Aus irgendeinem Grund dachte sie in diesem Moment – kurz vor ihrem Tod – an einen Abend vor Jahren, nachdem sie zusammen nach L. A. gezogen waren. Emma arbeitete als Texterin in einer Werbeagentur und Jill als Nanny. Sechzig Prozent ihres Verdienstes gingen für die Miete drauf, und die meiste Zeit wussten sie nicht mehr, warum sie überhaupt nach L. A. gezogen waren. In dieser Phase ihres Lebens kochte Jill sonntags große Töpfe mit Linsen und Reis, die für die ganze Woche reichten, und dazu aßen sie Erdnussbutter- und Grilled-Cheese-Sandwiches. Aber an

jenem Abend, an den sich Emma erinnerte, gab es ein Fest-
mahl: Nach einer Vorstandssitzung ihrer Agentur und
nachdem die Teilnehmer wieder nach Beverly Hills oder
Greenwich oder Sun Valley zurückgekehrt waren, blieben
Unmengen Essen von einem teuren mediterranen Restaurant übrig. Nachdem ihre Kollegen ebenfalls gegangen waren, packte Emma die Reste ein – Maitake-Spieße, Dolmas,
Rote-Bete-Hummus, Baklava – und nahm sie mit nach
Hause. Es war wie ein Lottogewinn.

Abgesehen von dem Essen war der Abend nicht bemer-
kenswert. Es gab keinen besonderen Grund, warum Emma
sich an der Schwelle des Todes ausgerechnet daran erinnerte.
Damals saßen sie am selben Ikea-Küchentisch, an dem sie
jeden zweiten Abend saßen (nun ja, eigentlich war es ein
Schreibtisch, den sie als Tisch benutzten), und sie führten
die gleichen Gespräche wie jeden zweiten Abend (die Arbeit
war scheiße, Dating-Apps waren scheiße), und sie tranken
den gleichen Wein wie jeden zweiten Abend (Two Buck
Chuck, der eigentlich 2,99 Dollar kostete).

Als Emma jetzt verblutend auf Finns Fußboden lag, war
sie plötzlich wieder in ihrer Wohnung, sie und Jill tranken
billigen Wein und aßen Dolmas, und sie fragte sich, ob sie
tot und das irgendeine seltsame Version des Himmels war.
Sie hatte keine Schmerzen mehr, fühlte gar nichts. Einen
Moment verharrte sie einfach in dem Glauben, dass sie mit
ihrer besten Freundin an ihrem Küchentisch saß.

Das Hämmern wurde lauter und riss sie aus ihren Gedanken, und sie wusste wieder, wo sie war: Sie lag blutend
auf dem Boden. Auf Finns Boden. Finn, der ihre Schwester

umgebracht hatte. Jill neben ihr kämpfte immer noch gegen ihn und schrie um Hilfe. Was war das nur für ein Lärm? Sie wünschte, er würde aufhören. Sie war so müde. Sie wollte Jill sagen: *Alles wird gut. Ich habe dich lieb. Du bist meine Familie.*

Durch den Nebel glaubte sie zu hören, wie jemand hinter der Tür »POLIZEI!« brüllte. Jetzt halluzinierte sie ganz bestimmt. Doch jemand versuchte offenbar, die Tür aufzubrechen. Finns Messer fiel zu Boden. Jill brach schluchzte neben ihr zusammen.

»Finn Thompson, Sie sind festgenommen«, sagte eine Stimme. Jill drückte Emmas Hand. Dann wurde alles schwarz.

Jill

Im Krankenwagen zitterten Jills Hände unkontrolliert, und ihr ganzer Körper fühlte sich taub an. Die Sanitäter legten ihr nach einer raschen Untersuchung sofort eine Infusion mit einem Beruhigungsmittel.

»Sie stehen unter Schock«, erklärte der eine Sanitäter. »Aber Sie sind nicht ernsthaft verletzt. Ein paar blaue Flecken, aber das kommt alles wieder in Ordnung. Sie haben sich tapfer zur Wehr gesetzt.«

»Was ist mit Emma? Wie geht es ihr?«, fragte Jill, während sie auf die Wirkung des Beruhigungsmittels wartete. »Da war so viel Blut.«

»Ich weiß es nicht«, antwortete der Sanitäter. »Ich will nichts beschönigen, sie hat tatsächlich sehr viel Blut verloren. Wenn wir im Krankenhaus sind, erfahre ich vielleicht mehr. Wer ist ihr Notfallkontakt?«

»Ich«, sagte Jill.

»Nachdem man sich um Sie gekümmert hat, können Sie die Schwestern um ein Update bitten.«

Jill nickte benommen, schloss die Augen, und der Schlaf trug sie davon.

Sie schlief wie eine Tote, träumte von Emmas Schreien, von dem vielen Blut. Von Finns mitleidigem Gesichtsausdruck, als er sie gegen den Bettpfosten schleuderte – Mitleid mit sich, nicht mit ihr.

Doch sie war nicht tot. Flatternd schlug sie die Augen auf und betrachtete ihre Umgebung. Weißes Licht blendete sie, und sie hörte ein beständiges Piepen, das sie verwirrte und kurzzeitig in Panik versetzte. Du bist in Sicherheit, rief sie sich in Erinnerung und blinzelte, bis sie endgültig deutlich sehen konnte.

Jemand hatte ihr ein Krankenhausnachthemd angezogen, am Handgelenk trug sie ein Plastikarmband mit ihrem Namen und ihrem Geburtsdatum.

»Guten Morgen«, sagte eine Stimme.

Mühsam setzte Jill sich auf, alles tat ihr weh. Eine Schwester stand an ihrem Bett und überprüfte ihre Werte. »Ist es denn schon Morgen?«, krächzte Jill. Draußen war es immer noch dunkel.

»Fast«, antwortete die Schwester. »Es ist halb fünf, ich mache gerade die Morgenrunde.«

»Wo bin ich?«

»Im Cedars-Sinai. Sie müssen einen großen Fan haben, denn nachdem Sie gestern Abend eingeliefert wurden, rief man uns an und bat uns, Sie in eine unserer VIP-Suiten zu verlegen. Man hat Sie um ein Uhr morgens etwa hergebracht.«

»Wow.« Sie ließ den Blick über eine Mahagoni-Medienwand mit Flachbildfernseher und Spielekonsole, zwei große Ledersofas und eine kleine Küchenecke schweifen. »Wie geht es Emma? Wissen Sie, wie ihr Zustand ist?«

Die Schwester sah sie an.

»Die Frau, die mit Ihnen eingeliefert wurde? Das weiß ich leider nicht, ich kann mich aber erkundigen. Ohne Einwilligung ihrer Angehörigen darf ich allerdings keine Informationen herausgeben, und wenn sie nicht bei Bewusstsein ist ...«

»Ich bin ihre nächste Angehörige«, fiel Jill der Frau ins Wort. »Sie hat keine Familie. Nur mich.«

»Okay. Warum schlafen Sie nicht noch ein paar Stunden, und ich versuche etwas herauszufinden?«

Da merkte Jill, dass sie immer noch todmüde war. Ihr von den Beruhigungsmitteln schwerer Körper leistete keinen Widerstand, und ihr fielen die Augen zu.

Als sie ein paar Stunden später aufwachte, standen eine Ärztin und eine andere Schwester im Raum.

»Ich bin Dr. Bhindi. Wie fühlen Sie sich?«

»Wund und erschöpft.« Jill deutete auf ihren linken Arm, der von Blutergüssen übersät war. »Und meine Rippen schmerzen. Aber sonst geht es mir gut. Ich mache mir Sorgen um Emma. Wissen Sie schon etwas Neues? Sie wurde mit mir eingeliefert.«

Dr. Bhindi seufzte, und Jill wurde blass.

»Bitte sagen Sie es mir, ich kann es aushalten.«

»Sie ist nicht meine Patientin, daher kann ich nichts Genaues sagen«, antwortete Dr. Bhindi. »Ihr Zustand ist kritisch. Aber sie lebt.«

Erleichtert brach Jill in Tränen aus.

»Gott sei Dank! Scheiße, bin ich froh«, sagte sie. »Oh, Entschuldigung.«

Die Ärztin gab ihr ein Taschentuch.

»Schon gut, fluchen Sie nur. Sie haben Schreckliches erlebt. Ich habe darum gebeten, dass der behandelnde Arzt Ihrer Freundin nachher zu Ihnen kommt. Wir würden Sie gern noch eine Nacht zur Beobachtung hierbehalten. Ihr Blutdruck ist immer noch etwas zu hoch, und wir würden gern Ihren Brustkorb röntgen, um sicherzugehen, dass keine Rippen gebrochen sind. Dem Sanitäter gegenüber haben Sie gestern Abend angegeben, dass der Angreifer Sie gegen einen Bettpfosten geschleudert und mit einem Messer bedroht hat. Richtig?«

»Ja.« Jill schluckte und drängte die Bilder von dem Kampf mit Finn zurück. »Bitte schicken Sie einfach Emmas Arzt so schnell wie möglich her.«

Dr. Bhindi nickte und verließ mit der Schwester den Raum.

Auf dem Nachttisch fand Jill ihr Handy, das sogar jemand aufgeladen hatte. Im Lauf von etwa zehn Stunden hatte sie fünfhundert Nachrichten bekommen, von ihren Eltern, von Amanda, Kollegen, quasi von jedem, den sie je gekannt hatte. Der Showdown in Finns Haus hatte es in die Nachrichten geschafft.

Zuerst rief sie ihre Eltern an, die weinten und versprachen, nach L. A. zu fliegen und sich um sie zu kümmern. Normalerweise hätte sie das abgewehrt, doch jetzt war sie froh darüber.

Dann meldete sie sich bei Amanda, die auch weinte und ihr detailliert von der Berichterstattung erzählte.

»Finn ist im Gefängnis, und es gibt wunderbare Aufnahmen, wie er in Handschellen abgeführt wird. Die Polizei hat schon ungefähr fünfzehn Pressekonferenzen gegeben und hat ganz offensichtlich Panik, weil ihr beide herausgefunden habt, dass Finn der Täter ist und sie ihn nicht einmal genauer unter die Lupe genommen hat. Außerdem wird dein LinkedIn-Profilbild überall verbreitet, das solltest du vielleicht wissen.«

Jill lachte.

»Oh, und gefällt dir die Suite? Das habe ich arrangiert.«

»Ja, es ist sehr schön hier«, sagte Jill. »Also, unter den Umständen.«

Endlich erkundigte sich Amanda nach Emma.

»Im Fernsehen hieß es, ihr Zustand sei ›kritisch, aber stabil‹. Durftest du sie schon sehen?«

»Nein, und mir sagt auch niemand etwas. Ihr Arzt soll nachher noch zu mir kommen. Aber, Amanda, ich war ja dabei. Es war schrecklich. Sie hat so viel Blut verloren. Ich dachte wirklich, wir würden das nicht überleben.«

»Aber du bist noch am Leben, Jill. Du hast es geschafft. Und Emma wird es hoffentlich auch schaffen«, sagte Amanda.

Jill wischte sich die Tränen ab.

»Ich hoffe es so sehr.«

»Mir tut das alles so leid.« Jill hörte, dass Amanda weinte. »Es tut mir leid, dass ich diese furchtbare Show erfunden habe. Ich habe den Geist aus der Flasche gelassen. Schau dir nur mich und Trevor an und wie es uns ergangen ist. Alles, was ich anfasse, endet in einer Katastrophe.«

Jill seufzte.

»Amanda, ich mag dich sehr, und ich hoffe, das klingt

jetzt nicht komisch, da du ja meine Chefin bist. Aber du musst das hinter dir lassen. Ja, *LoveShack* ist abgefuckt, und sie casten abgefuckte Menschen. Nichts gegen Maggie. Aber das ist nicht deine Schuld, und das war es auch nie. Du bist nur für dich selbst verantwortlich und für das, was du aus deinem Leben machst.«

Amanda schwieg einen Moment.

»Danke«, sagte sie schließlich. »Danke, Jill. Du warst schon immer so gut zu mir.«

Eine Stunde später betrat ein Mann im Arztkittel nach einem kurzen Klopfen das Zimmer.

Jill setzte sich mühsam auf.

»Sind Sie Emmas behandelnder Arzt? Wie geht es ihr? Darf ich sie sehen?«

Er nickte.

»Ja, ich bin Dr. Schubert. Sie wird es schaffen und wieder gesund werden. Aber der Genesungsprozess wird lange dauern.« Erleichterung und Angst durchzuckten Jill. Der Arzt sprach weiter: »Wir mussten sie ins künstliche Koma versetzen. Sie hat gestern Abend noch zwei Bluttransfusionen bekommen und wurde notoperiert. Wir haben eine Laparotomie durchgeführt und konnten einen Teil des Dünndarms rekonstruieren.«

»Und was heißt das? Wie geht es ihr jetzt?«

»Das ist ein schwerer Eingriff, der aber gut verlaufen ist. Wir wollen sie in ein paar Tagen von der Intensiv- auf die Normalstation verlegen, wenn es nicht zu Komplikationen kommt.«

»Wann kann ich sie sehen?«, fragte Jill.

»Ich rechne damit, dass wir sie in achtundvierzig Stunden zurückholen. Dann können Sie zu ihr«, sagte er.

»Danke. Ich komme, sobald ich darf.«

Amanda holte sie am nächsten Morgen mit einem Uber aus dem Krankenhaus ab.

»Ich bin so froh, dass du okay bist.« Ihre Augen waren feucht. »Aber ich habe immer noch so viele Fragen. Wie hast du Emma überhaupt gefunden? Und wie geht es ihr?«

»Lass mich erst einmal einsteigen.« Jill umarmte Amanda, die sie auf die Stirn küsste. Eine fast mütterliche Geste.

Auf der Fahrt erzählte Jill ihr alles, und Amanda nickte ernst.

»Aber woher wusstest du, wo sie war? Und dass sie Hilfe brauchte?«, fragte sie.

»Wir hatten seit ... einiger Zeit Streit.« Den Sex mit Theo erwähnte sie nicht. »Und ich wollte das nicht mehr, ich wollte mich mit ihr vertragen. Deshalb bin ich nach Calabasas gefahren, sie war aber nicht dort.«

»Und woher wusstest du, wo du nach ihr suchen solltest?«

»Wir haben schon immer gegenseitig unseren Standort geteilt. Bis zu ihrer London-Reise hatte ich selten daran gedacht. Dann haben wir uns gestritten, und ich hatte Angst um sie, weshalb ich den Standort oft überprüft habe. Als sie dann nicht zu Hause war, schaute ich nach. Nicht um sie zu stalken, einfach aus Neugierde. Emma war in den letzten Monaten nicht viel unterwegs, und ich habe mich gewundert, wo sie an einem Dienstagabend um halb zehn sein könnte.«

»Und sie war bei Finn?«

»Ja, auch wenn ich da natürlich noch nicht wusste, dass es sein Haus war. Aber es war in der Nähe von Maggies und Theos Haus, und da dachte ich, ich fahre mal vorbei …«

»Im Ernst?«, sagte Amanda. »Wow, das ist sogar nach meinen Maßstäben gruselig.«

»Außer mit dir, mir und Liz trifft sich Emma sonst nie mit jemandem. Nie. Irgendwie hatte ich ein ungutes Gefühl und geriet in Panik. Ich musste sie sehen, mich unbedingt mit ihr vertragen und sichergehen, dass ihr nichts passiert war. Ich konnte nicht klar denken. Oder vielleicht doch, weil ich sie ja dann gefunden habe. Ich hörte Lärm aus dem Haus, Schreie, da bin ich reingegangen. Da hatte er schon auf sie eingestochen.« Es fühlte sich unwirklich an, darüber zu reden.

»Es tut mir so leid, dass du das durchmachen musstest.« Amanda griff nach ihrer Hand, und sie schwiegen eine Weile. Der Verkehr wurde dichter. »Soll ich bei dir bleiben? Oder willst du mit zu mir kommen? Dann musst du nicht allein sein.«

»Das ist okay«, sagte Jill. »Ich bin ganz froh, wenn ich noch ein paar Stunden für mich habe, bevor meine Eltern kommen.« Amanda nickte, wirkte jedoch verletzt. »Aber danke für das Angebot. Ich muss jetzt ein bisschen allein sein, um alles zu begreifen.«

»Das verstehe ich«, sagte Amanda.

Den Rest der Fahrt sprachen sie über andere Dinge, darunter Amandas Treffen mit Trevor. Doch Jill konnte sich kaum darauf konzentrieren. Sie sah aus dem Fenster, auf die Stadt, die Menschen, für die es ein völlig normaler Tag war.

»Ich bin so froh, dass du nicht ernsthaft verletzt bist«, sagte Amanda, als das Uber vor Jills Haus hielt.

»Ich auch.«

»Wann willst du wieder arbeiten?«, fragte Amanda. »Lass dir Zeit, ja? Ich kann nach dir sehen, bis es dir wieder besser geht.«

»Ich brauche wirklich etwas Zeit«, sagte Jill ehrlich. »Und ich glaube, ich kann keine Assistentin mehr sein. Es hat mir wehgetan, als du Emma einen Autorenjob bei *The Youth* angeboten hast, mir aber nie.« Vielleicht war der Angriff eines irren Realitystars so eine Art Wahrheitsserum.

»Entschuldige.« Amanda wirkte gequält. »Das war gedankenlos.«

»Schon okay«, sagte Jill. »Du bist mir wichtig, aber ich glaube, unsere beruflichen Wege sollten sich jetzt trennen.«

Amanda nickte, den Tränen nahe.

»Natürlich. Und, Jill, ich habe Emma den Job nur wegen meiner Schuldgefühle wegen *LoveShack* angeboten. Sicher ist sie eine gute Autorin. Aber es hatte nichts mit dir zu tun oder dem, was du kannst, was mehr ist, als ich dir je anbieten könnte. Wenn sich alles beruhigt hat, besorge ich dir einen Autorenjob bei deiner Traumshow. Wenn du das möchtest.«

Jill lächelte.

»Danke, dass du das sagst, Manda. Das freut mich wirklich.«

»Pass einfach auf dich auf.« Amanda drückte Jills Hand, und dann musste Jill die Tränen zurückdrängen.

Als sie ausstieg, spürte sie tiefe Dankbarkeit. Es ging ihr gut. Emma würde wieder gesund werden. Sie winkte Amanda zu, und während das Uber davonfuhr, blickte sie an ihrem Gebäude hinauf, zu ihrer Wohnung, in die sie sich gleich zurückziehen würde. Doch zuerst wollte sie noch einen Spaziergang machen. Es war wunderbar, am Leben zu sein, und der ganze Tag lag noch vor ihr.

Emma

Die Genesung ging langsam voran, und Emma langweilte sich. Jill besuchte sie fast jeden Tag, und manchmal kam auch Amanda vorbei. Ihre Freundinnen vom College waren ein paarmal da gewesen, ebenso wie Liz und ihre neue Freundin Toni, die sehr cool war, wie Emma zugeben musste.

Ihre Bauchmuskeln waren komplett im Arsch, und sie musste ganz neu lernen, sie wieder einzusetzen. Jeden Tag hatte sie eine Stunde Physiotherapie, was mörderisch war. Doch ihre Physiotherapeutin war heiß, weshalb sie sich von Jill die Haare schneiden und Wimperntusche mitbringen ließ.

Auf Anraten ihrer Ärzte traf sie sich auch zweimal die Woche mit einer Traumatherapeutin. Sie wusste nicht, ob die Sitzungen halfen, aber es war nett, mit jemand anderem als Jill zu reden. Die Therapeutin schlug vor, einen Brief an Maggie zu schreiben, mit allem, was sie ihr sagen und was sie sie noch fragen wollte. Emma konnte sich das aber nicht so recht vorstellen, ein Brief war einfach so ernst.

Stattdessen nahm sie Sprachnachrichten an Maggie auf, nachdem sie ein TikTok gesehen hatte, das sie ihrer Schwester normalerweise geschickt hätte. Sie erzählte ihr von einem neuen True-Crime-Podcast, der von dem Mord an ihr handelte und in dem ihre Kindheit völlig falsch dargestellt wurde (sie wusste, es war eine schlechte Idee, ihn sich anzuhören, aber ihr war langweilig. Und sie war neugierig). Und wie sie daran dachte, dass Maggie in der fünften Klasse auf der Schlittschuhparty einer Freundin gestürzt war und sich den Vorderzahn abgebrochen hatte. Ihre Mutter hatte ein paar Monate Geld für den Zahnarzt sparen müssen, weshalb Maggie lange mit einem Lächeln wie ein Halloween-Kürbis herumgelaufen war. Die Fotos aus der Zeit waren herrlich.

Es war Samstag und die dritte Woche im Krankenhaus. Man würde sie erst in einer Woche oder so entlassen. Am Wochenende hatte sie keine Physiotherapie, und in zwanzig Minuten würde Jill kommen, auch wenn Emma erklärt hatte, die täglichen Besuche seien gar nicht nötig. Der Tag war unspektakulär, bis auf die Tatsache, dass Maggie heute ihren dreiunddreißigsten Geburtstag gefeiert hätte. Sie hatte Jill gebeten, einen Cupcake und eine Kerze mitzubringen.

Während sie wartete, nahm sie eine neue Sprachnachricht auf.

»Mags«, begann sie. »Alles Gute zum Dreiunddreißigsten. Wenn du hier wärst, würde ich dir Vorwürfe machen. Aber du bist tot. Dein Glück. Wenn du hier wärst, müsstest du auch meine ganzen Fragen beantworten. Sei froh, dass dir das erspart bleibt. Weil du mich so sehr belogen hast. Wie sich herausgestellt hat, wusste ich so vieles nicht über dich, aber dieses Jahr hättest du mir vielleicht alles erzählt. Oder auch nicht, wer weiß. Ich bin übrigens am Leben. Das ist mein Geburtstagsgeschenk für dich. Oder vielleicht würdest du dir sogar wünschen, ich wäre tot, dann könnten wir jetzt zusammen rumhängen, wo auch immer du bist. Nirgends, wahrscheinlich. Aber das wäre ein ganz schön mieser Wunsch. Ich habe eigentlich nichts Neues zu erzählen, Jill kommt gleich vorbei. Ich wünschte, es gäbe ein Leben nach dem Tod, damit dich diese Sprachnachrichten irgendwie erreichen und nicht nur Speicher auf meinem Handy belegen. Aber an den ganzen Mist habe ich nie geglaubt, und jetzt fange ich auch nicht damit an. Also alles Gute zum Geburtstag, Mags. Ich habe dich sehr lieb, und das wird auch immer so sein.«

Zwei Jahre später

Der seltsame Fall des Finn Thompson
Von Farouq Hijazi

In Los Angeles ist man gerne mal fasziniert von Mordprozessen, in die Stars verwickelt sind, doch so viel Aufmerksamkeit hat seit O. J. Simpson kein Verfahren mehr erregt. Ich meine natürlich den Prozess gegen Finn Thompson, der am Montag beginnt. Über zwei Jahre sind seit dem Mord an seinem Reality-TV-Co-Star Maggie Lathrop vergangen, für den die Generalstaatsanwaltschaft von Los Angeles Thompson angeklagt hat. Ihm wird auch vorgeworfen, knapp sieben Monate nach dem Mord Maggie Lathrops Schwester Emma mit einem Messer angegriffen und schwer verletzt zu haben.

Das Büro des Generalstaatsanwalts hat eine Liste von Zeugen veröffentlicht, die gegen Thompson aussagen werden, einen ehemaligen Sanitäter der United States Armed Forces. Darauf stehen Emma Lathrop, ihre Mitbewohnerin Jill Friedman, Amanda Lehman (Schöpferin der beliebten Serie *Anxiety* und Freundin von Emma Lathrop) und Patrick O'Connell, ein *LoveShack*-Teilnehmer, der angibt, Thompson habe Drohbriefe gefälscht und sich online als er ausgegeben, um ihn als Lathrops Mörder dastehen zu lassen.

Man geht allgemein davon aus, dass die Verteidigung Maggie Lathrops Witwer Theo Cooke die Tat vorwerfen und argumentieren wird, er habe seine Frau aus Angst umgebracht, sie könne ihn outen (Cooke hat sich in Interviews seit dem Tod seiner Frau als homosexuell bezeichnet). Cooke hat bereits ein Jahr seiner sechzehnmonatigen Freiheitsstrafe wegen Behinderung einer Mordermittlung verbüßt. Er hatte zugegeben, bewusst eine Beziehung zu dem ehemaligen LAPD-Detective Daniel LaClair eingegangen zu sein, um nicht in den Fokus der Ermittlungen zu geraten. LaClair, der leitende Ermittler im Mordfall Lathrop, hatte den Fall dann auch bereits nach dreieinhalb Monaten ungelöst zu den Akten gelegt. Er ist immer noch beurlaubt, auf ihn wartet ein Disziplinarverfahren.

Letzten Monat haben Emma Lathrop und Jill Friedman ihr erstes Interview in der Investigativsendung *20/20* gegeben. Beide gaben an, dass Thompson eine langjährige Beziehung mit Maggie Lathrop geführt und Emma Lathrop gegenüber den Mord an ihrer Schwester zugegeben hatte, bevor er auch sie töten wollte.

Das Interview wurde allgemein als Versuch der Staatsanwaltschaft gewertet, Sympathien für ihre Version der Umstände von Maggie Lathrops Tod zu generieren.

Thompson hat eine signifikante Unterstützerschar hinter sich versammelt, die den Wahrheitsgehalt von Emma Lathrops Anschuldigungen anzweifelt und Thompsons Behauptung vertritt, Cooke habe seine Frau getötet.

»Was ihm vorgeworfen wird, würde Finn nie tun«, sagte Lorraine Johanssen bei einem Interview in den Lokalnachrichten, während sie sich die Tränen abwischte. Johanssen betreibt unter dem Namen Finnocent Accounts auf TikTok und Instagram.

»Wir sind ihm so lange gefolgt, und ich weiß einfach, dass er nicht so ein Mensch ist. Er hat Respekt vor Frauen, vor allen Menschen.«

Emma Lathrop hat Thompsons vor der Kamera vertretene feministische Einstellung eine »Fassade« genannt. »[Thompson] stützt sich, sogar als er mich umbringen wollte, auf das Narrativ, er wäre das Opfer, er hätte so starkes ›Gaslighting‹ erfahren, dass er keine andere Wahl hatte, als meine Schwester umzubringen. Er hat sich bequem der Sprache von Menschen bedient, die aufgrund von Ausgrenzung an den Rand der Gesellschaft gedrängt wurden, und mit der die Betroffenen Missbrauch und Unterdrückung beschreiben. Und er hat diese Sprache als Waffe verwendet. Doch er hat Maggie kaltblütig umgebracht. Er hat alles genau geplant und falsche Fährten gelegt, um einen Unschuldigen als Täter dastehen zu lassen. Ich möchte allen Fans ans Herz legen, nicht zu vergessen, dass das öffentliche Bild eines Menschen nicht immer mit seiner wahren Persönlichkeit übereinstimmt.«

Der Instagram-Account Finnocent hat über 400 000 Follower, seit er nach Thompsons Verhaftung eingerichtet wurde.

»Sollte irgendjemand bezweifeln, dass Finn Maggie

getötet und Emma niedergestochen hat, soll er sich den Mitschnitt von Jills Notruf anhören. Danach kann keiner mehr behaupten, das sei alles erfunden«, sagte Amanda Lehman. *20/20* hat einen Ausschnitt der ihnen zugespielten Audiodatei in dem Interview mit Emma Lathrop und Jill Friedman verwendet, der seit der Ausstrahlung der Sendung auf X, ehemals Twitter, trendet.

Lehman gehört zu den vehementesten Unterstützern von Emma Lathrop und Jill Friedman, Lehmans früherer Assistentin.

Auf die Frage, ob Thompson Gemeinsamkeiten mit Trevor Koch habe, Lehmans Co-Autor von *Anxiety*, dem von diversen Frauen sexuelle Übergriffe vorgeworfen worden waren, antwortete sie freimütig: »Offen gesagt, ja. Trevor dachte, er könnte sich hinter unserer feministischen Show verstecken. [Thompson] dachte dasselbe von sich.«

Finnocent-Schöpferin Johanssen übte Kritik an Lehman, die Koch einst in Schutz genommen hatte.

»Sie versucht doch nur, ihren Ruf aufzupolieren«, sagte Johanssen. »Trevor Koch und Finn Thompson haben nichts miteinander gemeinsam.«

Lehman arbeitet gerade an einem Memoir über ihre Beziehung zu Koch, der seit vier Jahren als vermisst gilt.

Emma Lathrop lehnte alle Anfragen zu einem Kommentar ab und veröffentlichte nur ein kurzes Statement in der *Times*: »Finn Thompson hat meine

Schwester umgebracht und wollte mich und meine beste Freundin töten. Ich vertraue darauf, dass die Staatsanwaltschaft das vor Gericht auch beweisen wird.«

Ist ihr Vertrauen gerechtfertigt? Die ganze Welt wartet gespannt auf den Ausgang des Verfahrens.

Anderthalb Jahre später

Emma

Die Leute starrten sie an. Sie spürte es, doch wenn sie in ihre Richtung sah, gaben sie vor, beschäftigt zu sein. Doch mittlerweile war sie an das Flüstern, an die nervösen Begrüßungen und die verlegenen Blicke gewöhnt.

Außerdem war sie nicht die berühmteste anwesende Person, bei Weitem nicht.

Mit ihrem Glas alkoholfreien Ciders in der Hand suchte sie nach Jill und fand sie am Tisch mit den Fleischgerichten. Jill trug ein rotes Samtkleid und Zehn-Zentimeter-Absätze, war damit aber immer noch viel kleiner als Emma. Ihre Locken waren von einer Londoner Topstylistin geglättet worden, die Amanda für ihre Brautjungfern angeheuert hatte.

Emma trug einen maskulin geschnittenen Hosenanzug, den sie sich von ihren ersten Tantiemen für *Loudmouth* gegönnt hatte. Die Show war eine halb autobiografische düstere Komödie, die sie und Jill geschrieben hatten und die bereits für zwei weitere Staffeln verlängert worden war. Den Piloten von *Loudmouth* hatten sie problemlos an einen großen Streamingdienst verkauft, was sie Finns Mordversuch zu verdanken hatten.

Als sie zu Jill trat, hörte sie, wie eine Gabel gegen ein Glas geschlagen wurde.

»Dürfte ich um eure Aufmerksamkeit bitten?«, rief Amanda in ihrem abstrusen Hochzeitskleid, das leuchtend gelb war, mit Puffärmeln, Schulterpolstern, tief angesetzter Taille und federbesetztem Saum. Es war eine Spezialanfertigung irgendeiner Designerin, und es war Emma nie klarer gewesen, dass man mit Geld keinen Geschmack kaufen konnte. Doch Amanda wirkte glücklich, George wirkte glücklich, und nur das war wichtig.

»Danke, dass ihr heute alle hier seid.« Amanda nahm Georges Hand. »Ich spreche nicht gern darüber, aber nachdem mein ganzes Leben zerbrochen und ich ganz unten angekommen war, dachte ich, ich würde nie wieder auf die Beine kommen. Ich dachte, meine Karriere wäre vorbei, die ganze Welt würde mich hassen, und ich würde mich nie wieder verlieben. Deshalb möchte ich das Glas auf George erheben. Wer hätte gedacht, dass dieser gut aussehende Barkeeper aus East London mich wieder ins Leben zurückbringen würde?« Sie hielt ihr Glas in die Höhe, und alle taten es ihr nach. »Danke, dass du meine zweite Chance bist.«

Alle seufzten verzückt, und auch Emma bekam feuchte Augen.

»Amanda, unser gemeinsames Leben ist wunderschön, und ich bin jeden Tag dankbar dafür, dass du zu mir zurückgekommen bist.« George sah sie bewundernd an. »Auf dich, Liebling.«

Mittlerweile waren teure Abendessen nichts Neues mehr für Emma. Seltsam, wie schnell man sich an so etwas gewöhnte. Mit ihrer Hälfte des Erlöses aus dem Hausverkauf (den Theo noch abgewickelt hatte, bevor er ins Gefängnis kam) plus den Einnahmen aus *Loudmouth* konnte sie sich ein Haus mit drei Schlafzimmern in Highland Park leisten. Jill wohnte ganz in der Nähe, in Eagle Rock, mit ihrem Freund Elijah, mit dem sie seit fast einem Jahr zusammen war.

Emma hatte sich nicht so sehr verändert wie Maggie, ging aber mittlerweile in einen teuren queeren Friseursalon auf der Franklin Avenue. Ihre Kleidung bestand zum Groß-teil aus Secondhandstücken, die eine »Stylistin« für sie zusammenstellte (Liz' Frau Toni hatte eine semibekannte Insta-Seite mit Secondhandsachen und stellte sich gerade neu auf). Sie hatte sich sogar ein begehrtes Paar Vintage-Kampfstiefel von Alexander McQueen gekauft.

Seit Finns Prozess vor fast anderthalb Jahren geendet hatte, machte sie eine Therapie wegen ihrer posttraumati-schen Belastungsstörung. Die Therapeutin war eine teure Psychoanalytikerin, die Amanda empfohlen hatte, doch die Arbeit mit ihr half. Emma schrieb Drehbücher, traf sich mit Frauen, kümmerte sich um sich selbst. Sie hatte sogar ein paar Gruppensitzungen mit Jill absolviert, um den Ein-fluss von Maggies Ermordung auf ihre Freundschaft auf-zuarbeiten.

Loudmouth war ihre größte Freude. Kritiker hatten die Serie »das amerikanische queere *Fleabag*« genannt und als »überraschend witzig« bezeichnet. Die Hauptperson war eine Frau, die mit dem ungeklärten Mord an ihrer Schwes-ter kämpfte, während sie in L. A. auf der Suche nach sich selbst war. Sie und Jill hatten das Drehbuch nach Emmas

Entlassung aus dem Krankenhaus fieberhaft geschrieben, noch vor Finns Prozess. Dank des Interviews und der Artikel, die rund um die Uhr zu Finn und dem Mord erschienen, wuchs ihre Bekanntheit mit jedem Tag. Sie wussten, sie hatten eine große Chance, ein Konzept zu verkaufen – und die nutzten sie. Natürlich mit Amandas Hilfe.

Jill und Elijah saßen Emma an einem langen Tisch in der Nähe des Brautpaares gegenüber.

»Wer hätte das gedacht?« Jill sah zu Amanda, deren Kopf auf Georges Schulter ruhte. Das Hochzeitsmotto war »Punkrock«, es gab keinen Alkohol, und beide hatten sich vor dem Dinner 'TIL DEATH auf die linke Schulter tätowieren lassen.

Emma aß einen Bissen Hummer-Ravioli. Die Hochzeitsfeier fand in einem italienischen Restaurant im West End statt, und das Essen war köstlich. Der Raum war dunkel gehalten, mit vergoldeten getäfelten Wänden, und die Bedienungen trugen von Amanda ausgewählte Ledermäntel, mit denen sie wie Figuren aus *Matrix* aussahen.

Einer dieser Kellner machte heimlich ein Foto von Emma und Jill, als diese sich gerade Essen in den Mund schoben.

Emma verdrehte die Augen, griff aber über den Tisch hinweg nach der Hand ihrer Freundin.

»Wer hätte das gedacht?«

Danksagung

Als Bücherliebhaberin ist es eines der größten Geschenke meines Lebens, mit einigen der Allerbesten mein eigenes Buch schreiben zu dürfen. Als Erstes danke ich der brillanten Emily Griffin bei Century. Deine Sorgfältigkeit, Kreativität und Geduld sind unendlich. Danke, dass du an dieses Buch geglaubt hast.

Alexandra Machinist, meine wunderbare Agentin: Es ist einfach großartig, mit dir zusammenzuarbeiten. Du bist voller Kraft, und dein Genie ist so groß wie dein Sinn für Humor.

Sarah Harvey, ich bin dir so dankbar für alles, was du für dieses Buch getan hast sowie für deine freundlichen und durchdachten Korrekturen. Ich danke euch beiden, dass *People Pleaser* durch euch wahr geworden ist.

Danke, Katherine Flitsch, für dein äußerst hilfreiches Feedback und dass ich dank dir nicht zu viel peinlichen Millennial-Kram eingearbeitet habe.

Claire Simmonds, vielen Dank, dass du in dieses Buch investiert hast sowie für deinen Enthusiasmus.

Vielen Dank, Jess Muscio, für deine harte Arbeit und deine Vision für *People Pleaser*. Ich habe die Zusammenarbeit bei diesem Buch sehr genossen.

Laurie Ip Fung Chun, Alice Brett und dem Rest des

Teams von Penguin Random House UK: Ich bin euch so dankbar für alles, was ihr getan habt, um *People Pleaser* in Form zu bringen und damit es in die Hände der Leserinnen und Leser gelangt.

Richenda Todd – merkt man, dass Mathe nicht mein bestes Schulfach war? Danke, dass du mich auf den richtigen Weg gebracht hast.

Vielen Dank an Lisa Krämer und das Team vom Goldmann Verlag für eure Begeisterung für *People Pleaser*. Ich freue mich so sehr, dass das Buch auf Deutsch erscheinen wird.

Ich danke Eve Gleichman, ohne die ich das alles nicht geschafft hätte. Wieder Kontakt mit dir zu haben und während des Schreibprozesses Zeit mit dir zu verbringen, war einfach wunderschön. Du warst zu oft freundlich und großzügig, als dass ich alles hier auch nur ansatzweise aufzählen könnte. Ich schätze dich mehr, als ich angemessen ausdrücken kann.

Noa Fleischacker, danke, dass du meine Erstleserin warst und mich ernst genommen hast, ohne mich zu ernst zu nehmen. Das Enneagramm jeder Figur zu diskutieren, hat mir beim Schreiben dieses Buches wohl am meisten Spaß gemacht. Dein Feedback war unersetzlich für die Entwicklung der Figuren, wofür ich dir sehr dankbar bin.

Jennifer Close, deine Großzügigkeit, Geduld und Begeisterung haben mir das Gefühl gegeben, dass ich es schaffen kann. Deine Korrekturen waren von unschätzbarem Wert, ebenso wie der Raum, den du mit deinen Workshops schaffst. Danke, dass du mir geholfen hast, mich als Schriftstellerin ernst zu nehmen, und dass du mir eine Community gegeben hast.

Asha Elias, was würde ich ohne dich tun? Danke, dass du meine beste Autorenfreundin bist: Leserin der chaotischen Anfänge, Unterstützung, Realitätscheck und Freundin. Danke, dass du an meiner Seite warst.

Kati Eisenhuth, Cliff Jacobs, Mayuri Chandra, Eileen Connors, vielen Dank für euer Feedback zu den frühen Entwürfen und für alles, was ihr für dieses Buch getan habt.

Maya, Josh, Turbow: Ihr wart die Ersten, denen ich von meinen Plänen erzählt habe, und eure Begeisterung und Neugier haben in mir wiederum genügend Begeisterung und Neugier geweckt, um durchzuhalten – vielen Dank, ich liebe euch.

Francine, Sarah, Zoe, Leah, Daniela, Adina, Ruth, Naomi, Howie, Cooper, Rachel, Jacob, Ben, Benjy, Rex, Vera, Abby, Kayla, Jacqui, der Rest der Ukiah/Guerneville-Gang und alle, die ich vergessen habe: Ihr bereichert mein Leben jeden Tag, ich liebe euch, und es ist das Größte, Teil eurer Community zu sein. Danke.

Kari, danke, dass du die beste Therapeutin auf der ganzen Welt bist (tut mir leid, ihr anderen Therapeuten, aber es ist die Wahrheit). Danke, dass du nicht sauer warst, als ich getwittert habe, dass du zum Burning Man fährst. Aber vor allem danke ich dir, dass du mich zusammenbrechen lässt, wenn ich es brauche, dass du immer auf mich eingehst, und dafür, dass du an meine Fähigkeit glaubst, es zu schaffen. Der Schreibprozess war so oft beschissen, und du warst für mich da. Danke.

Mom, deine Begeisterung und Liebe zu diesem Buch sind einfach großartig. Danke, dass du meine Momagerin bist, dass du all meine panischen Anrufe entgegennimmst (immer schon, aber vor allem jetzt) und dass du mich zur Welt gebracht hast. Danke, dass du die Bachelor Nation News liest, damit ich es nicht tun muss. Es tut mir leid, dass es mit Brandon und Serene nicht geklappt hat. Ich liebe dich.

Und Lisa Orlandi, danke, dass du auf der Bildfläche erschienen bist!

Dad, danke, dass du mir geholfen hast, bei all dem meinen Sinn für Humor zu bewahren, danke für deine Unterstützung und dafür, dass du ein Kind großgezogen hast, das anscheinend schottisch genug ist, um ein Buch für britisches Publikum zu schreiben. Das Pint Tennent's bleibt drin, auch wenn es nicht ganz korrekt ist. Ich liebe dich.

Zainab, Russell, Vicki und Aaron, ich bin der glücklichste Mensch auf der Welt, weil ich insgesamt sechs Elternteile habe. Wie stehen die Chancen dafür? Ich liebe euch alle und bin unendlich dankbar, dass es euch gibt.

Mahri und Anna, ihr seid die besten Schwestern der Welt. Ich bin so froh, dass ihr keine Reality-TV-Stars seid, die ermordet werden. Danke, dass ihr dieses Buch, Reality-TV und Taylor Swift (die Big Three) liebt. Ich liebe euch.

Meine erweiterte Familie – all meine Tanten, Onkel, Cousins und Cousinen und besonders Bareket (die, wie Anna, geboren wurde, nachdem *The Chocolate Wolf* veröffentlicht wurde und daher nicht ihren großen Auftritt hatte), ich liebe euch alle.

Ich habe dieses Buch meinen Großmüttern väterlicherseits und mütterlicherseits gewidmet – Mary Stewart und Barbara Cohen. Barbara war eine jüdische Kinderbuchautorin und der Mensch, der in mir den Wunsch geweckt hat, Schriftstellerin zu werden. Mary, eine weitere Frau des Wortes, ist gestorben, während ich dieses Buch schrieb. Ich vermisse sie jeden Tag. Dieses Buch ist für die beiden (und auch für Golda und Florence).

Und schließlich Gabe. Du bist, wie man so schön sagt, einfach top. Das mit den Flitterwochen tut mir leid. Du bist das Beste in meinem Leben, und ich liebe dich.